白沙门

唐彦 —— 著

NEWSTAR PRESS
新 / 星 / 出 / 版 / 社

图书在版编目（CIP）数据

白沙门 / 唐彦著. —— 北京：新星出版社, 2024.8
ISBN 978-7-5133-5683-1

Ⅰ. ①白… Ⅱ. ①唐… Ⅲ. ①长篇小说 – 中国 – 当代 Ⅳ. ① I247.5

中国国家版本馆 CIP 数据核字 (2024) 第 106298 号

白沙门
唐彦 著

责任编辑	汪　欣
特约编辑	李金学
责任校对	刘　义
责任印制	李珊珊
装帧设计	冷暖儿

出 版 人　马汝军
出版发行　新星出版社
　　　　　（北京市西城区车公庄大街丙 3 号楼 8001　100044）
网　　址　www.newstarpress.com
法律顾问　北京市岳成律师事务所
印　　刷　北京美图印务有限公司
开　　本　910mm×1230mm　1/32
印　　张　11.25
字　　数　290 千字
版　　次　2024 年 8 月第 1 版　2024 年 8 月第 1 次印刷
书　　号　ISBN 978-7-5133-5683-1
定　　价　54.00 元

版权专有，侵权必究。如有印装错误，请与出版社联系。
总机：010-88310888　传真：010-65270449　销售中心：010-88310811

闯海人，无论失败或成功，都该被铭记。

——作者

1

这个冬季，北方寒潮南下，让作为旅游目的地的热带岛城隐没了往日闹腾的迹象，也失去了令人向往的理由。阳光隐匿，天空灰蒙，人们蜷缩在水泥森林里，街道空旷，万物萧瑟。岛城北面的白沙门海滩，云层厚重，雾霭低垂，海风无力，椰树不再妖娆，鸥鸟不见踪影，整个岛城笼罩在一片潮湿阴沉落寞中。这真是令人心灰意冷的日子，千里外的诗人黑子写诗祈愿岛城人民有粮果腹、有衣护身、有爱暖心。

两年前，我们岛城的王副市长被当成"大老虎"打了，作为王副市长"亲信"的岛城企业家谈天也因行贿罪领刑一年。谈天刑期短，没被送往监狱，而是羁押在市内看守所里。考虑到谈天也曾是闻名岛城的企业家，看守所给了他一些照顾，让他在所内干点轻活——给监仓犯人们送送餐，到接见室帮犯人领取快递邮件。从富商沦落成囚徒，谈天差点没疯掉。看守所这一照顾，谈天可以不像别的人犯那样终日窝在囚室，至少每天有几个小时能自由游走在高墙里的蓝天白云下。

一到晚上，看完《新闻联播》，别的犯人睡了，谈天却睡不着，探头铁窗之外仰望夜空数星星，他突然觉得自己不能这样白白耗费时光，至少可以利用空闲读点书。第二天，他请求狱警捎信让老婆张小雪送点书进来。张小雪一头雾水，她哪知道从不读书的谈天想要什么书，在家里翻箱倒柜，找到儿子嘉庆看过的几本小说，擦拭蒙在书上的灰尘，用一塑料袋装了交给狱警检查后送进了监仓。谈天从来对小说没什么兴趣，总认为小说就是作家们胡编乱造哄鬼的。没料到张小雪送进来的几本小说竟让他产生了兴趣，几个月里他把这些书看了两三遍。离出狱还有段时日，他又捎信叫张小雪再送几本，并强调一定要是小说。张小雪便找朋友同事借了些送进去。铁窗里的那些时日，谈天读过的小说比他人生几十年读过的书还多。看守所愣是活生生地把一个犯人培养成了实实在在的小说迷。

一年后，谈天从牢里出来，老部下杨监理来接他。谈天把在监仓里穿过的衣服和用过的物品全部扔掉，却抱着一堆小说上了车。杨监理笑道："您这不是坐牢出来，您这是学成毕业了。"谈天嘴角浮出一缕笑，瞥了杨监理一眼。

谈天在老婆张小雪的悉心照料下，休养生息了两个月。有天傍晚，谈天问张小雪："海边那套房子还在吗？"张小雪知道他问的是那套毗邻白沙门公园的房子，回答说："早租给别人做仓库了。"谈天看了看张小雪，说："收回来吧。"张小雪有些莫名其妙。谈天便笑了笑，道："余生还长，不能这样坐吃等死，还得找点事做。"张小雪问："你想找什么事做？"谈天说："思来想去，我想开个书店。"张小雪一脸困惑地望着他，问："到处都在关实体店，你开书店？"谈天嘟囔道："他们关他们的，我开我的。"张小雪问："开个什么样的书店？"谈天一笑，道："开个专门出售小说的书店。"张小雪啼笑皆非，道："哪有书店只卖小说的！"谈天坚定地说："我的书店就是。"张小雪觉得他走极端，也明白他是个认定了就十匹马也拉不回的人，点了点头，算是理解与支持。晚上，在千里之外的城市念大学的儿子嘉庆打来电话，张小雪对儿子说："你爸爱上了小说，要与小说为伴了。"儿子说："你就随他折腾吧。"

正好生意萧条，人家巴不得你收房。所以，张小雪很顺利地就将那租出去的房子收了回来。谈天自己动手画了一张书店的设计图，打电话叫杨监理把以前工地上的一些剩余的建材拉到这房子里来。几天后，谈天戴上大口罩，去了那房子。他决定亲自动手来装修这个书店，杨监理主动要求协助工作。

谈天与杨监理在那间房子里忙活了十来天，硬是改造出了一间书香气息浓厚的书店。张小雪惊奇不已，咂舌不已。按照谈天的书单，张小雪购回了当代著名的、非著名的，畅销的、非畅销的小说数百册。紧接着，谈天找他的算命师傅、闯海书法家杨飞为书店题字。两天后，杨飞送来"海岛书吧"四个字。谈天把这四字做成匾额挂在门楣上，书店便有模有样地开张了。

手机网络时代，加上寒潮侵袭，来买书的人少之又少。书吧每天门可罗雀，清闲寡淡。谈天全然不管这些，本来，开书吧纯为打发时光，并不需要赚个碎银几两——瘦死的骆驼总比马大。所以，清淡的日子，谈天一个人坐在窗前，一杯茶，一本书，日复一日，月复一月，昏天黑地，读着那些小说，倒是自个儿惬意。

不知从何时开始，一向寂寞的海岛文坛诞生了一种名叫"闯海小说"的文学流派。扛把子的是清一色的"闯海人"，他们以浪漫与黑色幽默的腔调讲述着二十世纪八十年代末至九十年代的种种闯海故事。这类作品很对闯海人谈天的胃口，也符合他对闯海岁月的怀念与追忆。渐渐地，他对这类小说着迷到如饥似渴甚至走火入魔的状态，有时读着读着稍不留神便身心错位地对号入座。

半年时间里，谈天居然把岛城闯海作家们写的闯海小说看了个遍。后来，没有闯海小说上架了。张小雪说："出版社都没出新书了。"谈天说："那就在民间找。"于是张小雪托人找了一些岛城的闯海作家，他们说闯海小说不赚钱，所以也不太想写了。谈天摇了摇头，他对这些只认钱的作家表示极度失望与鄙视。不久，他在岛城作家协会大门前的电线杆上贴出布告：重金悬赏作家创作闯海小说。

正在水巷口狗肉店厨房里砍狗肉的闯海作家南方岸听说了这个消

息，自然受不了重赏的诱惑，放下砍刀给谈天打了电话。电话里，作家激动得不行，操着浓重的湘北口音普通话嘟囔了半天，谈天总算听懂了作家说决定报名应征。

谈天很早就听说过作家南方岸的名字，还听说他在岛城水巷口开了一家私密的狗肉店。狗是人类忠诚的朋友，更是宠物界的代表。随着国际旅游岛建设的如火如荼，岛城宠物协会的爱心人士已经向政府提出了与"国际接轨"，发展"宠物经济"的建议。岛城一时狗贵，大街小巷楼堂馆所，宠物店遍地开花门庭若市，豢养宠物成了岛城最时尚的事情之一。公园里，大海边，遛狗的市民成群结队笑逐颜开。人们见面，不再问"吃了吗"，而是改口"养了吗"。这种背景下，作家在岛城开狗肉店，虽然不在法律禁止之列，显然是违背民意且极不明智的逆势之举，不说生意好坏，光狗肉店这名字就必将成为众矢之的。谈天年轻时吃过狗肉，后来养过一只金毛，对狗子极有感情，除了自己再不吃狗肉，身边朋友谁吃骂谁。所以，谈天从心里对开狗肉店的闯海作家南方岸并不抱好感。

作家南方岸白天卖狗肉，晚上敲键盘。两个月后，一部二十万字、标注着"非虚构"的小说炮制完成。作家没时间去见谈天，便托人带着厚厚的一个装订本找到他。文稿墨迹未干，散发出打印机的油墨气味与手抓狗肉的膻味，但这并不影响阅读。

"一九九五年，一对闯海大学生情侣先后走进国贸区一幢半拉子烂尾楼，他们在里面重逢，紧紧相拥……"小说是这样开头的。谈天被这开头死死吸住，便兑现承诺支付了酬金。

在一个阴冷而沉闷的午后，岛城落魄富商谈天坐在他"海岛书吧"硕大的落地窗前，一头扎进了这部"非虚构小说"之中。

小说讲述了作家闯荡岛城时经历的乱七八糟、荒诞不经、丢人现眼的丑事烂事。小说真诚与真实的笔触勾起了谈天很多的回忆，让他的灵魂不时穿越时空，一次次地重逢那些人，撞上那些事……无数次分不清是小说还是现实。整个阴冷的下午，谈天沉浸于阅读里，生怕遗漏一个字、一句话、一个情节。他一会儿狂笑，一会儿敲打桌子，一会儿摇头，一会儿揉眼睛，一会儿哽咽，一会儿发出擤鼻涕的响声……

直到暮色把小说的最后一行字隐没，谈天才抬起头，从沉迷中抽身出来。"这钱老子没有白花。"他极不情愿地把小说合上，长长地吁了一口气，伸展了一下有些酸胀的腰，然后，仰卧在大班椅上，闭目养起神来。"梦想之城，堕落之城……"谈天默默地念着小说里的句子。

"嘀嘀，嘀嘀。"

就是在这时候，桌上的手机啼鸣起来。谈天睁开眼睛，瞥了一眼手机，屏幕上开着的微信里，一个站在黄昏大海椰子树下的女子背影在闪烁，显示出是陌生人申请加为好友。谈天觉得那背景挺熟悉，但背影却看不出是谁。他没有理睬，对这种陌生人加好友没什么兴趣，猜测应该是附近哪个做"国产大力神"或者"进口印度神油"的女微商来搭讪。他继续闭目养神。啼鸣声又响起。他有点厌烦地拿起手机，准备关机。而这时，那个微信号又弹出一条信息："你是谈天吗？"谈天显然被这直呼其名的问话吸引住，他想应该是个熟人，于是便添加了好友，顺便问了一句："你是谁？"

"老朋友。"对方很快回复三个字。

老朋友？谈天觉得有些蒙，他在岛城几十年，老朋友太多。"到底是哪位？"他再问。"你猜一猜。"对方道。谈天极不喜欢这种无聊的带有诈骗意味的"你猜一猜"。他坐起身，点开删除键，决定立即删掉这个所谓的"老朋友"。"发个视频给你。"对方闪出这句话，随即，跳出一个视频文件。好奇心让谈天点开了视频——音乐中，一个英俊青年端坐于一架钢琴前，手指正熟练地敲击着琴键，健硕的身子随着音符轻微地摇动……

"是不是有点似曾相识的感觉?"女子紧接着发来信息。

谈天再次端详那青年,浓眉大眼,脸型方正,头发茂密,嘴唇紧抿,神情专注地弹着琴。有那么一刹那,他确实觉得像记忆中的某人,可又实在想不出是谁,想了一会儿,便回复:"不认识。"她便发来一个伤心的表情,又补充一句:"你再仔细看看。"谈天便继续凝视青年,那黑亮的眼睛、微皱的眉头……这让他一愣,再次感觉似曾相识。可转念一想,世上长得像的人多了去了。"看出来了吗?"对方问。谈天摇了摇头,会心一笑,有些戏谑地回复:"你不会告诉我他是我失散多年的弟弟吧?我应该不会有这么年轻的弟弟。"他警觉又小心翼翼地补发一句:"你到底是谁?"

手机屏上,显示出对方正在输入。随即,一行文字跳出:"二十四年前,一个阳光明媚的正午,白沙门海边,一个女孩在椰子树下发呆,一个男孩走向海水中……"谈天看着这些文字,血液凝滞,身体僵直,"你是——崔小婉?!"他犹疑地问道。

对方回复了一个点头的表情,随即发来肯定的回答:"是的,我是崔小婉。"

谈天感觉自己的心都快要冲出嗓子眼了。他竭力地屏住呼吸,死死地盯着手机屏幕,头像闪烁间,一段语音又发过来了。他迫不及待地点开,一个既熟悉又陌生的声音从遥远的地方传了过来:

> 我们相遇在大海边
> 你的眼睛荡漾柔波
> 我的心里盛开浪花
> 我们坐在岩石上
> 看星辰坠入大海
> 听涛声唱着永恒
> ……

字正腔圆饱含深情却又不时显得气息微弱的朗诵在谈天耳边回响。谈天清楚地记得，这首蹩脚的诗，是二十四年前他写给崔小婉的。他一时不知如何是好，手指停在显示屏上，打不出一个字来。好一会儿，他才用颤抖的手指敲出一串问号，然后，重重地按下了发送键——二十四年前，那些思念、孤独、悲伤的日夜，他通过BB机，不停地重复着发送这串疑似电传的符号……而今天，他又一次发出了这串符号。他相信，远方的崔小婉一定能够看懂并深深地理解。谈天这样想着时，泪水已经模糊了眼睛。

"弹琴的那孩子是谁？"他补问了一句。

"他叫海男。"崔小婉回复道。

"海……男？"谈天念叨着这个名字，觉得有些耳熟。

"他是你的儿子，我把他归还给你。"崔小婉又发来信息。

谈天捧着手机，看着这信息，像被电击似的瘫在大班椅里目瞪口呆。

2

一九九五年五月的一个稀松平常的早晨，岛城蔚蓝的天空飘着彩霞，路边椰树在清风中曼舞着绿影，远岸广告公司的年轻总经理谈天怀揣一把刀，胳膊下夹着一只公文包，急匆匆地走出了公司大门。

在物业的棚屋里，谈天推出了一辆破旧的老式自行车，拍了拍破了洞的皮座上的灰尘，纵身一跃，骑了上去，随即，猛踩脚踏板，自行车便"吱吱呀呀"地上了路。经过东湖边上一条行人稀少的林荫小道时，谈天感觉胸前有股凉意袭来，他知道是那把刀的清冷正透过包裹严实的报纸传到了胸肌上。他把车头一歪，双脚往地上一蹭，自行车便停了下来。他瞅了一眼四周，见四下无人，便从怀里抽出那把刀来仔细检查了一番：圆形光滑的刀柄由铜皮包裹着，刀背两面各刻着一条飞龙，刀刃上闪着丝丝冷冽的青光。来自衡阳的以帮人追债为生的大胡子老乡离开岛城时，一脸忍痛割爱的样子将这把刀留给了谈天。大胡子说，这把刀跟他走过南闯过北，割过脚筋，断过手指。谈天知道大胡子一向说话夸张爱吹牛，但是，摸了摸刀刃，确实有些缺痕，似乎是砍过坚硬的东西；再看那刀尖，晶莹锋利，光泽饱满，仿佛被血水滋润过的样子。谈天便有点相信大胡子用这刀做过狠事。大胡子反复叮嘱谈天："这刀嗜血，不到万不得已，不可带它出门。"

今天，谈天带刀出门了。他在心里反复默念，老子这是迫不得已。

去年冬天，一位大领导视察了这座南方海岛，当他发现海岛高歌猛进的发展路子跑偏、房地产泡沫横飞时，便大发雷霆，当机立断地启动了釜底抽薪、刮骨疗伤的模式。一切来得太快，完全是迅雷不及掩耳之势，晚上还在岛城夜总会唱情歌喝花酒的房地产老板们，早上酒劲还没醒，一场灾难便从天而降。接下来，岛城随处可见烂尾楼，破产通告的报纸满天飞。几个月后，谈天从各个方面获悉与他有业务往来的山水国际房产开发公司在这场风浪中触礁——赖为靠山的银行财神爷断供，建好的楼盘卖不出去，在建的楼盘因资金流崩断而停工。谈天立即意识到，山水国际欠他的那笔工程款估计悬了。于是，他赶紧拨打山水国际老板胡志彪的电话。"大哥大"那端传来的不是忙音，就是"对不起用户已关机"。好不容易打通了，还没等他说完话，胡老板便声音嘹亮地说了四个字："尽快安排。"电话挂断。这个回答不仅没让谈天有丝毫轻松与放心，相反，令他的心情变得更加惶恐与沉重。这是个没有期限的概念，是个永无确定的推辞。后来，他又继续拨打胡老板的"大哥大"，偶尔也能打通，胡老板仍然是那声音嘹亮的四个字，然后，快速挂机。谈天明显感觉到胡老板这是极不耐烦的敷衍搪塞与躲避。

毫无疑问，谈天的广告公司被山水国际拖入了泥坑。这样一拖便是几个月。工人的工资一直没发。还好工人们没有闹事，耐心地等待着谈天的催收。昨天，谈天骑着单车跑了一趟山水国际的工地，工地上没看到一个人影，十多幢框架结构的大楼烂尾于野草丛中。他为山水国际建起的那尊巨大的售房广告牌孤零零地高耸在一条被工程车轧得稀烂的水泥大道边。他有些惋惜这个广告牌，从竖立的那天起就遭到了冷遇，没有发挥任何价值与产生任何作用。这幅惨象，让谈天更直接地意识到山水国际怕是真要完蛋了。回到公司，谈天如热锅上的蚂蚁，坐立不安，根本想不出胡老板的"尽快安排"有何依据。

傍晚，他趴在电话机旁再一次拨打了胡老板的"大哥大"。

窗外，一个女生甜蜜妖娆地唱着：夏天夏天悄悄过去留下小秘密，压心底压心底不能告诉你……胡老板的"大哥大"终于通了。一向声音洪亮的胡老板像患了重度咽炎,声音沙哑,"你哪位?"他问。谈天气得差点骂出声来:"胡总啊,才几天就认不出我了呀!我是谈天呀!"那边便没了声音。好一会儿,胡老板声音低沉地说:"不是跟你说了尽快安排吗?"谈天听到这话,怨气便不打一处来:"胡老板,您这话跟我说了半年快十遍了,您没必要这样对我呀!"过了好一会儿,那端传来胡老板讷讷的声音:"我欠你……多少?"谈天说:"三十万。"那边便没了声音。"胡老板,您知道,我一个小公司,受不起风浪啊。"谈天语气很诚恳:"您是我的贵人,我可尊敬着您呀。"

那边又没了声音。

谈天把脑袋使劲往话筒上贴,甚至恨不得削尖脑袋从电话线里爬过去。可是,人家用的是"大哥大",没有电线,爬不过去。他咬着牙,决定耗着,老子就不挂,看我的座机话费贵还是你的"大哥大"话费贵。终于有声音了——这一回,胡老板像是患便秘似的挤出那四个字:"尽快……安排。"胡老板依然是这个回答。胡老板高大上的企业家形象一下子在谈天心里崩塌。他想,他不能就这样坐等安排了。"胡老板,要不,咱们见个面好好聊聊?"谈天以哀求的口气征求胡老板。话筒里传来"嘶嘶"的电流声,谈天耐心等待着,过了好一会儿,胡老板说:"可以。"

胡老板同意见面,这多少令谈天有点出乎意料。这至少是一种诚意,让他看到一丝曙光和些许希望。"您觉得什么时候好?"谈天赶紧追问。

"明天上午……到办公室吧。"胡老板答。

谈天放下电话,赶紧拨打了福永建材店刘老板的电话。

这是一笔三角债。

去年冬天,远岸广告公司接了山水国际三十万元的房产路牌广告。因为是垫资,谈天拿不出钱来垫,于是,央求老东家"福永建材店"的刘老板赊给他二十万元的材料,承诺广告牌完工后即付款。谁知,完工几个月了,山水国际这边结不了款,于是,把刘老板也扯进了讨债的队列。刘老板催讨不下十次。谈天每次以山水公司还没结算而拖欠。刘老板一次比一次生气,最后一次翻脸,语气强硬地告诉谈天:"你不要逼我——请人追债!"刘老板在"请人追债"四个字上声音极为冰冷。谈天懂得"自己讨债"与"请人追债"是两个不同的概念,也明白刘老板的话意味着什么——岛城生活着一批像大胡子那样手段残忍的"追债人",他们简直就是岛城的恶魔,令欠债者闻风丧胆。

谈天迫不及待地告诉刘老板:"我欠你的钱有眉目了,胡老板答应明天见面了。"

刘老板在电话那边没有说话,好一会儿,冷冷道:"人家答应见你个面,就跟你结款?真他妈幼稚!"

谈天问:"那还能怎么办?"

刘老板有些不耐烦,道:"我不管你怎么办,我只告诉你,欠我的钱赶紧还!"

谈天想了想,咬了咬牙,道:"这款一讨回来立即还你。如果还不上,拿命给你!"

刘老板在那边冷笑了一声,道:"口气挺大,很好!明天我就请人去你公司拿钱。"继而重重地挂掉了电话。

刘老板的态度令谈天心头惊出一缕恐慌和悲凉。见面就能结款?他自己也打起了问号。刘老板的"请人追债"提醒了他。他想起了大胡子。谈天把目光盯向墙壁,大胡子的刀正静静地挂在那里。他后悔当初大胡子主动要帮他追讨山水国际这笔债时他拒绝了。"在岛城,追债,只能来硬的。"大胡子眼里射出两股凶冷之光,一边抚摸着冷洌的刀刃,一边说,"还是这刀管用,刀一出,要命的都会乖乖还钱!"谈天在心里暗暗思忖,看来,是得来硬的了。"老子明天也带上刀,"他自言自语,"是死是活得搞回个准信了。"

谈天卖力地踩着单车,生了锈的链条通过他的踩动,与轮盘进行着重新磨合,在一串串"吱吱呀呀"中奋力飞快地旋转。他的头脑也在飞快地旋转。他想着自己是否真的能够在胡老板面前拔出刀来,他想象着他挥刀朝胡老板砍去时,胡老板一个闪躲,避开刀锋……

谈天这样想着时感觉到了毛骨悚然。

他多么希望不要拔出刀来啊,他甚至怀疑自己是否真有胆量将刀挥向胡老板……他加大了踩脚踏板的力度,想快点赶到山水国际,并提醒自己必须赶在胡老板走进公司的第一时间出现。讨债的都是孙子,欠债的都是大爷。只有讨债的等欠债的,哪有欠债的等讨债的。

他不敢耽误一分一秒,因为,这是一场绝不能错过的见面。

3

满天红云。霞光照耀海台大厦时，谈天正好抵达。

他仰头看去，耸立在楼顶的"山水国际"四个金字招牌显赫辉煌，一片血红。

海台大厦是一幢高档写字楼。海岛宣布大开发大开放时，至少有一百家来自全国各地的房产公司在此挂牌。几年过去，尤其是去年冬天后，随着经济泡沫的破灭，大部分公司陆续撤离，留下的公司也只有个把文员或者前台接待轮值。胡老板的山水国际房产开发公司租了二十一楼整整一层。令人欣慰的是，楼顶山水国际的招牌还在金光闪闪，手持大哥大的胡老板还在坚守阵地。

时间尚早，大厦硕大的铁门还没有打开，门边保安亭里的保安刚上班。

谈天把单车停在广场前的一棵椰子树下，然后，用铁链将车锁在椰树粗壮的树干上。他得提防点，岛城偷车贼太多了，如果不上锁，眼睛一眨，车就可能被偷走。锁好自行车，谈天不忘整了整衣衫，然后下意识地把手伸进怀里，再次摸了摸刀。成败就靠这把刀了。很好，半尺长的刀，报纸包着，一端插在皮带下，一端静静地贴在胸口上。谈天提醒自己不能让刀露出半点痕迹。刀是凶器，任何人看到都麻烦。有了它，谈天很有信心讨还欠款。他想好了：胡老板如果爽快地把钱结了，就万事大吉，刀会静静地躺在怀里不见天日；胡老板如果继续磨蹭、耍赖，他大概会逼自己像大胡子一样，袖子一撸，抽出刀来——赤脚的不怕穿鞋的。当然，只是吓唬一下胡老板而已。他深知这是一件非常冒险的事情：如果胡老板不但没有被刀吓倒，反而进行反抗，或者干脆报警，那结果就悲剧了——钱讨不回来，自己还可能被扔进"号子"里。这令他有了更多犹豫。但是，他很快停止了这种想法。他不能在这种关键时刻思来想去，会耽误事情，出门便后悔。冒险的念头占据了上风。他告诉自己，必须不择手段地讨回这笔钱，否则，等待他的便是刘老板的刀。到了这一步，纠结与担心都没用，没有退路，佛挡杀佛，人挡杀人。他只能寄希望于胡老板的妥协，有钱的老板都是珍爱生命的，绝不会为了一点点钱去拼命。

他看到大厦前聚集了一些民工。一老一少两名保安将大厦铁门启开后，便将一根粗大的木杆横挡在铁门前。老保安站在一端，年轻保安站在另一端。民工们往里拥挤，两个保安挥舞着手中的电棒喊："没有预约的，不准进！"民工们便围着保安理论。谈天听出他们在说山水国际拖欠了他们的工资，讨债天经地义，不违法。年轻保安的语气又粗又狠，叫道："没有预约，谁都不能进！不是违不违法的问题。"民工们便开始咆哮和咒骂。

谈天有些同情民工，走了过去，说："你们跟胡老板预约一下，这样也好解决问题呀。"民工们看着突然杀出个程咬金，问："你是谁？有什么资格说这话？"谈天说："我跟你们一样，也是来讨债的。"一位老民工恼火了，说："你他妈小屁孩还教我们？我们讨债的时候你还在阿娘肚子里呢。"谈天笑了笑，不再说话了。一年轻民工斜睨着谈天，问："他同意跟你见面了？"谈天回答："是的。"谈天走近老保安，递了一支烟，说："我跟胡老板预约了的，要不你跟胡老板打个电话问一下，我叫谈天，我是远岸公司的。"老保安便走进保安亭给胡老板打电话，一会儿，回来，对谈天说："你上去吧——不过电梯在十层停了。"谈天问为什么，保安说，十层以上的公司交不起电梯费，所以就停了。

电梯把谈天送到十楼后便停下不再往上运行。

谈天走出电梯,找到楼道口,开始爬楼,从十楼爬到二十一楼,把谈天累得两腿发酸,两眼发黑,直喘粗气。他在楼道口歇息了一会儿,便推开山水国际办公室大门,一眼望见胡老板正窝在沙发里对着"大哥大"说话。

胡老板四十多岁,头发蓬乱,穿着一套起皱了的黑色西装,身材粗壮,一台摩托罗拉"大哥大"很霸道地把他的脸遮掉了半边,露出的半边脸沮丧而苍老,一只眼睛直直地盯着门口。见谈天走进,他没有动弹,只是示意谈天坐在不远处墙角的一张单人沙发上。然后,继续压低声音讲电话。虽然胡老板与电话里的声音都很小,但谈天耳朵尖,还是听清了一些内容。

"账户里还有多少钱?"胡老板问。

"二十万……吧。"一个女人细细的声音传来。

挂掉电话后,胡老板才醒过来似的发现坐在墙角单人沙发上的谈天,他警惕地盯着谈天,审视了半天,像不认识似的,更记不清这个人什么时候进来的。"胡老板,我是远岸广告公司的谈天呀!"谈天站起来毕恭毕敬地提醒道。胡老板这才收回目光,坐起身子,撇了下嘴角,道:"坐吧。"谈天坐下,继续解释:"我也是没有办法才来的。"胡老板点了点头。然后,指了指书柜边上的一个开了门的硕大保险柜,声音低弱:"你自己看,保险柜里是空的,没一分钱。"然后,他站起身来,径直走到窗户边上,探头朝下面打望。

谈天看着胡老板身材壮实的背影,心里五味杂陈。他的广告公司成立不到一年,便接下了胡老板照顾的大单,两个月完工,他能赚个十万八万。他从心里感激胡老板。可是,事与愿违,现在又因山水公司拖欠工程款而陷入泥潭,无法自拔。"胡总,我一直视您为我的贵人,您也是我人生学习的榜样。我不到绝路不会来麻烦您的。"谈天对着那背影,声音极为诚恳地说。胡老板转过身来,对谈天笑了笑,然后，又转回身去，继续看着窗下。"你过来。"他对谈天说。谈天便走了过去，跟胡老板并肩站在窗前。"你看看——"他指了指楼下。谈天看见楼下广场那些民工已经打出了黑白横幅：山水国际公司，偿还我们的血汗钱！谈天说："我刚看见他们了，他们要上来找您，被保安挡住了。"胡老板点了点头，"那些都是民工，他们辛苦给我建房，我却不能给他们工钱，你说，我心里多难受。"谈天看到他的脸上确实很沮丧很无奈，一副落魄老板的样子。很有些同情地道："我知道您心里难受。"

"还有你的钱。我也知道你是个小公司，这点欠款可能就是你的救命稻草。"

谈天点了点头，心里甚是感激胡老板的通情达理。

"我也不是故意拖欠你们啊，现在，整个银行都断供了，而且强制收回贷款，很多老板都跑路了，但是，我不会跑的，我对你们都会有交代的。"胡老板一脸的推心置腹。

谈天说："我相信您确实是遇到了困难。我今天来，就是想告诉您，我也是拿命押着这个项目的，我也没有任何路可走了。"

胡老板面对着窗外，目光是空洞的，眼神是飘忽的。一会儿后，他返回沙发，坐下，摇了摇头，道："我只能说我正在努力协调资金，我会尽快给你们解决。"

谈天也回到沙发里，道："您今天帮我解决一点吧。"

"我拿什么给你？"胡老板的表情突然变得冷漠，语气似乎有些厌烦，"我都说了，我会尽快安排。"

"我刚才听到了您账上还有二十万。"谈天也变得针锋相对起来。

这话，先是让胡老板一惊，然后，愣住了。只是一会儿，他恢复了平静，沉思了一下，说："我跟你讲实话吧，公司账上确实还剩下二十万。但是，我得先付给他们……"他用嘴角往窗外楼下努了一下，"你就再等等吧，我会尽快安排的。"

谈天对"尽快安排"已经十分反感与厌恶了,他无法容忍这四个字再从胡老板口中吐出。"这尽快是何时啊!"他望着胡老板,眼里充满了坚硬,"我也想好了,这次来,就必须有个结果。既然您账上只有二十万,那就给我结了这二十万吧,我一分钱也不想赚您的了。"谈天沉静地说。他确实是想好了,讨回二十万,把这刘老板的欠债还了就行。

"你什么意思?"胡老板望着谈天。

谈天没有说话。突然,他站起身来,解开胸口的扣子,扯掉包着的报纸,一把刀赫然闪亮于胸口上。胡老板瞬间便明白了,他的肩膀微微地颤抖了一下,随即,仰起头,眼睛直勾勾地望着天花板,那儿,有一只壁虎,正在努力地挣脱一片蛛网。两人僵立着。胡老板把目光从天花板上收回,喉咙里发出了一声轻微的叹息,起身,再次走向窗前,立住,转过头来,冷峻的脸更加黑沉,两眼怒瞪,道:"小子,你要学好,人生路长着呢!"他的声音冷漠而威严,令谈天心头滑过一丝恐惧。但是,他很快消除了这种恐惧心理,暗暗告诫自己不能动摇。

"我胡志彪在岛城创业十年,从来没有被人恐吓过,你是第一个。"胡老板盯着谈天,笑了笑,说道。他的笑容很冷,他的目光很冷,他的声音很冷。

谈天避开那目光,他紧握砍刀,沉默而笃定地站在那里,态度坚决:"说吧,结是不结?"

胡老板摇了摇头,走向办公桌。"好吧,现在就结。"他一边说着一边从敞开的保险柜里取出一本支票,弯腰伏案,快速地填写起来。谈天清楚地看到他填写的数字是二十万元。胡老板填写完,又从保险柜里取出一只袋子,倒出一堆公章财务章私人章,一一盖上,将支票撕下,递给谈天。"你可以走了。"他对谈天露出一个怪异的笑容,起身,再次走回窗前,沉默着如一堵墙地伫立在那儿。

谈天手里捏着支票，看了看胡老板的背影，那一刻，他对他充满了怜悯，同时也为自己的行为感到羞愧。但是，顾不得那么多了。他把支票折好，放在胸前口袋里；再将刀用报纸包好，藏回怀中，整理好衣服，他向胡老板的背影深深地鞠了一个躬，然后，迅速走出了山水国际公司。

谈天走出海台大厦一楼电梯口时，便看到广场上闹哄哄的。紧接着，听到有人指着楼顶在大喊："快看——胡老板！"谈天奔到广场，仰头望向楼顶。

热带海岛五月的阳光像无数把明晃晃的尖刀扎在这幢高大的建筑上。谈天看到身穿黑色西装的胡老板正在攀爬楼顶的女儿墙。"胡老板！胡老板！"谈天向胡老板大声叫喊。但是，胡老板或许听不见，或许听见了根本不理睬。他已坐到了墙栏上，两脚悬空，一会儿望向天空，一会儿望向楼下。

"胡老板，还钱！还钱！"有人大声叫道。

"胡老板，你还有心思看风景呀？"有人戏谑。

"胡老板，最看不起你这种人！吓唬我们啊，你有种跳呀！"有人起哄怂恿。

一片硕大的乌云飘到了楼顶，谈天看见胡老板身子往前一倾，两手朝空中一伸，整个人宛如一只黑色大鸟从楼顶急遽地俯冲下来，刹那间，谈天似乎听见了胡老板的黑色西装在风中猎猎作响，似乎听到了胡老板由远及近的急促厚重的喘息声。仅仅数秒，几米开外的水泥地板上，随着巨大而沉闷的"扑通"一声，几注血液溅出丈高。谈天定睛一看，胡老板已蜷趴在一摊黑血之中……人们惊叫着狼奔鼠窜着四处散开。

谈天也在一片嘈杂声中快速地跑离了海台广场。

他一口气跑到了南大桥下的臭水沟。在一棵椰子树下，他瞄了一眼四围没人，赶紧从怀里抽出那把刀，连同报纸一起扔进了沟里。他看着刀瞬间沉没水中，而报纸却浮了上来。他惊慌地站在那里，死死地盯着报纸，好像面对一个背叛他的举报者或者泄密者。直到看着报纸极不情愿地渐渐淹没，他才放下心来。这个时候，他感觉到下身坠沉让他迈不开步子——这是自小就犯的病，只要一遇着恐惧就尿胀。他又瞅了一眼四周，没人，于是，面对粗壮的椰子树，迅速地解开了裤裆。腿抖得厉害，尿液在空中旋转跳舞。他深深地吸了一口气，平缓地吐出，心里一遍遍念叨："不关我的事，不关我的事。"尿完最后一滴，他打了两个冷战，但感觉身子舒松了许多，简直是如释重负。他摸了摸胸前口袋里的支票，还在。他提醒自己现在应该去做最重要的事。

这个时候他想起自行车丢在了海台，他没勇气回去取车。岛城不大，胡老板账户的开户银行离这也没多远，他决定走路过去。他刚迈开步子，一辆救护车鸣着笛从桥上快速地驶过。他知道，肯定是去救胡老板的。他在心里默默祈祷胡老板平安无事，他相信魁伟结实的胡老板没那么脆弱，他坚信死神取不走胡老板伟岸的身躯。

柜台前，谈天慌乱地从口袋里掏出支票和身份证递给柜员。那是一个年轻漂亮的女孩，她斜睨了神色慌张的谈天一眼，眉间闪过一丝疑虑。她收过支票，叫谈天在一边等待，然后埋下头去仔细核对支票。

谈天在大厅里的一排铁椅上坐下。他感觉全身乏力，手颤脚抖，额头上冷汗如流。警觉的大堂保安见状走上前来，问："你是不是生病了？"

谈天倚靠在铁椅上，摇了摇头，说："没事，刚才……走路累了点。"

他自己明白，这是极度的心悸引起的后遗症。约莫两分钟后，他感觉症状减轻了些许。

这时,女孩叫他的名字,他走了过去。

"先生,对不起,山水国际公司账上的存款不够,不能付款。"女孩说着将支票退给他。

"不会吧,老板刚刚开的支票。"谈天就差大声叫起来。

"是的,钱不够。"女孩平静地说。

谈天认为这不可能,胡老板跟人打电话时他听得清清楚楚有二十万。他突然想起银行为了存款达标而拖延兑付的事情,便问:"你们是不是为了存款……"

女孩觉得委屈,一急,脱口而出:"先生您想多了,山水国际的账户上只有十九万八千元。根本不足二十万,无法支付。"

谈天"啊"了一声,再无话可说。"那我什么时候能来取兑?"他有些不甘心地问。

"这个我们不清楚,您得问山水公司。反正五天以后支票就失效了。"女孩答道。

谈天彻底无语了。他悲愤自己太肤浅,他恨胡老板走到最后还要了他一回。悲愤攻心,两眼一黑,差点就栽倒在地。保安一个箭步冲上来扶住了他。他在铁椅上又休息了一会儿,喝了保安送过来的一杯热盐糖水,才渐渐恢复了一些元气。他站起身来,向保安道了谢,跟跟跄跄地走出了银行……

4

  谈天没想明白，自己是怎么来到白沙门的。

  他从银行出来后，神情恍惚，漫无目的地走着。不知去哪里，也没有地方可去。一阵风吹过，耳边似乎有个声音在召唤，结果，不知过了多久，他迷迷糊糊地到达了白沙门。

  白沙门，是岛城北部的一处海湾，也是海岛距离对面大陆最近的地方。天蓝蓝，海蓝蓝，海的对面是故乡。天朗气清，碧空万里，站在海滩上，可以眺望海峡那边影影绰绰的风物。

  二十世纪五十年代初，这道海峡发生了震惊世界的以木船小筏打败飞机兵舰的海战。白沙门也是惨烈战场之一。乘着木船小筏抢攻登陆的解放军战士的鲜血染红了白沙门海湾。时间到了八十年代末，海岛大开发，十万大学生闯荡海岛。因为海岛一下子无法安排和容纳这么多大学生就业与生活，故而，不少大学生处于流浪海岛的状态。而白沙门是岛城的最北端，独特的地理位置，使其成为闯海人流连忘返的地方——无论是得意还是失落，无论是欢喜还是忧愁，闯海人的脚步总会迈向这里。在海堤上走一走，在沙滩上坐一坐，看看海，听听浪，对着大海一通狂笑，面向北方一顿哭号，算是一种发泄，也算是一种告慰。

  正午的白沙门海湾，云蒸霞蔚，静谧空旷。天上飘着一朵朵硕大的白云，海水泛着五颜六色的波光。微风掠过海面，夹着海水的腥味。海浪轻轻拍打沙滩，发出悠扬的声响。大海、沙滩，与远处的椰树，构成一幅白沙门自然而神秘的海湾画卷。

谈天惊魂未定地在岸堤上一块突兀的石头上坐了下来。

他的耳畔再次回响起人们的惊叫声与逃窜的步伐声，他的眼前再次浮现出蜷缩于一摊黑血中的胡老板。奇怪的是，他竟然当时还看到了胡老板一脸血迹的脸上向他展露出一个诡异的笑容。他想，那应该是胡老板留给他也是留给这个世界的最后一个笑容。谈天从那个笑容里看到了胡老板的无奈、悲愤与绝望，也从那笑容里读出了胡老板对这个世界的愤懑、戏谑和鄙夷。

无论怎样，胡老板从空中飘落已成了事实；无论怎样，胡老板已成了岛城发展史上的又一抹悲壮云烟。而那些欠款，也随着胡老板的一跳被全部清零；所有讨债者的命运，也随着胡老板的一跳发生根本性的改变。

摆在谈天面前的问题是如何偿还刘老板的欠债。胡老板还不起欠债自罚了，现在，轮到他了，因为他知道，刘老板的追债人不会放过他。

他后悔昨晚不该给刘老板夸下海口，发下毒誓。他想自己才二十五岁，美好的年华，还有很多事要做，可是……这生命已然不是他自己的了。刘老板已经明确地告诉他，不还钱将是什么下场。什么下场？他当然知道：运气好的，断手断脚，落个残废，苟活人世间；运气差的，命就没了……过些日子，白沙门的某片滩涂，就会漂上来一具面目全非的腐尸。想到这些，谈天不禁倒抽一口凉气，发出一声叹息。他毫无意识地站起来，脑袋空荡，目光无神，迈开步子，走下海堤，来到海滩上。这是海岛的边缘。

银白色的细沙在他的脚下嘤嘤叫嚷，海水轻轻地拍打着沙滩追赶着他的脚步；他的右脚还没有抬起，海水便迫不及待地抹去了左脚的痕迹。他悲哀地感觉到自己的生命与这可怜的脚印何其相似。他继续茫然地往前走着，海水没过了脚背，浸到了小腿。岛城的五月，虽然艳阳如夏，但是，海水依然清冷。他机械般地执着地往前走着，大腿间一股股凉意提醒他已经进入了大海。难道这就是归宿？就这样将自己淹没于这片苍茫的海水之中？然后，一股大浪打来，就像胡老板那样被这个世界永远地清除？

"别下去啊……"

谈天很清晰地听到背后传来一个声音。

声音是那么温润与婉转，犹如一缕仙音从空中飘来，然后在辽阔的海滩上荡漾缠绵。

谈天收住脚步，回头看，却没看到人。他以为是幻觉。于是，又缓慢地向前移步。"别下去啊……"他再一次真真切切地听到那个声音。他急速转头，目光循着声音搜去——几十米的岸堤上，一棵高大挺拔的椰子树下，站着一个穿翠绿色连衣裙的女孩。那粗壮的椰树干上坠挂着一片明显没有完全折断的宽长椰叶，正好遮住女孩的半个身影。浓郁的叶绿与连衣裙的翠绿融为一体，如果不仔细辨识，一下子还真发现不了那个女孩。谈天看到女孩挥舞着手，听到她在喊着："那里有暗流呀，危险呀！"谈天朝她手势所示的方向看过去——海滩上，孤独地歪立着一块大型标示牌，上面用红色油漆刷出八个大字：此处暗流，严禁游泳。其实，谈天何尝不知道，在这片平静的海面下，有无数暗流漩涡——那是淘沙船留下的一个个杀人坑。几年前，谈天就亲眼见过大海如何拖下并吞噬一个闯海的伙伴。一个鲜活的生命，打捞上来便是咬牙切齿龇牙咧嘴的僵硬尸体。大海是宽厚仁慈的，也是阴险凶狠的。在这样的时刻，听到一个女孩的呼喊，谈天突然觉得自己真不应该就这样结束，更不应该给世界留下一副面目狰狞的嘴脸。

谈天转过身来，寻找那个声音。

女孩已向他跑过来，一脸惊慌。谈天向女孩露出一个感激与苦涩交织的笑容，点了点头，然后，走回沙滩。"你为什么要下海？"女孩在离他十来米的地方停住,向他大声质问。谈天无言以对。他显然不能告诉女孩原因。女孩看着他,声音变得有些轻柔,一脸认真地说:"世界是美好的,所有不如意都会过去。"她似乎是对谈天说,又似乎是对自己说。

正午的阳光热烈,沙滩上热浪滚烫。两人走到海堤上那棵高大挺拔的椰子树下。谈天这才看清女孩:身材高挑,扎着一束马尾辫,眼睛又大又明亮。"你不是海岛人吧?"谈天问。女孩有些拘谨地回答:"我是贵州人。"她看了他一眼,问,"你呢?"谈天道:"湖南。"女孩问:"湖南哪?"谈天说:"湘北。"女孩抿嘴一笑,道:"八百里洞庭,那是个好地方,我闺蜜嫁去了那里。"她笑的样子很好看。

"忘了问你的名字。"谈天说。

"崔小婉。"女孩道。

"好听的名字。"谈天说着,向女孩伸出手。

崔小婉有些惊慌,脸上掠过一片红云,有些犹豫地伸出手与谈天的手轻轻地握了一下。

"我叫谈天。"谈天说。

女孩看了看身材结实浓眉大眼的谈天,颇有些好感,点了点头。

两人算是认识了。

崔小婉仍然站在那片坠挂着的宽大的椰叶边,谈天担心那片叶子掉落下来砸在她的身上,于是让她移步,他伸手去扯那片椰叶。"你是来看海的吗?"他一边扯着椰叶,一边问。崔小婉点了点头。谈天继续拉扯着那片叶子,使出了好大力气,却怎么也扯不下来。"别扯了,它不愿意呢。"崔小婉说。谈天点了点头,他确实也感悟到了,即便是一片椰叶,虽然折断,仍不放弃生命。

同是天涯沦落人,相逢在正午阳光下的白沙门的两个年轻人不知不觉话就多了起来。

崔小婉告诉谈天,她毕业于贵州山区的一所师范学院,从报纸电视上知道了海岛大开发，于是就来了。"你做什么工作？"崔小婉问谈天。谈天苦笑了一下，说："什么事都做过。前年开了个小小的广告公司，现在又破产了。"崔小婉看了看谈天，用有些怜惜的口吻说："所以就想不开，就想投奔大海啦？"见谈天脸上一片黑红，不说话，便安慰道："失败是成功之母……创业哪有一帆风顺的呀。"这话谈天懂，但从崔小婉嘴里说出来，他觉得成了一种关怀与鼓励。"你呢，准备找什么工作？"他问她。"这边的工作好难找呢。"崔小婉嘴角浮出一丝尴尬的笑意。

谈天"哦"了一声。

作为老闯海人，他明白她肯定也是因为找工作不顺，才来白沙门散心。岛城经济泡沫破灭后，热闹了几年的人才大潮似乎也偃旗息鼓了。他在心里仍然感叹海岛魔力的巨大，连这么单纯的女孩都被诱惑来了。

"其实，"崔小婉说，"我还有重要的事要做。"

"什么事？"

"寻找我爷爷。"

"你爷爷？"

"是的。"崔小婉有些骄傲地答道，"我爷爷是1950年来解放海岛的解放军。"

"啊，那是渡海英雄啊！"谈天惊叫道。

崔小婉笑了笑，点了点头。

"他在岛上吗？"

崔小婉摇了摇头。"不知道……"她有点迟疑地说，"生死……不明。"

谈天有些不解地看了看崔小婉。他知道那场海战很惨烈，牺牲了很多解放军。金牛岭纪念碑上刻着许多烈士的名字。他问："你有没有去纪念碑看看，那上边有牺牲者的名字。"

"我刚从那边过来,名录里没我爷爷的名字。"崔小婉说。

"有别的线索没?"谈天问。

崔小婉摇了摇头,说:"没有。"

"那你打算怎么找?"谈天问。

崔小婉看着远处的大海,脸上有一缕茫然的笑痕。

已过正午,太阳如一只烤炉悬在头顶。谈天感觉又饿又渴,抬头望见崔小婉头顶上的椰子树上正挂着几颗硕大的椰子。他清了清干涩的嗓子,指着那些椰子,问崔小婉:"想吃椰子不?"崔小婉也是有些饿了渴了,脸上阴云倏地散开,高兴地点了点头。

"午后的椰子水最好喝。你等着,我上去摘。"谈天道。

"你能爬上去?"崔小婉惊诧地看着他。

谈天也没有把握爬上这么高的椰树。不过,他从小就爬树掏鸟窝。他想起小时候爬树用过的办法,便解下腰间的帆布皮带,两头一扣,然后往脚板上一套,只见他两手抱住椰子树干,纵身一跃,双脚迅速将皮带往树干上一缠,身子往上一蹭,蹭出了半尺。"你要小心啊!"崔小婉担心地叫道。谈天没有理会,一蹭一蹭地往上蹭,不一会儿就爬到了椰子树的顶端,然后,一只手紧紧地抱住树干,一只手伸出去摘椰子。椰子长得太结实,他只能反复绞扭着,"咔嚓"一声,一颗椰子终于折断,"你走开……"他对着树下的崔小婉叫道,椰子便应声掉落在沙地上。崔小婉兴奋地叫道:"有椰汁喝了呀!"谈天一连摘了三颗椰子,才沿着树干滑了下来。

没有刀具,谈天从堤岸边找来一块尖石。他握住尖石往椰子上猛砸,一个小洞呈现,一注清澈的椰汁向外涌出。谈天赶紧捧起椰子递给崔小婉。崔小婉开心地接过,头一仰,喝了一口。"味道如何?"谈天问。"好清甜啊!"她捧着椰子叫道。"还想回家吗?"谈天对崔小婉眨了眨眼睛问道,便又拾起另一颗椰子砸了起来。崔小婉真是渴坏了,仰头又喝了一大口,抹了下嘴,俏皮道:"要是天天有椰子喝,我就不回家了。"谈天笑道:"那还不容易,以后我天天给你摘椰子。"

崔小婉脸上飞出一片红霞,有些感激地瞥了一眼谈天,没有说话。

喝完椰子水,谈天拾起地上的尖石"砰砰砰"地把椰子砸了一个洞,白嫩如凝脂的椰肉呈现面前,谈天用尖石刮开椰肉,两人便津津有味地吃了起来。一顿大自然赐予的午餐算是解决了。

"难怪人家说海岛饿不死人,原来椰子真的又解渴又饱肚。"崔小婉感慨道。

"战争年代,战士们负伤了,没有药品,就注射这椰子水;没有吃没有喝,椰子就当成了粮食,椰子救活了不少人的命。"谈天说。

崔小婉看着椰子,点了点头,道:"椰子可能也救过我爷爷的命。"

谈天笑道:"那极有可能。"

"说不定哪一天椰子也会救我的命。"她仰起头,看着椰子树,眼里充满迷惘。谈天一缕怜悯涌上心头,笑了笑,道:"放心,你不会饿死在海岛的。只要有我一口饭吃,就饿不着你。"顿了顿,谈天继续道,"再说,你爷爷是个英雄,我可敬仰英雄,我可以帮你找到爷爷呢。"崔小婉默默点了点头。

谈天没有想到这近似随意的一句安慰或承诺,竟成了自己一件十多年里牵肠挂肚的任务;他更没想到,不久后,自己会单枪匹马地走上寻找英雄之路。

太阳如一轮火球燃烧在天空。

海滩上没有一丝风,大海陷入了平静与沉闷之中。

西边天际,不知什么时候已升腾出一片硕大的乌云,正缓慢地向岛城飘来。

"我们得回去了。"谈天指了指那片乌云对崔小婉说。他知道,闷热的午后必有一场狂风暴雨,这是岛城气候的特征。

崔小婉也抬头看了看那片乌云。

"你住哪？"谈天问。

"国贸路。"崔小婉问，"你呢？"

"文明西街。"谈天说。

两人知道，虽然是两个方向，但是岛城不大，离得不算太远。谈天告诉了崔小婉BB机号码，却没说公司的固定电话，因为，他不知道往后的日子，公司还能不能存续下去。崔小婉问："我打你BB机你会回复吗？"谈天笑了笑，道："第一时间回，风雨无阻。"崔小婉瞥了一眼谈天，说："你的嘴像是抹了蜜。"谈天脸上有些臊红，对崔小婉笑了笑。

风雨来临之前的大海美丽宁静，几只鸥鸟在海面上低旋滑翔。不远处沙滩上，来了一对中年男女，男人手里提着一只硕大的风筝，女人手里握着线圈。谈天知道，他们是来等风放风筝的，不免赞叹道："真是勇敢。"崔小婉点了点头。

短暂的相遇与相识，两个年轻人彼此都留下了美好的印象。他俩边走边说来到了白沙门堤边的一条小路口——那里经常聚集着一些拉游客回市区的"三脚猫"（三轮车）。可能是天气太闷热，又正是午后时间，三脚猫也回家午睡去了。他俩在小路口等了好一会儿，终于等来了一辆三脚猫。骑车的是一个脸上缠着一条宽大脏黑的防晒丝巾、头上戴着一顶又尖又圆椰叶帽的海岛女人。谈天问："去国贸，多少钱？"女人答："五块。"谈天付了钱。"你先走，我等下一辆。"谈天对崔小婉说。崔小婉有些不舍，还想对谈天说点什么，那女人嚷嚷道："阿妹你快点好不，台风马上就要来了，十二级呢！再推来推去的，怕来不及了！"谈天挥了挥手，示意她上车。崔小婉这才坐上三脚猫，叮嘱谈天道："别泄气，把公司做好，我有空就去看你。"

5

台风要来了,得储备一些物品。

崔小婉在小区便利店买了鸡蛋、面食、饮料和蜡烛。

回到住处,看了看另一面的房间,那门虚掩着,她唤了声"莹莹",没人应答。

崔小婉上岛后,住了几天招待所。她明白长久待下来就必须租房,便去了招待所边上的一家房屋出租公司,恰好遇到一个叫李莹莹的女孩也在租房。李莹莹大学毕业,也是刚上岛。两人一见如故,便合租了这套房子。每人一间卧室,客厅、厨房、卫生间共用。两人相处也蛮融洽,一起做饭,一起跑人才中心,一起去东湖人才墙看那些满墙花花绿绿的招聘与求职信息,算是闯海路上有了个伴。今天早上,她俩一起出门,她去了金牛岭和白沙门,李莹莹去一家公司面试,还没有回来。崔小婉估计李莹莹去她男同学那儿躲台风了。她有个男同学在市电视台工作。

已是傍晚,崔小婉感觉有些困倦,没有洗漱,不想上床休息,于是,便拿着一本书窝在客厅的沙发里,打算一边看书,一边等台风。这是她上岛后第一次遇着台风,所以她对台风还是充满了好奇心,想知道台风到底长什么样子,台风的威力到底大到什么程度?回来的路上,遇到了一点风和雨,似乎并不大。当她回到住处,似乎一切又风平浪静了。这种变化,让她感觉到不安。望着窗外黑沉的天空,她突然惊奇自己竟然与这个岛发生了这么大的联系。她想了想,觉得除了海岛本身的吸引外，更为重要的还是英雄爷爷的召唤。她想起了一个月前的那个早上坐在驶往海岛的轮船上的情景……

那天清晨，细雨霏霏，但无大风，航班正常。崔小婉坐火车，换汽车，上轮船，两天两夜，虽然舟车劳顿，但她还是精神飒爽。她一直站在船舷边，这是她第一次看到海，内心的那种惊奇与兴奋可想而知。轮船出港时，海水虽然混浊，但平坦而又宁静。航行了一会儿，海上便起风了，翻涌一丝丝的雨雾。崔小婉听说过大海无风也有三尺浪，此时，船体开始有些轻微的摇晃。船员叫她回舱，她不愿意，仍然站在船舷边，有几次船体颠簸得很厉害，令她有点晕眩，差点吐了出来。她紧紧握住舷杆，坚定地站直身子，看着轮船劈波斩浪，任凭海风呼啸耳畔，听闻海鸥追逐声声。她想起了爷爷崔世光。四十五年前，爷爷正是她这个年龄。她无法想象年轻的爷爷与战友们是如何驾着小木船，冒着天上飞机的轰炸、海上敌舰的冲撞，以及时刻被大海掀翻并被吞噬的危险来横渡这道宽阔、神秘、苍茫的海峡的。

她想起爷爷时，心里再一次升腾起对爷爷的无限敬仰之情。

"你爷爷是个大英雄咧。"

从记事的时候起，崔小婉就总听奶奶念叨着这句话。爷爷对于崔小婉，既熟悉又陌生，既亲近又遥远——她只是见过泛黄的老照片上一身戎装的爷爷，却无法想象出爷爷现时的模样。她对爷爷的了解，完全是通过奶奶的故事与爹爹的只言片语去组合和充实。她只能站在时空的风口远远地眺望爷爷模糊的背影。

"你爷爷可俊哪！他背着长枪，扎着腰带。"奶奶这样说着时总会手舞足蹈，然后，沉浸在对爷爷的回忆之中。

爷爷十八岁的时候与青梅竹马的奶奶成亲。成完亲不到一个月，爷爷便跟村里的几位年轻人一起参加了解放军。"乡亲们唱着山歌送别子弟兵呢！"奶奶说着便哼出两句歌词："解放大军来家乡，好儿郎啊上战场……"时光已经久远，奶奶记性不好，但这两句歌词总能从她那空洞透风的唇间流淌而出。奶奶唱完这两句，常会补上一句总结："你爷爷是个大英雄咧。"

在广西剿匪两年后，部队让爷爷回家探亲。儿子都一岁了，名字还没有取。奶奶说："等你取名呢。"爷爷想了想，说："我们正在进行解放全中国的伟大事业。就叫伟业好了。"奶奶很喜欢这名字。爷爷探亲半个月，非常忙碌，他把羊圈加了固，还给奶奶砍好了过冬的柴，又把屋后山坡的那片朝南的地翻耕了一遍，围上了篱笆，种上了田七。爷爷的探亲假还没结束，便接到部队立即归队的紧急通知。

临行那晚，爷爷与奶奶各种眷恋与不舍。爷爷明白，这一去，又将是一场大仗，不知何日相逢。奶奶虽然不说话，但心里跟明镜似的，直抹眼泪。天刚麻麻亮，爷爷起床，从随身军包里面掏出一个黄纸包，打开，里面有几枚军功章和几张奖状。爷爷说："收好，这些都是我的荣誉咧。等娃儿大了，让他知道他爷老子不是个孬汉咧。"奶奶接过黄纸包，收在床头小柜里，说："知道你是个大英雄咧！"然后，脸带羞涩地从怀里掏出一条绣着一对鸳鸯的手绢递给爷爷，爷爷笑了笑，把手绢绑在手腕上。背包往肩上一挂，出了家门。爷爷走到村头大树下，回头看时，奶奶抱着伟业在村路口抹着泪。爷爷对奶奶吼了一声："担心个啥嘛，你带着娃儿好好待着，打完仗我就回来了。"

不久，爷爷写信给奶奶，部队开拔雷州。随信还寄了张照片。照片中，爷爷理着光头，打着赤膊，坐在沙滩上的一只木船上，双手持着一柄木桨，正在做划船的姿势。而他的身后，是一片汪洋的大海。奶奶没想明白，爷爷是个兵，手里应该是拿着枪，怎么换成了一柄桨呢？难道改行当船夫了？那些日子，奶奶坐立不安，吃睡不宁，右眼皮跳个不停。总是梦见爷爷披红挂绿回来了。奶奶悄悄地请了个菩萨像回家供上，每天三炷香，口里喃喃念叨："求菩萨保佑我家世光平安回来……"

两个月后,村里有当兵的回来说,仗打完了,海岛解放了。

奶奶从那天起开始了等待。几个月后的一天早上,村长挨家挨户通知,有重要大事,全村男女老少都集合在村头榕树下。奶奶抱起还在睡觉的儿子去了。乡长与村长在离人们不远的地方堆放着鞭炮,嘀咕着什么。村人以为是要迎接哪位大领导来村里。不一会儿,几辆吉普车悄无声息地驶入了村里。在离榕树几百米的地方便停了下来。随即,村人们看到前面吉普车里走下县委老赵书记与几位军官。乡长与村长迎上去,与他们交谈着什么。一会儿后,村长指挥乡亲们并列地站立路边。这时,后面吉普车的车门打开,里面走下来三位身着军装的解放军士兵,他们神情肃穆,每人手里捧着一只盒子,盒子上盖着一面鲜艳的红旗。村长喊道,鸣炮!村里的几个小伙子也点燃了鞭炮,炸声响彻四方,硝烟弥漫整个村子。三位捧着盒子的士兵迈出整齐的步伐,向村子里走来。他们的后面,跟着县委书记与几位军官模样的人。村人从未见过这样的阵势,一时摸不着头脑,男女老少的目光全部望着这行人。

这个时候,县委书记站在了村人们的跟前,表情严肃,开始了讲话:"父老乡亲们,大家好!一年前,我们村里走出了数位好儿郎,他们是严德华、罗保堂、刘炳坤、崔世光……他们为解放全中国而英勇杀敌,立功建业。就在四月,我们村里的这些好儿郎参加了解放海岛的渡海战役,并在这次战役中献出了他们宝贵的生命,今天,我们怀着无比崇敬的心情,欢迎我们的英雄回家……"书记话还没有讲完,村人们迅即明白了,一片哭声震天。奶奶只觉得两腿发软,支撑不住,一下已瘫痪在地,怀里的儿子一滑,滚落地上。随着孩子"哇"的一声啼哭,村人们才发现奶奶竟然昏了过去。

当奶奶苏醒过来,发现自己躺在一位年轻女干部的怀里。女干部惊喜地叫道:"嫂子醒来了!嫂子醒来了!"蹲在边上的老赵书记握着奶奶的手说，说："嫂子，烈士名单里没有世光的名字。"奶奶苍白的脸，不相信地摇了摇头，一位军官模样的解放军说："由于战斗激烈，崔世光同志生死不明，部队正在调查之中。"奶奶这才舒缓了一口气，脸上露出一个苍白的笑容。她站了起来，看到许多村人向她投来不满的目光。她从村人手里抱过儿子，连声说着对不起。老赵书记见她一脸苍白，便派了个村里小伙送她娘俩回了家，继续举行欢迎英烈的仪式。

爷爷是奶奶的天。

爷爷要是有个三长两短，奶奶的天就塌了。

奶奶在家左等右等，仍不见爷爷回归。村人们也安慰奶奶："好好等着享清福吧，你家世光一定会回来的。"

从此，奶奶开始了漫长的等待，从春天等到夏天，从夏天等到秋天，从秋天等到冬天，奶奶再也坐不住了，于是，一次次去县上打听，县上的人说："仗是打完了，全国也都胜利了，部队上还没崔世光的消息。好嫂子，不要急，待在家等吧。"

这一等又是几年。

有一天，县上终于来人了，送来一张爷爷的军装照和一张革命军人荣誉证。奶奶问："找到我家世光了吗？"来人摇了摇头，说："崔世光同志仍然下落不明，但不管结果如何，他是一位英勇的革命军人！"奶奶捧着爷爷的军装照及荣誉证书大哭了一场。然后，她擦干眼泪，去了趟县城，给爷爷的军装照与革命军人荣誉证做了个相框，回来后，把相框挂在堂屋正面的墙壁上。

几年后，奶奶的眼睛看不清了。十五岁的爹爹已是个小男子汉了，便带着奶奶走上了寻找爷爷的漫漫长路。他们跋山涉水历尽艰辛，从贵州到广西再辗转广东，行程千里，走了一个多月，最后来到了雷州半岛的海安。过海的船主告诉奶奶："那一战打得很惨烈，国军被打跑了，解放军死了很多，海水都变成了血水……你家男人十有八九牺牲了。"奶奶摇了摇头，坚信爷爷没有死。她要坐船过海，船主一看奶奶瘦弱的身板，担心她过不了风大浪急的海峡，不肯让她上船。任凭奶奶怎样哀求，船主死活都不同意。那个血色黄昏，奶奶坐在海边上，望着大海，哭得昏天黑地死去活来。她对着苍茫的大海喊："回家吧……我等着你啊……"

崔小婉打幼小起就很骄傲拥有一位英雄爷爷。村里还有几位爷爷也是英雄，他们在家乡的山坡上有圆圆的坟头和高高的墓碑。每年清明时节，总会有好多城里人来悼念，尤其是"六一"时，学校还组织同学们在墓碑下举手宣誓。童年的崔小婉对英雄爷爷的全部理解就是山坡上有高大的圆坟与挺拔的墓碑。随着年岁的增长，她有些不明白她家英雄爷爷除了堂屋墙壁上挂着的相框里有黑白泛黄的军装照和鲜红花环上印着领袖头像的"革命军人荣誉证"外，却没有像别人家爷爷那样留下圆坟与墓碑。

崔小婉上中学时，问奶奶："我爷爷到底是怎么回事？"奶奶想了想，眼里涌出两滴泪，说："你爷爷……没有死。"崔小婉困惑了，爷爷既然是英雄，为什么没有死？既然没有死，为什么不回家？奶奶只是抹着眼睛，不说话。正在磨着柴刀的爹爹看了看她，说："你好好念书就是，有本事了去那岛上寻你爷爷。"

四年前的夏天，一个漆黑的夜晚，天摇地动，风雨交加，一股泥石流从她家后山轰然滚出，阿娘扯着小婉、爹爹背着奶奶，一家四口逃出了小屋。没料到，奶奶想起墙壁上爷爷的相框和木柜里爷爷的黄纸包，执意要返回家里去取。爹爹放下奶奶，自己跑回屋里，轰隆一声，山水冲垮了小屋。爹爹被埋在里面。当救援队赶到，从废墟里刨出爹爹，爹爹僵硬的两手正紧紧地攥着爷爷的相框和那黄纸包……几天后，奶奶也因过度悲伤，随着爹爹去了。

那年九月，崔小婉如愿以偿，考上了州师范学院，成了村里唯一的女大学生。

三年后，崔小婉师范学院毕业，海岛大开发大开放的消息不断传来。这令她心潮澎湃，身心向往，几天后，她毅然决定奔赴海岛。阿娘纵然一万个舍不得，也拗不过她。临行那晚，阿娘把爷爷的军装照、荣誉证和黄纸包一并交给了她，说："去找找你爷爷吧，他可是你奶奶和你爹爹一辈子的念想……"崔小婉点了点头，接在手里。

轮船在大海上航行了两个小时后抵达海岛。

船一靠岸，崔小婉抬头一看，艳阳高照，碧空万里，清风荡漾，椰影婆娑，好一个清新的世界。"解放区的天，是晴朗的天，解放区的人民好喜欢！"她不禁随口哼唱了两句。崔小婉背着行囊，踏上这片椰风海韵的土地，心里涌出巨大的惊喜、兴奋和骄傲。"美丽的海岛，我来了！亲爱的爷爷，我来了！"她在心里一次次充满喜悦地叫道。她一下子明白了爷爷与战友们冒死登陆这座海岛的所有理由，她的潜意识里再一次坚信爷爷一定活在这片土地上。她清楚她是带着一家人的希望与梦想，不，应该是肩负一个家族的荣耀和使命，踏上海岛的。

崔小婉一眼就喜欢上了这座有着浓郁南国风情的海岛。街道上人来人往、车流如织，显示出了这座小城大开发大开放的繁荣与活力；满眼翠绿的簇拥与掩映，使得这座小城显得安详又宁静。她暗暗地下定决心，一定要找到爷爷。崔小婉想着能够与爷爷一起生活在这个海岛上，便感到了无比的亲切与踏实。

崔小婉上岛后第一件事就是求职。她明白，要先安定下来，才能寻找爷爷。她去过一家房产公司、一家文化公司，还有一家杂志社。房产公司招聘文员，文化公司招聘采编，杂志社招聘广告业务员，她给每一家都投了简历，招聘的人看完她的简历，面无表情地告诉她回住处等通知。她想正好在等待通知的这个空隙寻找爷爷。但是，她不知道从哪里开始找起，更不知道在哪里能够找到。有一次，她走在街道上，一位与爷爷年龄相仿的老人从面前经过，她竟然情不自禁地把老人想象成了爷爷。她着魔似的跟着老人走了一会儿。老人发现她在跟踪，停住脚步，转身望着她。她这才清醒过来，赶紧热情地上前去打招呼，并用贵州家乡话问老人是哪里人，是否参加过渡海战役，老人一脸蒙圈，莫名其妙而又惊慌失措，摇了摇头，和蔼可亲地说："孩子，你找错人了吧？"这个时候，崔小婉的心里涌出一股伤感和失落。她对老人微笑着表示歉意，然后，有点难堪地转身跑了——她明白，她以这样的方式寻找爷爷是多么的幼稚与可笑。

6

谈天在路口等了好一会儿，来了一辆三脚猫。

这时头顶已是黑云翻滚，眼前风沙弥漫。他想起自行车还锁在海台大厦广场前的椰树下，便赶去了海台。他在广场下车时，便看到一团巨大的黑云翻滚在大厦的上空，保护现场的蓝色警戒线还在横七竖八地拉扯着。他盯着胡老板躺过的地方，眼前再次浮出胡老板像巨大的黑鸟从高空扑下来的样子。他打了个冷战。自行车静静地锁在树下，他不敢有半点停留，开锁推车，一跃而上，当他一口气冲到距离公司一里地的骑楼小街时，手足无措地邂逅了大风。

小街悠长，骑楼通透。风从海上来，而他刚好在街口。大风把他的身体拽住，每迈前一步，风将他拖后两步。他与风较量着，步伐明显艰难。作为闯海人，他已经习惯了海岛台风排山倒海的阵势、摧枯拉朽的气派、目空一切的豪性。记得刚来海岛时，经常听人们谈论台风。他是平原人，对台风没有概念，但是，从人们对台风的描述中，他对台风充满着既稀奇又害怕的情感。后来，每年都经历十次八次大大小小的台风，他觉得就那么回事了，渐渐地对台风没了感觉。

他仍然努力地在风中前行。而不一会儿，大风夹着豆子大的雨点一起砸向了他。雨水顺着脸颊流到嘴角，他舔了一下，冰凉里带着海水的咸涩。他瞅见前面不远处有一户人家，屋檐空旷。他决定进去躲一下。于是，他奔了过去，脚跟还没站稳，只听"吱呀"一声，屋主将大门关闭。天地飘摇，风雨激荡，雨点"噼噼啪啪"地砸在屋檐上的瓦片上。他拍打了一下沾着雨水的衣裤，突然怀念起刚来到海岛的时光——那时，这个孤岛小城落后贫穷，寥寥可数的几条街道，简陋而低矮的楼房，到处都有屋檐。刮风下雨的日子，他们这群浪迹天涯的求职者随便就钻到屋檐下躲雨。好客的主人总是叫他们进屋坐坐，黑瘦的小阿妹硬是往他们手里递热茶。才几年，城市便变了，大楼盖得越来越高，屋檐却越来越少；门槛挨得越来越近，心却离得越来越远。他站在那屋檐下，突然感觉有两道光一直刺着他，他寻找光源，原来距他不远处的一根木柱上，拴着一条高大的黑色狼狗。狗毛竖立，狗耳高耸，狗眼如电正死死地瞪着他。他吓了一跳，往后退了三步。那狗以为他要攻击，便倏地一下腾空跃起，似欲一扑而来。狗力强大，铁链发出一串刺耳的"哗啦"声，木柱也轻轻地摇晃了几下。妈的，人不顺，连狗也欺负。谈天倒吸两口凉气，一刻不敢停驻，抬步便冲进了风雨之中。

　　文明西街是一条狭窄的小街。自行车的叮当声与偶尔误入的汽车喇叭声，小摊贩的叫卖声，混成一片。它还是岛城最繁华的商业街，一头连接着富裕且历史久远的南洋骑楼，一头连接着人头攒动且鱼龙混杂的东湖人才墙。所以，文明西街以海纳百川豁达宽容的胸襟融汇了来自各方的富豪商贩巫婆神汉妓女嫖客侠士大盗。许多年以后，很多人都津津有味地回忆起这条街，并且对这条街念念不忘。包括后来成为富商的谈天，在一次演讲时，曾深情地回忆道："我选择在文明西开公司，就是看上了它的烟火气！"

　　文明西街一头连接着古老传统，一头连接着现代文明，东湖人才墙就在它的连接点上。小街上车水马龙，当然，以自行车居多。小街两边均以平房商铺为主，花店、文具店、装裱店、床上用品店，还有猪脚店。偶尔有个小两层，在这里便显得凤毛麟角鹤立鸡群。谈天租的便是一幢小两层。上下加起来百多平米。谈天在两年前租下来开办了广告公司，取名叫远岸，意味着在这遥远异乡有一处可以停靠的岸。有诗意，有寓意。谈天在岛城做过报纸广告记者，对广告这一行熟悉。

谈天将小两层做了简单装修：一楼做成开间，既做门面又兼制作室；二楼隔出两间，外间做他的办公室，里间做了他的卧室。公司招了几个闯海来的大学生分别担任设计、制作和外联。麻雀虽小，五脏俱全，公司做得有声有色，风生水起，每月都有盈利。唯独没料到"山水国际"折戟沉沙，公司讨债数月，弹尽粮绝。上个月，谈天给员工们放了"假"。于是，公司就只剩下他这个讨债与欠债的光杆司令了。

谈天把自行车放在物业车棚里，胳膊下夹着文件袋，如一只落汤鸡浑身湿透地走回公司。当他正准备掏钥匙打开铁栅门时，一眼看到铁栅门边的铝合金窗户已经洞开。他立即预感到发生了什么事，不安像尖锐的牙齿，狠狠地咬了一口他的心。他急忙开锁，拉开铁栅门，一个箭步冲了进去，面前的景象让他惊骇万分——

屋里烟雾缭绕，桌椅东倒西歪，一片狼藉。

四个陌生人坐在中间的一小块空地上炸着"金花"。他们穿着黑色T恤，嘴里咬着半截香烟，中间堆着一沓纸票。令他更为惊恐的是，他们对开门而入的他，竟然无动于衷，完全没有理睬的意思。

"你们——是谁？"谈天厉声喝道。

他们仍然毫无反应，埋头于赌博之中。

"你们是什么人？！"谈天再一次喝道，声音都变了调。

他们继续玩着，还是不搭理。

"我要报警！"谈天有些声嘶力竭地吼道。

四个人这才放下手中纸牌，一个瘦得像猴子似的家伙抬头看了看谈天，站起身来，拍了拍屁股，斜睨着谈天，问："你要报警？"

"你们是谁？"谈天怒眼圆睁。

"你不知道我们是谁吗？"瘦猴对他笑了笑，问道。

"你没听说过追债人吗?"边上一个胖子抬起头,冲谈天瞪了一眼,低沉道。

追债人。谈天明白了。他虽然预料刘老板会找他,但是,没想到来得这么快,更没想到他们会用这种方式。"我欠钱还钱,但你们不能撬门打锁!"他还是有些愤怒地说道。

"你不要瞎叫嚷!"对面一个光头站起来,厉声呵斥道。谈天从来没见过这样滑溜的光头,脑袋上几乎发出刺眼的亮光。光头走了过来,拍了拍谈天的肩膀,语气变得有些和缓,说:"你要讲道理,我们来追债,你却躲起来,我们不撬门打锁才怪呢。"然后,指了指外面,继续道,"再说,外面在下雨,我们往哪儿站?你对我们太不友好了吧?还要报警,我们不报你的警就算是对得起你了。"

几个家伙发出阴阳怪气的笑声。

"看你这么牛哄哄的,钱一定是准备好了吧?"瘦猴问谈天。

"赶紧还钱,我们好回去交差。"一个矮个子也站了起来,假装整理衣服,故意将腰间的家伙亮了亮。那一刻,谈天想起了大胡子,想起了那把被自己丢在臭水沟里的刀。事实上,谈天也是个狠角色,小时候还跟村里的一位老叔学过拳脚。闯荡海岛的这些年,他也打过不少硬架,对付一两个实在不在话下,尤其是面对挑衅或者威胁,他从不眨眼和退缩。但是,今天情况不同,他毕竟是个欠债者,况且,他们来的是四个人。他没有底气也没有能力去硬扛。好汉不吃眼前亏,男子汉能屈能伸。"各位大哥,"他脸上浮出一个道歉的假笑,像个江湖人似的对他们又是抱拳又是作揖,"得罪了得罪了。我这就去给你们泡茶。"然后,把东倒西歪的桌椅扶了起来,又上楼去沏了一壶茶,取了四个杯放在桌上,"你们喝茶玩牌,我这准备钱去。"

四个家伙得意地相视一笑,然后继续围坐炸"金花"。

谈天蹑手蹑脚地走上二楼,还好,他们没有上楼捣乱。他走进卧室,把湿衣裤换了,然后心有余悸地坐在办公室桌前。他深深地吸了一口气，再平缓地吐出。如此反复了三遍，总算让自己的心情缓和了一些。他拾起桌上的电话，拨给了刘老板。

"刘老板，非常对不起，胡老板死了……"谈天话音还未落下，电话那端便响起刘老板鸭公般的嗓音，破口大骂："他死了关老子屁事啊？你他妈又没死！老子早就说过，在岛城，欠债不还的，都得付出代价……"刘老板的斥骂声在电话里横冲直撞拼命地往谈天耳朵里钻，谈天握着电话筒的手心直冒汗，"我的意思是……请刘总相信，我不会学胡老板以死赖账……"谈天的话又没说完，刘老板便恶狠狠道："你应该知道我派去的那些人是干吗的——他们可不吃素。"谈天的额头上也在冒汗，"刘总，我知道，我知道。我的意思是，您一定要相信我，我年纪轻轻……"谈天诚恳地说着，刘老板继续骂着："在岛城，借钱的、欠债的，全他妈一个德行，要不是装死耍赖，要不是脚踩西瓜皮——溜得快。不要说老子不信你，老子连自己都信不过。"刘老板的语气强硬，似乎水都泼不进。

"我理解刘老板的心情，我也痛恨欠债不还的人。"谈天语气依然真诚，"可是……您想过没有，即便您砍了我，杀了我，钱也讨不回来。"

"那你的意思是横竖任我处置，对吗？"

"刘总，我不是那意思。我们也打了两年的交道了，您多少也了解我的为人。我不会欠债不还，我只是希望您能宽限我一点时间，毕竟我还年轻，我会另想办法，把钱还您。"

刘老板那边总算没有了声音。谈天的话确实是令他发愣了一下，他思忖——真的断了这小子的胳膊和腿，也拿不到钱，还犯下一桩凶案，弄不好自己还得坐牢，确实不划算。再说，他对这个坚毅与精明的小子还是有好感的，就放他一马，"你他妈有把握偿还，对吧？"他的语气显得有些缓和了。

"是的，我有把握，一定能够还清您的债。"谈天坚定地说。

"唔——好吧，我他妈就再信你一回，给你宽些时间，你要有信誉啊，否则，老子就真的不惜代价了，记住，这是最后一次！"

谈天抱着电话，点头如捣蒜："放心放心，我一定不让您失望。"

"你叫光头接电话。"刘老板说。

谈天放下电话，下楼，叫来光头。光头接了电话，瞪了谈天一眼，回到楼下，跟几个同伙嘀咕了一会儿，然后，收拾好牌钱，撤离。令谈天不可思议的是，他们却不走敞开的铁栅门，一个个从那撞破了的窗口爬出去。谈天看得目瞪口呆，心里暗暗骂道：世间有路你不走，非要当狗钻狗洞。光头回过头对谈天阴笑了一下，道："看不懂吧？这叫原路返回！"

房子里寂静如灵堂。

天色完全暗了下来，风雨骤然停歇。谈天知道这是台风登陆前的片刻宁静，巨大的能量正在积攒。他站在窗前，吐出一口长长的郁气。他感觉肚子有些饿，才想起今天仅在白沙门喝过几口椰子水，吃过几片椰子肉。他想去外面找点吃的，可是，实在太累，不想出门了。他记得书柜里还有昨天吃剩的半包饼干，便迫不及待打开柜门，取出饼干，喝了一杯凉水。啃着饼干，他突然想起黑子的一句诗：什么样的终点，才配得上这青春的颠簸与流离。

念着这句诗，一行泪悄悄流过脸颊，浸到嘴里，随着饼干咽入喉间。嚼完最后一块饼干，喝完最后一口凉水，他站在铁栅门边，对着漆黑夜空，撒了一泡尿。一股风吹来，谈天不由得连打两个冷战。他关上铁栅门，爬上楼，走进卧室，倒在床上，沉沉入睡了。

7

天边传来一阵阵轰鸣声。

放眼望过去,乌云如灰色马群声势浩大地朝这边涌来,随即,椰子树芭蕉树开始起舞,树叶簌簌地发出声响。紧接着,稀稀拉拉"哗哗剥剥"的雨声便在窗户上紧凑而细密地响起。崔小婉想,台风真的要来了。

早上还风和日丽呢。

一大早,崔小婉在小区花店里买了束鲜花,打了辆"三脚猫",去了金牛岭公园。

同屋李莹莹听说崔小婉寻找爷爷的事后,便请她电视台的男同学出主意。男同学说,金牛岭公园有个渡海英雄纪念碑,碑上有许多阵亡英雄名录,叫崔小婉去看看能不能找到爷爷的名字,或者发现点什么线索。

朝霞满天,晨风和煦。

公园里人不多,这似乎印证了岛城人习惯过夜生活而不愿早起的传闻。一个小花园里,一对穿着白衣白裤的老头老太在打着太极;另一边小路上,一对年轻男女在面对面地扭腰提胯练舞蹈;而不远处的树林里,一位穿着飘逸长带裙的女子在"咿咿呀呀"吊嗓子,声音尖锐,吓飞了树梢上几只早起的鸟。

崔小婉在公园一角找到了渡海英雄纪念碑。洁白花岗岩石砌成的纪念碑高高耸立,沐浴在海岛金色的霞光里。碑的四周翠绿的松柏围绕，显得幽静而肃穆。崔小婉捧着鲜花恭恭敬敬行了三鞠躬，然后，小心翼翼将鲜花放置在碑底座上。接着，认认真真地读起了雕刻在石碑上的碑文。碑文详细讲述了那次海战惊心动魄的经过。碑文后，附录着涂染了红漆的长长的阵亡烈士名单。她睁大眼睛一个个名字仔细辨认，生怕遗漏一个。霞光照在那些名字上，鲜艳如血。崔小婉的眼睛有些湿润，一抹，竟有泪水。直到最后，她仍然没有看到爷爷的名字。虽然早有心理准备，但不免还是有些怅惘和失落。转念一想，没有爷爷的名字，更加说明爷爷可能真的没有牺牲，还活在某个地方，等着她去相见。崔小婉这样想着，心里又有了些安慰，也增添了寻找爷爷的信心和勇气。

祭拜完英雄纪念碑，阳光变得更加明媚，公园里的人也多了起来。崔小婉打算去白沙门看看大海。她早就听说白沙门是闽海大学生们的聚集地。她在公园门口叫了一辆"三脚猫"。驾车的阿姨听到崔小婉一口大陆口音，便开价要十元。崔小婉知道这边什么都要还价，便学着砍起价来："人家不都是三元吗？"阿姨黝黑的脸上立即堆出一副夸张的表情，说着一口让人听不明白的普通话："怎么可能三元呢，那地方可远着呢！"她向崔小婉举起一个手掌，说："欧元呢！否则就不去了！"崔小婉从她的手势看出，她说的是五元。崔小婉不好意思还价了，便上了车。"欧元就欧元，你开慢点，注意安全。"她对阿姨道。

崔小婉到达白沙门时，海湾里没有人。

她在沙滩上漫无目的地走了起来。大海风平浪静，海水温柔地舔吻着她的脚趾，细沙摩擦着她的脚板，平缓的海浪飘上来覆盖并抹去她的脚印。这是她第一次亲近大海，零距离接触大海。她在沙滩上奔跑着、跳跃着，张开双臂，拥抱海风，亮起嗓子，对着大海一阵叫喊……太阳像一个火球，悬在半空，崔小婉感到燥热与疲乏。她看到海堤上有几棵硕大的椰子树，便决定去椰子树下坐一会儿。

坐了没一会儿，便看见了正走向海水中的谈天。

从见到谈天的第一眼起，崔小婉就觉得他亲切得像个邻家大哥哥。尤其是他给她摘椰子，宽慰她，还要帮她寻找爷爷……这些都令她感动。这是她第一次出远门，孤身漂泊在异乡，潜意识里还是渴望着一丝温暖与关怀。有人常见，却毫无印象；有人匆匆一面，便没法相忘。白沙门的短暂邂逅，谈天给她留了好印象。女孩对一个好印象的男孩总是容易上头。心思细腻而敏感的她，隐隐觉得谈天心里藏着难以言说的事，而且是大事。只因一面之交，又不便探听。所以，想起谈天，她莫名地涌出一缕惦念和一份牵挂：他在干吗呢？他心情好些了吗？崔小婉想。她猛然觉得自己把心落在了白沙门，眼前总是浮现谈天的影子。她觉得，与谈天的相遇是个缘分。

小区里有个公用电话亭。

她想下楼去给谈天打个BB机，可脚步刚迈出又收回来。她觉得这样显得有些唐突与贸然——她毕竟只是个二十多岁的女孩，她与他毕竟刚刚认识，彼此并没有太多的了解，她应该保持一份矜持与含蓄。这令她有些诧异和心慌，自己这是怎么了？

远处，凌厉的风声如雷，一阵阵沉闷地滚淌。风夹着雨点，一阵轻一阵重地敲打着窗户，就如海浪，时而粗犷时而温柔地拍打着沙滩。突然，停电了，世界陷入无边混沌与黑暗之中。崔小婉似乎没有害怕，她只恐惧黑暗。幸亏买回了蜡烛。她起身取出一支，点燃，微弱的光挣脱周身的幽暗。她隐隐觉得有些胃痛，猛然想起今天一直没有吃东西。她还真担心因挨饿而引起中学时代留下的胃病复发。她举着蜡烛，走进厨房。一般来说，停电就意味着停水。幸运的是，水池里还有半池水。她摇了摇煤气罐，很好，煤气充足。她烧水煮了一碗面，坐在窗前桌子旁吃了起来。热乎乎的面汤，使得她的胃痛有所减轻。她一边吃，一边望着窗外——那里，天空如暗黑的窟窿，风雨正蠢蠢欲动，等待着倾巢而出。

台风于夜里十点在岛东海岸登陆，然后，摧枯拉朽地攻击了海岛。屋内一片漆黑与潮湿。狂风夹着暴雨孜孜不倦地扑打着墙壁与窗户，她好几次都感觉到整栋楼宇在摇晃，宛如一艘孤船航行于风雨飘摇的苍茫大海中。在三个小时中，崔小婉亲历了台风的肆虐与狂暴。她有些困倦，却没有一丝睡意。这似乎是一种从小就保持的习惯，遇上极端天气或者自然灾害，她绝对不会入睡。她是大山里的孩子，从小经历过太多的自然灾害，四年前那场巨大的泥石流，似乎把她对自然灾害的胆怯与恐惧通通带走了。

她窝在沙发里，感觉有些困倦。

迷糊中，她做了一个梦，梦见了年轻的爷爷。梦见爷爷带着她走了很远的路，他们穿过了一片茂密的森林，到达一个神秘的仙境。在那里，她看到了许多美丽的景象，包括蓝天白云、青山绿水以及彩虹和星星。她和爷爷对坐在一张古老的桌子旁，一起享用着现代美味的食物。爷爷的目光明亮而温暖，她似乎能够感受到爷爷的温度与气息。

一群麻雀的啼鸣声把崔小婉的梦惊醒了。

她舍不得睁开眼睛，仍然闭着眼努力地回味着那个梦境。梦境对她来说是一种非常陌生而惊奇的体验，醒来后一切都变得那么模糊不清，以至于她怎么也记不清爷爷的相貌，唯一留下印象的是爷爷穿着整齐的军装，脸上带着慈祥的微笑。她意识到爷爷一直陪伴着她，这让她感到激动和欣喜，温暖与安慰。她犹豫地睁开眼睛，结果一片刺目的亮光迎向她。她望向窗外，天已大亮，风雨消失得无影无踪。她起身走向窗边，打开窗户，倚窗而立——天上飘飞着五彩的云朵，一轮红日从还未散尽的雨云里透射出万道光芒，一个清新、澄碧、明媚、妖娆的世界展现在她的眼前！

那一刻，她脑海里再次浮出谈天的影子。她激动地、不再犹豫地跑下楼去，冲进了电话亭，拿起电话拨打了谈天的BB机："我是崔小婉，请回电354362。"她站在电话亭里等待。她相信谈天会在第一时间打回电话。她想象着谈天正在睡觉，BB机的啼鸣声叫醒了他；她想象他睁开惺忪的睡眼，看了一下BB机，脸上露出喜悦的笑容；她甚至还想象出他从床上一跃而起，冲向办公桌上的电话机……她在心里数着：十、九、八、七……电话铃骤然响起。

"你好啊！"他在那边问候道。

"你也好啊！"她愉快地回答，"有没有打搅你呀？"她问。

"怎么会呢！"他笑道。

她咯咯地笑了，有些迫不及待地说："你打开窗户了吗？"

"噢？"他一时没搞明白怎么回事。

"看雨后的世界！"她笑道。

他反应过来了。"哦，好，你等着！"他放下话筒，跑到窗前，拧开窗户锁扣，推开窗户，大声叫道："我看到了！我看到了！一轮巨大的浑圆的火球正从东边天际冉冉升起……天地间弥漫着一层粉红色的薄雾……满天彩云飘飞，霞光万道……我还听到了一串鸽哨从不远的地方传来……天哪，我还闻到了椰树花槟榔花的清香！"

崔小婉也微闭双眼，贪婪地吸闻了一下，"我也闻到了这满世界的清香！"她一边笑着一边尖叫道。

"让我们拥抱这美丽的新世界吧！"谈天兴奋而动情地叫道。他站在窗口，向着窗外伸出了双手，做出了一个拥抱的手势。

崔小婉站在电话亭里，一只手紧紧地握着话筒，一只手也向空中伸了出去。

"心情好些了吗？"她问。

"好多了！"他答。

崔小婉咯咯地开心地笑了。那笑声清脆，宛如林间小鸟的啼鸣。

"今天干吗呢？"他问。

"我想去民政局查一下档案,看看有没有爷爷的线索。"她说。

"要不我陪你一起?"他的声音有些紧张。

"好啊!"她开心地回答。

"我去接你?"他说。

"不。我过去找你,顺便参观一下你的公司。"她说。

"好。我请你吃一个海岛早餐。"他说,"43路公交车文明西站下,往前走十米便见一幢两层楼,门前挂着'远岸广告公司'招牌。"

"好,一会儿见!"她愉快地答道。

8

崔小婉梳洗打扮了一下。

她是师范生，最忌刻意打扮。她只是将一头长发整齐地梳到后面，用橡皮筋绑好，扎一条马尾辫；她最喜欢穿连衣裙，但是，台风雨后的天气还是有些凉意，所以，换上了一件蓝白相间的T恤与一条天蓝色牛仔裤；而脚上的凉鞋，换成了一双白色的网球鞋。整个人看上去时尚阳光，端庄大方。她把装了爷爷材料的文件袋放进挂包里。临出门，不忘给谈天带了份小礼物——一盒家乡的鲜花饼。这是她阿娘亲手做的，她来海岛时，阿娘一定要她带上。她想让谈天尝尝她的家乡味道。

她刚走到小区大门前的候车亭边，43路公交车就开过来了。

台风雨后的岛城，虽然空气清新，但是，街道上还是被风雨糟蹋得一片狼藉。环卫工人在打扫街道，垃圾车上堆满了折断的枝叶、破塑料布与扯烂的铁皮。公交车的运行是一个城市恢复灾后活力的第一象征。

她跳上了公交车。

车里坐满了人，大家的目光整齐地瞄向她。一个手里拿着一份报纸的小青年一个人霸占了两个座位，见她上来，便假装让座似的把屁股往里移出一个座位，崔小婉有些感激地对他一笑，正准备坐下时，后排的一位老阿叔起身走了过来，叫她坐他的位置。老阿叔脸上显出一个意味深长的微笑。崔小婉以为是老人家喜欢坐这个位置，便起身换座。她刚离开位置,老阿叔便迅速地坐了下来。那小青年一下子变得紧张起来,也假装起身挪出座位,突然一个箭步冲下了车。老阿叔坐在那里丝毫不动。大家都显得有些莫名其妙。老阿叔没有说话,从口袋里掏出一个证件向大家晃了一晃。崔小婉看清那证件上醒目地写着"岛城公安局交巡警反扒大队志愿者工作证"。崔小婉一脸雾水,不知所以。老阿叔看了看她,说,"小偷呢,贼眉鼠眼地盯着你肩上的挂包呢。"崔小婉一惊,恍然大悟,难怪她一上车,小伙子立即给她让座。

岛城真不大,不一会儿工夫,文明西站就到了。

崔小婉谢了声老阿叔便下了车。

文明西街依然繁华而热闹,一点也看不出刚受过台风的侵袭。崔小婉左顾右盼往前走了十来米,不一会儿,果真看到前面有一幢两层楼,一楼的门楣上挂着"远岸广告公司"的铝合金招牌。铁栅门半悬着,崔小婉明白,这表明公司处于半停业状态。她走近,拍了拍铁栅门,问道:"谈总在吗?"

正在洗漱的谈天听见楼下有敲门声,一边用毛巾搓擦着脸,一边下楼来掀开了铁栅门,门口站着高挑娇美,清爽利落,楚楚动人的崔小婉。

"这么快就来了?"谈天一脸的喜出望外,赶紧把崔小婉迎进了屋里。崔小婉将手中的鲜花饼递给他,说:"家乡特产,喝茶时当点心。"谈天连呼感谢。

"好乱啊,好呛的烟味啊!"崔小婉挥手掩鼻叫道。

"昨天来过几个民工,在这里打牌,搞得有点乱。"谈天拘谨地向她解释。

崔小婉显然看不得这么乱糟糟的样子,取下肩上的挂包,挽起袖子俨然如一位主妇似的动手要收拾,谈天过意不去,说:"不必了不必了,反正公司目前也不营业。"崔小婉瞥了他一眼,道:"不营业也不能乱七八糟，这破坏风水呀。"谈天一听"风水"感觉有些紧张，他对崔小婉笑道："其实我也蛮信风水的，我就是觉得文明西街的风水好才选在这里安营扎寨的。"两人一起动手将一楼收拾了一通。崔小婉要去收拾二楼，谈天阻止不让，说是生活区。崔小婉一想，男孩子的生活区，确实不方便。于是，便找来拖把抹布，将一楼的地板桌椅擦了起来。崔小婉无疑是个在卫生方面有强迫症的女孩，她很细致地擦洗，不一会儿，桌椅地板竟是一尘不染。"太感谢你了。"谈天眯着眼睛望着崔小婉，一脸真诚地说。崔小婉莞尔一笑，说："没事，以后有空就来帮你收拾。"

"你想找什么样的工作？"谈天突然问崔小婉。

"还不确定。正在等通知。"崔小婉一边收拾着几个茶杯，一边告诉谈天。

谈天笑道："像你这样善良勤快的女孩，工作应该不会难找。"

崔小婉摇了摇头，道："难说呢。"

"要不，来我公司加盟吧，一起创业，你也做老板。"谈天半试探半认真地说。

崔小婉看了看谈天，笑而不答，好一会儿，说，"可以考虑呀，我协助你就行了，不要做什么老板。"

谈天也不好说什么。他虽然感觉崔小婉有加盟公司的潜力，但想想现在公司这么个欠债的情形，拉人入伙无异于拉人下水。他点了点头，说："我把公司做正常了再让你加盟。"

"我不是那意思，我是怕耽误你的公司，因为我不懂业务。"崔小婉解释道。

谈天点了点头，道："不过，你去外边找工作也要注意，岛城有很多皮包公司，甚至还有不少坑蒙拐骗的公司，谨慎一点为好。"谈天出于对崔小婉的关心，贴心地提醒她。

崔小婉一边擦着茶杯，一边对谈天笑了笑，说："我会注意的。"

收拾完毕，谈天说："去吃早餐吧。"

崔小婉也觉得有点饿了，点了点头。

两人便走出公司。

谈天把铁栅门关上，上锁，然后照例去楼后棚屋里推出了他的自行车，"我的宝马专车。"他拍了拍自行车，对崔小婉笑道。然后，飞身上车。崔小婉便也小腰一扭，屁股落座在后座上。

谈天奋力地踩着脚踏。"去哪吃呢？"崔小婉问。

谈天道："第一次请你吃早餐，当然得找个高档点的地方。"

崔小婉说："不去。"

谈天问："为什么？"

崔小婉说："一看你公司那破败样子，我不忍心。"

谈天一笑，道："没事，又不是天天请你吃高档，再说，你一大清早就来帮我干活，我请你吃个好点的早餐是应该的。"

崔小婉还是摇了摇头，道，"以后你发财了再请我。今天我们就去吃个便宜实惠又有特色的。"

谈天笑了笑，打心眼里觉得这个女孩是天下第一善。

"要不，你带我去吃海岛酸粉吧。"

谈天哈哈大笑，道："你确定能吃得惯吗？"

崔小婉道："试试呗，反正是特色风味。"

谈天想起不远处的小巷里真有一家酸粉店。他去吃过，确实实惠且味道不错。于是，掉转车头，奋力踩踏，一会儿，便来到了酸粉店门前。谈天身子一挺，双脚落地，"到了，请尊贵的客人下车。"崔小婉便轻轻一跳，下了车。两人在一张小方桌边坐下，每人点了一碗酸粉。"多放点汁。"谈天吩咐老板说。

据说海岛酸粉最重要的是拌着细细米粉的酸汁。那酸汁外表略显黏糊，味道却调制得极好。黏稠明透，酸中带甜，滑而不腻。内容极为充实，细细一数，有花生米、油炸腐竹、牛肉干、粉肠、酸菜、香菜末等，类似于一碗炖，闻着有些焦煳，入口则是芬香。"这个滋味，宛如百味人间，让人心情复杂。"谈天介绍道。崔小婉一边吃着，一边笑道："嗯，不错，我喜欢这味道，香脆酸甜。"

两人吃罢早餐，谈天载着崔小婉骑行数里到了岛城民政局。

这是一幢破旧的三层小楼。

外墙脱皮厉害，像墙壁上长着黄白相间的牛皮癣似的。门口值班室坐着个老头，听说崔小婉是解放海岛的英雄后代，便非常热情地介绍她去三楼退役军人安置办。老人问谈天："你是她什么人？"谈天说："我是她朋友，陪她过来的。"老头说："那你不能上去，你留在这里等就好了。"谈天问老头："有必要搞得这么紧张兮兮的吗？"老头瞪了谈天一眼，说："政府部门，不是菜园子，不能谁都进吧？"

谈天哭笑不得。这是个有权不用便浪费的时代，一个守门人也可以耍一把权力的威风。

崔小婉摇了摇头，对谈天说："你就在这等我吧。"她便独自上楼了。楼梯的护栏是铁制的，锈迹斑斑，有种摇摇欲坠的感觉。崔小婉不小心把手搭上去，便满手黑黄铁粉。谈天看了哈哈大笑。老头皱了皱眉头，道："笑啥，你以为政府办公楼是豪华酒店呀。"

退役军人安置办的办公室里坐着一个正埋头翻案卷的小伙子。崔小婉说明来意，从挂包里取出文件袋递给小伙子。小伙子眉清目秀，一脸严肃，从文件袋里抽出崔世光的照片、军功章、奖状、荣誉证，一一铺展开，查验真伪似的看了又看。好一会儿，才抬起头，问："你应该去当地武装部查询。"崔小婉说："我爹在世时，去县里武装部查过，没有结果。"

小伙子走进里间，一会儿搬出一摞积满灰尘的《解放海岛英雄名录》，细致地查了起来。遗憾的是，在崔姓英烈中确实没有查到崔世光的名字。小伙子说："像这样的情况可能有两种原因：一是名字出现错误。"崔小婉摇了摇头，插话解释道："我奶奶和我爹爹很清楚地告诉过我，我爷爷叫崔世光，没有别的名字。"她指了指那照片与证书，说，"那名字不也是崔世光么？"小伙沉默了一会儿，眉头紧了一下，点了点头，掩上名录，把照片、证书、军功章等物品装进文件袋里，还给崔小婉，说："那就只有另一种可能。"崔小婉问："什么可能？"小伙搓了搓手，说："可能没有牺牲。"崔小婉点了点头，说："我奶奶与我爹爹也是这样认为的。"

小伙看了看崔小婉，说："我也是第一次遇到这种情况。"他建议崔小婉写一份关于爷爷的情况报告，他可以帮忙转交到相关的军政部门。

崔小婉提着挂包，恹恹地走出民政局。谈天把自行车骑到崔小婉面前，双腿一立，"有线索吗？"谈天问。崔小婉神情沮丧地咬了咬嘴唇，摇了摇头，说："没有。"

"没事，继续找。"谈天一边安慰着崔小婉，一边坐上自行车的座位，崔小婉一跳，也侧身坐上了自行车的后座。"我就不信，一个大活人怎么可能消失得无影无踪呢！"谈天似乎是对崔小婉说，也似乎是对自己说，"我们一定要找到他！"

崔小婉无言，有些感激地看了谈天一眼，点了点头。这时，谈天腰间的BB机响了。谈天装成没有听见，双脚踩动自行车踏板，车轮滚滚向前。谈天不想看BB机，他怕是烦人的刘老板打来的追债电话。谈天奋力地踩着踏脚板，自行车飞一样地行驶着。崔小婉坐在后座，感觉身子都飘起来似的，她的手几次胡乱地抓扯到谈天的衬衣下摆，但是，手又立即缩回来了。BB机又发出一串啼鸣声。"看看吧，说不定谁有急事找你。"崔小婉轻声地对谈天说。谈天还是没有理会，继续奋力地踩着车，他心想不管什么事，骑到公司后再说。

9

半个小时的骑行,谈天载着崔小婉回到了公司。

谈天将车推进车棚里,锁上车,这才一边走一边从腰间取下BB机,打开一看,三次同样的信息:海岛航展公司有事找您,请致电342981联系。

海岛航展公司?

谈天知道这家公司,是岛城一家声名显赫的大公司。找我有什么事呢?谈天感觉有些奇怪,但预感应该是好事降临。"你先坐,自己泡茶喝。我回个电话。"他对崔小婉说。崔小婉点点头,道:"你去忙你的事。不要管我。"谈天便直奔二楼办公室回电话。

"请问刚才谁CALL我?"

"您是远岸广告公司的谈经理吗?"一个女孩温柔的声音问道。

"您哪位?"

"我是海岛航展公司的林秘书,我们公司李总要与您面谈一个业务。"

"啊,感谢李总记得我们公司哈!"谈天按捺住惊喜,问,"什么时候见面?"

"现在有时间吗?"对方问。

"那我现在就过去。"谈天道。

两年前,谈天刚创办远岸广告公司时,在一次政府组织的企业沙龙上,认识了前来演讲的航展公司李老板。李老板是香港人,岛城知名企业家，四十多岁，身材微胖，皮肤白皙，头发油光，戴着一副黑边眼镜，举止温文尔雅，斯文中透着商人的机灵。谈天聆听了李老板绘声绘色的演讲后，激动不已，视李老板为偶像。会后聚餐，很多人都给李老板敬酒，谈天也走过去敬酒。"您是我的偶像。"谈天恭恭敬敬地递上自己的名片，"我刚创业，望李总多多关照。"李老板接过名片，一边看，一边微笑地点了点头，说："不错，年轻人创业要支持，我们公司有业务就找你。"

没想到李老板还真的信守了承诺。

谈天放下电话，冲下楼，兴高采烈地对崔小婉叫道："有业务了！我得马上过去。"

"那真是好！"崔小婉也开心地叫道。

"你能不能跟我一起过去？"谈天突然问崔小婉。

"我去合适吗？"

"有什么不合适，就说你是我们公司的设计师。"

"我能行吗？"

"当然能行啊。"

"那好，反正我也没事，正好学习一下你们的业务！"崔小婉欢快地说道。

谈天把公司的相关资料取出一份，用牛皮纸文件袋装上，然后，又将公章放入文件袋里——一般出门洽谈业务时，他习惯性地将公章一并带上，业务一谈好即可签约，以防夜长梦多。因为用的是牛皮纸袋，公章凸出得厉害，似乎要将文件袋撑破。谈天犹豫了一下，再想航展公司是个大公司，谈的一定是大业务，估计得谈几次才能谈成。第一次去洽谈，八字没一撇，带公章也显得有些早。于是，他将公章放回了抽屉。"你带着这些资料。"他将文件袋交给崔小婉。然后，返回棚屋，推出他的"宝马"，崔小婉在门外等他。他拉上铁栅门，锁上，然后，跃上自行车，驮着崔小婉直奔海岛航展公司。

林秘书将谈天与崔小婉带进李总办公室。

李总坐在宽大的大班台前,他穿着白色衬衣,吊带西裤,头发梳得光亮,右手大拇指与食指捏着一支雪茄。谈天叫了一声"李总好",李总点了点头,说:"我看到过你们给山水国际做的那个广告牌",他把雪茄放在烟缸上,习惯性地伸了伸左手,手腕上那只昂贵的金表闪烁金光,"确实做得好,无论文案,还是设计,都非常有创意,是我喜欢的风格。"

"感谢李总能够记得我们公司,更感谢李总关注我们的作品。"谈天毕恭毕敬地说。

李总指了指崔小婉,问:"这位美女是——"

谈天介绍道:"她是我们公司的崔小婉设计师。山水国际的广告牌主要都是她设计的。"

崔小婉一愣,脸倏地红了一下,随即站起身来,落落大方地说:"幸会李总。"然后,将文件袋的公司资料送给李总。李总接过资料随意翻了一下,"你们的资料我就不看了。"他把资料合起来,递回给崔小婉,向她伸出手,微笑道:"不错不错,崔小姐又漂亮又有才!"他握着崔小婉的手,亲切地说,"相信崔小姐一定能够帮我们设计出更好的作品来!"

崔小婉用她的文静典雅掩饰住了内心的惊慌,笑道:"一定努力,请李总放心。"

"年轻人啊,不得了,你们能行。"李总说话间突然转过头来,瞥了一眼谈天手里的公文包,问谈天:"带公章了吗?"

谈天一愣,摇头道:"没带哦。"

李总点了点头,嘴角浮出一缕微笑,道:"哦,没带就好。"

谈天发现李总的这话有些意味深长。

李总叫进林秘书,吩咐道:"你带他们去洽谈一下合同内容。"

林秘书便带着谈天和崔小婉进了会议室。

会议室里一坐下，谈天问林秘书："李总为何问我们带公章没？"林秘书嘻嘻一笑，说："如果你们带了公章，这个业务就泡汤了喽。"见谈天一脸不解，林秘书解释道，"李总是香港人，香港人习惯性地把那些将公章随时揣在身上的公司称为皮包公司。那些皮包公司，要么是无办公地址，无公司员工，无公司业务的'三无'公司；要么是广告掮客——签下合同，便把业务卖给别家公司。对于这类公司，我们一律不合作。"

谈天听后不禁倒抽一口凉气，幸亏他没带公章。仿佛冥冥之中自有天意。

林秘书将此次业务内容作了大致介绍：航展公司准备在机场、码头和汽车总站三处地方各做一个大型霓虹灯广告牌。谈天明白，这是一笔大业务。林秘书继续介绍道，三个广告位由航展公司向这三个地方购买，远岸公司负责三个广告牌的设计和制作。谈天知道广告位也是有大利润的，于是，对林秘书说："我们公司与这三个地方都有业务往来，你们不如一并交给我们去办，可能会为你们省下一笔钱。"

林秘书点了点头，说："那也行。我跟李总汇报一下——你们有合同范本吗？"

谈天说："有的。"

崔小婉从文件袋里拿出合同范本递给林秘书。

林秘书很认真地看了起来，一会儿，她合上合同，说："大体没有意见，只是付款需要商讨。"

"如何商讨？"谈天有些警觉地问。

林秘书说："我们公司所有合作都不存在预付款问题，我们是工程完结验收后方可付款。"

"你们的意思是需要我们垫资？"谈天问。

"嗯。"林秘书点了点头。

谈天一下子无语了。山水国际的教训历历在目。公司为此付出了几乎倒闭的代价。他不想再犯那样愚蠢的错误了。林秘书似乎看出了他的为难，安慰道："你们尽管放心，我们会按合同付款，绝不拖欠。你们要相信海岛航展的实力。"

这几乎是与山水国际胡老板当初让他垫资做业务时一样的说辞。

谈天思忖了一会儿，摇了摇头，语气有些坚定地说："这业务我们接不了。"

崔小婉看了看林秘书，说："能不能通融一下，付款方式分期。也就是说，按照工程完成进度付款。"

林秘书说："这个我做不了主，得由李总来决定。我可以告诉你们，我们公司前些年被那些皮包公司坑怕了，他们拿了钱不做事，或者做不成事，后来，董事会作出决定，对广告工程这一块，必须整个工程完成验收后才付款。"

谈天坐在那里不再吭声。公司在山穷水尽的时刻能够接到这么一笔大单，他本应该喜悦开心。可是，这苛刻的付款方式，令他心灰意冷。凭着经验，谈天暗自算了一下，整个工程造价一百多万，公司哪有实力来垫资近半呢？他还欠刘老板二十万，命都还捏在刘老板的手里。怀着满腔希望而来，得到这样的结果，他的热情降到了冰点，他一脸苦瓜相地坐在那里，心情沮丧到极点。

崔小婉已明察谈天的苦衷。她微笑地对林秘书说："我们也不必僵持在这一条款上，要不，您跟李总汇报一说，看能不能通融一下，给我们一个优待；我们也回去商量一下，看如何接下这个工程。我们是非常有诚意为航展公司做好这个业务的。"

林秘书点了点头，有些同情地说："我尽力跟李总汇报，你们回去等通知吧。"

谈天向林秘书道了谢，与崔小婉一起走出了会议室。

10

谈天与崔小婉默默地走出航展公司。

大门边上有家小卖部。谈天去买了一包烟和一瓶可乐。他把可乐递给崔小婉,自己点燃了一支烟,站在那里皱着眉头吸了一口。崔小婉喝了一口可乐,微笑着安慰他道:"没事的,说不定他们能够通融呢,我们耐心等待通知吧。"谈天点了点头,把烟抽了两口,往地上一扔,用脚踩灭烟头,说:"快到中午了,找个地方吃饭吧。"

谈天走到椰子树下,将自行车开了锁,骑了过来,崔小婉坐上去。谈天问崔小婉:"要不,请你吃个海岛猪脚饭?"崔小婉有些不可置信,道:"你还真习惯海岛口味了呀?"谈天笑了笑,道:"习惯了,而且一段时间不吃还怪想呢。"谈天说的是实话,海岛猪脚饭,不但是海岛本地人的最爱,也获得了许多闯海人的喜爱。多少年后,闯海人都会念念不忘海岛上的猪脚饭。谈天说,他来到海岛上最大的一个改变就是能够接受除了辣椒炒肉外的其他口味。崔小婉不可思议地摇了摇头,道:"我也吃过海岛菜,虽然能够接受,但不至于想着去吃。"谈天笑道:"那是因为你没找到正宗的特色美食,吃过了,就会经常惦念着。"

女孩子大抵都是吃货,一说正宗的特色美食,没有几个能够抗拒的。谈天这番话诱惑得崔小婉兴趣盎然巴不得立即上路。谈天说:"跟我走吧。"

两人骑着车来到文明西街尽头的一家"海岛猪脚饭店"。这是一家老店。店面很小，里间也只能容得下五张小桌。谈天介绍说，店老板是正宗海岛人，烹饪技术据说是祖传下来的。谈天光顾过几次，味道不错，在岛城的名声挺大，去晚了，是没有座位的。

两人在一张小小的四方桌边坐下。谈天点了两份猪脚、两份酸菜、两份芋头秆和两碗漂着葱花的骨头汤，又要了两碗蘸着猪脚酱汁的米饭——这便是海岛猪脚饭的标准套餐，每份五元。几分钟后，猪脚饭便端上桌来。谈天夹了一块金灿灿的猪脚放在崔小婉的碗里，说："你先吃一块。"崔小婉将那块猪脚送入口中，咀嚼起来，"嗯，好吃，肥而不腻，满口生香。"崔小婉真是第一次吃到这么纯正的海岛特色猪脚，一边吃，一边赞不绝口。"不错，真是名不虚传。"

而这时，谈天便发现有两束目光从不远处的一张小桌射来。他看了一眼，那儿坐着两个皮肤黝黑的海岛青年，一胖一瘦，外表打扮流里流气，谈天一看就知是本地烂仔。从谈天与崔小婉进店开始，两家伙就一直盯着他们，时不时低低地耳语什么。谈天看出了他们眼神里的邪恶与猥琐，便狠狠地瞪了他们一眼。

"你瞪我干吗？"瘦仔面露凶光地对着谈天喊道，"你个大陆仔！"

海岛开发之初，海岛人将从内地过来的人称呼为"大陆仔"，对他们来说，可能是一种并无贬义的习惯称谓，但对于内地人来说，感觉是一种蔑称。尤其是海岛本地烂仔，总觉得内地人上岛占了他们的地盘，抢了他们的饭碗。所以，对内地人有一种天然的拒绝与排斥，为此，发生过很多次打架斗殴。谈天本来正为公司业务的不顺而心情不爽，闷闷不乐，瘦仔的这一挑衅似乎点燃了他心中的怨火，他的脸一下子变得铁青，"腾"的一下站了起来。崔小婉扯了扯谈天的衣角，示意不要理睬。谈天想想自己正处于事业低谷，也不适合惹事，只好按捺住冲动，默默地坐下。然后云淡风轻地给崔小婉的碗里夹了一块猪脚。崔小婉咬着猪脚咀嚼起来。谈天再一次问："好吃吧？"崔小婉笑着回答："确实不错！"

两人埋头啃着猪脚吃着汤饭。

两烂仔显然不甘心就此罢休,"妈的,不就是个鸡头么?带个鸡,拽啥?"瘦仔冲谈天骂道。谈天意识到,今天这祸是躲不了了。侮辱他可以,但不可以侮辱崔小婉。他再也忍不住了,顾不得那么多了,"嗖"地站了起来,把袖子往上一撸,崔小婉还没来得及阻止他,他便冲了过去。

两个烂仔也站了起来,虎视眈眈地盯着谈天,"要打架吗?"瘦仔问。

谈天根本没答话,一拳直击瘦仔的黑脸,瘦仔"哎呀"一声捂住了脸。而这时,胖仔操起了桌上的啤酒瓶,随着"砰"的一声,谈天感觉额头一阵发麻,眼前金星一闪,随即,一缕热乎乎的鲜血顺着额头流了下来。崔小婉迅即冲了过来,她左手提着挂包,右手向空中举起,风声呼啸,又狠又准,"啪啪啪"连甩三下,一座鲜红的五指山便印在胖仔那圆饼脸上。这阵势自然鼓舞了谈天,还没等胖仔反应过来,谈天顺手抄起一只凳子狠狠地往胖仔腰上砸去,胖仔"哎哟"一声栽倒在地。紧接着,谈天腾空跃起,飞起一脚往正抱着眼睛发蒙的瘦仔肚上踢去,又听"哎哟"一声,瘦仔也趴在了地上。

店里的另两桌客人惊呆了。

崔小婉看到店老板在打110,便扯了下谈天的衣角。谈天向打电话的老板甩了一张十元钞票,然后冲出门,顺手从门墙边抓起自行车跳了上去。崔小婉也背着挂包,跑出了店门,一步跃上了后座。两人配合协调,动作敏捷而连贯,快速撤离了猪脚店。

烈日当头,谈天只觉得空气里飘荡的都是灼热的血气。

一路风驰电掣。谈天一口气将自行车骑行了三里地,来到一棵椰子树下,谈天把车一停,摸了摸额头,还在渗血,他从口袋里掏出一包烟,抽出一支点燃,猛吸几口,然后把烟灰弹在手掌上,往伤口处抹了抹。崔小婉制止："这会留下疤痕的。"谈天笑道："没事，我们老家的土方，止血消炎。"烟灰还真的很快止住了血。崔小婉说："还是去医院处理一下，天气热，怕伤口发炎。"谈天笑道："没事，就破了点皮而已。"谈天重新跃上车，驮着崔小婉继续前行，经过一家药店，崔小婉叫道："停车。"谈天把刹车一紧，自行车便稳稳地停下来了。崔小婉跳下车跑进药店，买了药棉消毒水与创可贴。谈天笑道："没那么矫情，买什么药嘛。"崔小婉看了他一眼，指了指不远处的滨海公园，道："进里面歇歇吧。"

来到滨海公园大门前，谈天把自行车放入边上的车棚里，与崔小婉走进了公园。

白天太热，公园里游客三三两两。两人在一棵阴凉的榕树下的石板条凳上坐了下来。"我帮你清理一下伤口。时间久了，那烟灰会清洗不掉。"她有点埋怨谈天道。

"没事，破个相，留个记忆。"谈天笑了笑，道，"你胆子不小呢，还敢打人家耳光。"他看着这个表面文静的女孩子，实在想象不出那一刻她怎么会那么勇猛与果敢。

崔小婉笑道："我可是山里的女孩，我从小就像男生一样顽皮。再说，我还是英雄的后代，遇上坏人，我也不害怕。"

多少年，谈天都没忘记崔小婉怒甩烂仔三耳光时的飒爽英姿。

崔小婉心疼地用药棉蘸了消毒水去擦拭谈天额头上的伤口。两人离得非常近，这是谈天第一次与女孩子这么近距离地接触。她的皮肤是那么白皙，脸颊、颈项、耳垂上的绒毛都清晰可见。而那双在他额头上移来移去的手指，更是令他着迷——那是他见过的最美丽的手指，修长、圆润、丰腴。他们挨得那么近，他几乎能听到那平缓而均匀的呼吸声，几乎能闻到她头发里散发出的沁人心脾的清香。尤其是当他注意到了她那高耸的胸脯有规律地起伏的时候，一种异样的冲动像电流一样传遍他的全身。而她的神情那么专注，眼里充满着怜爱。

他的脸倏地一下红到耳根。他怕控制不住自己，干脆闭起眼睛，屏住呼吸。崔小婉的动作仍然那么轻盈，药棉蘸着药水一次次地在他额头上擦拭，宛如春风轻轻滑过额头，宛若溪水悄悄流淌心尖。那一刻，他对面前的这个女孩充满了无限的爱意。他在心里暗暗发誓，此生此世，保护她，疼爱她，陪伴她，永不负她。他这样想着时，脑袋不自觉地动了一下。"别调皮——还有些黑灰洗不掉。"崔小婉充满爱意地嗔怪道。

"没事，就让它留着吧，当成一种纪念。"谈天笑道。

崔小婉摇了摇头。擦洗完伤口，她撕开创可贴轻轻地贴在了那伤口上。

多年以后，这个场景始终记在谈天的心里。他一生受过很多次伤，但从没有哪个女孩俯下身来为他擦拭过伤口。人生有很多体验，但有种体验只需一次，便是一生一世。谈天的额头上永远留下了一条清洗不掉的黑疤，只有他知道，那是他与崔小婉永恒的印记。

两人坐在榕树下。崔小婉聊她童年时代如何像男孩子一样钻山洞、烧马蜂窝，甚至还与大人一起抓山贼。谈天听着哈哈大笑。时间过得很快，不觉太阳西斜，公园里陆续进来了操着外地口音的游客和散步健身的市民。崔小婉说："我也得回去了，我得准备一下明天求职面试的材料。"谈天站起身来，诚恳道，"如果求职面试不成功，就来我公司。我决定正式聘请你担任我公司的设计师，请你考虑一下。"崔小婉嘻嘻一笑道，"真的还是假的？"谈天把手一挥，道，"君子一言，驷马难追。当然是真的。"崔小婉道："好，那我有退路了！"谈天送崔小婉到公园门口，崔小婉安慰谈天说："耐心等待吧，说不定航展公司会有通融。"谈天点了点头。

崔小婉打了一辆"三脚猫"回住处去了。

天空蔚蓝，风儿轻拂。谈天一个人在公园里转了一会儿，他不愿意回到空荡荡的公司。因为今天没有午休，他感觉有些困倦，便回到那石板条凳上躺下,打算睡一会儿。阳光透过树叶的缝隙,斑驳地洒在他身上,像盖了一层清凉的丝被。他眯着眼睛,脑海里却是崔小婉的影子。他明白,这个女孩已入驻了他的心里。他不知道这是不是爱情,但是他感觉到了崔小婉在他心中沉甸甸的分量。他有些恼恨自己胆小,刚才竟然不敢向崔小婉表白。他这样想着时,嘴角浮出一缕幸福的微笑。

谈天眯了一会儿,睁开眼时,他看到这美丽的景象,夕阳西沉,而东面蓝色天幕上却挂出了一钩弯月——日月同框。虽然只是眯了一会儿,但他觉得像是睡了一个几个月里最安稳的觉。他起身坐了起来,伸展了一下腰腿,然后走出公园。

大门口很是热闹,人越来越多。车棚里排列着一长条新的旧的红的黑的各式各样的自行车。谈天费了好一会儿工夫才找到他的自行车。推着自行车走出公园的时候,他抬头仰望了一下天空,夕阳完全隐没,而那轮弯月,散发出一团鹅黄色的晕圈,很像一只毛茸茸的兔子向中天冲去。岛城沉寂,街边树木建筑陷入阴影。谈天飞身一跃,骑上自行车向前行驶。鹅黄色的月光,将两边树影泼洒在路面上,他轧着那些碎片似的光影行驶。不远处的华侨大厦,亮起了一闪一闪的霓虹灯,有个女孩在街边椰树下弹着吉他唱歌:

> 让青春吹动了你的长发让它牵引你的梦
> 不知不觉这尘世的历史已记取了你的笑容
> 红红心中蓝蓝的天是个生命的开始
> 春雨不眠隔夜的你曾空独眠的日子
> ……

11

谈天回到公司刚洗漱完，刘老板的电话就打来了。

刘老板在话筒那边一阵痛骂。谈天耐着性子一言不发地听着。他理解刘老板的愤怒发泄。刘老板总算骂完了，谈天便一个劲儿地表示歉意。刘老板的怒气显然减轻了一些，他换成一种平缓的语气："你千万不要耍赖，免得引起我的追债人不耐烦。"谈天说："我绝对不会耍赖，我一直在想办法。"刘老板显出有些悲悯的语气，说："我也不愿意看到你倒在那些追债人的刀下。那些家伙心如蛇蝎，我怕到时我都控制不了他们。"谈天知道刘老板换成另一种方式警告与恐吓。他诚恳地表示，感激刘老板的提醒和刘老板的宽容。双方沉默了一会儿，刘老板突然问："你在岛城混了多少年了？"谈天说："好些年了。"刘老板问："一个朋友都没有吗？"谈天说："朋友是有……"刘老板的语气变得更加低沉，问："就不能找朋友借一借吗？一人借一点，凑一凑，不就解决了吗？"谈天愣了一下。刘老板说："我的资金实在是周转不过来了……"从这语调里判断，刘老板可能确实遇到了困难。谈天答应刘老板试试。

谈天放下电话，坐在办公桌边绞尽脑汁地想，实在想不出找谁开口，而且谈天心里明白，在岛城，借钱比登天还难。岛城有句流行语：防火防盗防借钱。几年前，谈天采访一个老总，那宽大的班台后面背景墙上便是六个鲜红大字：借钱就是借命。他坐在电话机旁，搜肠刮肚地想，实在想不出找谁能够借出这一笔款来。

不过，有个人他想试试——千里之外的黑子。

黑子是谈天的大学同学，同宿舍，同写诗，同喝酒，同追学妹，所有的"同"一件不落，真正算得上是穿同一条裤子的同党。黑子最大的能耐是一嘴黄牙随时能吐出一两首诗来，黑子最大的优点是拍着胸脯说："没问题，有兄弟在！"那胸脯拍得山崩地裂，你光听着那声音都会被感动得不为他死一次都觉得对不起他。同学四年，黑子虽然胸脯拍得又红又肿，却从没做过一件对得起同学的事。毕业前夕，黑子用一首诗招惹了学妹，把学妹的肚子搞大，然后死不认账，让学妹追着骂，闹得满校风雨，同学们给他送了个外号"脑瘫"。

吃毕业散伙饭那晚，黑子喝完半斤大曲，一脸泪水，只身爬上了西行的绿皮火车。三天后，他打了个长途电话给谈天，说他正在云南边境，与越南只有一山之隔。黑子像朗诵诗歌一样地召唤谈天说："野坡地雷，小镇私枪，神秘金矿，越南少女……来吧，这里才是我们闯荡和写诗的地方！"

谈天想了想，摇头否定，还是来到了海岛。大海、沙滩、椰子树、渔家女孩，自然更吸引谈天。半年后，黑子又来信说，他不再写诗，与人合伙开了一个金矿，名字叫"鸿运金矿"。黑子说，金子，黄灿灿的金子，才是老子的追求！又过了一年，黑子又来信：闯什么鸟海，写什么鸟诗，你来我这里吧，我俩合作一起再开个矿，我出钱，你管理，打造我们的财富世界！信中还夹着一张照片，背景是"鸿运金矿"金碧辉煌的大门。黑子西装革履，手握"大哥大"，倚靠在一辆大奔边上。他的边上，站着三个摇首弄姿的艳丽女子。黑子一脸嘚瑟的傻笑，露出满口金牙——看来，黑子确实实现了伟大的人生之梦。

谈天虽然知道黑子从来是个不靠谱的家伙，但是，还是想试试。毕竟他现在财大气粗了，而且，说不定这些年他的"脑瘫"已被"修复"，愿意帮老同学的忙呢。谈天看了看时间，十一点，他想黑子应该没睡，于是拨响了黑子的"大哥大"。

"这么晚还没睡呀，是不是想我了？"那边传来黑子的声音。

谈天问："你在干吗？"

黑子说："我在洗浴中心呢！这里的越南女孩服务真好，五百块，卧龙戏水，冰火两重天，一条龙，全包，你来呀，要不，我让个越南妹子给你说说越南话。"

谈天知道他又要显摆了，立马说："我没时间听你的越南妹子瞎扯，我有急事找你。"

"什么事呀？"

"我遇到了一点麻烦，急需一笔钱。"

"说清楚什么麻烦。"

谈天说："我欠人一笔款，被追债。"

"多大点事！你不要着急，我立马派人过去给你摆平，我现在手里有的是家伙——"黑子压低声音，道，"AK47老子都搞了好几把！"

谈天说："我不需要那些，我只需要钱。"

"多少？"

"十万。"谈天不敢说二十万。

电话那边没了声音。过了好一会儿，黑子说："兄弟，十万，说小也不小，在我们矿区，十万可以买条人命；说大也不大，我请上头吃饭，一顿饭吃个十万八万也是常事。"

谈天问："你就说借还是不借？"

黑子说："你等我一会儿，小姐正在给我擦精油，这是越南精油，跟我们国产的不同……妈的，她们的手法确实不一样……要不，你晚点打过来吧……哎哟哟，你手法轻一点好不？"黑子的大哥大挂了。打鼓听音，说话听声。现在已不是五年前的"脑瘫"了，他甚至连拍胸脯的动作也省略了。谈天没有再打过去，他不想自取其辱。

谈天坐在电话机边，连续抽了两支烟，房间里烟雾缭绕。

他想，既然已经开口借钱了，那么，就继续不要脸好了。他决定找闯海兄弟飞哥试一试。

飞哥叫杨飞，大学毕业来海岛。卖过报纸，跑过信息。后来，在海台大厦一带算命。岛城大开放大开发，五湖四海来的老板多。飞哥算命一天可以挣好多钱，于是，他干脆以算命为业。飞哥长得帅，喜欢看书，知识面广，人又机灵，说话也幽默，所以，算命生意做得风生水起，有模有样。谈天与他的相识是在岛城宾馆前的某棵椰子树下。算命的飞哥叫住了匆匆走过的闯海人谈天，盯着谈天半天，道："兄弟，你面黄肌瘦，印堂发暗，一副落魄相，想必人生不顺吧？"谈天斜睨了飞哥一眼，道："我刚来海岛，工作还没着落，三天没吃饭，饿得直发晕。"飞哥一脸悲悯，道："同是天涯沦落人，要不嫌弃，你先吃包方便面吧。"飞哥说着从袋子里摸出一包方便面递给了谈天。谈天挺感动，觉得这家伙是个善人。一边啃着方便面，一边随他聊起来。飞哥说："海岛开发，十万人才下海岛，你看，这小岛能够容纳这么多人才吗？所以，工作不好找啊。"谈天问："那怎么办呢？"飞哥答："回去呗。"谈天一脸沮丧道："可是，回不去了啊！"飞哥上下打量了一下谈天，道："看你也是个福相，而且，口才也不错，要不，就跟我学算命吧，包吃包喝，赚到了分成。"谈天哪瞧得起算命看相，但一听飞哥说有吃有喝，便动了心，心想暂时投靠这厮，待养好身体再去找别的事做。遂稽手作揖，拜飞哥为师。

多年后，已成为岛城企业家的谈天不得不承认已成为岛城书法家的飞哥，不但是他流落岛城的贵人，还是他相依为命的兄弟。

每日天一亮，师徒俩便出门算命。一日，来了个手提坤包的窈窕女孩，飞哥问："看手相？把手给我。"女孩便把手伸过来。飞哥捧着女孩的手，一边端详，一边摩挲，一边对谈天感慨道："上次碰女孩子的手还是在小学里玩'你拍一我拍二'的时候。"女孩赶紧把手缩了回去:"你会不会看啊?"飞哥理直气壮:"你太小看我了,我三岁习文,四岁习武,五岁六岁如狼似虎……"女孩连忙后退,叫道:"妈呀,吓死我了,离你远点。"飞哥恢复一本正经,道:"开玩笑的,开玩笑的,这不是为了押韵嘛。我确实是三岁习文,四岁习武,五岁练胸口碎大石,七岁学会了阴阳八卦。"女孩问:"那六岁呢?"飞哥一愣,忘了说六岁。谈天机智配合,告诉女孩:"我师傅六岁的时候在家养伤。"女孩站起身,提起坤包,飞跑。

谈天已是笑得擤了鼻涕,抹了眼睛;再看飞哥,不笑,仍一本正经坐在那。谈天摇了摇头,觉得跟飞哥学算命,虽不会饿死,怕会是笑死。

谈天跟飞哥猥琐地混了一个月,找到了一家报社做广告业务员。分手那天,飞哥认真地告诉谈天,其实,他算命只是暂时谋生,等有钱了,他想在岛城开家书店。谈天觉得飞哥的这一理想倒是高尚。果然,皇天真不负有心人,半年后,鸿运垂青,飞哥在算命时遇到一富婆,一番海阔天空后,富婆竟然喜欢上了幽默博学的飞哥,愿意投资给飞哥开书店。这种傻鸟升天的事,在那个年代的岛城比比皆是。从此,岛城宾馆前的椰子树下再也看不到算命大学生飞哥的身影。飞哥在国贸路上开了家气派非凡的书店,名曰"国贸书店"。飞哥成了书店的老板。

谈天拨响"国贸书店"的电话时,飞哥正在喝酒。接到徒弟的电话,自然喜出望外,"你小子好久不跟我联系了!"飞哥一边说话,一边将酒喝得"嗞嗞"地响。飞哥告诉谈天,自从开了书店,酒已成了他生命中跟书一样重要的东西。"你干哪行了呢?发财了吧?"飞哥问。谈天说:"在那报社做了几个月广告记者,没赚到钱,辞职了,开了家公司。"

"什么公司?"飞哥问。

"广告公司。"谈天道。

"广告公司不错嘛！我还想开出版公司呢。"

"出版公司能批得下来吗？"谈天问。

"咋批不下来呢？海岛大开发、大开放嘛！"

"哦哦，那确实。"

"出版公司成立后，我想编一本书，就叫《办事指南》，专门提供给来岛城吃喝嫖赌旅游办事的人看的。"飞哥说。

谈天笑道："创意蛮好的。"

"你这么晚打电话来是要跟我买书吗？我记得你不喜欢看书的啊，是不是开公司觉得需要学习了？你也别买了，我送几本给你就行……现在的书都涨了价……别浪费钱。"飞哥又把酒喝得"嗞嗞"地响。

"我不买书，也不需要飞哥送书，我是想请飞哥帮个忙……"谈天有点欲说还休了。

"什么忙？你说说看。"

"我想……借点……钱。"

电话里没了声音。谈天倾耳细听，也没听到喝酒的"嗞嗞"声了。估计飞哥在作激烈的心理斗争。谈天耐心等待，看是个什么结果。"兄弟啊，真是事不凑巧啊！"飞哥显得很是神秘兮兮地说道，"前几天我朋友从香港搞回来一车新书。我一看，好家伙，都是奇书禁书绝版书，国内绝对搞不到的。我正在筹钱收藏那批书呢。"

谈天问："你不会缺钱吧？"

"缺呀，我正发愁呢！"飞哥说。

"你不是有富婆投资吗？"谈天问道。

"唉！"飞哥发出一声叹息，"她不管我了，说我卖书的钱还不够喝酒。前些时间跟我闹掰了。兄弟啊，商女重利轻情义啊！"他的声音里充满埋怨和感伤。

谈天无语了，他不想再说什么，默默地放下了电话。

夜已深。谈天关掉电灯，坐在窗台上，他在幽暗中点燃一支烟。

夜色的浓郁与烟雾的迷离，双重地压迫着这片狭小的空间。谈天陡然觉得走不出这四面的黑暗，更为加重了他的惶恐、困惑与迷惘。他熄灭香烟，走进卧室，倒在床上，忽然感觉床铺湿润而黏糊——台风过后的这段时间，房子里总是湿气很重，往空中一抓，几乎都能握一把水。他睡不着，站起身，又走到窗前。窗外更为暗黑。他无奈地返回床前，倒在床上。睡不着，遂又起身，走回窗前……他走过来走过去，一次次重复着无意义的动作。最后，他在窗户前站住，双手一把推开窗户，面对黑黢黢的城市，脱口大骂了一声："呸，这狗日的闯海人生！"

12

无论多么纠结无奈,无论多么郁闷惆怅,谈天仍然像一个尽职尽责的守护人似的坚守在电话机旁。这些天,他双脚没迈出过门,吃喝拉撒全在公司里。他等待电话铃声的响起。事实上,他一方面渴望电话铃响起,一方面又惧怕电话铃响起。电话铃响起给他希望,表示他还有一线站起的机会;电话铃响起也给他恐惧,因为,他实在不知如何筹集那笔垫资。

凭着经验,谈天反复核算过:三个广告牌,租位、设计、制作、安装,算是个百万工程,至少需要先垫付五十多万。这无疑是一笔巨款。他卖血也搞不来这么多钱。他想。

崔小婉每天早、中、晚三次打来BB机,谈天每次都会立即回复。这两天,他无时无刻不想念崔小婉。崔小婉是他熬度艰难时日的精神支柱,也是他心里潜滋暗长的温暖依靠。"你在干吗呢?"她问。"等待中。"他说。"别急,好事不怕迟,好饭不怕晚。"她总是这样安慰他。幸好有崔小婉。谈天颓废而疲惫的脸上总会展露出幸福和甜蜜的笑容。

第三天中午,谈天正在午休,电话铃声骤然响起。他从床上跳起来,扑向电话机,迫不及待地拿起话筒。话筒里传来海岛航展公司林秘书的声音:"公司同意按工程进度分期支付工程款。"

"太好了!谢谢林秘书!"谈天惊喜地叫道。

"别谢我,感谢李总吧。"林秘书道。

"什么时候签约?"他问。

"下午来吧。"林秘书说。

因为崔小婉没有电话,谈天只能等她呼BB机。早上与崔小婉在电话中约好了午休后打BB机。他有些等不及了,决定骑车去崔小婉的住处找她,然后带上她一起去航展公司签约。他赶紧收拾文件材料,并提醒自己,这一次,要带上公章。正当他把一切都准备好了然后去楼下骑车的时候,BB机竟然响了。谈天一看,正是崔小婉打来的。挂念的人真的是心灵相通吗?他立即上楼去回电话。

"你午休了吗?"她问。

"我睡不着。"

"为什么?"

"因为,"谈天兴奋地说,"因为航展公司同意按工期支付了!"

"啊!那太好了!"崔小婉高兴得快要跳起来了。

"你可以陪我一起去签约吗?"他问。

"那必须可以。我现在去找你!"她答。

很快,崔小婉坐了一辆"三脚猫"赶了过来,"开心吧?"她一进门就叫道。谈天看着崔小婉,有点动情地说:"得感谢你,你好像是我的福星!"

"是吗,那我得照耀你前行。"崔小婉嘻嘻笑道,"现在就去吗?"

"嗯。"他点了点头。

"要不叫辆'三脚猫'?"

谈天思索了一下,说:"不赶时间,让幸福来得晚一点吧。还是骑车,尤其是今天,我更得让我的'宝马'发挥作用。"下楼,锁上铁栅门。谈天走进车棚推出自行车,一跃,骑到崔小婉身边,叫道:"上车吧,我的福星!"

两人骑着自行车,一路说笑往航展公司驶去。

林秘书在办公室里等待他俩。他俩一到,林秘书便带着他们到会议室里完善合同。合同里强调了重要的三点——

　　项目标的：108万元（包括租位、设计、制作、安装全部费用）。
　　建设工期：一个月。分为三期——第一期基建；第二期立杆；第三期装牌。
　　付款方式：按工程进度分期支付工程款。

　　谈天握笔签字的时候，心里再次涌起波澜。
　　他捏着合同反复看，基本估算第一期工程所需垫资额度大约是二十万元。头脑里快速地盘算着如何解决这第一期垫资问题。他清楚，只要他签字，这个先期垫资就无退路。谈天握着笔的手心里有些冒汗，他若有所思地迟疑着不敢往上面签字。林秘书见他一脸犹豫状，有些不悦，说："这已经是公司最大的让步了。是李总在董事会上给你们争取来的结果。"
　　谈天看了看崔小婉。崔小婉对他眨了眨眼睛，点了点头，示意他"签吧！"他再看了看林秘书，林秘书的目光里也有鼓励的成分。事到如今，谈天感觉已然没有退路，只能拼一把了——不，只能赌一把了。他在心里对自己说。他拿起笔来，郑重地签了字，然后，盖上公章。林秘书接过合同，便去李总办公室盖章。
　　"我真的敢签呀？！"谈天有些惊讶地张着嘴，似乎是问自己，又似乎是问崔小婉。
　　"是的，应该签。签了还有一线希望，不签，啥希望都没有。"崔小婉坚定地说道。
　　谈天轻轻念叨道："又一个二十万……"
　　"车到山前必有路——天无绝人之路！"崔小婉沉静地安慰他。
　　谈天点了点头。

林秘书拿着盖完公章的合同书回来,交给了谈天,说:"祝我们合作愉快!"她伸出手来。谈天也伸出手,两手紧紧握在一起,算是彼此祝贺。

谈天与崔小婉走出了航展公司。

天气特别闷热。谈天抬头看了看天空,太阳躲在西边一块巨大的乌云里。谈天驮着崔小婉骑行了一会儿,天便彻底阴沉了下来,天地间倒吹起了一股凉爽的风。两人又骑行了一会儿,天上便下起了一丝丝雨。海岛天气向来如此:捉摸不透,瞬息万变。但谈天知道,这乌云只是过客,很快就会飘走;这雨也不会大,更不会久,阳光总在风雨后。

谈天两手紧握车把,双脚奋力地踩着踏板。

崔小婉坐在后面,轻声哼着一首非常流行的歌曲——

> 这一年总的说来高兴的事挺多
> 家人不错 朋友不错 自己也不错
> 看着日历总不忍心把最后一页翻过
> 因为要告别快乐的一年都有点舍不得……

和风细雨中,自行车载着两个年轻人风驰电掣地穿行在岛城的大街小巷。因为骑行速度太快,谈天担心崔小婉摔下来,"扶住我!"他对崔小婉叫道。崔小婉便小心翼翼地将一只手搭在谈天后背的腰带上。谈天更加卖力地踩着踏板。一会儿后,他一手握着车把,腾出另一只手,大大方方地将崔小婉搭在后背腰带上的手移到了腰侧。崔小婉当即明白了谈天的意思,也不知哪来的勇气,她索性把文件袋放在胸前,然后,伸出双手,勇敢地搂住了谈天的腰。为了防止文件袋滑落,她将身体紧紧地靠在了谈天厚实的背上,于是,珍贵的文件袋就紧紧地压在了他俩身体之间。他俩都默默地感觉到了,那是他们用生命保护和捍卫着的幸福。

有个瞬间,崔小婉有一种触电的感觉——这是她人生第一次搂着男生的腰,更是她第一次将丰腴的胸部紧靠着一个男生的后背。她依稀记得在大学里曾经坐过一位男生的自行车,但是,那只是用手搭在男生的坐垫边,那是完全没有任何感觉的搭扶,而今天,她竟然搂住一个男生并紧紧地贴靠在一起。这使得她感觉到了羞涩、惊慌、甜蜜、幸福,她细细地体味着这种感觉。而对于谈天来说,也是人生第一次,一个女孩紧紧地搂住并贴紧自己,他除了有点心悸,更多的是感觉到一种无与伦比的温暖和踏实,一种贴心靠背的责任和力量。他暗暗告诫自己,从此紧靠,永不分离。风是那么温柔,雨是那么温馨,世界是那么美好。他多么希望这种美好一直延伸,永无止境。

乌云很快就飘走了。

风也停了,雨也住了,太阳被水浇了似的湿漉漉地悬在天空,空气湿润而凉爽。

两人回到了公司。谈天拿出一件自己的紧身T恤,让崔小婉上楼洗漱换上。崔小婉有些难为情,但还是接过。当她换上T恤从楼上下来时,谈天觉得她穿着自己的T恤更显得亭亭玉立楚楚可人了。谈天看得有点发愣,但又不敢多看,起身去沏了一壶热茶,取出崔小婉上次带来的鲜花饼,当成茶点。两人一边喝着茶吃着鲜花饼,一边开始酝酿创意。起先,崔小婉是谈天的听众,后来,崔小婉成了修改者与创意者。谈天发现,崔小婉对广告设计有一种天生的理解力与创造力。他隐约觉得,一个天才的广告设计人将从他手里诞生。

不觉天色向晚。

两人去街上小食店吃了个快餐,崔小婉要回住处。这突然令谈天有些难过。他想挽留她,可是又不敢。犹豫了半天,"我送送你吧。"他说。崔小婉点了点头。

黄昏岛城,华灯初上,夜风习习,清凉如水。

从文明西，到国贸东，三站的距离。两人没有骑车，也没有坐公交，完全是当成傍晚的散步。两人一路似乎仍有说不完的话。到达崔小婉居住的小区门口时，谈天说："你进去吧，我自己走回去。"崔小婉看了看他，说："不，我也送送你。"两人又从国贸东往文明西走，不知不觉回到了公司门前。两人哈哈大笑。"我再送你回去吧。"谈天一脸诚恳。崔小婉愣了一下，脸倏地红了。然后，他们又从文明西走到了国贸东。两个来回，夜色已是浓重。谈天向她挥了挥手，说："不要送我了，你回家吧。"崔小婉娇嗔一笑，说："不，我要送你。"然后，他们两人又回到了公司。四目相视，不禁又是一番大笑。谈天说："要不，别回去了，反正我今晚写文案，挑灯夜战。你就陪着我。"崔小婉想了想，说："好吧。我就看看你是如何熬夜的？"

两人走进公司。

谈天泡了一杯浓茶，铺上稿纸。崔小婉搬来一把椅子，在书柜里找了一本书，就坐在谈天的对面，一会儿埋头看书，一会儿颇有兴趣地看着谈天写稿。不一会儿，她的眼皮打起了架。谈天抬起头，微微笑了笑，说："熬不住了吧，你上楼进房间去休息吧，我写好后叫你。"崔小婉显然有些困倦了，眼睛迷离，但是，她仍然强力支撑着打仗的眼皮。谈天看出了她的心思。"去睡吧，"谈天笑着补充道，"在我这里，你是安全的。"谈天这样一说，崔小婉羞涩一笑，勇敢地走上二楼休息去了。

谈天便继续埋头写文案。

夜已深。谈天放下手中的笔，合上文案，蹑手蹑脚地上楼，鬼使神差地轻轻推开卧室虚掩的门，看着床上和衣躺着的崔小婉，听到她发出微弱而均匀的鼾声，一股怜爱涌上心头。他很想走过去为她盖上被子，但是，他还是控制住了自己的想法，他不能惊吓她，于是，轻轻地退出了房间，拉上门，轻轻地下了楼。

第二天早上，他睁开眼时，天已大亮。他上楼去敲房门，轻轻推开,崔小婉走了。他下楼,看到桌上放着一根煮熟的玉米棒与一个地瓜,边上留着一张纸条:我有事先走了,你多休息会儿,文案我负责,让你减点压。记得吃绿色营养早餐,玉米地瓜,真正的五谷杂粮。小婉。他心里有些感动,再看了看桌上自己一夜的"成果",脸倏地一下红了,那顶多只能算是个"序章"。他明白,焦虑导致浮躁,他根本没有办法静下心来写什么文案。

13

合同已经签下，垫资还没有落实——这无疑是一个极大的风险。

这两天，谈天思来想去，觉得还是只能从刘老板下手——反正已欠了他的款，只能像一条蚂蟥一样死死地粘住他。他若见死不救，于他有什么益呢？至于工人工资，谈天觉得按照工期支付，应该没有问题。

谈天鼓起勇气厚着脸皮打算再跟刘老板谈谈。

他拨通刘老板的电话。

刘老板在那端只是"哼哼"了两声，算是打了招呼。谈天说："刘老板，我公司有新的业务了！"刘老板又是"哼哼"了两声。谈天说："欠您的钱有着落了！"刘老板这次没有"哼哼"，只是冷冷地说："你不要一次次给老子希望然后再给老子失望。"谈天说："这次一定能成功！"他告诉刘老板这次是海岛航展公司的业务。刘老板语气温和了一点，说："这公司有实力，口碑也不错。"谈天说："我想请您再、再帮帮……"刘老板立即打断他的话，警惕地问："帮什么？"谈天有些结巴地说："想……跟您……再、赊些……工程材料……"谈天的话音未落，刘老板在那边便开骂起来："你他妈的，前面二十万还没着落，你又来打老子主意？"顿了顿，继续道，"一个人会在同一个茅坑里摔两次吗？你他妈是把老子看得有多蠢啊！"

谈天说："刘老板，我真没您想象的那么坏，再说，我还年轻，我也不甘心失败，我还想在海岛混呢。我真需要您再帮我一下，这次我准能翻身！"谈天把跟航展公司的合同内容一五一十地向刘老板陈述了一遍。刘老板多少了解航展公司，加上谈天说得也坦诚和实在，他沉默了一会儿，"遇到你，算我倒霉，你他妈需要……多少啊？"声音总算是柔软了一些。谈天赶紧说："我只要您帮我供应第一期材料。待航展公司一结款，我就连同那二十万一并还上，我说到做到！"刘老板念叨了一下："我考虑……考虑。"谈天正想对他再说几句有信心的话，刘老板"啪"的一声挂掉了电话。谈天举着话筒，愣在那里，他不知道刘老板是答应了呢还是拒绝了呢。

"嘀嘀嘀——"BB机响了。

谈天看了看，是个陌生号码。他回了过去。

"你是谈天吗？"对方操着一口海岛本地普通话问他。

"我是。"谈天道。

"我是老翟，记得不？"

"老翟？"

"是呀，有一次，大胡子追杀我……"

谈天想起了这个自称老翟的岛城人。四十多岁，是城中村里的老光棍。谈天刚上岛时租过他家房子。老翟以承包小工程为生。此人贪赌好色，经常克扣拖欠民工工钱，名声不好。有一回，又拖欠民工工钱，民工找他要，他把民工打了，不料碰到硬角色，那民工便请追债人到他家追债。这追债人不是别人，正是心狠手辣的大胡子。大胡子拿着刀追了老翟三条街，最终在红坎坡巷子里捉到了老翟。大胡子说，要么给钱，要么留下一只胳膊。老翟吓得面如死灰，跪在地方磕头求饶。恰好那天谈天骑车路过小巷，一眼看到是老翟，便帮他向大胡子说了好话，大胡子的刀才没有砍下去。

"你找我有何事？"谈天问他。

老翟说："政府征地拆迁，前些日子我家补了点钱。一直挺感谢你的，想请你喝个酒。"

谈天听了哈哈大笑,说:"啊,发财了,恭贺恭贺,心领了,酒就不喝了。"

老翟说:"感谢你呢!"

谈天说:"没什么,举手之劳。"

"你现在做什么工作呀?"

"开广告公司。"

"哦,赚钱吗?"

这话把谈天问住了,他不知怎么回答才好。开广告公司理论上肯定赚钱,但是,他却亏得愁肠百结。他突然想到自己正在找钱,便顺口问道:"你能帮我个忙吗?"

"什么忙呀?尽管说,能帮一定帮。"

谈天找黑子与飞哥借钱,让他感觉到了人生的至暗。遇到老翟,他突然想再碰一下运气,说不定老翟是一根救命稻草。当然,他也知道成功的概率非常小,一个连民工血汗钱都要赖的人,能有多大指望?管他呢,试试吧。"找你借点钱。"他直率地说了。老翟"哦"了一声。好一会儿,说:"今晚八点,你到中国城大门口等我。"谈天不知他是何意,也不便多问,答道:"好的,晚上八点见。"

天还没黑下来,谈天便骑着自行车赶往中国城。

找老翟借钱是一回事,想想也有些年头没见过他了,见一面也不错。

远远便看到中国城灯火闪烁映红了岛城的半边天。中国城是我们岛城最优美、最丑陋、最奢华、最低贱、最清新、最肮脏的地方。岛城的富人穷人、贵人贱人、男人女人、好人坏人都爱它、恨它、向往它、恐惧它。据说中国一半歌手来中国城跑过场、卖过唱,多少年后,其中很多成了当红歌星,似乎都不太乐意承认或者提起曾在中国城混过。但是,岛城是有记忆的。

谈天在中国城大门前等了一会儿,刚到八点,果真看到老翟也骑着一辆自行车驶来。那是一辆崭新的自行车,红色的车轮圆鼓鼓,白色的钢圈亮闪闪,颇有点像神话中哪吒脚下的风火轮。可惜老翟不是哪吒,驶不出腾云驾雾的气派。老翟穿着一套西装,系着一根印花领带,头发染得过于黑青,往后梳着,黑溜的不真实。这身打扮确实有点暴发户的样子。谈天叫了声老翟,他便爽朗地哎了一声,说:"你小子真准时。"说着他从车上跳下来,把车推到大门前面路边的一棵椰树下,弯腰把车锁在树干上。然后,整整衣衫,阔步走了过来。谈天伸出手去跟他握手,他笑了笑,却没伸出手来。谈天有些尴尬,但是,理解人家毕竟是个农民刚从地里上岸,虽然裤脚放下了,但腿肚上说不定还有泥痕。他笑着问:您怎么不买辆豪华小车呀?老翟一脸不屑,说:"骑车好,低调,又健身。"谈天说:"那确实那确实。"老翟斜睨了谈天一眼,说:"跟我进去喝酒唱歌吧。"

他带着谈天径直走进了一间豪华包厢。谈天注意到他屁股后面左右口袋里各插着一沓露出半截的百元新钞。

还没坐下来,门被推开了,一个胖胖的妈咪模样的女子带着两个袒胸露乳的女孩走了进来。"翟哥好!"妈咪叫道。"翟哥好!"两个女孩也娇滴滴地齐声问候道。老翟点头微笑,宛如帝王,抬起双手,示意妃子就座。

"阿霞陪翟哥点歌,阿芳陪翟哥开酒。"妈咪吩咐道。

被称为阿霞与阿芳的两个女孩便熟练地左右拥住老翟坐下点歌开酒。胖妈咪一屁股坐在谈天边上。一会儿,少爷端来啤酒、果盘和各类小吃,堆满了茶台。

"今晚翟哥有客人,要不要来点新奇特呀?"胖妈咪问老翟。

老翟瞥了一眼谈天,不以为然,说:"不用啦,他不是外人,是我小弟啦——还是老规矩,喝酒,唱歌,跳舞。"谈天的脸上倏地有些火灼感。但他还是按捺住自己,赔着笑脸坐在那里。

阿芳把桌上的啤酒一连开了五瓶,然后,每人面前放了一瓶。

老翟拿起自己面前的一瓶，对谈天说："兄弟，咱们碰一下。"谈天想说自己不喝酒，结果说不出口。他知道，这场合不能扫兴。于是也拿起面前的一瓶。两个酒瓶"咣啷"一声碰了一下，老翟一仰头喝了半瓶；谈天也一仰头，喝了半瓶。老翟抹了下嘴巴，对妈咪说："你们先唱歌。我跟我兄弟喝会儿。"妈咪赔笑道："翟哥不开腔，哪个敢开口。"老翟嘚瑟地哈哈一笑，道："好吧，那我就先开腔。"阿霞为老翟点了开场曲《西沙，我可爱的家乡》，然后，把麦调好，放在茶台上老翟面前的位置。阿芳挑起一块水果片，送到老翟嘴边。老翟一口咬住，咀嚼两下，随即，一手揽住阿霞的小蛮腰，一手搭在阿芳的黑丝腿上。优美的旋律在包房里飘荡，老翟松开阿霞和阿芳，坐直身子，端起酒杯，喝了一大口，然后，不紧不慢，拿起麦，咳了两声，扯起喉咙，引吭高歌：哎罗哎罗哎罗，在那美丽富饶的西沙岛上，是我祖祖辈辈生长的地方……

女孩们大喊翟哥唱得好！

老翟兴致盎然，站起身，唱得更加卖力：西沙西沙，祖国的宝岛，我可爱的家乡……

老翟唱毕，房内掌声哗然。谈天也跟着鼓掌。

"翟哥再来一曲！"妈咪讨好地叫道。

老翟仿佛回到了激情燃烧的岁月，亦不推辞，一气又唱了三首。终于喉咙干涩声带发紧口腔疲累。他把麦往茶台上一丢，道："唱不得了唱不得了！今晚的开肺过度了。轮到大家唱了。"

老翟把话筒递给谈天，说："你也来一首呀。"

谈天推掉话筒，笑了笑，说："我不懂唱歌。听你们唱就行了。"老翟看了他一眼，有点不屑地说："老弟呀，怎么混的嘛，歌都不懂唱？！"

谈天坐在那里不想说话了。

女孩们嬉笑着簇拥着老翟轮流敬酒。老翟也不拒绝，一杯杯喝。

妈咪也起身坐到了老翟的那边去了。谈天更是感觉被冷落一边了。

老翟一仰脖子，把手里那瓶啤酒喝了个底朝天，抹了下嘴，叫道："老规矩，十点完毕。"

谈天抬腕一看时间，还真是十点。

老翟对女孩们说："我得走了。"

谈天也起身，忍不住问："怎么这么早就走呢？"老翟便向他显摆道："这是我发明的养生术——来回骑行一个小时，健腿腰；跟美女快乐唱歌一小时，健心肺。"谈天笑了笑，暗想，暴发户都开始养生了。

女孩们都习惯了老翟的规矩。看得出她们表面上惋惜他走得太早，实际巴不得他早点滚蛋。她们还可以接下一拨客人。

"新来了女大学生呢！不带个走吗？"妈咪凑近老翟，低声地问。老翟瞪了妈咪一眼，伸手往她肥胖的屁股上狠狠一拧，道："你哪一天不说有新来的大学生？再说，你还不知道你翟哥的风格？"妈咪笑道："全中国城都知道，翟哥是轻轻地来，轻轻地走，不带走一片云彩。"老翟把两沓钞票掏了出来交给妈咪。然后显摆似的说道："每晚消费两千块。多不？不多。少不？不少。"妈咪心领神会，众女孩一起喊道："谢谢翟哥！"老翟对着女孩们拱了拱手，道："你们玩好，我先走了。"

谈天也跟着起身，他扯了扯老翟的衣服，说："我还有事找你呢！"

老翟对谈天笑了笑，道："今天就不谈了。你跟她们玩玩，钱我已经付过了。"

谈天有些愤懑地说："我不是来玩的，我是来找你有事的。"

老翟问："什么事？"

谈天把老翟拉到门边，悄声说："我想找你借点钱。"

老翟一脸不认识他似的，问："你……借钱？"

谈天点了点头。

老翟提高嗓音哈哈地大笑了起来，"我以为你开玩笑的呢。"谈天摇了摇头，说："老翟，不是开玩笑，我是真的需要借点救命钱。"

老翟神情变得认真了些，问："借钱救命？"

谈天说："是的。我遇着了像你上次一样的情况。"

老翟问："借多少？"

谈天没有犹豫，一字一顿地说："二十万。"

"追债人是谁？是大胡子吗？"老翟问。

"不是。"谈天说。

"那你害怕了？"老翟盯着谈天，叫道，"你叫大胡子来，老子要灭了他！老子现在不是以前的老翟了！老子现在有的是钱了！想灭掉谁就灭掉谁！"

谈天感觉有些不可思议，难道老翟约他来中国城就是为了向他炫耀和显摆吗？

包厢里沉静与沉闷。

老翟斜睨了谈天一眼，然后，对着那些女孩问道："你们听说过岛城有借钱的事吗？"

女孩们便用轻蔑的目光看向谈天，好像他是一个怪物。老翟整了整衣服领带，甩了下手，对谈天道："老弟，你又不是不懂江湖，岛城能借钱的吗？"谈天愣在那里，脸上再一次如火灼一般。他恨自己怎么会来到这里自取其辱，更恨自己怎么会遇着这么个忘恩负义的人渣。他看着老翟头也不回地走出包厢，并且夸张地甩起手臂的背影，多么懊悔当初为什么不让大胡子一刀砍下那只胳膊。

女孩们逃也似的溜出了包厢。

谈天一个人坐在包厢里，把桌上的剩酒喝了个精光。他一边喝一边涕泪横流。他发誓要做个有钱人！他发誓要把尊严一分一分地找回来！

14

谈天骑着车去东湖人才墙看看有没有民工信息——他得为航展公司的广告牌工程做准备了。

他经过三角池时，迎头看到一块巨大的广告牌。那牌上有一个骑自行车的年轻人，把车停在一个花坛边。只见他一手扶着车把，一手打着手机。那手机遮掉了年轻人的半边脸。但仍可以看到那笑容里洋溢着骄傲与自豪。这个广告告诉人们，手机时代即将来临，即使普通人也能用上手机了。

谈天甚至觉得这个广告的创意很牛。他想下次一定要带着崔小婉来看看这个广告，他觉得航展公司的广告创意可以从这个广告中获得启发。

而就在这个时候，别在腰间的BB机啼鸣起来。他把BB机取下，打开，看了看，正好是崔小婉在呼他！他突然想起这两天他们都在忙碌而没联系，不由再一次相信，他与崔小婉是心灵相通的。每次他想她的时候，她总会准时出现。他在心里深深感谢老天爷，待他不薄，在他最落魄的时候派来了崔小婉。谈天想到崔小婉，心情一下子变得蔚蓝，迫不及待地骑车到东湖对面找了间电话亭回复崔小婉。

"你在哪里？"崔小婉问。

"我在三角池，想物色几个做广告牌的民工。"谈天说。

"什么时候回公司？"崔小婉问。

"有事吗？我现在就可以回去。"谈天答。

"我在公司门口等你。"崔小婉说。

谈天跃上自行车,一个猛力,自行车风驰电掣。不多久,自行车拐入文明西街,谈天远远便看见崔小婉站在铁栅门前向他招手。谈天踩着脚踏板冲到她的身边才来了个猛刹车。

"我写了一份爷爷的材料,急着送去民政局退役军人安置办,他们要转交相关部门协查。"崔小婉说。

"那还犹豫什么,走啊。"谈天说着把自行车的车头一掉,驮着崔小婉直奔民政局。

这一次,守门老头竟然没有阻止谈天上楼。

退役军人安置办的年轻小伙接待了他俩。

"我们经过多次调档,反复核查,确实找到了崔世光同志的材料。他在六团二营四连三排一班,任副班长。"小伙一边翻着案卷,一边讲述起来:"渡海战役中,四连是渡海尖刀连,第一批过海。中途时,海上起了大雾,木船迷失了方向,结果,漂到了白沙门。而白沙门正好有一支敌军部队在防守。那一仗打得很惨烈,打了一天一夜,解放军伤亡很重,四连全部牺牲。第二天,大部队登陆成功,接应登陆的琼崖纵队战士们在附近老百姓的帮助下,抢救与打捞烈士们遗体,唯独没有找到副班长崔世光。几天后,部队做了战场复查,并联合海上渔民,在海上搜索了数日,依然没有发现崔副班长的下落。部队把情况通报了当地政府,要求继续协查,但是,几个月过去,地方政府没有查到任何结果。再后来,因各种原因,查找工作中断了,部队只好将崔世光同志列为失踪战士类别。"小伙子说着将一份标注了机密的文件给崔小婉看,在失踪战士那一栏,崔小婉一眼就看到了爷爷崔世光的名字。她的眼睛湿润,喃喃问道:"他会不会还活着呢?"谈天插话道:"如果阵亡,遗体在当时是应该能够搜到的,活着的可能性应该很大。"

小伙子看了看他俩,若有所思地点了点头,说:"这个结论也很难下。当时海上搜索与打捞技术毕竟落后，牺牲后遗体被鲨鱼或者其他鱼类蚕食的情况也有，加上时间一过，极有可能找不到。当然，战场影响因素太多，海上情况也很复杂，风向及海流的影响，漂离战场的可能性也很大。"

崔小婉眼里闪着泪光，看了看小伙子，说："我爷爷身体强壮，我奶奶觉得他应该活着。"

小伙子点了点头，说："我们也希望他能活着。但是，这又有点不合逻辑。他要是活着的话，战斗结束了，肯定会与部队联系，毕竟他是人民的渡海英雄。再退一步，即便他不与部队联系，那总得跟家乡亲人们联系吧？可是……四十多年了，没有任何证据证明他还活着。"

谈天觉得小伙子的分析也有道理，但是，他更倾向于崔世光还活着，活在某个不为人知的地方……谈天心里隐隐觉得，崔世光可能是遇上了难以想象的、非常复杂的问题，从而造成了他有队不归有家不回的结果。谈天的这种猜测，自然激发了他更大的好奇心与求解欲。

两人从民政局出来，"我相信爷爷还活着，"谈天推着自行车，一边走，一边安慰崔小婉，"我们一定能够找到他。"崔小婉有些感激地点了点头。她的心情非常复杂，既高兴，又沮丧。高兴的是可以肯定爷爷不在牺牲者的行列，那就意味着爷爷有可能还活着；沮丧的是，没有任何可以证明爷爷还活着的证据，也没有任何查寻的线索。

椰风海韵，晚霞满天。

谈天驮着崔小婉经过海秀东路时，远远看到狮子楼巨大的霓虹灯变幻出美丽的流线。狮子楼，本是一幢普通的平层建筑，既无狮子，也无楼，后被一位精明老板租赁，将楼顶宽大的露台辟为餐厅。一通装饰，搞成了水晶宫殿般的人间仙境。场面极为宏大，厅内摆放两百张台面，能容纳近千人进食。一到晚上，歌舞升平，顾客如潮，出入的非官即富，非富即贵，成了岛城最具盛名的高档酒楼。虽然离晚餐时间还有些早,但狮子楼已启动了迎客模式——那四周棚顶垂落而下的红灯笼,闪亮成一道满天星般的幕墙。

"我请你吃狮子楼?"谈天突然对崔小婉说。

崔小婉一惊,问:"你不知道这里进出的是什么人吗?"

谈天猛踩踏板,自行车很快行驶到了狮子楼门前,谈天指了指道边椰子树下的一长溜自行车,说:"看吧,不只是豪华小车,与我们一样骑自行车的客人也不少呢!"他哈哈大笑,道,"王侯将相,宁有种乎?"

崔小婉也"咯咯"地一笑,道:"我相信你一定会成为大老板的,可是,现在,我们还是回公司自己做饭吧,要不,我给你做个贵州菜吃吃?"

谈天摇了摇头,说:"不,我今天一定要请你吃个狮子楼。认识你这么久了,还没正儿八经地请你吃过饭。"谈天把车停在自行车位上,然后,带着崔小婉走进了狮子楼。

客人还不多。两人很快找了一个小卡座坐下。

服务员热情地送来菜单。崔小婉抢过菜单,点了两份素菜与两份凉菜。谈天知道崔小婉在为他省钱,内心充满了感激与愧疚,执意要点两个贵点的荤菜。崔小婉低声对谈天说:"你的心意我领了。便宜实惠也挺好呀,其实吧,真不在乎吃什么,只在乎跟谁吃。"谈天不好再执拗,笑了笑,低声道:"等我成了真正的老板,我一定请你吃岛城最贵的海鲜大餐!"崔小婉娇嗔一笑,道:"好!到时任由你点!"

歌舞还没有开始,两人一边吃着简单的晚餐,一边聊起了广告行业与电脑设计。崔小婉说:"前天我在一本杂志上正好看到深圳有个电脑设计培训班的招生广告。我想去学习一下。"谈天看着崔小婉,说:"你如果真的有志于广告设计,完全可以去学呀!"他沉吟了一下,诚恳地说道:"我也想去学习,可是,我实在抽不出时间。"崔小婉笑了笑,道:"没事,我学好了回来教你。"谈天问崔小婉什么时候去学?崔小婉说正在联系,可能会很快。谈天说:"好,学成归来,一起创业。"两人分析了岛城广告业的走向,也畅想了广告公司的未来。谈天说:"你把电脑设计技术掌握,我们公司就是岛城最先进最现代的广告公司了。"崔小婉点了点头。"你觉得我真能学会吗?"崔小婉突然觉得有些责任重大,不无担心地问。谈天看了看她,鼓励道:"我相信你的学习能力。你一定能够学好。"崔小婉莞尔一笑。两个年轻人憧憬着蓝图远景,自然是激情澎湃心花怒放。

"轰"的一声,舞台上的电音正式开场。

一位抱着吉他的歌手走上台来,开始卖力地演唱起BEYOND的《海阔天空》:

> 今天我,寒夜里看雪飘过
> 怀着冷却了的心窝飘远方
> 风雨里追赶,雾里分不清影踪
> 天空海阔你与我
> ……

崔小婉听得极为投入,嘴里不时地跟着歌手轻轻哼唱。"你也喜欢BEYOND?"谈天问。崔小婉点点头,说:"我做他的歌迷好多年了。"谈天说:"天啊,我也是他的歌迷。"

一曲歌舞一波客涌。狮子楼换了一台又一席,生意甚是热闹兴隆。

不觉已是凌晨,歌毕客散。

谈天起身去总台埋单。他看着漂亮的收银员,自己都觉得不好意思。回来时一脸通红,歉疚地对崔小婉说:"才二十块。"崔小婉嘻嘻笑道:"二十块,我们一样享受了狮子楼的豪华盛宴呀!"

狮子楼的晚餐，让同是天涯沦落人的两颗心灵暗生情愫，贴得更紧。他们惺惺相惜，互传温暖。当然，这个晚餐，也更加夯实了谈天立志做个有钱人的勃勃野心。

15

两天后的早上，崔小婉打来BB机，谈天立马回电。

崔小婉说："你在办公室吗？"谈天说："在呢。"崔小婉说："我找你有三件事。"谈天问："哪三件事？"崔小婉神秘一笑，说："见面后再说。"

不一会儿，崔小婉一手提着一只文件袋，另一手提着食品袋，坐着一辆"三脚猫"来到公司。

她的脸色很是憔悴，就像熬了几天几夜似的。她坐下，从食品袋里取出玉米棒和地瓜，丢给谈天一份，说："先吃早餐吧。"谈天接过，看着她的脸，吓着了，"你你你，两天两夜没睡吗？"他问道。崔小婉笑了笑，自己也拿着一根玉米棒啃了起来，说："这两天忙些事，没有休息好。"谈天有些心疼，赶紧给她洗杯沏茶。她一边啃着玉米棒，一边从文件袋里取出一打稿纸，说："第一件事，我完成了航展广告牌策划文案的初稿，现在交给你，你自己修改定稿。"谈天一眼看见那工工整整的标题——《航展广告策划文案》，欣喜若狂，接过文稿，迫不及待地看了起来，一页一页一页……创意奇诡，文字隽永，诗情画意，完美融合。谈天一口气看完，抬头凝视着崔小婉，诚挚地说："你是个天才的文案师和创意家！这个文案，比我想象得还好，不需要我修改了。"他看了看表，上班时间了，他起身将文案一页一页地传真给了航展公司李秘书的办公室。

"第二件事，陪我去一趟银行。"崔小婉说。

"去银行?"谈天一边传真着文案,一边问。

"嗯。"崔小婉点了点头。

"去干吗?"

"取钱。"

"取钱?"

"嗯。"

谈天没有多问,他去车棚里骑出自行车。崔小婉把铁栅门一拉,锁上,然后跳上车后座。谈天用力一踩踏板,自行车便飞了出去。

两人来到了附近的一家农业银行。

崔小婉进去取出一袋钱,交给谈天,说:"十万元,你先预付材料款。"

谈天惊呆了——"你、你怎么……会、有……这么多钱?"谈天说话都有些结巴了,"而且……我怎么能要……你的钱?"

崔小婉看了他一眼,道:"我妈妈给我存的嫁妆钱。这次我来海岛,便交给了我。"她脸上掠过一片红云,说,"我结婚还不知猴年马月呢。"

"不行,我绝不能用你的嫁妆钱!"谈天坚定地摇了摇头。崔小婉笑了笑,道:"算是我的投资吧。"

"你不怕我亏掉吗?"

"你要是亏掉的话,我就像你一样走进白沙门海里。"崔小婉说完自己先咯咯地笑了起来。谈天心里涌出一股热浪,一时手足无措。

崔小婉扬了扬手里的存折,笑道:"这是吃饭钱了。"

谈天感觉一股钻心的愧疚,眼里不争气地湿润起来。他觉得混到这个地步都有点对不起自己了。崔小婉娇嗔地瞥了谈天一眼,拉了拉他的衣袖,说:"男子汉,注意形象。"谈天对崔小婉感激地点了点头,别过身去,抹了下眼泪。

谈天打电话找刘老板要了账号,给刘老板的账上转了十万元。他郑重注明：预付材料款。刘老板突然接到谈天的十万元材料款，心里有些小震动。谈天诚恳地对他说："刘老板，您相信我，我只要翻身，连本带息还您的债！"刘老板点了点头，笑道："我就再他妈信你一次，你如果骗我，你就真的别在海岛上混了。"谈天说："是的，如果这次失败，我自己拿命给您，都不需要您动手。"刘老板说："好吧，你开工就来店里拉材料，要多少拉多少。"谈天又有点鼻塞，说："我就知道您是个善人。"

"恶人都是逼出来的。如果世界美好，谁愿意做恶人呢。"刘老板说。

谈天与崔小婉从银行回到公司。

谈天给崔小婉端上一杯茶水，崔小婉说："这么客气我有点不习惯呢。"谈天看着崔小婉，道："你是我的福星！"他拿出纸笔准备给崔小婉写借条，崔小婉说："不必了，想还，不必打借条；不想还，打了借条也没有用。"谈天放下纸笔，愣坐在那里。那一刻，他在心里再次定下了岛城奋斗的目标：赚钱，成为富人；赚钱，娶崔小婉做媳妇。

仅一会儿，林秘书便打来了电话，说李总非常满意这个文案，给了九字评价：立意高，创意妙，文案美。林秘书说，远岸公司应把策划文案打印装订成册后送到航展公司。谈天说，一定照办。林秘书问："什么时候能够开始施工？"谈天愉快回答："三天内就可以启动。"

崔小婉说："我一会儿去街上打印装订文案。"她扬了扬手中的文案，对谈天一笑，问，"我是个好员工吧？"谈天感激道："你不仅仅是好员工，你完全是公司的支柱！公司有你，不翻身都对不起人。"崔小婉咯咯地笑了。"文案与垫资都解决了，可以开工了，我也放心了。"她抿了口茶水道。

"那么，现在可以告诉我第三件事了？"谈天笑道。

"第三件事，我跟深圳电脑设计培训班联系上了，学习期十天。我报了名。"崔小婉手里拿着本杂志，扬了扬，说。

谈天惊讶地看了看崔小婉，问："什么时候去？"

崔小婉道："我已订了明天早上八点的航班。"

谈天眉头一紧，道："这么急啊？"

崔小婉看着谈天，点了点头，认真地说："明天下午报到，后天上午开班。赶这一期，早些学成回来协助你的工作。"

"明天……"一股难舍的感觉掠过谈天心头，"明天你就要去学习了……"谈天诚恳地说，"要不，你从我这边走吧，我也好为你送行。"崔小婉想了想，这边确实是市中心，打车确实方便些。她有些娇羞地点了点头，"好吧，我先去打印好文案，然后回住处取行李。"

她拿着文件袋轻盈地走出了公司。

"你早点回来，我做好晚餐等你。"谈天道。

崔小婉咯咯一笑，说："好咧！还真想品尝一下你的湖南家乡风味。"

崔小婉出门后，谈天跟着出门去了菜市场。他要精心准备一顿正宗的湖南风味晚餐，算是给崔小婉饯行。剁椒鱼头是必须的，辣椒炒肉也是必须的，当然，还少不了一份墨鱼炖肉汤与一份清炒小丝瓜。两人的湖南晚餐，荤素搭配。他想起还有一瓶法国红酒，那是去年一个客户送他的，一直没机会喝。今晚，可以开瓶了。

傍晚，谈天从窗户里看着崔小婉穿着那条他们见面时穿过的翠绿色连衣裙，拖着一只小巧的淡黄色行李箱，披着一身美丽的晚霞，走进了远岸广告公司的铁栅门。

那是一顿美好的晚餐。

崔小婉直呼谈天做的家常风味好吃，是她吃过的最好吃的湖南菜。可惜两人都不胜酒力，所以，只是象征性地喝了一小杯红酒。

吃完饭，小婉主动要求洗碗刷碟。谈天不让，说："你负责陪我说话就行。"谈天做家务麻利熨帖快捷,两人有说有笑,俨然一个欢乐的小家庭。收捡完毕,崔小婉一脸绯红地对谈天道:"你带我去白沙门走走吧,好久没有去过了。"谈天兴奋地点了点头。

那个晚上,月亮像一只巨大的银色气球,浮悬在蓝色的夜空。

白沙门聚集了很多人。

谈天把自行车锁在海堤上的一棵椰子树上,对崔小婉说:"下去走走吧。"

沙滩上有成群结队的年轻人在聊天唱歌,有几处还燃起了烧烤的篝火,海风不时送过来一阵阵烤肉的焦香。他俩希望安静地散步,于是避开了喧哗的人们,走向了沙滩的另一边。

月亮隐在云层里,偶尔探出脸来;几只鸥鸟,在月光下的海面上起起落落;近处的大海泛着波光,远处的渔火闪闪烁烁。

两人在沙滩上走着,脚下沙子不时发出"吱吱"的声音。开始时,两人还有一点点距离。而风吹过来,崔小婉头发上散发出淡淡的玫瑰香味儿钻入谈天的鼻孔与胸腔。慢慢地,两人渐渐走近了一些。谈天伸手去牵崔小婉的手,崔小婉没有拒绝。谈天勇敢地握紧了她的手。感觉她的手心里出汗,在微微颤抖。一会儿,她的手,就从他的手心里挣脱出来了。

不远处的沙滩上,有一对男女,正在热烈拥吻。这显然强烈地刺激了这一对青春躯体。渐渐地,他俩走得更近了,身体不免会偶尔触碰一下,有时几乎是互相摩挲对方。

谈天觉到有股莫名的电流正在浸麻全身,他感受到一种恋爱的紧张与激动。但是,他努力的抑制住这种情绪,担心吓到她。

"我前些日子写了首诗。"谈天笑道。

"啊,你会写诗?"崔小婉显出吃惊的神色。

"要看吗?"

"要看!"崔小婉叫道。

谈天有些腼腆地从口袋里掏出一张皱巴巴的纸，递给崔小婉，崔小婉打开纸，月光下，一首诗展现在面前：

　　我们相遇在大海边
　　你的眼睛荡漾柔波
　　我的心里盛开浪花
　　我们坐在岩石上
　　看星辰坠入大海
　　听涛声唱着永恒
　　……

崔小婉轻声地朗诵着，她的声音好听。月亮升起来了，海潮开始退隐，世界沉浸于静谧之中。他们不约而同地望向对方，又不约而同地靠近彼此。他向她伸出手，她仍然有些惊慌，但是很快恢复平静，也向他伸出了手。两手紧紧相握，两人都不知道应该说什么，只是默默地凝望着彼此，用眼睛传达着信息——两座心门正在徐徐敞开。

还是他勇敢，一把将她揽入怀里。她有些瑟瑟发抖，如深潭般的眼眸里有柔波荡漾。他抚摸她的身体时，几乎就听到她急促的喘息声。他低头寻找她的嘴，她犹豫了一下，还是勇敢地咬住了他的唇。他放肆地伸出舌头，她接住并吸吮起来。海风吹过，他感觉到她的身体有些清凉，他的心里涌出更为巨大的怜爱，将她抱得更紧，希望用自己的体热去温暖她。他亲吻她的头发，嗅闻她发间的玫瑰香味。当他亲吻她耳垂时，她的脖子缩了一下。"害怕吗？"他轻声问她。她扬起红云飘飞的脸庞，没有说话，只是羞涩地点了点头。

月光普照大地，海面泛着银光，海滩显得辽阔而空旷。

谈天一辈子都忘不了那是一九九五年仲夏的白沙门之夜。

他是第一次，她也是第一次。随着她发出的一声尖叫，锐利的牙齿咬得他的肩膀生疼。"你……温柔点。"她双眼微闭，泪光闪闪，幽幽地说。他停住，不敢冲撞。他有些自责地点了点头。她的嘴角展现出一缕浅浅的痛楚的笑痕，再一次伸出双手像铁环似的紧紧箍住了他。他小心翼翼地再次进入，而她以更为坚实的拥抱示意他——让暴风雨来得更猛烈些吧……

柔软的细沙贪婪地吸吮了世间最纯洁的鲜血后，兴奋地在他们身下嘤嘤乱叫。直到感觉到无数滚烫的小蝌蚪冲入身体，她才无力地松开了紧抱着他的手。他蜷伏在她的身边，一会儿，又开始亲吻她的脸、她的额头、她的脖子，并将头埋在她浓密的长发里。突然，她似乎意识到了什么，推开他，起身，迫不及待地跳进海里，然后，像个顽皮的孩子在海水里扑腾跳跃起来——

他看着她，也跳进海里，冲过去将她抱住，再次拥入怀里。"好多的你游到大海里去了。"她把头埋在他的怀里，娇羞地说。

"我有媳妇了！"他在她的耳边轻轻地说。

她依偎着，微闭双眼，幸福地点了点头。

"我有媳妇了！"他大声叫着并将她从海水里举了起来，那水淋淋妖娆的胴体在月光下闪烁着洁白耀眼的光芒。她惊慌地挣脱："不要啊！"他放下她，向着远阔的大海大声地叫道："我要让全世界知道我有——媳妇了！"

午夜时分，谈天带着崔小婉回到了公司二楼的小卧室。

一米二的单人床，明显有些狭窄与寒碜。但是，在两个年轻人的心里，却是最舒适、最奢华、最自由、最幸福的地方。

谈天紧紧地抱着崔小婉，心里涌出一丝愧疚。

崔小婉依偎在他的怀里，温柔地凝视他。

"我会永远爱你！我会成为有钱人的。"谈天嗫嚅道。

崔小婉点了点头，说："你是一个有力量的男人，你一定会成功的！"

"我成功的那天,要在狮子楼办一百桌酒席,我要让你风风光光地做我的新娘!"谈天说着自己都笑了起来。

崔小婉点着头,捂住他的嘴,不准他笑,说:"你一笑,就不像是真心话了。"谈天赶紧变得严肃了,说:"我是为那美好未来开心和高兴才笑啊!"

崔小婉说:"其实,我并不求你飞黄腾达,只求我们都平安顺意,我们生儿育女相亲相爱,老了一起回到乡下,养很多鸡,种很多菜,孩子们回来了围坐一大桌子,热热闹闹,和和睦睦,甜甜蜜蜜……"

他们相拥着说着情话进入了梦乡。

清晨,谈天睁开眼睛,身体一挺,从床上跳下,直奔厨房,做了一大碗鸡蛋面。他走进卧室,来到床边,轻声叫醒崔小婉起床吃早餐。崔小婉揉了揉惺忪的眼睛,说:"我都不饿呢。"谈天道:"傻宝,这是我给媳妇做的第一顿早餐,得吃。"崔小婉有些感动,抱着他的脖子,娇嗔道:"你对我这么好,我都有点不想走了。"谈天笑道:"学成早点回来,天天都对你好。"崔小婉似乎想起了什么,赶紧下床,打开那只淡黄色的小巧行李箱,从里面取出一些不需带着的衣服和物品,堆放在床头柜的一把塑料椅子上。"爷爷的所有材料都在这里面,替我保管好。"她从行李箱里拿出一个鼓鼓囊囊的收纳袋交给谈天。谈天接过收纳袋,点了点头,笑道:"放心,我在物在。"然后,将收纳袋放进墙边的一个文件柜里。

谈天顺便从柜里取出一台BB机交给崔小婉,说:"你在外,好联系。"这BB机是原先配给公司业务员使用的,业务员辞职时交回了公司。崔小婉摇了摇头,说:"不好吧,有业务怎么办?"谈天把BB机别在崔小婉腰间,笑了笑,道:"这台机子好久没有响起过了,哪还有业务?"谈天给崔小婉带着BB机,无疑是一种牵挂与维系——那个年代,BB机就如一根风筝的线,无论风筝飞多远多高,线头仍捏在放筝人的手里。

崔小婉吃了谈天煮的鸡蛋面，咂着嘴巴对谈天说："这是我吃过的最美味的鸡蛋面！"

启明星在天边闪烁，路边椰影婆娑，街上冷冷清清。谈天在街边打了一辆去机场的TAXI。晨雾中，崔小婉拖着小巧的淡黄色的行李箱向小车走去。想到要分离十天，谈天禁不住心里有些难过。他叫了一声"小婉"，冲过去，再一次拥抱了她。崔小婉在他耳边轻轻地说："等着我回来。"谈天点了点头。崔小钻进车里，摇下车窗。两双眼睛默默对视，极尽依恋不舍。TAXI司机相信，在这个盛产爱情也毁灭爱情的海岛，这应该是一对幸福的恋人，他们的爱情一定长生不老，坚贞牢靠。

多少年后，谈天回想起那个离别的清晨，还记忆犹新。因为真爱，所以珍贵；因为珍贵，所以刻骨铭心。

16

　　崔小婉第一次坐飞机。
　　她的座位靠人行道而不靠窗。她坐下时，发现靠窗的位置还是空的，显然客人还没来。于是，她抢占了靠窗的位置。她实在想看一看飞机起飞时的窗外，并希望遇着一个好邻座，能够同意调换，满足她的这个愿望。
　　一位手里提着一只公文包的中年男人随着队列走了过来。
　　男人来到自己的座位边时，发现崔小婉正坐在那位子上。"小姐你好！"他说。崔小婉抬头看了看他，歉意地一笑，正想解释，他看出了她的意图，"小妹妹是不是想看窗外？"王一民操着一口浓郁的海岛普通话轻声地问她。她脸上倏地红了，对着男人有些感激地点了点头。这一瞬，男人的眉头跳了一下，眼里放出一束光来。他一边将公文包放进头顶上的行李柜里，一边微笑着对崔小婉说，"你就坐那吧。"然后，他就一屁股坐在了她的那个位置上。崔小婉很是感激这个通情达理的男人给她的成全。男人心里明白，飞机上私自调换座位是违规的。但是，他愿意为了这个女孩偷偷地违规一下。飞机开始了滑行。
　　空姐空少们照例进行着飞行安全示范。
　　男人扣好保险带，偷偷地瞥了一眼崔小婉，似乎是在关心她是否也系好了安全带。见崔小婉一切都准备妥当，他便把两手自然地垂在腿边上，眯着眼睛，端坐静待飞机的升空了。

飞机滑行着然后轰鸣着冲向天空。

崔小婉坐在窗口，强烈地感受到自己处于强大的气旋与刺耳的噪声中，一股强力让她死死地贴住椅背，使得她浑身的血液都似凝滞。一会儿，她感觉到了飞机正在调整姿态。她透过小小的舷窗，向下看去，便看到了山川、河流、森林、田园与蔚蓝的海际线在急速退后与隐匿。她感觉到了紧张与惶恐。但只是一会儿，这种感觉便消失了，更多的是好奇、刺激与惬意。她瞥了一眼边上的中年男人，他正微眯着眼睛，一副悠闲、轻松、养神的样子。

飞机升上了万米高空后便开始平稳飞行。

窗外，天空飘浮着一朵朵硕大无朋的白云，太阳如一轮着了火的圆球悬在很远的地方，阳光给白云嵌了一层一层绚丽的金边。她一直死死地盯着窗外，虽然有些头晕目眩，但是，内心仍然充满着新奇和兴奋。

崔小婉的侧影令身边坐着的这个双眼微眯的中年男人心里暗暗地震颤了一下。

很像。何止是像？简直一模一样。他睁开眼睛望向她侧影的时候，她恰好转过头来。两双眼睛对视，然后，急遽闪开。他知道，她不是她。他下意识地摇了摇头。"看着那些云朵，是不是感觉在天上飞啊？"他明显是在搭讪，两颊浮满别有意味的微笑。她看了看他，可爱的嘴角往上翘了一下，眼里掠过一缕羞赧，对他微微地点了点头。

"旅游吗？"男人问她。

旅途上，遇到陌生人搭讪，崔小婉一般不理睬。但是，这是个有绅士风度的男人，并不令崔小婉觉得讨厌。所以，崔小婉非常有礼貌地报以微笑，说："去深圳学习呢。"

"学习？"

"嗯，学习电脑技术。"

男人点了点头，道："新时代年轻人的标配：电脑、开车、英语。电脑是排在第一位的。据说，以后不懂电脑的人都是文盲了。"

崔小婉不知如何回答他的话。

飞机仍在平稳地飞行，窗外白云朵朵浮停在天空。两位空姐推着餐车过来了。"您好！请问要喝点什么？"一位空姐笑意盎然地问她道。崔小婉看到餐车上有好多种饮料，有茶水、可乐、咖啡、矿泉水，还有椰子汁……感觉有点选择困难。她又确实有点口渴，想喝点什么，"来杯……什么呢？"似乎是自言自语。正在犹豫的时候，边上的他轻声地对她说："喝椰子汁吧，海岛特色，纯生态的。"

她便听了他的话，要了一杯椰子汁。她打开身上的小包去掏钱的时候，空姐微笑道："这是免费的。"她的脸倏地红了。"第一次坐飞机吧？"男人也要了一杯椰子汁，啜了一口，声音很轻地问。崔小婉虽然知道他是没话找话，但是，还是出于礼貌地对他笑了笑，点了点头。

"比我第一次坐飞机强多了，"他说，"那时，我连座位都找不到，差点钻到驾驶舱里去了，空姐们还以为我是歹徒，把她们吓着了。"

崔小婉抿着嘴笑了，她觉得这个男人还挺幽默。

男人聊起了海岛历史、椰子文化，还聊到岛城的发展，以及岛城的未来。他的声音不大，但足够崔小婉听得清。崔小婉倒也觉得他的话题很有意义很有价值，而且，是她上岛后想听而没机会听到的东西。她一边饶有兴趣地听着，一边偶尔看看窗外。他似乎懂得很多，滔滔不绝，娓娓道来。崔小婉虽然觉得他话多，但是，从心底里认可他的知识渊博。他说话时一副文质彬彬、和蔼亲切的样子，也让崔小婉感觉出他是个有素养、有文化的男人。防备心也渐渐丧失。

一个多小时后，飞机到达深圳机场。

拿行李的时候，男人亲切地问她："你叫什么名字？"

"崔小婉。"

"哦,好听的名字。"男人笑了笑,问,"你在深圳学习多久?"

"十天。"崔小婉回答。

"真巧,我也是十天。"男人伸出手来,道,"我叫王一民,岛城交通……不,岛城路桥公司上班,你就叫我王哥吧。"

崔小婉有些紧张地伸出手来,与他轻轻地握了握,微微地笑了笑,道,"叫你……王先生吧。王先生好!"

男人有点尴尬,脸一红,说:"也行。叫王先生也挺自然。"

崔小婉这才正面打量了这个被她称为王先生的男人:四十来岁,清瘦的脸上戴着一副黑边眼镜,穿着一套整洁的西装,头发梳得光溜利索,倒也显得英俊而干练。尤其是眉目间不经意地荡漾出的一脸微笑,让崔小婉感觉到他有一种特别的气质。至于什么气质,她一时没搞明白。反正,她觉得他不是一般的公司员工,至少是高管一类。可能是出门匆忙,那白色衬衣的领子有一侧似乎有点内卷,崔小婉冒出想帮他翻顺一下的冲动。但是,毕竟是个陌生人,她再热情也不至于贸然给人家翻领子。

他们一起来到到达大厅。

"你有人接吗?"王一民问她。

"没有。我坐公交车。"崔小婉答道。

说话间一辆黑亮的越野奔驰车在他们的身边停下。从车上下来的是一个与王一民年龄相仿的男人。他身材微胖,白皙的皮肤,保养得极好。他走下车来,接过王一民手中的行李箱,然后,看了看站在边上等公交车的崔小婉,轻声问王一民:"这位是小嫂子吗?"

崔小婉听得很清楚,脸倏地红到耳根。王一民立马纠正道道:"你别乱叫!是我刚在飞机上认识的小朋友。"王一民向崔小婉介绍道,"我同学,深海大学规划学院的谢方一教授。"谢方一连忙对崔小婉说:"对不起对不起,喊错了。"听说是大学教授,崔小婉礼貌地笑了笑,说:"没事没事,谢教授好!"

王一民便问崔小婉:"要不,坐我们的车进城吧?"

崔小婉说:"我坐公交车过去就行了。"

"你到哪?"谢方一问。

"凯丽酒店。"崔小婉答。

"凯丽酒店?"谢方一说,"那我们顺路,坐我们的车吧。"

王一民说:"别见外,一个城市来的,亲不亲,海岛人啦,也算是他乡遇老乡吧,坐个顺风车而已。"

崔小婉不好推辞了。

谢方一打开后备厢,将崔小婉的行李与王一民的行李一并放了进去。然后,拉开车门,做了个"请"的手势,崔小婉有点受宠若惊地上了车。

一路上,崔小婉只是听他们两人说说笑笑回忆着一些同学时期的事情。

不一会儿便抵达了凯丽酒店。

谢方一把车停好,王一民便下了车,对谢方一说:"你等我一下,我帮她把行李送进去。"谢方一摇下车窗玻璃,探出头来,对崔小婉诡谲地笑了笑。崔小婉一头雾水,觉得谢方一这笑容莫名其妙,赶紧说:"我自己来。"

"老乡,没事,举手之劳。"王一民很客气地对崔小婉说着,他提起行李箱,然后随着崔小婉走进了凯丽酒店。在酒店大堂,崔小婉找到了会务组,王一民提着行李走了过来,把行李放在崔小婉的脚边,然后静静地等待她办理完成注册报到和住宿登记手续。王一民这模样似乎有点像护送或者跟班的。

崔小婉办理完手续,王一民便指了指她脚边的行李,说:"记得看好行李,不要离身,酒店大堂人多眼杂,常常丢失行李。"崔小婉对王一民感激地说:"太谢谢你了。王先生。"

王一民说:"老乡,别说感谢,在这陌生城市,有个照应也好。"

他又叫她老乡。让她觉得亲切又有些别扭。无论如何,她对这个萍水相逢却无微不至关心她的热心男人还是有些好感的。她送他到了酒店大门。

"下午有安排吗?"王一民突然问她。还没等崔小婉回答,王一民接着说,"如果没有安排,我们一起游览市区咯,深圳景点又多又好,锦绣中华、世界之窗,都值得一游。"

崔小婉笑了笑,道:"还不知道会务组的安排呢。"

王一民说:"按照一般的会议学习,都是先天报到,第二天才正式进入议程。"

崔小婉微微一笑,不知如何作答。

"那我们下午联系?"王一民问。

崔小婉礼貌地点了点头。

王一民回到车里,谢方一笑道:"是不是对这姑娘上头了?"

王一民说:"你没发现她像谁吗?"

"早就发现了。"谢方一笑道,"长得确实像。不过,你就别做梦了,都十五六年了!人家孩子都可以打酱油了。"然后,油门一踩,小车隐入了车流之中。

会务组告诉崔小婉,下午可自由活动,明天上午九点开始正式培训。

崔小婉进到房间便拿起房间电话给谈天报平安。结果拨了好几次,电话打不出去。崔小婉放下电话,看到床,眼皮上下打仗。昨晚没有睡好,今天又早起赶航班,她觉得困乏疲累,简单洗漱了一下,午餐也懒得吃了,拉下窗帘休息。

这一觉睡到下午五点。

崔小婉迷糊中听见房间门铃响起,起床开门,原来是客房服务员来告诉她大厅有人找。崔小婉下楼，竟然看到王一民坐在大堂沙发上看报纸。见到崔小婉，他叫道："小崔，休息好了吧？我来请你吃个晚餐。"

崔小婉有点惊讶。她显然对王一民的这种过分热情，感觉到有些不适——毕竟她与他只是旅途的相遇，还不至于相识相熟到约在一起吃饭的地步。但是……想了想，又不知道如何拒绝，"真的很感谢您的好意，"她说，"要不，回到岛城后，您再请我吃饭吧？"

王一民哈哈一笑，豪爽地说："回岛城吃饭没问题。但是，既然我们都在深圳，一起吃个饭也不错呀。我们就不去外边吃了，酒店边上有一家牛扒店。"王一民顿了顿，道，"反正你也要吃晚饭，我人也来了，多个人一起，也好点菜。"崔小婉更是觉得有些为难了，她完全没有想到他会先斩后奏。人也来了，生硬地推脱也说不过去了。转念一想，就在酒店边上的餐厅，再说，牛扒她也没有吃过，算是有点吸引力吧，毕竟盛情难却。她点了点头。

这是一间日式牛扒餐厅。

两个穿和服的女孩站在门口"咿里哇啦"地迎接了他们。

大厅中间是一棵人工制作的巨大的樱花树，雪白粉红的樱花如鬼斧神工般逼真。大厅里流淌着日本拉网小调，榻榻米上摆放着木纹餐桌与精致餐具。整个餐厅确实有一番日式的风格与情调。有一刹那，崔小婉恍惚觉得自己置身于异国他乡。

王一民点了两份日式"和牛"套餐。他特别盼咐侍者，牛排七成熟。崔小婉第一次吃牛排。很好奇。牛扒还在煎制中，王一民便给她讲述牛扒的历史。牛扒最早来源于欧洲中世纪时，猪肉及羊肉是平民百姓食用肉，牛肉则是王公贵族们的高级肉品，尊贵的牛肉被他们搭配上了当时也享有尊贵身份的胡椒及香料一起烹调，并在特殊场合中供应，以彰显主人的尊贵身份。到了十八世纪，英国已经成了著名的牛肉食用大国。后来，美国也成了牛肉消费的最大国家。但在亚洲，人们对牛肉有着两级化的反应，有的国家禁食牛肉，比如印度；有的国家却将牛肉发挥到了极致，比如日本。王一民不但知识渊博，还是个美食家。

一会儿，牛扒端上桌来了。同时还送来了两杯XO。崔小婉很敏感地说，我不喝酒。王一民笑了笑，没说话。崔小婉一眼看见牛扒焦黑的边沿正渗出一丝丝的血水，她的脸色一下变得苍白。王一民赶紧告诉她那不是血水，那是红色的氨基酸。"这种熟度才是最营养的。"他向她解释道。服务员给崔小婉与王一民摆好刀叉盘碟。王一民看了看一脸茫然的崔小婉，示范性地拿起刀叉，说："左手持叉，右手持刀。"只见他食指伸直，按住叉子的背部，右手拇指与食指紧紧夹住刀柄与刀刃的接合处。然后，用叉子压住牛扒的一端，顺着叉子的侧边，右手的小刀切下约一口大小的牛肉。他将这切好的小块牛肉送到了崔小婉的盘子里："你尝尝。"

崔小婉学着用叉子叉住牛扒，送入口中，咀嚼了一下，一股血腥味让她恶心得几乎想呕吐。她把刀叉一丢，捂着胸口，闭着嘴，尽力控制住自己的难受。王一民哈哈一笑，说："要不，你喝一小口洋酒压一压。"崔小婉摇头。王一民指了指她面前的那小杯XO，说："喝点吧，保证不再难受。"他把酒杯端起递给崔小婉，继续道，"其实呀，吃牛扒，一定要有洋酒佐餐。这样，一可以压住血腥，二可以打开你的味蕾，让你享受到真正牛扒的全部美好。"崔小婉带着好奇心端起了酒杯，便浅浅地尝了一小口，顿时，一股辛辣凌烈，直击她的鼻翼。但真是神奇，不再感觉恶心了。她又喝了一小口……王一民鼓励道："第一次吃，肯定不习惯，吃过几次后，你就会喜欢。"

王一民似乎很享受这日式牛扒。他的动作熟稔，表情自如。一小块一小块地切割着牛扒，然后，优雅地送入口中，慢慢地咀嚼与品味。当把最后一小块送入口中后，他把刀叉左右分开，放在餐盘边上，说："刀刃朝向外，表示已经吃完，服务员可以收拾了；刀刃朝向……"崔小婉觉得吃西餐真的好受罪,她打断王一民的话,说,"太麻烦了!"王一民笑了笑,说:"习惯了就不麻烦。"

崔小婉突然想起了那天与谈天吃海岛猪脚饭打架的情形,便情不自禁地笑出声来。王一民问她怎么发笑,崔小婉说:"我想起了跟我男朋友吃海岛猪脚饭的事,又简单又好吃。还跟人打了一架。"

"你有男朋友?"王一民一愣。

"是的,我有男朋友了。"崔小婉明确地告诉他。

王一民的笑容有些僵硬。很明显,在这样的场合提及男朋友,确实令他感觉有些尴尬。他明白,崔小婉是想告诉他,她已名花有主,提醒他打住别的想法。他说:"你这么漂亮的女孩子,没有男朋友才让人怀疑。回岛城后,请你与男朋友一起吃饭。"崔小婉感激地点了点头。"你呢?成家了吧?"她问。

王一民微微一笑,说:"我单身。"

吃罢西餐,王一民送崔小婉回到了酒店大堂。"哪天有时间,我们一起去看看深圳夜景?"王一民问。

"再说吧。谢谢王先生。"崔小婉一脸俏皮地对他笑道。

"可以不叫我王先生吗?"

"那叫什么?"

"叫我王哥吧。"

崔小婉摇了摇头,嘴角露出微笑,直爽地说:"不合适。王先生。"

王一民脸红到脖子,但是,很快恢复了常态,"好吧,王先生也不错,广东人都喜欢称男士为先生。"他笑了笑,关心地说,"你回房间早点休息吧。"她点了点头,转身,走向电梯。

崔小婉步履轻飘地回到房间,便觉头脑有些昏沉。本来就不胜酒力的她,意识到了那一小杯洋酒的后劲有多么厉害。她趴在床上,不一会儿便睡着了。

17

谈天送走崔小婉后,便去三个广告场地考察了一下。他要确定广告牌的安放点,并要摸清楚施工时的难度、危险和障碍。

下午,他便去了刘老板的建材店。

刘老板把谈天航展项目第一期基建工程需要的水泥、钢筋、红砖都已准备好了,并告诉谈天,工程一启动,便可叫车拉走。谈天很是感动,再一次诚恳地说,工程一结算,就第一时间把前后欠款一次性偿还。

"老子再信你一次?"刘老板说。

谈天笑了笑,道:"放心吧,这一次失败,我把命给你。"

刘老板瞪了谈天一眼,道:"老子可不想要你的贱命。"然后,嘱咐道,"用料的时候要盘算好,料多了浪费,料少了质量不保。要科学施工;最重要的是,你要监督好民工,他们可不管那些节约的事。"谈天一个劲儿地点着头,再次感受到了刘老板的刀子嘴豆腐心。

从刘老板店里出来,谈天去了一趟东湖人才墙,想落实一下施工的民工。

斑驳的东湖人才墙下,已明显失去了以往的热闹与嘈杂。随着海岛经济泡沫的破灭,人才大潮已经渐渐降温。有门路的人才已经回了头,少部分回不了头的还在挣扎折腾等待时机。一个大学生推着一辆三轮平板车走了过来,车边挂着一个煤气罐,车厢平板上置着一个煤气灶,灶上放着一口平底锅,锅里煎着所谓"人才饼"。车把上,还

有一只招徕顾客的小喇叭,正传出一曲甜蜜轻快的女声独唱:

夏天夏天悄悄过去留下小秘密,压心底压心底不能告诉你……

东湖水黑魆魆地发出臭味,湖边椰子树下有一些晃悠的人影。谈天一眼就能分辨出,那些人以民工居多。谈天往树下一站,吆喝一声:"招工啦!"便有不少人围了过来。谈天叫道,"十个人,两个月工期,懂做广告牌的优先。"

"兄弟,要监工吗?"一个身穿皱巴巴西装,手握大哥大的年轻人走了过来,拍了拍谈天的肩膀。谈天看了看他,皮肤黝黑,身材结实,一脸敦厚,"你有经验吗?"谈天问他。他扬了扬手里的大哥大,笑了笑,信心满满地说:"有的,我做过好多工地的监工。"

"手里有民工吗?"谈天问。

"当然有,都是熟练工。"那双眼睛如轱辘般地快速转动,让人感觉这是个机灵的主。

谈天点了点头,说:"可以谈谈。"

他听说可以谈,便一把拉着谈天的衣角走到另一边的一棵椰子树下,自我介绍起来:"我姓杨,海岛人,你叫我杨监理就行了。"他从口袋里摸出一盒红塔山香烟,抽出两支,一支递给谈天,一支自己咬在嘴上。点燃烟,告诉谈天,他手里有十多个民工,有做各类工程的经验,上个月还帮一家广告公司在高速公路上做过路牌。谈天抽了一口烟,有点呛喉,吐出烟雾,看了看杨监理,点了点头,说:"就是你了。"

杨监理问什么时候开工,好组织人马。谈天说,最迟不过后天。杨监理问,工资如何结?谈天说,按工期算。杨监理深深地吸了一口烟,将烟屁股往地上一扔,脚往烟屁股上一踩,说:"你交给我既省事,还省钱。我现在就去找他们。"说完他走到一边用大哥大打起了电话。

谈天觉得杨监理拿着大哥大,有点埋汰了大哥大。一个小小的包工头，竟然也用上了大哥大。一九九五年的岛城，即便经济泡沫破灭，但大哥大的售价仍然居高不下，而且，除了售价高之外，还要缴纳高昂的入网费，所以能使用大哥大的人非富即贵，是一种身份象征。可是，杨监理这样的包工头，有什么身份呢？谈天原来计划做完航展项目，还完刘老板欠债后，第一件事便是买部神圣的大哥大，不，买两部，一部归自己用，一部给崔小婉用，表明他们共同进入了新阶层。而现在看来，大哥大的身份认证并不可靠。他这样想着时，不禁偷偷地笑了。

过了一会儿，杨监理过来了，告诉谈天，他已顺利地联系到了十名工人，都是熟手，劳务费要价也不高，结算条件也同意。谈天很满意。两人约定后天与民工们见面签署劳务合同，即日便开工。

谈天回到文明西街时已近黄昏，他感觉有些饿，而且，突然想吃猪脚饭。他骑着车来到上次与崔小婉一起勇斗烂仔的文明西街尽头的"海岛猪脚饭店"。他把车停在门边，走进去，点了一份猪脚套餐。人多，老板没有认出他来。

匆匆吃完猪脚饭，回到公司，望着空荡荡的办公室，他感觉百无聊赖。他想起了崔小婉——她才走了半天，他却感觉她走了好久。难道这就是所谓"一日不见，如隔三秋"？他拿起电话，给崔小婉的BB机留了言，一是想询问她是否平安抵达，二是想听听她的声音。发完信息后，他便坐在电话机旁等待崔小婉的回电。

幸福如果来得太快，总会让人怀疑其真实性。谈天感觉他与崔小婉的爱情像是一场梦——一场令他有点晕眩的梦。这种奇怪的感觉逼迫他必须获得崔小婉曾经存在于他生活的证据，他才会相信这不是一场梦，才会感觉到心里的踏实与安宁。

他起身走进了卧室。

小小卧室里还弥漫着崔小婉昨夜的香气。因为两人起得早，没来得及整理，所以，床铺上还有些凌乱。谈天倒在床上，做了一个深呼吸,一眼便发现床头柜上有一只崔小婉的发卡。他捡起来,放在手心,轻轻地嗅了一下,算是重温了崔小婉昨夜迷人的清香。他微闭着眼睛,很想就这样轻松地入睡,但是,他告诉自己不能睡着,因为,崔小婉的电话还没有打过来。

他从床上爬起来,走到窗口,从口袋里摸出一包烟,抽出一支,点燃,吸了一口。他也好久没有抽烟了,一缕苦涩呛住了他。他咳嗽了一声,烟雾扑进他的眼里,让他的眼睛蒙上一层泪雾。房间里很静谧,黑暗中烟头在一闪一亮。电话铃声仍然没有响起。

他看见床头柜边的椅子上堆放着崔小婉临走时从行李箱取出来的一些衣服和几本杂志,他随手翻了下杂志,是纪实与时尚类的。有一本很特别,明星封面,大字标题,内页夹着花花绿绿的广告。那些衣服有些凌乱。他把衣服抱到床上,一件件重新叠好。他看到了那条翠绿色的连衣裙,裙边有一条丝线脱落出来。为了防止丝线继续脱落,他找了一把小剪,轻轻地剪断了线头。他永远记得崔小婉穿着这条连衣裙站在白沙门海堤高大挺拔的椰树下向他挥舞手臂叫喊的情景:"那里有暗流呀——危险呀!"椰叶的青绿与连衣裙的翠绿融成一体。他再一次感谢老天给他关闭一扇门后又给他打开了一扇窗,而窗边站着的竟是崔小婉。她是他新世界的全部。他们将在这个城市牵手,然后安家,生育小孩。如果寻到了爷爷,一定会接老人家跟他们住在一起。谈天这样想着时,禁不住哈哈大笑了起来。他一边笑,一边把衣服叠好重新放回椅子上。然后望着那整齐码放的衣服,为自己的细心而小小地自我感动了一下。心想:崔小婉回来时,一定会开心满意地拥住他。

谈天想起了文件柜里的那个收纳袋。他知道,那是崔小婉视若生命般珍贵的爷爷的物品。一种好奇心驱使他走过去,然后,从柜里取出收纳袋,打开,便看到了那只鼓鼓囊囊的文件袋——他掏出了里面的物品:黄纸包着的两枚已经氧化生锈的二等功勋章与几张签署着领袖名字的奖状；一张爷爷理着光头、打着赤膊，坐在沙滩边的木船上，双手持着一柄木桨，正在做划船练习的滑稽照片；一张用透明胶粘住的黑白泛黄的爷爷的正面军装照，一张革命军人荣誉证……谈天仔细翻阅着英雄人生只鳞片羽的记载，似乎闻到了弥漫的硝烟，听到了嘹亮的军号，看到了冲锋的背影……

窗外，夜已拉下了帷幕。小街上，路灯洒下一地昏黄。

崔小婉还没有回电话。她怎么不回电话呢？

她在忙什么呢？做明天的课程安排？还是跟新同学们在逛夜市？抑或是太累休息了？他突然感觉挂念一个人是多么难受的事。他无奈地看着天花板，屏住呼吸，等待铃声响起。这个满眼都是爱情的年轻人，真切地感受到了爱情在他的生命中是多么的重要。虽然他与她从相遇相识到相爱，时间很短暂，但他如此痴情地爱她。他回想起崔小婉走进他的生活后，令他不再感到孤单，并且时刻充满力量。他不敢想象没有崔小婉的日子。他深深地明白，崔小婉已经成了他的全世界。

外面风吹着窗户，像一只寻找爱的夜猫在哀号。他走过去把窗户关严。但风仍从缝隙间溜进来，更像一个调皮孩子吹着口哨。谈天觉得崔小婉肯定是在忙碌中。恋爱脑总会有办法解决恋爱中的小故障。直到午夜，电话铃声始终没有响起。

他趴在电话机旁边，感觉有些困意。不能再等了，明天，他还要早起去刘老板店里拉材料进工地。他得赶时间完成这个项目——这于他更为重要。他走进卧室，倒在床上，一头进入了梦境——他梦见一块石头，年代久远。拂去石头上的泥尘，雕刻的文字依稀可见。可是，他却认不出那些字来。醒来后，他觉得那不是梦。

18

崔小婉一觉醒来，天已大亮，东方霞光万千，彩云绚丽。

她看到BB机上谈天的短信。

她想到谈天昨晚一定会因她没有回电而着急挂念，便觉有些歉疚。她拿起房间电话回电，可是拨了几次，还是拨不出去。崔小婉看了看表，快过早餐时间，她决定先下楼去餐厅吃早餐。

在餐厅，听客人议论，才知道房间电话坏了。餐厅经理纠正说，不仅仅是房间，是整个酒店的电话系统都发生了故障，工程部正在抢修。崔小婉问经理有没有公用电话。经理说最近的公用电话亭距酒店也有两里地。因为早餐后就要到大堂集合进入教室上课，崔小婉只得打算课间休息时去找公用电话回复谈天。

培训是在酒店二楼会议室进行的。来自全国各地的学员济济一堂。海岛学员只有崔小婉一人，这令她既孤单又自豪。她从来没接触过电脑，尤其对电脑设计更是一无所知。但是，她相信自己一定能够学好这门技术。她从小就是个好强的女孩，在学习知识方面，更没被困难吓倒退缩过。

上午的课程是讲电脑大趋势。主讲老师姓胡，挺年轻，戴着一副镜片很厚的近视眼镜。据说是深圳非常有名的电脑设计师。他的开场白是："二十一世纪即将到来，电脑将成为我们生活与工作的必需品。广告设计如果用上了电脑，将如虎添翼。"胡老师推了推鼻梁上的镜框，眨了眨眼睛，继续道，"电脑设计将是广告行业不可改变的趋势，只要大家从心里认识到学习电脑设计的必须性与紧迫性，就能掌握好电脑设计技术，并成为你们城市第一个使用电脑设计的专业人才。"胡老师说得天花乱坠，大家听得云里雾里。崔小婉心里明白：她来学习的目的很单纯，就是通过学习这门技术，回去协助谈天的工作。想到谈天，她更是对这次学习充满了信心和勇气。短暂的相处，她已深深地爱上了谈天，并把自己交给了他。她相信自己的眼光，更信赖自己的判断。这就是爱情。

下课后，她快步走出酒店，沿街张望，不一会儿，还真找到了公用电话亭。她跑进去，拨通了谈天办公室的电话。铃声响过很多遍，始终没人接。她估计谈天出门办事去了。项目即将启动，他一定忙得不可开交。她悻悻地放下话筒，决定回去上课，中午休息时再来。那个时候谈天应该会在公司。

沿街两边的绿化地，生长着一丛丛一簇簇火红的三角梅。她听说过这是深圳的市花。其实海岛的市街乡郊也生长着三角梅，但没有这般密实。三角梅生命力旺盛，粗生易长，而且花期还长。当姹紫嫣红的苞片一齐展现时，绚丽多彩，给人以热烈、奔放、明媚的感受。深圳用这花当市花，确实体现了深圳的活力与风采。崔小婉觉得这是一座充满智慧的城市。

上午的课程完毕，崔小婉匆匆赶到公用电话亭。电话响了两声便接通了，那端传来谈天惊喜而激动的声音："啊，终于听到你的声音了！我想你应该到酒店了，没听到你报平安的电话，我都像傻子一样，觉得世界都空了。"谈天柔情恋恋地说。崔小婉眼睛一红，有些湿润，分开虽然才一天，但毕竟远隔几百公里。她也有些挂念他了。

崔小婉解释说："昨晚早早睡了，今天一醒来，酒店电话发生故障，没办法回电话，课间跑出来找了公用电话，你又不在公司。"崔小婉歉意地给谈天解释。她唯一不敢说因为喝酒了才早睡的，怕引起他的胡思乱想。

谈天十分理解似的哈哈大笑道:"担心你遇到什么事了呢。我都快急疯了。"

这话令崔小婉挺感动,心里再一次暖暖的。她知道他心里有她,在乎她。"你在干吗呢?"她问。

"刚去刘老板的店里看材料回来。"谈天说。

"刘老板会帮你的。"崔小婉安慰道。

谈天点了点头,说:"他是个好人。"随即问,"你生活安排得好吗?学习有困难吗?"

"都挺好的,没什么困难,你不要担心。"崔小婉信心满满地说,"等着我学成归来吧!"

谈天纵有再多挂牵,电话里也不能一一表达。"有空就打电话给我。"他叮嘱道。

崔小婉点了点头,道:"知道了。好了,不跟你说了,我得回去吃午饭。"

"快去吧!"谈天说。

学习紧张而忙碌,理论与实战结合;理论枯燥乏味,实操趣味盎然。

一幅幅充满了想象力的设计作品在崔小婉手里诞生。

胡老师欣喜若狂,将她的作品当成榜样进行阐释与夸奖。

崔小婉也觉得自己沉睡的才情被开发出来,许多创意如一口新井,喷薄而出。

周五的傍晚,崔小婉从培训室出来准备到餐厅吃晚饭,一眼便看见王一民从酒店门前停车场的越野奔驰车上下来。她一愣,正犹豫着要不要打招呼时,王一民已经向她迎过来抢先打了招呼:"老乡!下课了?"

"您怎么来这里了?"她惊喜而又有些疑惑地问道。

"周末了,我来请你吃个饭,然后观赏一下深圳夜景,能赏脸吗?"他一脸热情诚恳。

崔小婉来好几天了,一直没有机会一睹深圳的繁华夜景。面对王一民的邀请,她又有些顾虑——总觉得王一民对她的热情与殷勤的背后隐藏着什么。她提醒自己保持矜持与距离。于是礼貌地笑了笑,道:"谢谢你呀,王先生,我晚上还有课呢,去不了呢。"

"我是不是打扰你了?"王一民有点尴尬地脸红了一下,说,"如果我打扰你了,我向你表示歉意哦。"

"不是那个意思,王先生,我确实是忙,脱不了身。"崔小婉也是诚恳地解释。说心里话,王一民的渊博学识,彬彬有礼,也获得了她一定的好感,她也不忍心伤人家自尊,只是想用这委婉的借口让他有些清醒。

"其实,我已经了解了你晚上没课,而且,你们胡老师也一起呢!你就赏个面子哟。"王一民说着朝奔驰车打了个手势,后座的车窗便缓缓摇下,窗口露出了胡老师的笑脸。胡老师向崔小婉打了个招呼,说:"崔小婉同学,上车吧,周末一起聚聚。"车门打开,胡老师下了车,还向她做了个邀请的动作。

崔小婉的脸倏地红了,她觉得自己说谎被当场识破。尤其是胡老师亲自下车相邀,令她惊慌,她一下子不知道说什么好,心里暗暗觉得王一民的可怕——为了请她,竟然搬出了胡老师。她纳闷他是怎么认识胡老师的。

既然胡老师也来邀请了,她便不好拒绝了,只好上了车。

车上一聊,才知道,胡老师是谢方一教授的学生。谢教授临时有事,参加不了,所以,就叫胡老师作陪。

奔驰载着胡老师与崔小婉驶上了一条大道。胡老师指着窗外大道对崔小婉说,这条大道叫深南大道,不仅是深圳最宽的大道,也是深圳的城市名片。王一民一边认真地开着车,一边接过话补充,深南大道也是中国城市最宽最长的大道，宽130米，长24公里。

越野奔驰行驶在车流如织灯火辉煌流光溢彩的深南大道上。

"我们去哪里吃饭？"崔小婉有些好奇地问。

"知道国贸大厦吗？"王一民问。

崔小婉摇了摇头。

"国贸大厦是深圳最高的楼，53层。大厦的49层有个旋转餐厅，三年前，一位伟人就是在那上面做出伟大指示的。"胡老师向崔小婉介绍，末了夸奖了一下王一民，说，"王老板真会选地方呀！"

王一民拍了拍方向盘，一脸自豪地说，"国贸大厦旋转餐厅因伟人的视察而举世闻名，也是我国改革开放的象征。我们就去那吃饭。坐在那上面既可以看到深圳的灯火，还可以看到香港的夜景，尤其还能领略伟人当年的风采呢！"

胡老师说："那一年，我就在楼下，见证了伟人的挥手。"

崔小婉从王一民与胡老师关于国贸大厦的聊天中听出了国贸大厦的神秘与高伟，想想今晚能够登上那里吃饭，确实令她有所惊喜与期待。

"到了。"王一民说。

崔小婉往前一看，夜色中，一幢巨大的金碧辉煌的建筑高耸入云，楼顶上的霓虹灯闪烁出赫然醒目的"国贸大厦"四个字。"看那圆柱形楼顶，它就是旋转餐厅。"胡老师指着楼顶，对崔小婉说。

"真旋转吗？"崔小婉好奇地问。

"360度旋转。"王一民说，"无死角俯瞰深圳夜景。"

胡老师点了点头。

三人走进电梯间，观光电梯便无声地升起。

透过玻璃，看到了整个城市的灯火辉煌。那些闪烁的霓虹灯，如织的车流，斑斓的高楼……崔小婉被眼前美丽的景致惊讶得张开了嘴。她几乎不敢相信中国会有这么美丽的城市。她从山村里走出来，然后，在一个落后山城读师范，后来，来到了大开放大开发的美丽的滨海岛城，就已经很是满足了，没想到，今晚，她竟置身于中国最美的城市之中。

站着身边的王一民看到崔小婉一脸惊讶的表情禁不住笑了，他说："不久的将来，岛城会比这里还繁华还美丽。一样会有车流如织，一样会有高楼林立。"

崔小婉点了点头。

49楼的旋转餐厅很快到了。他们走出了电梯，迎面一块硕大的"欢迎光临国贸大厦旋转餐厅"的广告牌立在眼前。一位长相甜美的领班恭候在电梯口，"晚上好！"她欢快地叫道。然后，一位美丽的迎宾小姐将他们直接带到了预订的位置。"来晚了就没座位了。"他说。他已预订好了座位。

刚坐了下来，服务员便送上了柠檬水，"王先生，客人都到了吗？"服务员问。

王一民对服务员微笑地点了点头，道："都到了，可以上菜了！"

崔小婉暗暗惊讶王一民把一切都在前边安排好了，甚至连饭菜都点好了。

每人一份燕窝鱼翅，一份清蒸海底石斑，一份三文鱼刺身，一份白灼澳洲龙虾，一份清炒橄榄，还有一瓶法国红酒。

胡老师说："王老板这菜单点得奢华低调有内涵呀。"

王一民笑了笑，说："不在乎吃什么，也不在乎跟谁吃，在哪里吃。今晚能请到小胡老师，"斜睨了崔小婉一眼，"还有我的老乡小婉同学，我就很高兴了。"

胡老师点点头道："王老板客气，讲究，今后有需要小弟效劳的事，尽管吩咐。"

王一民说："感谢胡老师！别的不敢奢望，只求胡老师对小婉同学多多栽培，往大说是对海岛建设的支持，往小说是对我们老乡的帮助。"

崔小婉觉得王一民这番话一下子拉近了她与他的关系,她觉得他就是邻家的大哥,单位的领导。这种亲切关怀确实令她充满了感动与温暖。

王一民给胡老师斟了酒,也给崔小婉斟了半杯,"我不能……喝酒呢。"崔小婉当然记得那天晚上吃牛扒时喝了一小杯XO,让她沉睡了一晚的事。

王一民笑道:"红酒,没什么酒力。你就表示一下吧,你得给你老师敬一杯吧?"他用嘴朝胡老师努了努。

崔小婉不敢拒绝了。

胡老师叫道:"天!罗曼尼－康帝!"

王一民笑了笑,说:"请老师吃饭,肯定得是好酒。"胡老师一脸惊诧,张着嘴,自言自语道:"这款葡萄酒珍贵呀!"他斜睨了崔小婉一眼,笑着低声说,"多年来一直独占世界第一葡萄酒宝座。"胡老师看着桌上的红酒,道,"没想到今晚能喝上这款世界名酒。"

崔小婉自然不好推辞。当然,更多的是对这款被胡老师捧上天的美酒的好奇心,她经不起这世界名酒的诱惑,端起酒杯闻了闻,一股淡淡的葡萄果香飘过鼻翼。"你尝一点,不要吞下,就含在舌下。"王一民说。

崔小婉便照着王一民的话浅浅地品尝了一小口,含在舌头下,瞬间感觉绵软而柔和。

"再慢慢地吞咽。"王一民说。

崔小婉便徐徐咽入,顿感喉间一股清凉与甜腻,口腔里满是浓郁的葡萄果香,沁人心脾。"确实不错。"她说,"不像以前喝过的红酒,除了酸便是涩。"

王一民非常体贴地给崔小婉夹了一块三文鱼刺身,蘸了蘸酱料,送到崔小婉的碟子里,"吃吃这个。"

崔小婉确实是第一次吃三文鱼刺身，夹起便往嘴里送。"这个要加点芥末。"王一民说。崔小婉看了看，绿绿的，像牙膏，更像染料，崔小婉便不愿尝试。王一民笑了笑说看起来不好看，吃起来还不能缺这个味。

崔小婉还是蘸了一点芥末，放进嘴里。就觉嘴里有一把火，一下冲上脑门，然后眼泪鼻涕猛流。还好，也就那么一下，不过几秒钟的时间，就已经忘了芥末的味道了，只剩眼泪挂在眼角。王一民笑着说，"其实，人生很多事，就如吃芥末一样，以为过不去，以为那一刻就要完蛋，结果，屏住呼吸，忍一忍，挺过去，万事大吉，一切无恙，很刺激也很难忘！"

胡老师听着王一民的话，捂着嘴巴笑，说："王老板是悟出人生真谛的人。"

崔小婉对王一民笑道："这是我吃过的最励志也最有趣的晚餐。"

王一民拾起桌上的一张餐巾纸，擦了下嘴唇，笑了笑，走到餐厅硕大的落地窗前，站定，对着窗外灯火辉煌的深圳，缓缓地举起手来，缓缓地挥起了他的手臂——那种庄严与肃穆，就像数年前伟人对着这个城市挥手一样。"是这样挥手的吗？"王一民回过头来，对着当年的见证人胡老师，诚恳地问。

胡老师点了点头，爽朗地一笑，道："是的，就是那样挥手的。"

崔小婉也笑了——很多年后崔小婉都还记得王一民挥手的样子。"他确实不像一个商人，而更像一个政治家。"她心里这样想过。

三人嬉笑吃喝时，胡老师接了家里一个电话，说家里有急事得赶紧回去。说完打了一辆TAXI提前撤退了。

剩下王一民与崔小婉，两人一边喝着那名酒一边聊天。不知不觉中，崔小婉喝了不下三杯，显得有点晕乎。王一民显然也喝得有点多，不敢开车，于是打了电话叫谢方一教授过来开车。一会儿，谢方一过来了，他开车送王一民与崔小婉回各自的酒店。

路上,王一民对崔小婉说:"一晃就来深圳几天了,再过几天,我们就要回岛城了。"崔小婉点了点头。王一民说:"其实,你来一趟深圳也不容易,要不,抽个时间,我带你游玩几个景点?"崔小婉笑了笑,摇了摇头,说:"不。我还是等以后我男朋友带我去游玩,我男朋友叫谈天,你知道么,我很爱他。他也很爱我。"

谢方一与王一民都知道崔小婉已经喝醉了。

到了凯丽酒店,崔小婉摇晃着下了车。王一民要去搀扶她,她甩开王一民的手说:"没事,我自己可以上楼。"

王一民没有说话,只是觉得心里有些难过。

19

谈天一大早起了床,夹着一个公文包来到工地上。

已经开工几天了,谈天每隔一两天会到工地上巡视一下。工地上堆满了各种工具、材料和设备,几名工人正在一台搅拌机下进行着灌注作业。确实是熟练工,塔基工程进展很快。一身粉尘的杨监理走了过来向谈天打招呼。谈天说:"杨监理,辛苦了。"杨监理笑了笑,说:"不辛苦。明天下午塔基工程就能够完成了。"谈天明白,杨监理这是提醒他,要给工人们准备第一期的工资了。谈天点了点头,说:"叫工友们做好工作,迎接甲方的第一期验收。"杨监理说:"放心,我死死盯着。绝对不能有半点马虎。"谈天说:"让大家放心,工资一定会按时发放。"杨监理说:"大家都说你是一个好人。"谈天笑笑,说:"其实是人都想做好人。有时候坏人也是被逼出来的。"他交代杨监理把那些还没有打开包装的混凝土盖好,海岛上的暴雨随时袭击,混凝土遇水便凝结。那就浪费大了。杨监理笑道:"放心吧,我可是老监理了。"

谈天在杨监理的陪同下在工地上转了一个圈,仔细查看了质量,觉得不错。于是,便骑上自行车离开了工地。他要去航展公司。按照合同约定,请航展公司过来验收并准备支付第一期工程款。

阳光灿烂,椰风海韵。谈天心情不错地骑着自行车,不快不慢地行驶着。他突然觉得后座上坐着崔小婉,便与她聊了起来。

"太阳晒不?哈哈,知道你不怕晒,你反正快晒成黑妞了。"

"你说，林老板会守信吗？会按期支付工程款吗？"

"你想吃什么菜？领到第一期款，我请你好好吃一餐。"

"你说话呀。怎么老是笑而不语？"谈天有些生气道。转过头去，竟然看到后座上歇着一只画眉鸟儿。谈天"噗嗤"笑出声来，鸟儿受了一惊，"扑"的一声飞起。一阵风吹过，路边椰树摇曳，椰叶发出一串"哗哗"声。小鸟歇在一棵椰树上，一阵啼鸣，似风中传来崔小婉的笑声，清脆悦耳，爽朗开心。他知道自己想崔小婉了——这些天，她没有电话，令他不时充满了挂念。所以，禁不住在臆想中跟崔小婉说起话来。

到了航展公司，林秘书不在。他拨打林秘书的电话。

林秘书在电话那端笑道："你前脚走，我们后脚到。我们现在正在工地上检查第一期工程情况呢！"

谈天哈哈大笑道："这么大的太阳，劳驾大美女秘书亲自带队到工地检查啊！"

林秘书说："那必须的呀。我可要对我们公司负责，也要对你们公司负责。你先在我办公室坐一会儿，我一会儿就回来了。"

谈天说："航展公司有林秘书这样认真负责的员工，真是大幸。这样的公司，不发展都不行。"

林秘书笑道："没想到你还挺会夸人呢！"

谈天在林秘书办公室里坐了一会儿，林秘书一脸汗水地回来了。她摘下太阳帽，对谈天说："你们确实做得不错，没有偷工减料。底座基建做得又结实又牢靠，十八级台风都吹不倒。"

谈天感谢她对他工作的表扬，随即掏出合同。林秘书一见，说："不掏合同了吧，一会儿我就请李总签字付款，今天下午不转，明天中午之前一定到账。"

"完美！"谈天在心里叫道。

他走出航展公司。蓝天丽日，心情舒畅。他骑上自行车，吹着口哨返回了公司。

回到公司,谈天打电话给杨监理。

杨监理说:"正要打电话给你报喜呢,第一期工程通过了验收。"谈天说:"我早知道了——你下午五点半过来龙泉酒家,咱兄弟俩一起喝个酒,也算是庆贺第一期工程圆满验收。"他说。杨监理一听老板请他喝酒,很是高兴。谈天说:"你顺便告诉工友们,明天下午发放工资,一分不少。"杨监理一听更是开心,道:"你是一个好老板,不拖欠不克扣工资,我就佩服你这种老板!"

下午五点半。

谈天处理完公司的一些事情,便骑车去了龙泉人酒家。

在路上,他看到一家烟酒专卖店,于是,下车进去,买了瓶茅台与两包"中华"。

谈天刚到酒家,杨监理便开着一辆又破又旧的皮卡车来到酒家。他显然从工地上回家洗了个澡,头发上抹了头油,换上了那件皱巴巴的西装,手持着"大哥大"走了进来。

他一坐下,便把手里的"大哥大"往桌上一立,随即从口袋里掏出一包红塔山香烟,抽出一支,递给谈天。谈天说:"给包好烟给你抽。"便将一包"中华"丢了过去。杨监理笑道:"谢谢老板!"

谈天点了一只椰子鸡,一条红烧海鱼,一碟凉拌牛肉,还有一小筐青菜。杨监理说:"够了,两人吃不完呢。"谈天把那瓶茅台往桌上一摆,说:"咱哥俩慢慢喝。"杨监理望着那酒,眼里满是喜悦之光。

一会儿椰子鸡端上桌来,一股椰香飘起。杨监理说:"这么些日子,吃住都在工地上,好久没闻到椰子鸡味了,还真是馋了呢。"

谈天一边倒酒一边说:"今天点了一整只鸡,让你过把口瘾。"

杨监理端起酒杯,说:"老板是个大气之人,有格局之人。我敬你一杯。"说完脖子一挺,"嗞"的一声,一杯酒下了肚。"真是好酒。"他咂了下嘴巴,似乎在体会这酒的神韵。

谈天看了看杨监理问:"杨监理是哪里人?"

杨监理说:"琼海人。"

"我看你相貌堂堂,能说会道,不应该只做个小包工头。"谈天给他倒满了酒杯。

杨监理笑了笑,有些不好意思,说:"其实,我有一个表哥,是道路桥梁专家,在岛城交通局做局长,手里有不少工程项目,可惜我没什么文化,不成器,做不成大事,于是只能做做小包工头。"他说完端起酒杯,又是"嗞"的一声,又一杯下了肚。

听说他表哥是岛城交通局局长,谈天觉得这关系不错,一边给他倒满酒杯,一边随意说:"什么时候把你表哥约出来,我请他吃个饭。"谈天在岛城很多年,什么朋友都有,就是少了政府的,他明白,朝中有人好做事。杨监理高兴地说:"那没问题。请他吃个饭,认识认识,说不定能照顾你个把大工程。我也正好跟着你混呢。"

谈天说:"请他吃个饭就行,工程的事放一边。"他举起酒杯,与杨监理碰了一下,然后轻轻抿了一小口。扯了张纸巾,擦了下嘴巴,继续说道,"不要一请人吃饭就想到要回报,当官的又不是傻子,吃你个饭就被你利用。我才不临时抱佛脚呢。"

杨经理点头如捣蒜,说:"那是,那是。我就服你,你有文化,有格局,有胸怀,能成大事。不像我,啥也不是,做不了事。我表哥经常骂我。"

两人喝着聊着,很快就把一瓶酒干完。而桌上的菜基本没动几筷。谈天倒没喝几杯,基本上是杨监理喝着,照他这样喝法,他一个人喝两瓶都没问题。"我今晚还有点事,所以,就不喝了,找个时间,约上你表哥,一起喝。"谈天对杨监理说。杨监理点了点头,说:"那行那行。"谈天指了指桌子上的菜,对杨监理说:"你打个包带回去,可以当夜宵。"杨监理也不推辞,点头说:"好,好,不浪费,不浪费。"

谈天掏出一只皮夹子，两指夹了一沓出来，递给杨监理，说："你去买单吧。"杨监理起初一愣，很快，机灵地点头，说："老板吃饭，助理埋单。"他接了过去。"不用这么多吧？"他拿着那沓钱有点不可思议道。谈天笑了笑，说："剩下的给你买烟买酒。"然后向龙泉人酒家大门走去。"服务员，啪吊（海岛话：埋单）！"背后传来杨监理激昂的叫声。

暮色云霞，清风不语，椰影婆娑，霓虹闪烁。

谈天从龙泉人酒家出来后便骑着自行车在街上转悠，时间尚早，心中无事，心情变得开朗和舒畅。这是航展工程开工后，他身心的第一次放松。

他突然想去白沙门转转。

一轮巨大的红色月亮悬在海天间。晚霞与蓝天相融，海水与月光共沐。海湾显出难得的平静，大海沉浸在一片绮丽梦幻之中。谈天坐在海滩上，看着大海，第一次感觉大海竟是如此肃穆和平静。

这时，他注意到不远处的一块岩石上，坐着一个人。他走了过去，发现是一位正在垂钓的老人。老人穿着一件洗得灰白了的旧军服，皮肤在月光里泛出古铜色。老人端坐岩石的样子宛如海边一尊孤独的雕塑。

"老人家，钓着鱼没？"谈天搭讪地问。

老人巍然不动，面向大海。

"老人家——"谈天继续跟老人打着招呼。

老人这才侧过脸来，看了看谈天，没有说话。谈天看得清楚，老人面容清瘦，精神矍铄，一头银丝如板刷，眼里虽有些混浊，但目光冷峻坚毅——谈天立即感觉这是个不一般的老人。谈天在老人边上的一块岩石上坐了下来，"钓着鱼没？"他再次小心翼翼地问。老人望他笑了笑，说："有时候垂钓，并不是一定要钓到什么。"谈天觉得有意思,心想,七老八十,大半夜坐这又咸又湿的海边,不要钓鱼,还能干吗?老人似乎看出了谈天的心思,斜睨了谈天一眼,沉吟道:"钓的结果并不重要,钓的过程才有意义。"谈天觉得老人说得有些哲理。看来,老人是在追求一种心境。

"您的过程……是什么样子呢?"谈天试探地问。

老人转过头来看了看谈天,说:"我的过程是在等人。"

谈天觉得奇怪,问:"等人?"

老人沉吟了一下,说:"是的,我的战友们。"

"战友们?"

"是的,"老人声音洪亮,语调高昂坚定,神情骄傲自豪,"我在这里等着,我相信他们会来!"

"他们从哪里来?"谈天完全被搞迷糊了,一脸困惑。

老人指了指月光下泛着银波的大海,说:"风平浪静,正好行船。他们正悄悄地从那边赶过来。"

"然后呢?"谈天问。

"然后,冲锋号一响,他们个个像小老虎一般从船上冲下来!"老人声音激动,眼里有光。至此,谈天基本能够猜想到,老人应该参加了那场泣血惊魂举世闻名的登陆战。

谈天笑了笑,道:"老人家,已经过了四十多年了。"

老人摇了摇头,没有回答。谈天从他脸上的神情看得出,他不屑也不想说话。过了好一会儿,老人才把目光从大海上拾回,侧过头,看了看谈天,说:"年轻人,你不会理解的。"

谈天问,"为何这样说?"

老人咳嗽了一声,清了清嗓子,说:"因为你没有信仰。"

"您说的信仰是什么?"谈天急迫地问。声音有点咄咄逼人。

老人目光深邃,指了指夜色中的大海,"你看到了什么?"问谈天。

谈天看了看，摇了摇头，说："我只看到一片苍茫的大海。"

老人叹息了一声，嘀咕道："你没有信仰，所以，你只能看到大海。"

"您看到了什么？"谈天问老人。

"我看到了天空有无数飞机在冲撞，海面上有数不清的小木船在浪涛中往前行驶，我还看到海水染成了一片血红，漂浮着好多我熟悉的面孔……"老人说着哽咽起来，凹陷的眼窝里有泪光。

一个疯老人。但谈天的内心还是感到一阵震撼。

老人用手背抹了下眼睛，对着谈天，笑了笑，指了指大海。谈天知道，他指的是他的战友们。"冲锋号一响，他们就会登陆！"老人眉飞色舞地说。谈天更是明白，疯老人的记忆永远停留在那个晚上了。

月悬中空，海泛银波，风拂人面。

谈天告别老人，骑着自行车返回公司。一路上，他想着那个老人。突然，他感觉有些恍惚，有点搞不明白这是做梦还是现实。

20

崔小婉醒来,睁开眼睛,发现身边躺着一个男人。

她定睛一看,竟然是王一民!再看自己,赤身裸体——那一刻,她吓得灵魂差点出窍,尖叫了一声,用被子捂住了自己的身体。

王一民吓醒后跌倒在床下的地板上。他看着惊慌的崔小婉,口里不停地说"对不起对不起",然后开始猛抽自己的耳光,"对不起,对不起,昨晚喝多了,喝多了。"他哽咽着喃喃自语道。

崔小婉处于极度的震惊与恐慌之中,头脑一片空白。好半天,才回过神来,眼睛死死地盯着王一民,然后,哇地哭出声来,哭声响彻云霄,几乎让整个楼层都在颤抖。她疯狂地叫喊道:"你对我做了什么呀?"王一民耷拉着头,坐在地板上,说:"对不起对不起……"

崔小婉似乎明白了什么,她望向窗口,那儿,窗帘厚重,一角脱落,有一道霞光射了进来。她突然一跃而起,冲向窗口——似乎只是迟疑了那么一秒,王一民扑上去,死死地抱住她,哀求道:"你可以打我骂我惩罚我,只求你一定要冷静……"崔小婉无力地瘫软在地板上。王一民赶紧用被子捂住了她的全身,把她抱回床上。王一民开始了哽咽。男人的哽咽,像一把尖刀,戳到崔小婉的心坎。她平静了下来,记忆苏醒,开始了慢慢梳理……

十天的学习课程圆满结束。

学员们喝了结业酒,拍了集体照,唱了《友谊天长地久》,互道珍重说再见。

崔小婉让会务组帮她订了明天上午十一点的机票——这些天的学习有些累，所以，定在十一点，可以好好地睡个懒觉。一个小时的航程，回到岛城刚好吃上谈天做的午饭。

她回到房间，想给谈天打个电话——自那天中午与谈天通话后，一直没与他联系。因为上课学习不准带BB机，所以，BB机一直放在行李箱里没开机。酒店前台可以打电话，去了几次，排队的人太多，便放弃了。酒店外边那个公用电话亭，来回两公里，太麻烦。她拿起电话开始拨打，电话仍然没有声音，难道电话还没有修好？这是什么特区效率呀！她有些懊恼。转念一想，谈天这些天也应该全身心投入到航展项目上去了，算了，反正明天便回岛城了，给他一个惊喜吧。

洗漱，休息。

这个时候，服务员来敲门，告诉崔小婉那个开奔驰的又来找她了。

崔小婉知道是王一民。一看时间已是晚上九点。她有点无语，不想见了。但是，想想这些日子的交往，王一民也算是个值得信任的人。犹豫了一会儿，还是决定下楼去见见。

王一民依然坐在大堂沙发上等她。"明天就要回岛城了，今晚带你去体验一下深圳的夜文化。"他依然是那么热情与礼貌地跟她说话。崔小婉看着他那一脸的诚恳，真的有些不忍拒绝，"可是，这么晚了……"她有些为难地说。"哈哈，不晚呀，才九点，深圳的夜生活才开始呢。"他爽朗地笑道。她想了想，还是接受了他的邀请。"我上去收拾一下吧。"

一会儿，崔小婉上着白色T恤，下着水磨牛仔裤，长发披散在双肩，从电梯里出来。她本来个子就高，现在这身穿着打扮，更加显得高挑苗条，阳光时尚。她走进大堂的时候，前台服务员与大堂里的客人纷纷朝她看过去。她觉得有些不自在。王一民把车开到了门口,她赶紧钻进了他的车里。王一民对她微微一笑,说:"你是个漂亮女孩,所以引人注目。"崔小婉脸一红,更为羞涩。王一民道:"你要学会习惯别人的赞赏。"

两人开着车来到南山区灯红酒绿的酒吧一条街。

"体验一下酒吧文化?"王一民建议道。

崔小婉哪里见识过什么酒吧文化。她毕竟从山里出来,虽然在山城读过书,但是山城哪有这种灯红酒绿。在岛城,她听谈天说过酒吧,也听说去酒吧消费高,没有钱的人是去不起酒吧的。所以她完全出于好奇心地点了点头。

王一民把车停在路边停车区域,然后带着崔小婉走进了一间叫"拾缘"的酒吧。

酒吧是城市夜文化的集散地,更是城市夜生活的蓝精灵。霓虹闪烁,气氛热烈。舞池里,有一些人在跳舞,灯光柔和,把舞姿照亮;舞池周围,坐着站着更多的人,他们或独自一人,或与朋友一起,或是专注于某一杯酒,或是一边喝酒一边跟着音乐的节拍扭脖摇头,还有一些人在玩骰子猜拳。这就是酒吧文化的氛围,充满着声音、情感和故事。在这样的地方,人们可以忘却烦恼,沉浸在欢乐的世界里。

两人在一张高台边坐下。侍者过来问喝点什么?崔小婉说除了酒别的都可以。王一民笑道,进酒吧不喝酒,不能说进了酒吧。王一民对侍者说,来两杯果酒吧。崔小婉问果酒也是酒吧?王一民说,用苹果、梨、樱桃、草莓等水果酿成,既保留了水果独特的个性,又因为发酵后有了一点酒味。所以,称为果酒。崔小婉说这些都是她喜欢的水果。王一民说,好,那就相当于喝了杯混合型的果汁。

侍者很快端来了两瓶果酒。

王一民很殷勤地为崔小婉开了一瓶,然后,又轻轻地摇晃了一下,递给崔小婉。两人一边啜着果酒,一边听着音乐,一边欣赏着舞池里的曼妙身影。

"想不想跳舞？"王一民邀请崔小婉。

崔小婉说："我不、不会跳。"

王一民说："我教你嘛。"

崔小婉也不好拒绝，随着音乐的节拍走进舞池。王一民很礼貌地搂着崔小婉的腰，崔小婉也是紧张地搭着王一民的肩。王一民很会跳舞，而崔小婉完全是靠王一民带动着。她好几次踩在王一民的脚上，王一民没有当一回事，反倒对着崔小婉抱歉地一笑，像是他自己对不起崔小婉似的。两人随着音乐节奏旋转了一会儿，崔小婉觉得脚底下有些轻飘，尤其是王一民身上散发出一阵男士香水味，令她有些晕眩。王一民的目光划过崔小婉的脸上时，崔小婉感觉那目光有些火辣。有一刻，崔小婉完全迷糊，她看着面前这张生动而英俊的脸，竟然当成了谈天。禁不住地将自己的脸往那张脸上靠过去。而王一民则把她搂抱得更紧了些。好几次她似乎有些透不过气来，而且觉得浑身有些发热。她晃了晃头脑，似乎有些清醒，看见面前的这个男人并不是谈天。她有些紧张，但是，王一民把她搂得更紧了。幸好音乐停止了，她想起刚才喝过的那杯果酒，逃也似的从王一民的怀里溜了出来。

"我要回去了，我明天上午十一点的航班。"崔小婉说。

"哦。"王一民显然还余兴未了。

"要不你自已玩吧，我打个的回去就行了。"

"那怎么可以？"王一民赶紧起身。

"真的没事呀。"她说。

"别见外，"王一民又是一脸诚恳地说，"把我当成哥就行。"

"不，你是王先生。"崔小婉坚定地说。在她的心里，她的哥只有一个，那就是谈天。

王一民摇了摇头，说："不叫哥也行，至少是朋友吧，没事，我送你回酒店。"

崔小婉感觉全身发热,双脚轻飘不听使唤。王一民赶紧上前扶住她,并拉开副驾位的车门,她一下子瘫坐在座位上,失去了知觉……

"是你送我回来的吗?"她盯着王一民问道。

"是的。"王一民点了点头。

"你送我进房间了吗?"她继续问。

"是……的。"他不敢抬头,更不敢看着她的眼睛。

车水马龙,霓虹闪烁。王一民开着车,将崔小婉送回凯丽酒店。

到了酒店门前的停车场,崔小婉仍然没有醒来。这个时候,大堂里人来人往,王一民有些纠结了,他实在不敢扶她进房。他在车里坐着,听了一会儿音乐,等待崔小婉酒醒。他点燃一支烟,吸了一口,随即一阵咳嗽,他把烟掐灭,又呆呆地坐了一会儿。他看到大堂里客人少了,便从崔小婉口袋里找到了房卡,决定扶着崔小婉进酒店。

他扶着崔小婉来到房间前,开门,把崔小婉扶进卧室,放在床上。他轻轻地叫唤了她几声,她仍然没有醒过来。他突然觉得不忍心走了,他怕自己一走,没有人照顾她,出什么意外那就是大事情了。于是趴在崔小婉的床边,看着崔小婉的睡容——不,那是她的睡容……那是一湾静谧而清澈的湖水……那是一件晶莹剔透的艺术珍品……往事一幕一幕地浮现……他突然感到浑身热血沸腾,但是,只是一瞬间,他意识到这样下去会把控不了自己,他告诫自己,他是一个受过高等教育的男人,更是一个正在升迁中的男人,不能触碰,不能有一分一毫的邪念……

他准备离去。

"水——"崔小婉突然叫了一声。

王一民赶紧起身倒了一杯矿泉水在杯子里,递给了崔小婉。崔小婉眯着眼睛,一口喝完,然后,身体一滑,又沉沉地倒在床上……佛魔一念间，王一民只觉全身如火般炙烤，终于无法控制，向那湾湖水、向那件艺术品扑了过去……

天已经大亮，窗外的城市已经喧嚣复活。

"我……对这一切……负责。"王一民耷拉着头，嘴里嗫嚅着。他一遍遍在心里追问自己为什么要送她到房间，为什么要在房间里停留下来？他一遍遍在心里痛骂自己是伪君子，是披着人皮的禽兽，是自毁前程的蠢驴。

崔小婉擦干眼泪，看了看表，起床，无声地收拾行李——她记得是十一点的航班。

王一民站在那里，陷入了更大的恐惧。他的心里开始了高速运转。他想，以她这样的状态回到岛城，她的男朋友一定会发现。她男朋友一旦看出端倪，后面的事情就很难预料了——各种不可控的情况都有可能发生。他越想越后怕。而最为可怕的一种可能是，女孩豁出去，与男朋友联手告他个强奸……他，一切就玩完了。

这个时刻，他异常清醒。他知道自己现在首要的是阻止她回岛城。

只要她能够留下来，在深圳待上一些时间，哪怕是几天，他都会想尽办法安抚与熨平她的心灵——时间可以冲淡心中的悲愤，也可以稀释痛苦的记忆。

"能不能不回岛城？"他试探地问崔小婉。

崔小婉没有说话，连看也不看他一眼，继续收拾着行李。

"我知道我冲动了。可是，你想过没有，你这种状态回岛城，你的男朋友……"王一民望着她，轻声地，小心翼翼地说，"我真的……担心……你会伤害他。"

她缓缓抬起头，望了王一民一眼，"你是担心他会杀了你吧！"她终于开口说话。

王一民觉得她不说话比她说话更吓人。

"这个我不害怕，我罪有应得。我只是担心我伤害了你，你回去便伤害他。"王一民诚恳地说。

这句话让崔小婉的肩膀一耸，内心震颤了一下。她摇了摇头，面无表情，目光望向窗外。

"事实上，我是真心喜欢你——虽然这喜欢的方式不道德，但我绝不是坏人。我愿意为这份不道德的喜欢承担所有责任甚至付出代价。"王一民看着她。他知道，他的这种表达苍白无力。

"你出去！"崔小婉对王一民叫道。

王一民走出房间，他在走廊里抽了一支烟，趁这时间，他打电话给谢方一："老谢，出了点意外，你要帮我个忙。"王一民压低着声音说话。谢方一在那边半天没有反应过来，张着嘴巴不知道说什么，好一会儿，问："严重吗？"

"严重。"王一民压低着声音说，"把你那幢别墅给我用一段时间；另外，迅速帮我物色一个保姆，记住，不能暴露我的身份。"

谢方一知道，老同学不是大事不会求自己。他短暂地思索了一下，回答："没有问题。"谢方一早年在某家证券公司任职，赚了一些钱，以很优惠的价格在城郊买了一幢别墅。后来，他到大学任教，因为别墅离学校有些远，上下班不方便，便在学校附近买了套大房子，一家人搬了过去。原想低价卖掉这别墅，只因周边环境不太好，又地处城郊乡下，目前，那边还没有开发，没人愿意买，所以，就一直闲置在那里。他与妻子偶尔过去打扫一下，住上几天。

"你赶紧过来一下，我在凯丽酒店大堂等你。"王一民说。

一会儿，谢方一开车过来了，一下车，本想问问情况，但看老同学面色凝重，便欲言又止了。其实，他心里已经猜出了一大半。他把别墅钥匙交给了王一民，说："随时可以搬进去。保姆我也联系好了，是我老婆乡下的亲戚，可靠。"

王一民点了点头。

王一民说："还有件事，有比较好的学计算机的地方吗？"

谢方一想了想，说："我们学院去年开设了计算机应用专业培训班，专门为企事业单位培养电脑人才，算是深圳最好的学习计算机的地方。"

王一民问："好进吗？"

谢方一说："可以作为代培生进。"

"需要什么手续？"

"找个单位开个委托代培证明，学费由个人负责。"

王一民说："那没问题。"

谢方一说："那就妥了。"

王一民回到房间，崔小婉在洗手间洗漱，好一会儿，焕然一新，走出房间。她没有说话，径直坐电梯下楼。王一民像一个保镖，默默无言地跟着她。崔小婉来到前台，打电话。王一民站在不远处，听到了她在给会务组打电话。她告诉会务组，由于遇到了一点急事，暂时不打算回岛城了。让会务组把她的机票退了。王一民听着崔小婉与会务组的对话，心里舒了一口气。

崔小婉退完机票，返回房间，不吃不喝默默流泪躺在床上。

王一民一直守在房间里，崔小婉几次驱赶与呵斥，他始终没有走出房间。

空气凝滞，气氛压抑。

王一民轻声问："你可以听我说说话吗？"

崔小婉两眼望着天花板，没有理睬他。

王一民开始了讲述。他们在图书馆相识，彼此留下美好的印象。那个时候大学生不准恋爱，但是依然禁不住两颗青春之心的荡漾：对坐图书馆抬眼的会心一笑，食堂里偷偷递过去一张菜票后满脸羞涩的红云，校园后山约会两人从南山走到北山竟然走了一个通宵……大学毕业后他回到了海岛，女孩回到了西南，由于家庭的反对，他们再也没有联系……王一民耷拉着头讲述着，眼里再次掉落两颗泪珠，他抬起头，看了看崔小婉，"在飞机上第一眼看到你，我便惊呆了，当时我的心都跳到嗓子眼了——我确实把你当成了她……"

"然后，你就开始实施你的计划？"崔小婉低声怒斥道。

王一民低下头，喃喃地说："我还没有走出来……"

崔小婉没有说话。她心里与其说是恨王一民，倒不如说是恨自己——她明明知道王一民带着目的跟她交往，却一次次接受他的邀请。年轻、善良、单纯，让她识不破世道人心，也让她不懂得预测后果……这错是她自己酿下的，她注定要遭受这青春的劫难。

直到傍晚时分，事情发生了奇迹般的转变——

崔小婉起床洗漱，化了精致的妆容，换上一条漂亮的裙子，对王一民说："我饿了，我想吃饭。"王一民惊喜交加，赶紧驱车带着崔小婉去海边一家会所。

那是一家私人高档会所，建在海边的一座山上，一条盘山车道抵达会所。从其装饰档次就能看得出，来此消费的绝不是一般的客人。王一民选了一间靠海的包厢，打开窗户，悬崖峭壁下便是汹涌的大海。

崔小婉给自己点了一份海鲜套餐，狼吞虎咽地吃完，擦了一下嘴唇，起身向窗口走去。这个举动吓到了王一民，他猛地扑了上去，一把抱住了崔小婉，"我们回家好吗？"王一民佯装亲密爱人一样在她耳边轻轻说道。"不要碰我！"崔小婉猛地挣脱他的拥抱，严厉的目光瞪了他一眼，说，"我想看看大海，透透空气，你想干吗？"王一民早已吓得腿脚发软，哭丧着脸，笑道："那就好，那就好。"

崔小婉瞪了他一眼，说："那你准备如何处置我？是挖坑掩埋呢，还是丢弃大海？"

"天啊，你真的把我当成十恶不赦的坏人了。"他低起头，望着崔小婉，"我只希望你能留在深圳。你不是想学习计算机吗？我要让你去深海大学读最好的计算机专业。我只希望能够帮你实现梦想。"

"我们是在做交易吗？"她盯着他问。

"不是交易！是我的赎罪。"王一民不敢看着崔小婉的眼睛，声音极尽诚恳。他告诉崔小婉，他已经准备了房子，让她在那里住下，等待他去办理深海大学的入学手续。

崔小婉站在窗前，心情极度复杂。

她一次次想到的是谈天，却连电话也不敢给谈天打。她背叛了爱情，觉得自己很脏，觉得自己下贱。她想起这些便感觉到撕心的疼痛与满腔的悲愤。她知道自己无脸回岛城，没有退路了，必须接受命运的惩罚。

她望着窗外，黑黝黝的海平面上，偶尔有光闪烁一下。她缓缓地从裤腰上取下BB机——这三天，她没有开机，她知道BB机里将会有排山倒海的信息向她扑来，会把她湮没，会让她窒息而死。她把BB机握在手里，然后，走到窗边，向着大海，投掷了出去。黑色的BB机划过天空像一根黑色的抛物线，无声地落入黝黑的海中，连一片浪花也看不到。她明白，她的命运将由此发生改变，她的人生将由此重写。

"好吧，我跟你走。"她冷冷地说。

王一民惊呆了，随即又惊喜地看着她。

王一民送她回了酒店，在她房间对面悄悄地开了一间房住下。

21

第二天清早,王一民等在大堂里。

因为太早,所以大厅里没有客人。不一会儿,崔小婉拖着小巧的淡黄色行李箱来到前台办理退房手续。前台服务员趴在桌边,似乎刚从瞌睡中醒过来,睁着惺忪的眼睛。

王一民走过去,从崔小婉手里接过行李箱。崔小婉办完退房手续,与王一民并肩走出了大堂。王一民将行李箱放进越野奔驰车尾厢,崔小婉犹疑疑地坐进了奔驰车中。

这是市郊的一个普通小区,由十多幢独门独院的别墅组成。小区巨大的环形拱门上有八个大字:宝迪花园别墅小区。

因地处偏僻乡村,加上小区不大,所以,别墅小区倒也清净别致。

王一民开着越野奔驰行驶到小区里的一个院门前。他把车停住,跳下车,把院门打开,然后,又上车,把车开进了院子。

走下车,一阵花香便扑入鼻腔。崔小婉一眼看到开阔的院子里屹立着一棵粗壮且开满金色花朵的大树。她认识这种树,它叫金桂。崔小婉看到桂花树的时候,一股亲切之情涌上心头。她的家乡到处是这种桂树。每到花季,她的阿娘便采摘树上的桂花制作桂花饼。

王一民把别墅门打开,领着崔小婉走进了屋里。

别墅两层。第一层是客厅、厨房和餐厅,第二层是四间带卫生间的套房;楼上楼下电器电话家具应有尽有。虽然看得出有段时间没有住人了，但是，一切依然井井有条，干净利落。顶层是个露台花园，生长着一些花草。由于没人照顾，有几棵已经干枯。王一民介绍，这是谢教授的房子，因为离深海大学太远，上下班不方便，所以，全家就搬去了学校附近，别墅一直空着。"房子如果总不住人，会坏得快。"他说。

露台上有两把塑胶仿藤椅子与一张茶色的玻璃茶几，王一民找来一条毛巾，把椅子茶几抹了抹，然后，又去厨房里取了一壶水，一饼黑茶，两个茶杯，他把黑茶放入水壶，把水壶插上电座，开始烧水煮茶。"来吧，我们坐下来喝杯早茶吧。"王一民招呼道。崔小婉没有说话，她的目光还停留在那棵桂花树上。

"其实，深圳是个不错的城市。"王一民似乎是自言自语，似乎是对崔小婉说。

崔小婉把目光从桂花树上收回，坐了下来。茶壶里飘出茶香。

王一民试探地问："这个城市更适合年轻人发展。"

崔小婉转过头，目光望向院子里的那棵开着金色花朵的桂花树。

"我的意思是，你可以留在深圳，其实这边的发展机会要比岛城多得多。"王一民一脸诚恳与坦率地说。

"你能答应我两个要求吗？"她终于开口了。

王一民看着她，道："什么要求你尽管说。"

"第一个要求，不许再碰我。"

王一民愣了一下，想了想，点了头。

"第二个要求，给我二十万，我有重要事情要处理。"

王一民没有任何思考，点了点头："可以。"

崔小婉问："这么快就答应吗？"

"当然答应。"他笑了笑，道，"因为我对你是真心喜欢。"

"你觉得这种喜欢可靠吗？"

王一民没有说话。他知道，他即便说可靠，她也不会相信。他可可以发誓,从见第一眼起,便对她有了喜欢。当然,他说不清楚那喜欢中是不是还掺杂着对另一个人的怀念。但是天地良心,他确实喜欢她,从见第一面起。有时候,喜欢真的不能用时间衡量,世上那么多一见钟情并非都是虚构。

"你到底是做什么工作的?"她突然问他。

"……"他愣了一下,回答,"路桥公司。"

"你有家室吗?"她问。

他又愣了一下,耷拉下头。"没……有。"他的回答有些无力。

"你抬起头来,让我看着你的眼睛。"崔小婉说。

王一民抬起头,眼里充满着诚恳与愧疚的神色。

"你不要骗我哦。"崔小婉有些心软地说。

这时,王一民的手机震动了一下,他赶紧起身走到一边去接电话。

一阵风吹来,院子里的桂花树上金灿灿的桂花散发出一缕缕浓郁的花香。不一会儿,接完电话的王一民走了过来,对崔小婉说:"我请了一个保姆来照顾你,她来了。"说着起身去院门边迎接保姆。

崔小婉看到一个身材矮胖的女人提着一个菜篮子走了进来。王一民介绍道这是李阿姨,本地人,来帮我们做些家务。那女人对着崔小婉微笑了一下,圆圆的脸上堆起几粒闪亮的麻子。她穿着朴素,一眼便知是个干净利索的女人。

崔小婉对她笑了笑,点了点头。

李阿姨猜想两位主人应该是刚刚搬进这幢别墅,"我可以开始做工作了吗?"她问王一民。王一民说:"可以呀,辛苦你了。"李阿姨便从菜篮子里拿出自备的刷子和抹布,收拾和擦抹起来。

王一民对崔小婉说:"我们去买一些生活用品吧。"

崔小婉没有说话。

王一民把车开出车库,打开副驾驶门,说:"上车吧。"

崔小婉想了想，还是坐上了车。

两人没有去市区，而是来到小区不远处的小镇上。

这是深圳市郊的一个小镇。小镇不大，也不算繁华。有一家稍微像模像样的超市，商品也还算丰富。王一民进行了采购——从床上用品到睡衣拖鞋再到锅碗瓢盆一应俱全。崔小婉注意到王一民完全就像一个适合过家庭生活的男人，心思细腻考虑周全，所购买的物品虽不昂贵却也有品位与质量，即便一条洗脸毛巾，选择也颇有讲究。崔小婉觉得这一点与她很是同频。两人在超市里一边商量一边挑选，以至于超市营业员完全把他俩当成了一对搬新家住新屋的夫妻。崔小婉突然觉得这个男人其实并不那么令她讨厌。在她的思想里，大公司当惯了老板的人基本是饭来张口衣来伸手的，而他，并不是。就某个角度讲，他应该属于女人梦寐以求的居家型男人。

傍晚的时候，李阿姨做了简单的晚餐，便回乡下取东西去了。

虽然李阿姨做的晚餐味道不是很好，但是，能够填饱肚子，两人也顾不得那么多了。吃完晚餐，两人感觉太累，在客厅里把各自的生活用品分开后，便进入自己房间休息了。

崔小婉睡的那张床很大。柔软弹力的席梦思，洁白枕套绣着暗底花纹，丝绸秋被绵软温暖。她从来没有睡过这么舒适的床。月光照在床前那双精致的鹅黄色毛绒拖鞋上。崔小婉望着窗外树梢上的那轮月亮，似乎有些不习惯，好久才入睡。

这一觉睡到早上八点，崔小婉起床来到客厅。

李阿姨还没有回来，王一民亲自做的早餐。崔小婉看着王一民穿着围裙那忙碌的背影时，突然想起了谈天为她做湖南风味的样子。她禁不住心头掠过一丝难过。"开餐喽！"王一民把早餐端到餐桌上。

她在他对面的位置上坐下。

他看了她一眼，从口袋里掏出一个信封，交给她，"里面有一张三十万元的邮政银行卡，就在小镇邮局办的，密码是你的生日。"他说。

她惊讶地问："不是二十万吗？"

"多拿十万给你，一个女孩子手里放点钱心安。"王一民说。

"你怎么知道我的生日？"她问。

"那天你在凯丽酒店办理登记入住的时候，我站在你的身边，瞄了眼你的身份证。"他脸红地说。

她心里一暖，有一点感动，当然，也有一点害怕——这个男人心思极为缜密，崔小婉明白，她根本不是他的对手，只能是他的俘虏。"你回岛城去吧！"崔小婉淡淡地笑了笑，说，"我和李阿姨在这边就行了。"

"是……真的吗？"他有点不敢相信，唯唯诺诺地问道，"你真的……不回……岛城了吗？"他的声音低得似乎只有他自己才听得见。

崔小婉看了看他，思忖了一会儿，她心里明白，当她知道自己被软禁在这座别墅里时，她并不是不想逃走，而是因为根本没有想好能够逃去哪里——回岛城？那不可能，她已背叛了爱情，无脸再见谈天。回老家？也不可能，她无法面对阿娘，更对不起爷爷的一世英名。世间道路千万条，崔小婉觉得她已无路可走。崔小婉对王一民点了点头，"不回去了。"她轻轻地叹息了一声，"我珍惜你给我提供的学习机会。"

崔小婉说出这句话来，王一民一脸疑惑、释然、惊喜的神色看着她。他终于长长地舒了一口气，"等着我，一周后我回来给你办理入学手续！"他对崔小婉说。

两人默默地吃罢早餐，王一民回楼上房间收拾行李。

王一民上楼收拾的时候，李阿姨进了院子。她带着大包小包，看样子是要在这儿长期工作了。崔小婉帮她把东西搬进了客厅。

王一民站在镜子前面换衣服，突然发现自己这几天瘦了不少，眼睛已经凹陷下去,脸色有点蜡黄,像被霜打了似的憔悴。他对着镜子,苦笑了一下。突然,像记起了什么,从文件袋里取出纸笔,伏在桌上龙飞凤舞地写了起来。写好后,叠好,提起文件袋,走到崔小婉房间门口,把那张纸插入了门缝。随后,下楼到了客厅。

崔小婉和李阿姨正在拉着家常。

见王一民走下楼来,李阿姨便赶紧去收拾桌上的碗筷。王一民看了看崔小婉,说:"几天后我就回来了。"崔小婉对王一民笑了笑,说:"没事,我趁这几天把上次学习的笔记整理一下。"王一民点了点头,又对李阿姨道:"辛苦你了。"李阿姨一边用围巾擦着手,一边对王一民说:"王总说得客气了,你尽管放心,我会照顾好崔小姐的啦。"王一民提着文件袋走出院子到小区门口打 TAXI 去机场。

崔小婉与李阿姨又说了一会儿话,便上楼去了自己的房间。

她推开门的时候,一张纸掉在她的脚边。她捡起来打开一看,是王一民写给她的短信。

信中请崔小婉一定要相信他不是坏人,他也是一个善良人,他非常懊悔自己做错了事,并祈求崔小婉给予他宽恕,他一定用一生来回报。崔小婉看完短信,突然觉得一个男人无论多大年龄都还充满着天真与幼稚。她摇了摇头,把信揉成一团,扔进了房间墙角的废纸篓里。

这个时候,王一民乘坐的飞机已经爬升到了万米高空,已经超越了云层与闪电,一切趋于平静、平稳和安全。

这一次,王一民却无法闭目养神。他微闭着眼睛,宛如一个从濒死中复活了的人。这三天发生的事情,像电影画面一帧一帧地在他面前回放。当看到那个晚上的场景时,他不由得打了一个冷战。他痛恨自己怎么会混蛋得那么离谱——不是离谱,简直就是愚蠢!这种愚蠢,差点就让自己坠入万劫不复甚至粉身碎骨的深渊。

人到中年，没有爱情的婚姻囚禁着他，让他窒息着、压抑着。只有他自己知道，多少个日理万机后疲惫的午夜，他的心里会突然冒出一份莫名的渴望，会突然燃起一团古怪的火。他没有幸福感，甚至什么是幸福，也越来越不知道。他一直在坚守和等待，但究竟坚守和等待什么，他也不知道。当日出东方，他就清醒了，他总是及时地驱逐与掐灭心里的魔怪和野火，并提醒自己必须以最好的心情迎接新的一天，把自己最好的状态呈现给岛城——他在人们心中，永远是那个前途无量的青年才俊；他在领导眼中，永远是那个谦逊谨慎的年轻后辈；他展示于人的，永远是那副严肃、冷峻、崇高而美好的面孔。他告诫自己，仕途远阔，绝不能在路上犯错，尤其不能在阴沟里翻船——他见过太多的同行在阴沟里翻船，身败名裂葬送了前途。

值得庆幸的是，苍天有眼，这一次总算化险为夷。他对自己这三天临危不乱处变不惊的行为感到满意——短短三天，从安抚崔小婉，到定下房子，设计入学，再到寻找保姆……这一系列工作，简直是行云流水一气呵成。他再一次确信自己是一个能够扭转危机甚至掌控局面的人，是一个能够解决问题并雷厉风行的人。

想到未来将踩着钢丝跳舞，不，是踏着刀锋前行，他便觉得一阵冰冷与恐惧袭来。他想打住，或者退出，可是，水已泼出，箭飞空中，无法收回，更无退处；再说，他也确实是真心喜欢上了崔小婉……只能走一步看一步了，只能乞求老天保佑了。他相信自己会有好运，相信自己能够逢凶化吉……他这样侥幸地想着时，心头掠过一丝欣喜，宛如寒冷的夜空划过一道流星。

22

  谈天一大清早就给崔小婉拨打了BB机。
  自那天中午与崔小婉有过通话后，这么多日子，谈天一直没有接到崔小婉的电话。
  他知道她的学习很忙，而且打电话也不方便。再说，自己也一直把心思放在工程上了，除了偶尔想念崔小婉，也无暇顾及。但是，他清楚地记得，今天是她归来的日子。他给她的BB机留言是：今天是你回来的日子，但不知你的航班与时间。请立即回电。他想问清楚她是什么时间的航班，他好抽空去机场接她。
  一个小时过去，崔小婉没有回电。
  因为工程到了关键时期，他每天都要往工地上跑。他不能等崔小婉的来电了，他得赶去工地。
  中午，谈天匆匆扒了几口饭便回了公司。他怕崔小婉回来进不了门。但是整整一个中午，崔小婉没有回电也没见到她回家的身影。谈天便向BB机发出了一个"？"，又等了一个多小时，崔小婉还是杳无音信。他觉得有些蹊跷，但决定继续等待。他给杨监理打了个电话，告诉杨监理他下午就不去工地了，然后泡了一壶茶，坐在电话机旁。
  最难熬的事是等待。
  整个下午，电话铃声都没有响过，崔小婉也没有回来。
  太阳落下的时候，他再一次向BB机发出了两个"？"，崔小婉依然没有任何音讯。谈天陷入一种隐隐的忧虑和疑惑之中。继续等待，电话铃始终没有响起。他向BB机发出了无数个"？"，他相信，如果崔小婉看到如此多的"？"一定会明白他的焦急与挂念。

　　一直等到午夜，崔小婉仍然没有回电，也不见她的踪影。谈天的心里已经有一种不祥的预感了——她发生什么事情了？一个满怀爱情的人，怎么会突然失联了呢？她难道不知道他在惦记她、担心她、思念她吗？……谈天觉得这是违背常理的事情，是不可能也不应该发生的事情。

　　他越想越恐慌。

　　一夜无眠。天亮的时候，谈天坐不住了，决定主动寻找。

　　可是，到哪里找呢？他意识到当时没让崔小婉告诉住宿酒店的名字及房间电话号码是个极大的错误，至少是太马虎、太粗心了。他是她的男朋友，他有权力知晓她的行踪，更有责任义务将她守护在自己的视线范围之内。

　　在惶恐中熬过了两天。谈天突然想起崔小婉曾经留下的行李中有几本杂志。她当时的培训班广告应该就是从那杂志上获得的。于是，他走进卧室，将那些杂志一本本翻阅，终于在一本封面是明星的杂志内页里找到了那则短小的电脑设计培训班广告，顺利地查到了培训班的电话。他看了看时间，还不到上班时间，打电话也不一定有人接。于是，他去楼下小食店吃了早餐。他锁着眉头坐在那儿抽了一支烟。早晨抽烟，明显刺激肺腑，他咳了几下。老板认识他，关心道："早上不要抽烟哦。"

　　谈天点了点头。看了看表，已是八点了。他丢掉手中半截呛人的烟，买了单，然后回了公司。上楼，拨通培训班的电话。

　　"哪个？"电话里传来一个女子的声音。

　　"请问，你们培训班有没有一个从海岛去的学员？"

　　"你问的是崔小婉吗？"女子问。

　　"是的。"谈天心跳加快，"我是她男朋友。她在吗？"

"培训班大前天就结束了。崔小婉订的是前天上午十一点的机票。好像是上午九点左右,她电话通知我们退票了。"对方问谈天,"她没与你联系吗?"

退票了——这是什么情况?这意味着什么?

谈天问,"您能告诉我她住哪家酒店吗?"

"她就住我们培训班的这家酒店——你打电话去那边问吧。"对方把酒店前台的电话报给了谈天,然后,挂掉了电话。

谈天拨通酒店前台的电话,接电话的前台服务员查了一下,说:"是有一位叫崔小婉的学员在酒店住了十晚。学习班结束后的第二天早上退房了。"电话挂断。谈天没有获得任何有价值的信息。

这变故太突然、太蹊跷,令他感觉到不可思议。他实在想不明白崔小婉到底是什么原因退票不回岛城。他感觉事情越来越复杂,而且,预感到崔小婉一定是遇到了大事。

谈天等待着崔小婉的电话,更等待着她突然归来的惊喜。

谈天接到BB机总台通知,崔小婉使用的BB机始终处于关机状态。

那是漫长的三天,是恐慌的三天,是思念的三天,是煎熬的三天。

第四天,他觉得不能再等了,决定飞往深圳。他打电话告诉杨监理,他有急事要去一趟深圳,希望杨监理盯紧工程,千万别出差错。"一定要死盯工程,做扎实。海岛台风多,这么大的广告牌,如果不牢靠就危险了。"他叮嘱道。杨监理笑了笑,道:"你就放心吧,我们做过很多这样的广告牌了。我们做的海航那个高速公路广告牌不是更大么,十年了,风吹雨打纹丝不动呢。"

一个小时后,飞机抵达深圳宝安机场。

谈天打了一辆TAXI直接去了培训酒店。

前台服务员向他回忆了一些情况:有天晚上,崔小婉好像喝醉了，从外面回到酒店；第二天早上，她到前台办理了退房手续。另一个服务员补充说，有一个开奔驰车的男人来找过她几次。那天早上她办完退房手续后，也是那个开奔驰车的男人来接走她的。

谈天再一次感觉事情不是那么简单了。凭他对崔小婉的了解，在深圳，她应该不认识什么开奔驰车的男人。他决定报案。这时，走来一个年龄大点的服务员，看了看谈天，笑道："在我们酒店，被奔驰车接走的女孩子真的不少。其实，她们都过得挺好的，你不用担心，更不必报案。"

谈天疑惑地看着她。

她继续道，"有可能是遇上老板了，正常呢！尤其是漂亮女孩子，更容易跟老板走。"

谈天恨不得挥手打她一嘴巴。他瞪了她一眼，摇了摇头，说："她不是那种女孩子。"

谈天还是去附近派出所报了案。他报的是人口失踪。接案民警进行了详细的问询，然后，又到酒店问询了前台服务员。他分析，崔小婉是不是在飞机上邂逅了老朋友，或者在酒店认识了新朋友，然后，跟着朋友外出了？或者，遇到了喜欢的人，移情别恋了？"这样的事情，不能算失踪。"警察说。

"不，绝不可能。"谈天摇了摇头。他与她相识相爱虽然只有一个来月，这个时间，说长不长，说短也不短，但足够了解一个人的品性。他相信崔小婉绝对不是见异思迁的女孩，她一定是遇到什么事了，一定是事出有因。

警察说："那我们继续帮你寻找，不过，这需要时间。"

谈天决定自己寻找。

谈天在深圳寻找了三天。他当然知道，偌大的城市，要找一个女孩，无异于大海捞针，徒劳无获。

第三天傍晚，他疲惫地回到酒店。突然，眼前一亮——他看到了崔小婉从酒店边的发屋里出来,显然是刚做完头发。谈天紧跟着她,看见她上了一辆红色宝马隐入车流。他赶紧打了一辆TAXI跟踪起来,结果,司机是个新手,车开得慢极了,转了两条街,便跟丢了。谈天涌出了一股莫名的愤怒——他突然觉得,崔小婉躲在这座城市,不愿意见他。

谈天沮丧地回到酒店。

他坐在大堂沙发,看见一个男人扶着一个醉酒的女孩向电梯口走去。女孩背影特别像崔小婉。他奔过去,挥拳便打在那男人的头上。结果,被酒店保安扭送到他报过案的那家派出所。被关了三小时后,接案民警望着谈天,摇了摇头,说:"小伙子,回去吧,别折腾了。"谈天从派出所出来,订了机票,连夜回了岛城。

回到岛城的谈天,完全变了个人。

白天在工地上与工人们忙在一起,会觉得好受些。而到了晚上,他就像丢了魂似的没有着落。他一遍遍地反省自己,是什么地方让崔小婉失望了或者生气了,导致她不愿意再回到他的身边。相遇相识相爱一个月,时间确实短暂,但往事一幕一幕,他实在想不出问题发生在哪一阶段。他想得头痛,也想不明白,更得不到答案,只好无奈地向那台早已失联的BB机发出一串串"?",他已经没有办法排遣心中的郁闷与悲伤了。

那些日子,每当夕阳西沉,杨监理便开着他的皮卡车带着谈天去酒吧。

谈天爱上了那麻醉的烈酒与令人晕眩的灯光。他的神智一次次短路,眼前一次次出现幻觉。他喜欢听酒吧里一位女歌手唱的忧伤缠绵的歌:

今天晚上的星星很少

不知道它们跑去哪了

赤裸裸的天空

星星多寂寥

我以为伤心可以很少

我以为我能过得很好

谁知道一想起你

思念苦无药，无处可逃……

  谈天喝着58度的海岛大曲，听着歌，眼眶湿润。突然，他看见吧台边侧身坐着一个身穿翠花连衣裙的女孩。她一只手托着脸，一只手端着酒杯，长长的头发披泻在肩上，显得美丽而优雅。他盯着她看的时候，她也看到了他，那目光迷惘而羞赧。"崔小婉？！"谈天几乎叫出声来。他迅速起身，然后穿过一排桌椅，走到那女孩的面前，"小婉！"他迫不及待地轻声叫道。女孩显得有些惊慌，身子哆嗦了一下，然后，低下头，一绺黑发恰好遮掩了她的脸。

  "我是谈天啊！"他的声音变得有些哽咽，"你不知道吗，我一直在找你啊！"

  女孩抬起头，看了看谈天，眼神中掠过一丝惊恐。谈天冲上去握住了她放在吧台上的小手。她没有回避。一会儿，她咬着小嘴唇，轻声地问，"你认识我吗？"

  "你是小婉呀。"谈天点了点头。

  女孩不说话，只是浅浅地笑了笑。

  她的神情让谈天更加确定她就是崔小婉，她低低的语调让谈天更加确定她就是崔小婉。他握着她的手，痴痴地看着她，她的眼睛如梦中星空，清澈又明亮。

  谈天紧紧地握着女孩的手，已经沉醉于让人不能自已的幸福之中。他觉得所有屈辱与愤慨在这一刻变得遥远而消散……好一会儿，他才从这种陶醉中醒过来,嗫嚅道:"我们出去……走走,好……吗?"他轻声地对女孩说。

"去哪呢?"她扬起脸来细声地问他。

"去白沙门吧,去看……大海。"他告诉她。

她咬了咬嘴唇,点了点头。

他牵着她的手,走出咖啡厅,坐上了一辆红色夏利TAXI。

夜幕的黑色羽翼正风流迷惘地飘落,又大又圆的月亮从海上升了起来。很多人已经来到了白沙门海湾。沙滩上,有人在放着风筝。明月当空,有一只风筝飘在夜空。月光照耀下,风筝晶莹透亮,宛如一盏华丽的灯。谈天紧紧地握住女孩的手,好像她也是一只风筝,他手一松,她就飞了出去,再也收不回来。

谈天和女孩在沙滩上坐下。几只鸥鸟在头顶上窜来窜去,远岸,椰树在月色中婀娜起舞。远海,点点渔灯忽明忽暗。"小婉……"他轻轻地叫了一声。

她凝视着他,"你很爱她吗?"她问。

"是的,"他握起她温润的小手,"很爱。"

她的脸上有泪痕,凄美地一笑,"今晚——我是……你的小婉。"她抱住了他。

他在她怀中幸福地睡着了。他梦见窜进了一间很大的房子,像个迷宫,没有边缘,他走啊走啊,不知道哪儿才是尽头,也不知道哪儿才是出口……后来他就醒了。他醒来时,惊诧地发现他一个人睡在沙滩上,身边有张纸条,他捡起来看了看:

> 你睡着了,我就不叫醒你了。我走了。我不是崔小婉。但你的痴情令我感动,我真羡慕那个叫崔小婉的女孩。我叫张小雪。如果有缘,我们会再见。少喝点,酒浇不了愁。

他这才知道，自己醉得很厉害。张小雪是谁？他一点也记不起来了。

23

周五的早上,崔小婉感觉额头有点发热,而且,腹部有点不适,她估计是昨晚感冒了。

李阿姨煮了玉米粥,这是崔小婉喜欢的早餐。她没有胃口,但还是硬着头皮喝了一小碗。"我上午要出去一会儿。"她对李阿姨说。李阿姨笑问去哪?崔小婉说:"去邮局。"李阿姨说:"你不熟路,我带你去吧。"崔小婉明白李阿姨表面是保姆,其实是王一民的耳目,在监视她,于是,笑了笑,拒绝道:"我自己问路过去,不必麻烦阿姨了。"

崔小婉去了小镇的邮局。

崔小婉从柜台上取了一张汇款单,填写起来。她是来给谈天汇款的。她在心里默默祈愿,谈天收到这笔钱后,把那些债务还掉,好好地把公司运作起来。这是她唯一的愿望。

当她在收款人一栏里写下谈天名字的时候,突然感觉到心像针扎似的痛了一下,一滴泪掉落在汇款单上,慢慢地浸染扩大。她赶紧用纸巾将泪水吸干,但还是有泪渍的痕迹。她本来想换一张汇款单,但想了想,没换。她知道,从此她与他天各一方,再无牵挂。她完全可以感受谈天的思念,也能够理解他的痛苦。她只能默默地在心里对谈天说:"抱歉,我的爱人。如果有来生,我们再相爱;如果有来生,我们厮守一起永不分离。"在款额一栏,她工工整整写了二十万元。在汇款人姓名栏,她没有写自己的名字——她不敢写,也不愿意写。

想了半天，写了个"白沙故人"。在汇款地址一栏，她更是简单地写了"深圳"两字。汇完款，崔小婉心里舒坦了一点——总算为他做了一件事，算是一种弥补吧。

崔小婉走出邮局，一路情绪低落地回了家。不远处的李阿姨看着崔小婉的背影，脸上跳出几粒闪亮的麻子，随即，嘴角浮出一缕不易察觉的笑痕。

崔小婉回到家，在沙发上歇了一会儿，然后上楼进了房间。午饭时，任李阿姨如何叫唤，崔小婉没有下楼吃饭。

沉闷的午后，院子里桂花树上传来知了的一声啼鸣。李阿姨接了王一民从岛城打来的电话，"小婉在干吗呢？"王一民轻声问。

李阿姨压低声音做了汇报："今天上午她去了邮局，回到家里，便闷闷不乐，现在在房间里，午饭也没下来吃。"王一民又问："去邮局做什么呢？"李阿姨说："好像是汇了个款。"王一民没有再问，挂了电话。

过了一会儿，王一民又打来了电话。问李阿姨："她下来吃饭了吗？"

李阿姨说："没有呢。"贴着话筒小声地问王一民，"崔小姐是不是有心事？"

王一民没有说话，过了一会儿，道："你叫崔小姐下楼来接个电话。"

李阿姨便上楼去叫崔小婉接电话。

崔小婉起床，下楼，拿起话筒。

"你还好吧？"王一民亲切地问道。

崔小婉没有答话。

王一民停顿了一下，说："下周就可以进入深海大学学习了。"

崔小婉这才"嗯"了一声。

"我今天下班就回深圳，你能不能接个机？"

崔小婉想都没想，摇了摇头，说了两字："不接。"

王一民也没多说。

他其实不用想也能知道崔小婉不可能去机场接他。他问这话并非没有目的，他就是拿这话做个测试：一是通过语气来试探一下崔小婉的心情；二是通过这话来测试崔小婉的性格。如果她一口同意去机场接他，那说明崔小婉是个极能控制情绪的女孩。这反倒会吓倒他，因为，这样的女孩深不见底；如果她一口拒绝，说明她性格耿直，表里如一。这样的女孩相对来说不会有太重的心机。"没事，我直接打个车回去就行。"他轻松地自言自语道。

王一民的认定是正确的。

崔小婉并不是一个贪图虚荣的女孩，更不是那种拿青春赌明天的女孩。但是，当王一民承诺送她上深海大学的那一瞬间，她无法抗拒——她出生在贫穷的山村，毕业于普通的大山里的师范院校，确实渴望能够进入名校深造，尤其是能够学到更实用的专业技术。人生机会有限，把握好了，命运可能改变——这道理她懂。

天擦黑的时候，王一民回来了，身边还跟着谢方一。崔小婉猜测，应该是谢方一去机场接的王一民。

李阿姨做好了丰盛的晚餐，崔小婉在一边帮着洗盘擦碟当上了助手。

王一民一落脚，便放下手里的文件袋，袖子一挽，动手在露台花园里摆桌搬椅。谢方一从车里拿来一瓶茅台，说是几年前一个学生家长送的，一直放在车里，忘记喝了。王一民笑道："茅台在车里放了几年，是不是变质了啊？"谢方一道："变不变质我不知道，我就知道喝一瓶不够。"王一民把茅台打开，酱香四溢。谢方一便吸动鼻翼，似乎要将这香气全都吸进肺里。

李阿姨不愿上桌，在厨房里自己吃。崔小婉坐在王一民身边，谢方一给三只杯子倒酒，崔小婉赶紧移开自己面前的那只。谢方一看了看崔小婉,说:"你今晚无论如何得喝两杯。"王一民说:"她不能喝,别勉强。"谢方一对崔小婉说:"你今晚得敬我一杯,敬王总一杯。"崔小婉有些疑惑。王一民与谢方一相视而笑。

深圳七月的夜晚,大亚湾湿润的海风吹拂过来,院子里的桂花树花香四溢。

王一民与谢方一对饮了两杯,似是互祝前途无量之类。

谢方一对崔小婉说:"王总大学时可是我们学校的风云人物,简直就是同学们崇拜的偶像。"

崔小婉点了点头,微微地笑了笑。

谢方一继续说道:"王总跟我说了,要送你学电脑。刚好我们深海大学规划学院开了电脑专业,并且是由我负责——"谢方一端起一杯酒,递给崔小婉,说:"你要不要敬你的老师我一杯?"

崔小婉这才明白刚才谢方一要让她敬酒的缘由。她站了起来,接过谢方一手里的酒杯,说:"那我是得敬老师一杯!"说完,脖子一仰,一杯酒见底。

谢方一哪想崔小婉有这阵式,便要给崔小婉倒第二杯。

王一民赶紧抢过酒杯,说:"她喝不了的。"

谢方一瞪了一眼王一民,嘲笑道:"你这爱护心切呀!"然后,转头对崔小婉说,"你得敬王总一杯。他把你入学的事情都办妥了,下周,你就可以入学报到并成为深海大学的光荣学子了!"

崔小婉对谢方一点了点头,有些感动地看了看王一民,举起杯,走到王一民面前。

谁知王一民一伸手接过了她手里的酒杯,目光充满怜爱地看着她,说:"你不要喝,我替你敬我自己。"说完,举杯,头一仰,酒杯空了底。

谢方一傻眼了,盯着王一民,问,"老同学,你这是欺负我吗?"

王一民哈哈大笑,说:"那我自罚一杯。"遂酙满酒杯,端起,头一仰，一杯又见了底。

崔小婉忍不住也笑出声来。

王一民与谢方一两人喝得尽兴，崔小婉基本上是看他们喝酒听他们说话。

不觉便是月满西楼。

谢方一告辞，李阿姨过来收捡碗筷，崔小婉起身主动帮忙。王一民看着崔小婉的背影，对这个勤快而懂礼节的女孩更是爱上心头。

收捡完，王一民问崔小婉要不要到院子里走走？

崔小婉想了想，点了点头。

月光垂照，一地清辉，满院桂花香。

两人便在院子小道上散起步来。王一民走在前面，崔小婉走在后面，一前一后，一时都不知道说些什么好。气氛有点沉闷。好一会儿，王一民转过身来，轻声问崔小婉："你心情好些了吗？"

崔小婉低着头，没有说话。

王一民继续往前走了几步，"我完全理解你的心情。"王一民说着放慢了脚步，等待崔小婉与他并肩，"我真心希望你能够把心思都转移到学习上去。"

崔小婉仍然没有说话。

王一民继续说道："其实，你可以多出去走走，李阿姨是本地人，她熟悉深圳……"

王一民提到李阿姨，崔小婉露出一脸不悦，"你是让她来监视我的吧。"崔小婉看着王一民，说道。

王一民一怔，没有说话。过了一会儿，说："我公司在岛城那边业务比较多，所以只能两边跑，很对不起你。"

崔小婉冷冷地看着王一民，说："你真的没成家吗？"

王一民眼里掠过一丝惊慌，但很快恢复平静，语气坚定地说："没有。"

崔小婉咬着嘴唇，"你不要骗人就行。"她说道。她根本想不出世界的复杂与世道的陷阱。

　　王一民看着她，她是那么的善良与简单，令他充满怜惜，"傻丫头，我怎么可能骗你呢！我是真心喜欢你！"他诚挚地说。

　　崔小婉没有说话。

　　两人走了一会儿，夜已深，回到客厅，互道晚安，各自回房休息。

　　周六的早上，李阿姨做完早餐，王一民便让她放假回了家。

　　其实，王一民是为了方便他与崔小婉过周末的二人世界。

　　两人吃完早餐，王一民提议去市里转转。崔小婉也想出去透透气，点头同意了。

　　王一民先带崔小婉逛了新华书店，为她买了一堆厚的薄的电脑方面的书籍；接着，王一民又带崔小婉去了一家高档商场，给她买了一块手表和一些衣服；然后，又带她去了世界之窗、锦绣中华等几个景区，游玩到夕阳点燃城市的灯火。两人在一家本地味道的餐厅吃了晚餐，恰好餐厅边上有一家电影院，王一民说："咱们看场电影吧。"崔小婉欣然同意。

　　那是一部台湾影片，名字叫《少女小渔》，讲述了一对年轻的中国恋人闯荡纽约的故事。结尾的时候，女孩不顾男友劝阻去照顾即将临终的美国老头，崔小婉泪水涟涟。回家的路上，崔小婉似乎还沉浸在电影的悲伤里。王一民再次感受到了崔小婉的善良与单纯。经过一间花店，王一民下车去买了一束花，送给崔小婉。崔小婉敏感地问道："你为什么送花？"王一民说："没别的意思，我就是觉得这个时候你应该抱一束花。"崔小婉擦了下湿润的眼睛，接过花，抱着胸前，说："正好，客厅的花瓶一直空着。"

　　两人待在别墅里没出门。崔小婉看那些电脑书籍，王一民做饭擦地板清洗蓄水池。两人宛如过着平凡日子的居家男女。

　　直到下午五点，李阿姨回来，王一民才洗漱换衣收拾行李准备回岛城。"我送送你吧。"崔小婉说。王一民有些惊讶地看着崔小婉，他以为听错了。"我送你到小区门口哦。"她笑道。他点了点头。这破天荒的一句话，让王一民觉得一股喜悦填满胸腔。

　　两人往大门走去。"你照顾好自己。"王一民不知说什么好，想了想，说了这么一句。

　　崔小婉点了点头。

　　一辆TAXI飘然而至。王一民上车的时候，崔小婉突然叫了一声他的名字。王一民转过身来，崔小婉跑上去抱住了他。"忙完了就早点回来。"她在他的耳边悄悄说道。王一民愣在车门边，半天没有回过神来。

24

谈天的病越来越重。他去看了一回医生。

医生说他根本没有什么病。医生还说根本没有什么崔小婉。即便有,也只是岛城来无影去无踪的千万内地女郎中的一个。医生讥讽谈天中了魔。谈天差点一拳砸在那自以为是的医生的那张臭嘴上。

怎么会没有崔小婉呢?

虽然他们相遇相识相爱的时间短暂得只有一个月,但那一个月的点点滴滴令他记忆犹新。那一个月里,崔小婉成了他的全世界。他们在白沙门相遇,在白沙门喝椰子,然后一起寻找英雄爷爷,猪脚店勇斗烂仔,吃二十元的狮子楼盛宴,而且还一起度过了白沙门之夜……他清楚地记得那个晚上,她睡在他的怀里,鼓励他成为一个有力量的男人,羞涩地说给他生儿育女,还说老了一起回到乡下,养鸡种菜……怎么会没有崔小婉呢?

回到公司,谈天把自行车停在车棚,便听到办公室里的电话铃声响个不停。他立即冲进去接起电话。

"您是谈天吗?"

"我是。"

"您有一张大额汇款单,需要携带身份证到邮局柜台领取。"

"大额汇款单?你们搞错了吧?"他说。

"你是谈天本人吗?"

"是的。"

"那就没错。"

电话挂断了。

谈天撂下电话骑车直奔邮局。

一张从深圳汇出、收款人署名谈天、汇款人署名"白沙故人"的二十万元巨额汇款单摆在他的面前。

谈天愣在了那里。

那清秀隽永的字迹他认得出来,是崔小婉汇给他的。他凝视这张汇款单,那左上角似有一滴水渍的痕迹,他认出了那是崔小婉干涸的泪水。那一刻,他没能控制住,豆大的泪珠一下滚出眼眶——他终于知道了崔小婉的存在,他终于知道了崔小婉还在远方念着他。但是,他的头脑里一下子冒出更多疑问:她在深圳做什么?她为什么不与我联系?短短时间,她如何赚了这么大一笔钱?他想起了凯丽酒店前台服务员说过的话,想起了报案派出所民警说过的话,更想起了那笨蛋医生说过的话……他不敢往下想了,他无论如何也不能相信自己心爱的女孩真的成了他们所说的一员。一个大学生,一个追寻英雄的人,一个心怀梦想的人,怎么会走到那一步?这令他百思不解,他的心底冒出无尽悲伤与怨愤。他心里明白,崔小婉汇给他的这笔钱,应该是让他偿还刘老板的那笔欠债。这确实令他心存感激。可是,她经受不住贫穷,当了爱情的逃兵。她不知道,背叛是没法用钱弥补的,伤害是没法用钱抚慰的。"把这笔钱退回去吧。"他对柜员说。柜员摇了摇头,指了指汇款地址栏的"深圳"两字,说:"退不了。"

他只好领出来。

"这钱,就等我翻身了再还给你吧。"他在心里对她说。

他把钱取出来后,便给刘老板打了电话。

刘老板听说他要还钱,在电话那边半天没有说话。好一会儿,才传来刘老板低沉的声音:"小伙子,你又拿老子开玩笑吗?你的工程还没完吧?"谈天哈哈一笑,道:"刘老板,我还钱给您,其他事您就不要问，好吗？"刘老板说："好！老子没赌错你！"

刘老板报了账号。

谈天将二十万转给了刘老板。转账单上写着：偿还山水国际工程的材料款。当银行柜员"嘭"的一声把那沉重的钢印戳在转账单上时，谈天猛然发现，一缕金色的阳光正从银行天窗直射下来，照在转账单上。他笑了，那是新世界的一线光芒。

回公司的路上，谈天一脚一脚地踩着自行车踏板，车轮不紧不慢地滚动着。谈天自言自语起来——不，他是在跟后座的崔小婉说话。他说："谢谢你帮我还债，我从此不再是那个背负压力喘不过气的欠债者了。"他还说，"真的谢谢你，如你所愿，我从此可以轻装上阵，勇往直前了！"他说完回头看了看，原来，他是在跟后座上的风儿说话；不，他是在跟心里的崔小婉说话。

经过海台大厦的时候，他忍不住向楼顶望了一眼——恍惚中，他仿佛看见胡老板坐在高高的女儿墙上，向他露出一个诡秘的微笑。他知道，胡老板那微笑里一定包含着羡慕与妒忌。他突然觉得心里堵得慌，想大哭一场——为胡老板哭，为自己哭，当然，也为崔小婉哭。

偿还完刘老板的欠债后，他知道自己已经渡过了难关，他的命运重新掌握在自己手里。纵然对崔小婉充满怨恨与不解，但是，心底里仍然有着深深的感激与歉意。

张小雪在一个黄昏走进了谈天的公司。

她婀娜多姿楚楚动人地走了进来。那个时候，谈天正在修改一份工程草图。破败的窗口飘荡着一缕湿润得几乎发霉的海风。她的进入使整个房间散发出一股鲜活的女人清香。

他看着她，十分诧异她是怎么找来的。

"你公司好乱呀。"这是女孩走进来对他说的第一句话。

他想起身给她倒一杯水，但被她制止。她说："你不要动，我先帮你收拾一下。"她挽起袖子，拧干抹布，擦窗户，抹桌子，收拾他胡乱丢放的杂物。张小雪轻盈的身材宛如一片春天的绿叶飘扬在这幽暗混乱的世界里。当她进到他楼上卧室时，"你这像个狗窝哟。"她叫了一声。谈天赶紧走进卧室，想阻止她的进入——因为，房间里还留有崔小婉的痕迹。

"这是她的衣服吗？"张小雪指着床头柜边塑料椅上整齐叠放的女孩子衣物问。

"是的。"他老实地回答着，赶紧打开边上的文件柜，从里面抽出那个收纳袋，然后从里面抽出一个文件袋，再将那堆衣服与物品放进了收纳袋里，接着，将鼓鼓囊囊的收纳袋放进了文件柜最底层的格子里。

张小雪捡起那只被抽出来的文件袋看了看，谈天迅速地把文件袋接了过去，说："崔小婉英雄爷爷的材料。"一边说着一边将文件袋小心翼翼地放进文件柜最顶层的一格里——从谈天动作的庄重，张小雪感觉出那文件袋的珍贵。

张小雪发现床底下扔着几双袜子，她用娇嗔的眼神瞥了谈天一眼。谈天的脸上便开始变得灼热。她弯腰捡起那几双袜子，摇了摇头，轻轻叹息了一声，"我把它们带回去洗吧。"她把臭袜子放进了一只塑料袋中。

"不要，不要呵。"谈天说。

他去抢她手中的塑料袋，她不依，用她的小手掰开他的大手。他看见她有一双多么丰腴多么优美的小手啊——每一根手指都圆润而修长，每一个指节都闪烁着美丽而柔和的光泽。谈天突然发现那是一双他曾在梦里无数次梦见的手。他望着那双手发怔，突然，他问她："告诉我，你是怎么找到我的？"

"贵人多忘事呀，你自己带我来过呀！"张小雪说。

"什么时候？"

"那天晚上。

"那天晚上不是去白沙门了吗?"

"你带我先来了公司,然后,再去白沙门的。"她娇羞地瞥了他一眼,说道。

他愣住了,随后,歉意地笑了笑,说:"那晚是真的喝多了……"

她收拾完卧室,又将外间办公室的桌子擦了一遍,然后,她对他浅浅地一笑,说:"我得走了。"

他向她伸出了手,一下把她搂进了怀中。但是,她"哎哟"了一声,大声喊道:"谈天,放开我!"他没有放开她,反而狠劲地搂住她。她就叫喊着然后低下头在他的手背上咬了一口。谈天一下子就清醒了过来,感觉到她小小的牙齿真的很厉害。

"你不要吓我嘛,否则我再也不来了。"她说着跑下楼,然后,冲进了铁栅门外的暮色之中。谈天追到铁栅门边时,已看不到她的身影了。

谈天悻悻地坐回桌边,他想继续工作。可是,突然感觉有些头痛。他点燃一支香烟,然后含在嘴里任它燃烧。他一只手撑着脑袋,一只手把头发搓乱,然后用手指将头发梳顺。一股泛着霉味的海风从破败的窗口吹了进来,他走过去把窗户关了起来。他坐回桌边,把脚下的鞋子脱了,抬脚将一只鞋踢到墙边,又抬脚将另一只鞋踢到墙边,随即,站起身,光着脚找回那两只鞋子……他无奈,恍惚,忧伤。他找不到天和地,迷失在一个充满雾霭的、阴冷混沌的世界里。

那些日子,张小雪还是经常来看他。

每次来,总是把他的公司与卧室收拾得干干净净。

她常常娇嗔地责备道:"谈天,你的生活乱七八糟。"

他奇怪自己竟然那么老实地听她的唠叨,甚至有阵子还觉得离不开她的唠叨。她像姐姐或者说更像一位女友,给他阴冷而灰暗的生活增添了温暖与亮色。

一个傍晚,张小雪提着一大篮水果和一盆水仙花来看他。她一进公司便忙碌开了。她把楼上楼下都清扫了一遍。然后,把带过来的水果洗好,放在他的办公桌上,把水仙花放在那扇破败的窗台上。忙完这些后,她坐了下来。"我可能很久不能来看你了。"她对他说。

"你去哪?"他问。

"很远的地方。"她说。

"有多久?"他问。

"不知道。"她的眼睛望着窗外,幽幽地说。

他没有说话,陡然觉得一股痛楚弥漫胸腔。

"你要养好这盆花呵,我回来的时候要看到的。要勤快换水,花儿离不开新水。"她指着窗台上的那盆水仙花,叮嘱道。

他竟然像个听话的孩子一样点了点头。

"不能不走吗?"他问。

她没有说话。

"不能不走吗?"他问。

她还是没有说话。

"你真的不能不走吗?"他再一次问。

她仍旧没有说话。

他突然就扑过去抱住了她。这次,她没有挣脱,她像一位妻子一样敞开胸怀接纳了他。他把脸深深地埋在她雪白温暖的乳间,然后放声哭了。"为什么爱我的人和我爱的人最后都要离开我呢?"他伤心地问。更像是问自己。她抚摸着他的背,纤柔的手指插入了他蓬乱的发间,"你是一个病孩子呵!"她充满怜爱地说。

"我会很快好起来的,相信我。"他抬起头来,望着她,说。

张小雪点了点头。

他又使劲儿地抱住了她。他不想放开,怕一松手她就不见了。

"你还想崔小婉吗?"她问。

他没有说话。

"你还想崔小婉吗?"她再一次问。

……

他的无言使她的自尊受到了伤害。她的脸色变得有些黯然,从他的拥抱中挣脱了出来,然后,走到窗前,"谈天,我捉摸不到你的心噢!"她有些幽怨地说道。

25

当一缕紫红在海平面缓缓升起,一轮红日便从海水里喷薄而出。顷刻间,朝霞满天,岛城由暗渐明,溶入金色的世界之中。

谈天背着双肩包出了门。

他的背包里放着支票、公章、私章、财务章。他要去银行取款。

银行还没有开门。他感觉肚子咕噜咕噜地叫唤,才记起自己还没吃早餐呢。他看了看银行对面,有一家装潢低调却不失品位的本地小食店。他早就听说过那是一家做过两代人的海岛伊面汤老牌店。

时间还来得及,谈天走了进去,过早的客人还不多,他找了个地方坐下。"来碗伊面汤。"他对柜台前的女人说道。"加蛋不?"女人问他。谈天看了看两面墙上的价目表,伊面汤不加蛋五元,加蛋七元。谈天自然无法拒绝加蛋的伊面汤,对女人说:"加个蛋。"

须臾,面汤端上。

不愧为老牌店。碗大,丰实。上浮香肠、青菜、猪肝、瘦肉,下沉鸡蛋、海虾、河贝若干,另配野椒、生抽、小碟以备调味。谈天取了勺,先喝了口热汤,味道极为鲜美。然后,拾起筷子,夹上那虾,剥皮,肉质奇嫩。鸡蛋七成熟,有黄汁溢出,谈天便用勺舀起送进嘴里,顿时感觉营养满满。紧接着,按海岛的规矩,将两筷于碗中搅拌,绕缠一绺伊面,送入口中。那面奇柔极软,入口即化,齿颊生香。几筷子便吃尽了伊面,然后,仰头将碗中剩汤一口下肚,再次感觉肠润胃暖,神清气爽。想起吃不起伊面鸡蛋汤的艰难,谈天不觉眼眶有些湿润。抿了抿嘴，心生感叹：幸福原来是一碗伊面鸡蛋汤！喝完最后一口汤，谈天起身出店。

银行已经开门营业了。

航展公司非常守信用，第一期工程款已经到了远岸公司的账号上。谈天长长地舒了一口气。然后，伏在营业厅条桌上认真填写了一张十万元的支票。是的，他今天要取出十万元现金，一部分发工资，一部分放保险柜里备用。办完这些，他哈哈大笑了两声。银行女柜员看了一眼古怪的谈天，一脸莫名其妙。谈天向她堆出一个歉意的鬼脸。

谈天背着一包钱满面红光，精神抖擞地从银行出来。然后，骑上自行车，风驰电掣一路无阻地驶往工地。

杨监理与工人们一边喝茶一边等着谈天。

谈天一到，杨监理便笑逐颜开，把一张工资单摆在谈天面前，谈天看也不看，把工资单推给杨监理，说："行，就按你的单发放。"杨监理说："你这么信任我？"谈天说："不信你就不会用你了。"说着按单上的总款额全部交给杨监理。杨监理对工人们叫道："兄弟们，老板守信吧，说今天发工资就今天发。"工人们欢呼雀跃。杨监理拿着一沓钱，叫道："排个队吧，一个个来领，一人不少，一分不差。"大伙儿齐呼："老板万岁！监理千岁！"

谈天坐在茶几边喝完一杯茶，起身对杨监理说："我还有事，我先走了。"

杨监理低声问："今天是周末，晚上要不要喝一杯？"

谈天说："晚上还有点事呢。"

杨监理说："我昨晚跟表哥约了，说你要请他吃个饭。他听说你是我老板，便爽快地答应了。"

谈天一听，说："这样呀，那我把前面的事推掉。"

杨监理说："好，你定好位置告诉我。"

谈天答应着"好的"。一跃骑上车，走了。

他要去电信局营业厅。

前几天经过那里的时候，他看到电信局大门前挂了一张海报，是诺基亚手机的宣传广告。广告语说："诺基亚智能手机——你值得拥有的'大哥大'！"

谈天因为业务的需要，光座机与BB机不行了，他一直想买一台"大哥大"。可是，"大哥大"那价格，令他望洋兴叹，一直不敢出手。没想到突然间电信推出了代替"大哥大"的诺基亚"智能手机"。他没多少犹豫，花五千块买了一台。他觉得有意思，正当他努力向"大哥大"靠拢的时候，却一步到位拿起了比"大哥大"还小巧方便的智能手机，"这狗日的时代，发展真快！"他感叹道，"真好！"

谈天买了手机，回到公司，上楼进卧室，来到置放于卧室角落里的一台水泥灌注的铁制保险箱旁边，蹲了下来。因为保险箱好久没有使用，他竟然想不起密码。谈天想了半天，终于想起一串数字，一试，果然打开了。他从双肩包里取出一沓备用金放入保险箱里，然后，锁上。

这个时候，办公室电话响了。他去接，是杨监理的电话。

杨监理问："晚餐位置定好没？尽量安排早点，表哥晚上九点要出发。"

"出发？"

"哦哦，我们海岛人把出差说成出发。"杨监理笑道。

谈天说："那行，定在六点半吧，他刚好下班了。"

"在哪里呢？"杨监理问，"要不去中国城？"他提议。

谈天说："第一次见面去那种地方不好，毕竟你表哥跟我也不是很熟，他们当官的还是有些忌讳。"谈天想了想，"去左岸酒店吧，那地方不错，离机场不远，也方便他吃完饭直接去机场。"

杨监理说："那地方行，那我就告诉表哥六点半在那里见了。"

谈天给左岸酒店的前台打了电话,订了一个包厢。突然,想起了一件事,与局长第一次见面,总得带份见面礼吧?可是,带什么呢?思来想去,觉得带什么也不如带点钱妥当。于是,从保险柜里取了两万块,用报纸包着,放进双肩包里。他的手有点发抖。是的,第一次见面送这么多钱,他还是有些舍不得的。但是,他明白,与官员打交道,第一印象很重要。

他去楼下吃了个快餐。然后,回到公司睡了个午觉。

午觉醒来,看了看时间,还早,洗漱了一下,换了套干净衣服。下午五点时,他背上双肩包,下楼,出门,锁好公司铁栅门,在街边打了个TAXI直奔左岸酒店。

到了酒店,在包厢刚坐下,杨监理开着二手皮卡车来了。他说:"表哥六点半准时到。"

谈天把服务员叫进包厢点菜。"三个人,少而精。"他对服务员说。服务员显然是一个里手行家,给他们点了一份高档的四菜一汤。"表哥喜欢喝什么酒?"谈天问杨监理,杨监理说他喜欢喝洋酒。谈天对服务员说:"那就来一瓶蓝带XO吧。"

六点二十分,谈天与杨监理走出包厢恭候在左岸酒店的大门口。

六点半,一辆TAXI"嘎"的一声停在酒店大门前。

一位手里提着公文包的四十来岁的男子从一辆TAXI上下来。杨监理迎上去,叫了声"表哥",从男子手里接过公文包。谈天也迎了上去,跟着叫了声"表哥"。两人握手,笑脸相对。谈天问:"我也叫你表哥,没意见吧?"男子笑了笑,道:"叫表哥没事,亲切嘛。"

服务员将三人引进了包厢。杨监理将公文包放在表哥身边的椅子上。

谈天从口袋里掏出中华烟,抽出一支递给表哥。表哥摆了摆手,说:"不抽。"杨监理伸出手来,要接烟,谈天望了他一眼,没有递烟给他,而是将那支烟插进烟盒,放回口袋。

服务员沏了茶端了上来。

三人一边喝茶一边寒暄。表哥穿着一件夹克，戴着一副黑边眼镜，头发梳得油光可鉴，举手投足文质彬彬，一看就是个作风朴素行为严谨的政府官员。表哥一眼看到服务员端上来的蓝带XO，说："今天不喝酒了。"

谈天说："第一次见面，还是陪表哥喝点吧？"杨监理也鼓动："要不少喝点？"表哥瞥了他一眼，说，"我一会儿就要赶去机场，不能喝酒。"又对谈天笑了笑，说："别客气。以后有的是机会。"

谈天问："表哥要去哪呢？"

表哥答："去深圳学习。每个周末都要过去学习两天。"

表哥提到深圳，谈天的心像被针扎似的痛了一下。

谈天说："表哥热爱学习的精神令我钦佩。我是一年难得学习一天。"

表哥笑了笑，道："不学习不行啊，会跟不上形势。"

既然如此，谈天也不再勉强。他对侍候在门外的服务员叫了声"上菜"，服务员便将餐车推了进来，热气腾腾的菜肴端到了桌上。

三人一边吃着，一边聊着。

主要是听表哥讲话。他以岛城大开发大开放的背景作了开场白。他说："海岛要赶超香港、台湾、新加坡，也不容易。前些年，十万人才下海岛，太壮观了。我在岛上几十年，第一次见到内地来这么多人才。"他看了看谈天，继续道，"海岛人民非常欢迎你们，也感谢你们为海岛建设贡献力量。"接着，亲切询问了谈天的情况。当听说谈天正经营一家广告公司时，便说："广告公司好呀，岛城经济建设非常需要广告公司推波助澜添砖加瓦，尤其是岛城打造文化之都与国际旅游目的地，广告公司发挥的作用将会更大，前景将会更加美好。"

谈天点头，含笑不语，一副虚心倾听的样子。事实上，他作为闯海大学生，比表哥更懂得闯海人才的境遇；作为生意人，他更能体会岛城经济的状况。

表哥看着谈天,突然转移了话题,问:"你是哪里人?"

谈天说:"湖南。"

表哥说:"湖南人厉害,有才,会当官,我喜欢湖南人。"

谈天感觉到有些不好意思,说:"我是湖南人的例外,无才,也没有当官。所以,今后还需要表哥多多关照。"

表哥说:"你也不错,至少自己在努力创业嘛。"他瞥了一眼杨监理,说:"他不争气,你多带一带他,让他跟你好好学一学。"

谈天立马点头,说:"杨监理这段时间跟我合作一个小项目,非常不错。我很欣赏他。"

杨监理的"大哥大"嘀鸣了一声,他赶紧起身去门外接电话。谈天趁机从挂在椅子背上的双肩包里掏出那个纸包,走到表哥身边的那张椅子边,拉开表哥公文包的锁链,快速地将纸包放进那包里,拉上锁链。表哥的脸"嗖"地红到耳根,有点恐慌,说:"不要这样,不要这样。"谈天笑笑,道:"表哥要去深圳学习,我算是表达一点心意。"

表哥沉静了一下,看了看谈天,笑了笑,说:"你这太客气了……下不为例。"

谈天也一脸诚恳,说:"我这创业,没背景,也没关系,今后还需要表哥的关照。"

表哥摆了摆手,说:"多个朋友多条路吧。我们也是为人民服务。"

谈天笑道:"我也是人民呀,多帮帮我。"

短时间接触,表哥对谈天的初步印象还好:热情开朗,通情达理,幽默乐观,办事到位。这些年,他越来越明白,一个领导,身边没有企业界的朋友,做不成事,出不了政绩。一个好汉三个帮,他觉得可以交一些好的帮手。

杨监理打完电话回来,从表哥与谈天的脸上似乎发现了什么。他附在表哥耳边低声说:"谈老板是个有格局的人,有胸怀的人,是个靠得住的哥们儿。"

表哥对杨监理的话点了点头。

表哥喝了点汤,啃了半只玉米,便起身告辞了。

谈天和杨监理站起来送行。大门口,谈天为表哥打了一辆去机场的TAXI。表哥坐了进去,在窗口向谈天挥手致意。

当TAXI隐没于车水马龙里的时候,谈天深深记住了,从此,在岛城交通局,有一个当局长的"表哥"。

两人回到包间,杨监理说:"抽烟抽烟,憋得好苦呢!"

谈天从口袋里把那包中华烟掏出来,丢给杨监理,说:"表哥是不抽烟的人,就闻不得烟味。所以不能当他面抽。"杨监理说:"你太有心了,你不发财鬼都不信。"谈天笑道:"那看来我得好好发财了。"杨监理嚷道:"一定能发财!"他看了看谈天,说,"表哥对你印象很好,我觉得他会给你事做的——即便接不到大工程,小项目也可以呀。"

谈天看了看他,若有所思。

杨监理继续道:"岛城公路经常有一些坑坑洼洼的要修补,我们也可以去接。小项目,大事业。我做过,有经验。"

"小项目,大事业。"谈天念叨着,似想起了什么,"广告牌加紧施工,争取早日完工。"他对杨监理说。

杨监理心领神会,道:"放心,月底前全部完成!"

谈天擂了杨监理肩膀一拳,说:"我就没看错你!"他掏出皮夹子,捏出一沓钱,顺手把桌上那瓶没有开封的蓝带往杨监理面前一推,叮嘱道,"一定要注意质量,不能马虎。"

谈天走出了包厢,背后传来杨监理嘹亮的一声:"服务员,啪吊!"

26

崔小婉进入了深海大学学习。

她穿着素色的裙子，扎着马尾辫，戴着小巧的太阳帽，背着黄色的书包——这是她重回校园时的打扮。她希望自己仍是那个清纯的少女，仍是那个阳光的女生。她徜徉在美丽的大学校园里，脸上洋溢着幸福的微笑，眼里流露出喜悦的光芒——只有具备一定生活阅历的人才会一眼看出，那种微笑是飘忽的，那种光芒夹杂着淡淡的忧伤。

事实上，她非常厌恶自己这个样子。她越来越发现自己就是一只金丝雀，被安放在一只镶满了钻石的笼子里。她的灵魂深处，对自己的身份认同始终处于迷惘，尤其是，她对王一民的身份也一直保持着怀疑。物质上的优渥填补不了精神上的缺失——这不是她要的生活，更不是她所追求的人生。

她很多次想起阿娘，想起死去的奶奶与父亲，甚至想起生死不明的英雄爷爷。她知道，他们一定都不会喜欢她这个样子。有一次，脑海里竟然还出现了他——谈天。虽然那只是一瞬的闪现，但却如刀剐肉般的疼痛。她想，他如果知道她现在的这个样子，是祝福她呢还是诅咒她呢？

学校离别墅只有两三里路，坐公交车也就十多分钟。虽然她心里也希望能像真正的大学生一样，住在校园里，过着简单平淡的校园生活，但王一民没让她住学校。她知道，王一民对她是不放心的。王一民还给她配了一部手机——那是一部刚刚面世的摩托罗拉手机。她在学校很少拿出来使用。她知道，作为学生，不可能拥有一台如此昂贵的手机。她更明白，王一民给她配置的手机就是一个监视器，他随时能够了解她，并掌控她。

她的学习与生活还是有规律的：每天到学校上一两堂课，然后回家完成老师布置的作业，或者看书，或者上机实操——那个时候，一般家庭是不可能拥有电脑的，但王一民眼都不眨地为她买了一台配置先进的电脑。她学电脑基础知识，学五笔打字——她心灵手巧加上毕竟之前上过十天的培训班，所以，很快便可以熟练使用五笔打字了。而且不到一个星期，竟然成了全班打字最快的学生，连授课老师都禁不住赞叹她那双灵巧的手指，"你这是一双天生打字的手呀！"老师说。

课程不紧的时候，她会在李阿姨的陪伴下，去看深圳大大小小的展览馆、博物馆、科技馆。她希望除了掌握专业知识外，还能更多地了解与吸收其他门类的知识。

王一民在岛城，每天至少打两个电话：一个是早起的问候，一个是睡前的晚安。风雨无阻，雷打不动。而对于崔小婉来说，总觉得他的嘘寒问暖是那么缥缈与虚幻，不但达不到安慰与踏实的效果，反倒常常令她感觉惊恐与不安。她心里反复告诫自己，这种天上掉馅饼的机会是不牢靠的，这种作为惩罚换来的宁静更是转瞬即逝的。这，也许就是一个没有好开头的爱情所带来的暗示与后果吧。

无论如何，崔小婉知道，她必须抓住这次宝贵的学习机会。这对她很重要。她没有退路。

一个月后的一个下午，崔小婉从学校回别墅，正准备上公交车时，突然感觉四肢乏力，随即有种恶心想吐的感觉。她赶紧跑到公交站边的一棵树下吐了一口酸水，猛然想起她的经期已经过了十多天了，还一直没来。她记得曾看过的一本生理卫生书上说，女性怀孕初期会出现轻微恶心、体温升高,以及腹部不适、疲劳畏寒等症状。她觉得她现在身体上发生的症状与书上说的有些类似。"怀孕了?"她吓出一层冷汗,刹那间感到了一种深深的恐惧和无助。但是,她很快就否定了,觉得不可能。她想应该身体什么时候不小心着了凉,或者是因为自己心情烦躁,推迟了经期。她想着有些不放心,还有些后怕,当即在路边打了个TAXI,直接去了附近的一家妇幼医院。

挂号,排队,约莫半个小时后轮到她。

听诊的是一个上了年纪的女医生,问:"怎么了?"崔小婉说:"恶心,想吐。"女医生问:"多久了?"崔小婉说:"今天第一次。"女医生问:"来月经了吗?"崔小婉摇了摇头。"去验个尿吧。"女医生递过来一个小瓶子。崔小婉脸红了一下,接过瓶子去了洗手间。一会儿,捏着瓶子回来。女医生说:"放这吧,下午来取结果。"

崔小婉忐忑不安地回了别墅。

李阿姨已经做好了饭菜。崔小婉没有心思吃饭,上楼去休息了。半睡半醒地眯了一会儿,洗了把脸,便去医院取结果。

"怀孕了。"女医生告诉她。

她呆立在那里,两腿发软,如坠深渊。女医生看了看她,说:"要生,就好好养;不生,要趁早。"

在医院门口,她拨通了王一民的电话。

"我晚会儿打给你。"王一民在那边压低声音说,电话挂断。她突然感觉到极度无助,恐惧加重。没有打的,她想走路回别墅,顺便梳理一下情绪。

天空依然灰蒙,人行道上落满枯萎的桂花,墙边三角梅开得有些冷艳。

走了一会儿,王一民回了电话。"实在对不起,刚刚在开会。"王一民解释道。

"我怀孕了。"崔小婉沉静地说。

崔小婉的这话不啻于一颗炸弹，炸得王一民心惊肉跳。王一民沉默了一会儿，也是为了压住惊慌，平缓了一下心情。"你说笑呢。"王一民说这话的时候语气有些虚弱。作为过来人，他心里也不踏实。随即，假装惊喜，叫道，"怀上了，就生下来！"

崔小婉把医院检查结果告诉给了他。"38天了。"她说。

他立即算了一下时间，还真与那个晚上相符。这回他吓出了一身冷汗，在电话那边迟疑了一下，问："你有什么打算？"

"打掉。"她脱口而出。她刚才在路上已经想好了。

电话那边没有了声音。

崔小婉知道，王一民在思考什么。过了一会儿，王一民说："我的想法，生下来。"

"不可能！"崔小婉几乎叫出声来。

"怎么说也是我们爱情的结晶嘛。"王一民语气诚恳地说。

听到王一民说出"爱情的结晶"，崔小婉感觉胃里有一条蛆，滚动着，爬动着，令她更为恶心。她倚在一棵树旁，干呕了一会儿，吐出了一些酸水。她掏出纸巾，擦了下嘴。"你觉得那是爱情吗？你觉得我们有爱情吗？"她连续追问，情绪坏到极点，声音有些歇斯底里。

电话那边很安静，空气骤然凝滞。

"我下班就回深圳。到家再商量，好吗？"王一民轻声地说，然后挂掉电话。

崔小婉想起，今天正好是周五。

这一个多月里，每到周五晚上，王一民便会坐航班从岛城回到深圳；而每到周日晚上，他又会坐航班从深圳回到岛城。他行色匆匆，神秘有规律，而且乐此不疲。

晚上八点刚过，王一民风尘仆仆回来了。

李阿姨把饭菜做好，崔小婉没有吃，她也根本吃不进什么，怀孕的事像千斤石一样压在她的心坎上。

李阿姨便把饭菜保温在锅里，自己进房间休息去了。

王一民一进屋便看到正愁眉苦脸坐在沙发上的崔小婉。

他放下公文包，走了过去，想拥抱一下她，她却一个侧身，躲开了他的拥抱。他有点尴尬地笑了笑，低声问道："真的怀上了吗？"她没有说话，只是捡起沙发上的挂包，从里面掏出那张化验单，放在他的面前。

他仔细看了一下，"哈哈"地大笑出声。崔小婉看着那因大笑而被扭曲得变了形的脸，生出一股扑上去撕扯它的冲动。但是，她压抑住了那种情绪。

"我请你去外边吃饭，好吗？"王一民说刚回来的路上，遇着小区边上一家粤菜馆刚开业，他提议一起去尝新。

崔小婉想想同意了，她也确实想出去走走路散散心。

两人来到了那家餐馆。明显宣传不够，客人不是很多。王一民先给崔小婉点了一碗冬虫夏草炖湘莲。一会儿，汤上来了，"这汤营养安神，消气下火。"他温柔地凝视着她，笑道，"喝一点吧。"

崔小婉看不得他那样的目光，只好顺从地喝了两口，却感觉索然寡味。

两个人心里有事，都没有什么胃口，随意吃了点东西。

王一民提议去看场电影。崔小婉摇头说不想看。王一民提议去小区里走走，崔小婉说腿发软，无力走。于是，两个人回到别墅。李阿姨收拾好卫生便回楼上房间休息去了。崔小婉坐在客厅的沙发上，王一民坐在茶几边的一张藤椅上，两人开始讨论起那件事情。

"其实吧，我只是一种建议，决定权还是在你。"王一民诚恳地说。

"你什么建议？"崔小婉问。

"不是说过了嘛，就是生下来。"王一民说。

"你说得简单！"崔小婉的情绪上来了，声音有点大，补充道，"你觉得一个未婚女孩生个孩子是件简单的事吗？"她不愿意就这样糊里糊涂地把自己绑在战车上。

王一民笑了笑，诚恳地说："我们纵有千般错，孩子没有错。他是无辜的，不能连累孩子。我犯了错，我就承担这个责任。你可以相信，你遇到的是一个绝对有责任感、有担当的男人。你有没有想过，我王一民如果只是一个与你萍水相逢玩玩的男人，我巴不得你去打掉孩子。"

王一民这番话，说到崔小婉心里去了。作为一个女孩子，她从心里明白，王一民确实是一个不错的男人。如果她与他不是通过那种方式在一起的，也许，她会真的爱上他。她只是过不了那道坎，那是噩梦和羞辱。

"你当时为什么不让我回岛城？"她问。

"我不能让你回去，一是真心喜欢你，二是本着对你负责。"

"你是怕我回去后节外生枝吧。"崔小婉一针见血道。

"什么节外生枝？"他笑了笑地问。

"怕我男友找你麻烦对吧？"她冷冷地说。

他觉得她是一个能够看出肺腑的人，他觉得自己一直小看了她。他点了点头，道，"也许当初有那个因素吧。但是，后来，事实证明不让你回去是正确的处理办法。"

她在心里也默默地承认这一点——如果当初回去，有可能真的是一场不可想象无法收拾的残局。这些日子，平心而论，她似乎也有点相信王一民对她确实是动了真情。"即便你是一块冰，我也要把你焐热。"王一民这样说，也确实是这样做的。当然，他的好并不全是表现在经济基础上。他仪表堂堂，文质彬彬，学识渊博；尤其是事业，相当不错，这是多少女孩子梦想中的另一半啊。她也承认，如果不是这种孽缘，她确实会被这样的男人迷住。而且，他提供的这种优渥的生活，有几人能够抵抗与拒绝？她是一个平凡而普通的女孩子，确实不止一次地萌生出与昨天告别的念头，而且在内心里渐失了对岛城的愧疚与歉意，并一次次提醒自己清除那些无奈的记忆。

"嘀嘀——"王一民公文包里的手机响起了一阵铃声。

他迅速起身，在包里取出手机，然后提起公文包，径直走向二楼露台去接电话。

王一民的电话是神秘的。

他从来不会当着崔小婉的面接打任何电话，即便站在露台上，或者待在厕所里，电话声音一定是压低的。崔小婉有时候感觉到非常的不解。但是，又不便追问。更令她惊奇的是，这个人，他生活的自律严谨与一个商人完全不相符。他不进歌舞厅，不去娱乐场所，即便老同学谢方一来请局，他大多也是谢绝。这些日子里，他与谢方一仅在这别墅里小聚过两次，而且每次都是简单地饮茶与喝酒。

王一民接听完电话，下楼回到客厅，脸色不太好。显然是电话引起了情绪。"公司里的事。"他轻描淡写地告诉崔小婉。

"你能告诉我你到底是做什么工作吗？"崔小婉问。

崔小婉对王一民的身份一直感觉到扑朔迷离，尤其是当王一民提着沉甸甸的公文包像一个神秘影子在她面前晃来晃去时，总是令她困惑、忧虑，甚至恐惧。

"公司小领导。"王一民笑答。

"你是贩卖武器的吧？是军火商吧？那么神秘。"崔小婉有点生气地问。

王一民一脸怜爱，说："你不要瞎猜。"

崔小婉摇了摇头，说："不像公司的。"

"那像什么？"王一民盯着她问。

"你像做官的。"崔小婉说。

"我是公司小领导,大小也是一个官吧?"王一民笑道。把手机放回公文包里。拍了拍公文包,认真地说,"有件事我想特别告诉你,绝不可以翻看我的公文包。记住!"

崔小婉问:"为什么?"

王一民一脸严肃,说:"因为是商业机密,所以不能泄露。这是纪律,也是原则。你一定要尊重我,答应我。"

崔小婉点了点头。她无心与他聊这些没趣的事情。

"我们再回到那个问题上吧。"王一民坐下来,说,"我真心建议你生下来。"

"那我学习怎么办?"

"不影响你的学习。"他走过去,拍了拍崔小婉的肩膀,摸了摸她的头发。

崔小婉没有说什么。她觉得跟王一民一时也讨论不出结果。她有些困乏,上楼去休息了。

27

航展工程圆满完工了。

航展公司按照合同顺利地支付了谈天远岸公司所有工程款。

在庆功晚会上,谈天除了给每一位工友发放全部工资外,还给他们每人多发了一千元作为奖金。轮到给杨监理颁发奖金时,谈天拍了拍杨监理肩膀,说:"我没看错你!"

喝完酒,杨监理把谈天拉到一边,很是神秘地告诉他:"表哥让我们注册一家工程建设公司。"谈天一听,正中下怀。他早就想和表哥下一盘棋,没想到表哥比他还迫切。他当即打电话找代办公司,帮他注册一家工程建设公司。他明白,有了这家公司,就可以合法合规地承接道路桥梁修建工程项目了。

一周后,公司执照办了下来。

"我晚上要去表哥家。"杨监理说,"他喜欢吃地瓜、玉米,我从乡下搞了一些回来,给他送去。你要不跟我一起去?"

谈天非常乐意一起去。他知道这是跟"表哥"加深感情的好机会。谈天清楚,海岛大开发大开放,公路交通就是经济命脉。尤其是岛城,每年公路交通有大大小小的项目无数,他必须把"表哥"紧紧绑住。

他去超市买了一箱红富士苹果,扛回办公室,把上一层的苹果取了出来留给自己,然后,从保险箱里取出几扎红闪闪的百元现金,整整齐齐平铺在苹果上面,再将纸箱合上,用透明胶严实密封。

一会儿，杨监理开着他的旧皮卡来了。

谈天抱着纸箱走出公司。把纸箱放进车厢时一眼看见一蛇皮袋地瓜和玉米。谈天笑道："你这实在哦，表哥吃得完吗？"杨监理斜睨着他，道："吃不完可以送给朋友嘛。你送那么一箱苹果，他也吃不完呀——是不是箱里装的不只是苹果呢？"谈天瞪了他一眼，道："你瞎想啥呢！"

杨监理带着他七拐八弯驶进了老城区里的一个老小区。

小区非常简陋。院子里环境倒还好，小区中心有一块广阔的绿地，绿地边上生长着又粗又壮的椰子树。十多栋五层楼，典型的七十年代建的筒子楼。已是晚上，好多窗口黑乎乎的，一看就知没住什么人。杨监理说："老小区，又没电梯，有钱人都搬走了，没搬的都是穷人。"谈天问："表哥也算穷人？"杨监理点了点头。杨监理告诉谈天，表哥家里很穷，是村里唯一的大学生。大学毕业后回到岛城，分到了交通局。三十岁时才与老家一位女同学结婚，生了个女儿；老婆带着女儿住在县城，他一个人住在岛城，一心一意扑在工作上，三十五岁便担任了局长。杨监理扛起土豆、玉米袋，埋怨道："可惜穷死了，白当了个局长。"

谈天抱着苹果箱，跟着他爬到了五楼。

"到了。"杨监理放下蛇皮袋。拍了拍衣服上的灰尘，按响了门铃。

表哥上身穿着一件背心，下身穿一条大裤衩，开了门。

这是一套八十多平方米的两房一厅的普通公寓房。厅里正中摆放着一台年代久远的创维电视机；一个人造皮革长沙发，已翻了皮；客厅左边有一间房，两面墙壁全是书架，摆满了书籍，书架前摆着一张简易的书桌；客厅右边是另一间房，一张简易的硬板木床，床边有只掉了漆的小茶几。整个房子显得空荡、简陋而寒酸。这完全超出了谈天对一个城市交通局局长家的想象。表哥笑了笑，说："一个人过日子没那么多讲究。"

"这个真该换了吧,跟表哥的身份太不相符了。"谈天把苹果箱放在电视柜上,指着电视机开玩笑道。

表哥有点不好意思地笑了笑,说:"很少在家看电视,偶尔看看,所以就没必要换。"

谈天有些难过。他真的是第一次遇见这么清贫的干部。他感叹道:"表哥前途无量。"

表哥搓了搓手,望着谈天,问:"你会算命?"

谈天不会算命,但他心里确实有一种预感,这个人一定会升迁。他再一次相信,他押宝押对了。

"表哥,初次登门拜访,带了箱苹果,不成敬意,这箱苹果是我专门精挑细选的,您一定自己吃,别送人。苹果营养丰富,对身体健康有益呢。"谈天指着电视柜上的那箱苹果告诉表哥。表哥对谈天道:"来就来,还带什么苹果嘛。"谈天说:"初次登门,空手空脚成何体统,表个心意而已。"表哥笑了笑,对杨监理说,"你们谈总可真是一个讲究的人。"说着起身去厨房洗杯沏茶。

杨监理对谈天竖起了大拇指,低声道:"做得得心应手,不露痕迹,你真牛!"谈天脸红了那么一下,瞥了一眼杨监理,然后,微微笑了笑。他心里明白,送礼是有门路的,不是所有的礼都能送得出去,也不是所有的人都会接受你的礼物。送礼是有讲究的,恰逢其时,恰到好处,自然不做作。

三人一边喝茶一边闲聊。基本上是表哥聊得多,他聊岛城经济发展的大话,聊岛城交通堵塞的碎事。谈天与杨监理只有喝茶点头的份。

不觉夜深。

谈天向杨监理使了个眼色,起身,对表哥说:"不打扰您的休息了,我们下次再来。"便起身告辞。

表哥也不挽留,便送他们到门口,说:"周一到周四晚上可以过来坐坐。周末我便去深圳学习了。"

谈天点了点头,道:"真是敬佩表哥的学习精神。"

表哥说:"不学习不行啊,跟不上形势呀,看看人家深圳建设,那才是特区的效率!"

回家的路上,杨监理说:"我们应该跟表哥提出做点工程的事。"谈天笑笑,道:"他若有心,必有回应。说出来了,就难看了。"杨监理心领神会地点了点头,说:"你就是一个做大老板的料!"

大约一星期后,杨监理打电话给谈天:"我们去交通局找办公室主任拿点小工程做做。"

谈天有些不明白。杨监理神秘莫测地说:"你跟我一起去就知道了嘛——记得带上营业执照哦。"

谈天便跟着杨监理一起去了交通局办公室。

主任是个秃头,桌上一杯茶、一张报,桌角一只脚。主任在看报。

他俩进去半天,主任才抬起头来,斜睨了一眼,问:"找谁?"

杨监理笑了笑,说:"王局长叫我们来找您。"

主任听说是王局长叫来的,身体一挺,坐直了身子问:"有什么事?"

杨监理说:"听说龙昆大道有一段路坏了,需要修补,你们正在找施工队,所以,我们来看看能不能领点工程。"

主任皱了一下眉头:"你们怎么知道的?"

谈天笑了笑,道:"王局长说的。"

主任盯着谈天,问:"你们有资质吗?"

谈天便从双肩袋里掏出营业执照,递过去,说:"我们有营业执照。"

主任看了看,把执照还给谈天,说:"光营业执照不行啊,做公路工程是要有资质的。"

杨监理说:"王局长说了,大工程,需要资质;小工程……主任您就能做决定。"

主任脸上闪过一缕黑沉——这种细微变化让谈天捕捉到了。谈天不慌不忙地从双肩包里拿出一只鼓鼓的大信封,走到主任的身边,将信封快速放进了主任的抽屉里。然后,笑着对主任说:"请主任放心,我们一定会把工程质量做好的。"

主任脸上开始是惊愕,接着浮出一片红润,然后闪烁出一脸笑花,语气也变得和缓了,道:"既然王局长指示了,那就照办吧。那条公路确实有几个地方被一些工程车轧坏了,需要修补。局里也缺人手去勘查,你们先去勘查,然后,做个预算方案报过来吧。"

谈天道:"我们这两天就去办。方案很快就会做出来。"

主任说:"那好,早点报过来,我们尽快答复。最好赶在国庆节前把那条路修好。"

回公司的路上,杨监理还在郁闷办公室主任开始时的刁难,愤愤道:"什么人啊,不给他红包看来是连局长的面子也不想给。老子要向表哥告他一状。"

谈天瞪了他一眼,说:"千万不要这样,有句话说,阎王易见,小鬼难缠。很多事情就是坏在小鬼手上的。其实吧,小鬼也容易打发。不要遇到一点问题就去告人家,他今天是办公室主任,哪知道他背后有什么背景,过两年他就是副局长、局长了。多栽树,少栽刺,讲格局,有胸怀。"

杨监理对谈天佩服得五体投地。

第二天,两人便立马开始分头行动。

谈天找了个预算师,到那条路上实地看了,有数百米的路段,确实破坏得比较严重,坑坑洼洼很多,有几处还积水严重。车开过,溅他一身臭水。预算师看了看，对谈天说："千万不要小看这些小工程，它的利润比房地产还大呢。"

杨监理去东湖边的人才市场把那些做广告牌的旧部招了回来。这一次，他当的不是小监理，而是大监工——谈天说了，交通局接的工程，利润分给他三分之一。杨监理在心里估算了一下，整个工程标的约八十万，工程时间一个月。工程做完，他能赚不少。杨监理笑了。

三天后，谈天把修路文案报到了交通局。

几天后，主任打电话说局里已经同意了，"你们啥时候来签合同？"主任问。

谈天笑道："我们是小公司，可没钱垫资的喽。"

主任说："这个你们放心，局长已经交代了，开工时先给你们付一半，另一半等验收后再付。"

谈天一阵欣喜，说："那明天签合同吧。"

签完合同的那天晚上，谈天与杨监理一起喝庆功酒。

酒喝到一半，谈天拍了拍杨监理的肩膀，说："我没看错你！"说着从包里掏出一沓钱，递给杨监理，"这是先期奖励你的。"杨监理望着手上的钱，张着嘴巴半天说不出话来，"你，你这……给我也……太多了吧？"谈天笑了笑，道："没事，兄弟多一点少一点都吃不了亏。"又拍了拍他的肩膀，说，"我有空就自己去表哥家，不麻烦你了。"杨监理心领神会，点了点头，极为诚挚地说："谈总，咱们做一辈子兄弟吧？"谈天说："必须是一辈子！"两人哈哈大笑了起来。

喝完酒，已是明月当空。

谈天突然想起好些日子没去白沙门了，他有点想念那个垂钓的疯老人了。于是，打了个车，去了白沙门。

月光下的岩石上，老人仍然坐在那里。灰白军装，皮肤在月光里泛出古铜色，宛如孤独的雕塑。"老人家，您好！"谈天向老人打招呼道。

有些日子不见，老人显得沧桑，脸上的沟壑显得更深，"您等的人等到了吗？"谈天问。

老人看了一眼是谈天，目光又望向大海，没有说话。

"您打算就这样等下去吗？"谈天问。

"是的，就这样等，等到他们来为止。"老人转过头来，坚毅的目光，盯着谈天，说："小伙子，你是不是觉得我是傻老头一个？"

"不仅傻，还疯。"谈天笑道。

老人发出一声沉重的叹息，然后不以为然地一撇嘴，道："冲锋号一定会吹响的！他们一定会来的！"老人把目光继续投向苍茫的大海。

"您就这样守着吗？"谈天好奇地问。

"是的，我就这样守着，为我的战友们而守，为我们的胜利而守。"老人向谈天点了点头，一脸郑重、庄严和肃穆。

谈天不敢再说话，只是默默地看着老人。他突然发现，月光下，老人似一个穿越而来的灵魂，浑身散发出一团耀眼的光芒。这一瞬间，谈天也仿佛看到：苍茫大海上，一艘木船正乘风破浪而来，士兵们全副武装地蹲立船头，像雕塑，像幻象……

月光下的白沙门，辽阔而空旷。

海浪持久地拍打着沙滩与岩石，发出一阵阵永恒的回响。

谈天真正明白：老人不傻，不疯，那是一种信念、一种信仰。

28

  天空突然变得有些灰蒙，蓝天白云似乎藏匿了。院子里的桂树落下了一片黄叶，一缕潮湿清凉的风从窗缝里吹了进来。前些日子还是热辣的夏天，不知不觉秋天便来了。崔小婉感觉到了一阵凉意。她的妊娠反应越来越大，已经影响到学习了。有些天，她都无法去上课。寂静孤独的晚上，焦虑、烦躁、困惑、迷惘不时侵入她的内心，生，还是不生？她辗转反侧，夜不能寐，一个个晚上在矛盾与纠结中望到天际发白。

  崔小婉想念阿娘了。

  她到海岛后，给阿娘写过一封信。来到深圳后，由于突然的变故，她自己还没有缓过神来，所以，一直没给阿娘写信。现在遇到这么大的事情了，她想到了阿娘，她应该跟阿娘说说，听听阿娘的意见。

  崔小婉决定给阿娘打一个电话。

  她从行李箱的夹层里找出了一张纸条，那是她出门前，阿娘给她的一个电话号码。她知道那是村长家的电话——全村就村长家有一台电话机，全村人与外面的联系就靠那台电话。

  她用手机拨通了电话，村长儿子接的："是婉儿姐啊，我这就去叫老姨过来。"

  一会儿，阿娘过来了。拿起话筒便呜呜地哭，一边哭一边责备："儿啊，几个月了，你也没个音信，我都快急出病了。你一个女娃子，在外边阿娘不放心呀。"

崔小婉觉得很对不起阿娘。她解释说,因为工作一直没有落实,所以,也不敢打电话。"外面不好过,你就回家呀,你还有阿娘呀,你还有家呀。"阿娘心疼地啜泣着说。

"阿娘,我现在好了呢,我不在海岛了,来了深圳,刚刚稳定下来。这不,就给您打电话了。"崔小婉安慰道。

阿娘问:"你爷爷有下落了吗?"

崔小婉一下哑然,她不知如何回答。阿娘似乎感觉到了,宽心道:"没事没事,以后有时机再慢慢找呢。"阿娘的话让崔小婉的心里更是痛了。她想到了岛城,想到了谈天,当然也想起了与谈天一起寻找爷爷的场景,她再也控制不住嘤嘤地哭出声来。阿娘似乎听到了她的哭声,说:"傻女儿,这有什么好伤心的。找你爷爷肯定有难度嘛,要不,部队上怎么也寻不着呢?"阿娘当然不知道崔小婉为何而哭。

崔小婉赶紧止住了哭,抹了下眼泪,转移话题,说:"阿娘,你还好吗?"

阿娘说:"我好呢,在村里的花饼厂打工,一天天都有收入。"崔小婉知道,阿娘做的花饼是山村里的一绝。村办食品厂聘请她做了师傅。阿娘说到花饼,就勾出了崔小婉的口水,她从小就爱吃阿娘做的花饼,道:"还真想吃阿娘做的花饼呢。"

阿娘说:"想吃就回来,回不来阿娘就给你寄。"

崔小婉"嗯"了一声。

阿娘说:"我就不跟你多说了,我还在厂里上班呢,大伙儿等着我回去加料呢。"

崔小婉说:"还……还有件事呢……"她有点支吾,有点欲言又止。

阿娘说:"没事,你说,阿娘听着呢。"

崔小婉说:"我有男朋友……了。"

阿娘说:"好啊,有个男朋友照顾你,阿娘也放心呀。他是做什么的？"

崔小婉迟疑了一下："他，他是个公司领导。"

阿娘说："哦，老板吧？"

崔小婉没有说话。

阿娘问："对你还好吧？"

崔小婉说："嗯，还好。"

阿娘说："那就行，你们好好处吧。"

崔小婉说："阿娘，有这么一件事，不知道要不要跟您说。"

阿娘说："你有什么事不能对阿娘说呢？你就说吧。"

崔小婉语气变得有些轻微，说："我，我好像……有了……"

阿娘的声音一下变得紧张起来，问："有了什么？"

崔小婉只好说出真相："我好像怀……孕了。"

电话那边没有声音，崔小婉可以想象出阿娘的震惊。

"你没结婚……咋会有这种事？"阿娘问。

崔小婉不敢再说下去，她不愿意让阿娘难过。她知道，在阿娘的心里，这是绝对不应该发生的事情。

"你打电话是不是问我怀上了要不要生下来？"阿娘问。

崔小婉不得已地"嗯"了一声。

阿娘语气有些严厉地说："那我告诉你，无论这孩子是怎么来的，你必须保下来，他是一条命。"随后，又补充道，"他是你身上的一块肉。"

崔小婉点了点头。

"这孩子如果你不想养，不想带，就把他送回来给阿娘，阿娘把他带大，他是阿娘的孙子。"阿娘语气坚定地说。

崔小婉这时候已经热泪盈眶了。

"你那边有人照顾吗？要不要我过去照顾你？"阿娘担心地问。

"不要。这边有人照顾。"崔小婉说。其实她心里何尝不想让阿娘来照顾她呀，可是，她又担心，自己毕竟未婚生子，传统思想本来严重的阿娘若真面对王一民，心里难免会伤心和难讨的。

"那好吧，你要经常写信回来，打电话也成，别让阿娘担心。"阿娘说。

崔小婉说："会的。"

阿娘的电话挂了。

阿娘的态度给了崔小婉信心与勇气。她放下电话，决定把孩子生下来。

接下来的几个月，崔小婉过得并不容易。她一边去学校学习，一边忍受着各种妊娠反应。后来的一段时间，她基本上就在家里静养。这使崔小婉有充足的时间做自己喜欢的事情：学插花，学熨烫，学做水果拼盘，甚至，还去书店买了一本令她脸红耳烫的书……

崔小婉也会经常腆着肚子在小区里散步。

小区里的人们看她的眼光令她越来越觉到不怀好意。那些目光里至少含有怀疑的，甚至是轻蔑的意味。她知道，这个小区里，至少有十个带着孩子却不见丈夫的漂亮女人。她不知道人们用那种目光看她的依据是什么？更弄不明白那目光的背后到底是怎样的人心。这样的时刻，她非常渴望能够再回到学校。她感觉只有在学校，才是无拘无束与自由放松的。

跟王一民谈过几次结婚的事。

王一民总是说，等忙完这段。然而，"这段"不知是何日何时。这事一拖再拖，最后没了音讯。王一民的扑朔迷离与闪烁其词，令崔小婉缺乏安全感，甚至产生了怀疑，也更加动摇了她结婚的念头。尤其是妊娠反应，令她极度难受，她没有时间也没有精力和心思去做探究。她唯一想到的，或者说做过最坏的打算，如果王一民是个不靠谱的男人，她将带着孩子远走高飞。经过短期的计算机培训学习，她也基本掌握了一些电脑技术，找一个谋生的饭碗应该不是太难。她相信自己有能力抚养好孩子。

又是周五。

崔小婉知道王一民会如期地回来。王一民算得上真正打"波音的"的老板。这种两地跋涉肯定是苦累的。但崔小婉从王一民的脸上或者眼里只看得出乐此不疲，甚至还特别享受。所以，崔小婉心里时不时对他生出一丝怜悯与感激的情愫。

崔小婉看了看表，已是晚上七点。她知道王一民一般是坐这个时候的航班从岛城出发，八点十分左右到达深圳机场。她突然破天荒地生出一个念头，她要去机场接他。

她在小区大门前打了个TAXI直奔机场。

当王一民提着鼓鼓的公文包，走出到达厅大门时，一眼望见了向他招手的崔小婉。他愣住了，只是一会儿，他反应过来了，便冲了过去，抱住了崔小婉。"你怎么来了？"他惊喜和感动得眼睛湿润，声音哽咽。崔小婉望着他，笑了笑，说："你不是想让我接你吗？"

两人打车回到了别墅。

李阿姨做好了饭菜等着他们。他们一起吃过晚饭，李阿姨做完卫生便上楼去睡了，偌大的客厅里就他们两人，水晶吊灯散发出暖暖的黄光，世界静谧而温馨。王一民从公文包里取出一只鼓鼓囊囊的塑料袋交给崔小婉。崔小婉打开一看，里面是几沓崭新的人民币。她看了王一民一眼，"这是什么意思？"她问。王一民的目光却躲闪开了，讪讪地笑了笑，说："上周有个朋友送箱苹果给我，我忘了吃，今天上飞机前我想带两个苹果在路上吃，把那纸箱一打开，里面竟然有几沓钱。我顺手塞进公文包带回来了。"崔小婉问："朋友为什么要送你钱？还要装在苹果箱里？"王一民说："还真没有想那么多。"崔小婉没有说话，将那塑料袋子放在了一边。她对那些钱似乎没有兴趣。而且，她房间柜子里，王一民不时也放几沓在里面，她几乎没有动过。

"你的工作忙吗?"她关心地问。

"有时候忙有时候不忙。"王一民答。

"不忙的时候你会做些什么?"她问。

王一民看了看她,有些动情地说:"不忙的时候我会想你在做什么。"

她淡淡地笑了笑,问:"你觉得我会做些什么呢?"

"我想你应该伏在桌前,手托着脸,望着窗外,思想着什么。"

她摇了摇头,说:"你的想象力还蛮丰富。"说完起身,上楼去了。

王一民在客厅里整理了一下家务,便上楼休息。这时,他看到崔小婉房门竟是虚掩的。他似乎明白了什么,于是,蹑手蹑脚地推门而入。

她坐在桌前,在看一本书。似乎是在等他。他走过去,她羞涩地将书收起。他看见那书的封面上赫然印着《育儿知识》,禁不住从背后抱住了她的肩膀。她的身体抖了一下,但是,没有挣脱。他抱得更紧了,嘴唇几乎贴在她的头发上。

"你希望是男孩还是女孩?"她闭着眼睛问他。

王一民脱口而出:"男孩吧。"

"为什么?"她扭过脸来望着他。

"你的反应比较大,一般应该是男孩。"

"你重男轻女吗?"崔小婉盯着他问。

王一民没有说话,摇了摇头,再一次紧紧地抱住她,说:"即便是个女儿,也是我最疼的小棉袄。"

崔小婉明显感觉王一民的动作夸张,声音虚弱。

29

九十年代大开发大开放的岛城,脚步走得比灵魂快。岛城成了一个诞生传奇与传说的地方。今天你还是穷光蛋,明天你可能就成了传奇里的大富豪;今天你还在街上与某个富豪打了照面,过两天他不见了,再过些日子,社会上就传说他去了牢里,或者陈尸海边。那是一个惊心动魄混乱无序起伏跌宕的年代。

谈天一夜之间成了岛城的有钱人。当然,他顶多只能算是个赚了点小钱的人,只能算是个生意上有点起色的小商人。这一点他自己心里十分明白。但是,作为商人,他要放大这种成功,并要用这种成功犒劳一下自己——他要买一辆车。

因此,他去驾校报了名,每天两个小时,勤学苦练,一个月后,顺利拿到了驾照。

买什么车一直令他纠结:高档的,钱不够,低档的,掉面子。路过一家车行,他走了进去,一眼看到大堂里摆放一辆油光锃亮豪华气派的奔驰,标价十万。他感觉非常吃惊,这么一辆豪车,怎么才十万呢?车行老板告诉他,这是一辆二手车,原价百万,车主是海岛航空集团总裁杨云峰。在岛城,杨云峰简直就是神一样的存在,他空手套白狼创立海岛航空帝国的故事,被写入斯坦福大学教科书经典案例。谈天当即决定买下这辆豪车。车行老板是个厚道人,告诉他,这个车比较耗油,开的时候省着点,穷人还真是开不起。谈天知道,开着奔驰没钱加油的,开着宝马蹲在路边吃大排档的,在岛城一大把。为的是挣个面子，让人高看一眼。谈天想，耗油多，老子就少开。老子要的就是杨云峰的名气与品牌。即便把它停在公司门口，看着也畅爽和舒服——站在岸上的人请多多体谅游在水中的我吧。那风，那浪，甚至还有鲨鱼，随时把我吞噬。所以我只能为自己加油，打气，争取游到岸上，跟你们汇合。"王侯将相，宁有种乎？"这不，我照样拥有了杨云峰的座驾！

办完过户手续，谈天便把车开到宽阔的滨海大道上试驾起来。他把车内的音乐放得很大，那是一首摇滚乐，崔健唱的《花房姑娘》。好一个花房姑娘，不就是个黄花闺女嘛。谈天一边听一边忍不住笑了。听说杨大总裁信佛，没想到这老头一手捻佛珠，一手作揖状，内心却是如此狂野。谈天以90迈至100迈的速度从南城跑到北城，再从东城跑到西城。一路舒适、顺畅，车感极好。最重要的感觉是自己俨然成了杨云峰。这真是又美好又操蛋的事情。

在滨海大道上过了一把车瘾，他开着车去了银行，他想取些现金回来。

柜台小姐问："取多少？"他说："三十万吧。"小姐说："不行，每天只能取五万。您这么大的数字要预约。"谈天觉得好笑，老子自己的钱，取出来还要预约？他说："我现在急用，没时间预约。"小姐说："那要我们经理特批。"谈天有些不高兴，说："叫你们经理出来。"

不一会儿，一个肥头大耳的胖子从里间走了出来。隔着玻璃，胖经理亲切地问："您要取大额现金吗？"

"是的。"谈天说。

"那请您进来一下贵宾室。"胖经理客气地说。

柜台小姐便打开铁栅门，领着谈天进了VIP室。

这是谈天第一次进银行里的VIP室。柜台小姐泡了一杯茶端给谈天后出去了。胖经理便与谈天交谈起来。他问谈天做哪一行？谈天说:"我是做工程项目的。"胖经理问:"取这么多现金做啥用?"谈天说:"我每天都需要现金购买材料,所以,得取一些备用金在身上。你们柜台小姐说每天只能取五万,我哪有时间整天往银行跑?"胖经理点了点头,说:"不好意思,耽误了谈老板,您去柜台办理吧。"所谓 VIP 室,实际上是个审讯室。谈天想骂人。

谈天把三十万现金取出来后一沓一沓地码在副驾位上,竟然码了半个座位。

谈天望着这一堆钱,一遍遍在心里默念:"老子有钱了!老子终于有钱了!"他想好了,他要每天随身带着这堆钱。没有钱的日子给了他太多的阴影。他每天看着这些钱,心里踏实,走路也不害怕。他要让这堆钱激励他赚更多的钱。

他开着车,放着音乐,心情非常爽,爽到了淋漓尽致。突然,他觉得背后的位置上坐着一个人。没错,这个人竟然是崔小婉!

"崔小婉,你好!

"崔小婉,你再也不用坐我的自行车屁股后面了。我也有豪车了,再也不委屈你了。我说过我一定能赚到钱,相信我了吧?我还会做更大的事,赚更多的钱!

"崔小婉,饮水思源,我得感谢你。你救过我的命,帮我还了债,让我获得了新生。你是我的恩人,贵人。没有你,不会有我的现在!

"崔小婉,你嫌弃了我,抛弃了我,伤害了我,但是,我永远得感激你!

"崔小婉,你现在把这些钱拿走,我说过,我会还你的钱,不但还本钱,还要给利息。我是一个知恩图报的男人!

"……"

谈天一边开着车,一边絮絮叨叨地跟崔小婉说着话。

直到前面一辆警车鸣笛而过,他这才清醒过来,转过头去一看,后座位上空无一人。他立即明白自己出现了幻觉,于是,将车停在道边，再也抑制不住自己的情感，号啕大哭了起来；哭完后，又哈哈大笑起来。这一哭一笑，总算使他心里舒服了一些。他抹了抹眼睛，知道自己这样很失态，感觉自己这是典型的暴发户人格。但是无所谓，反正没有人看到。

谈天开着豪华奔驰回到文明西街的公司楼下，车刚停住，物业保安走了过来，向他挥了挥手。谈天明白他是说这里不能停车。谈天把车窗打开，保安睁大眼睛惊奇地看着谈天，他无法相信这个昨天还骑着自行车的穷小子怎么开了一台豪车回来。谈天递给保安一支烟，保安"啪"地给他敬了一个礼。

保安嗫嚅了半天，指了指另一边的自行车棚，问："大哥，你那自行车还要不要？"谈天问他什么意思，保安说："你都开奔驰了，那辆自行车就送给我呗，我想沾点好运。"谈天哈哈一笑，摇了摇头，说："我得把它供起来。"是的，谈天想过了，他得把那自行车供起来。他跟它太有感情了，它见证了他的奋斗与拼搏，苦难与艰辛，更为重要的是，那辆车后座还坐过崔小婉。他想好了，他要把它清洗干净，然后当成一件艺术品，悬挂在公司墙壁上，每天都能看着它。

谈天把车停好，走进公司，电话座机响了。

"谈哥。"电话里传来一个很熟悉的声音，他却一下子又想不起是谁。

"我是张小雪。"

"天哪，你在哪里？"

张小雪告诉他，因为家里发生变故，所以回了一趟北方。谈天说："我以为你也嫌贫爱富，逃跑了。"张小雪在那边咯咯咯地笑起来，说："我才是个穷人。至少你还有个电话机，我却在打路边公用电话呢。我一个穷人会嫌弃你这个富人吗？"

张小雪那次跟他分别后一晃也是两个月没了音讯。谈天偶尔会想起她，但是也会对她感觉到愧疚，因为他把她认错了，当成了崔小婉。任何女孩都不会允许这种情况的发生，这是她们自尊的底线。张小雪离开他后，他预感张小雪一定会回来。而对于崔小婉，谈天却没有这种预感，他觉得她就如泥牛入海再也不会回来了。谈天问张小雪："你现在在哪里？"张小雪说："我刚回岛城，在东湖人才墙这边找工作呢。"谈天想了想，说："要不，你就到我公司来上班吧。"张小雪问："是真的吗？"谈天点了点头，说："当然是真的。"

张小雪笑问："我能做什么呢？"谈天说："你是学财务的，就来做我的财务吧，我缺一个管钱的。"这些日子，谈天一直在思考，公司走正规化运作，才能做大做强。张小雪咯咯地在那边笑，"看来你赚了钱了。需要有专门的人管了。"谈天也哈哈一笑，说："钱不重要，我这个人更重要，需要有人管一下。"

谈天与张小雪迅速走到一起。

这是最为典型的闯海人的爱情。来得快，去得也快；聚也匆匆，散也匆匆。闯海的人们都已经习惯了这种快餐式的爱情。后来，人们评价闯海人的爱情，大多能够理解。那是一个无法安定的时代，大家背井离乡来到这儿，天涯海角的惶恐与举目无亲的孤独占据了他们的心灵，他们总会在最短的时间以最快的速度找到慰藉心灵的那个人。

打完电话，他去东湖路接了张小雪。

两人驱车去白沙门海边新开业的两层楼"爱琴海印象"吃饭。路上，谈天打了个电话给杨监理，叫他过来一起吃饭。

杨监理穿着一件花格子衬衫，握着"大哥大"，开着皮卡过来了。

谈天向杨监理介绍张小雪，道："这是新招的财务部主管，叫张主管吧。"杨监理立马上前，伸出手来，叫了声张主管好。张小雪有点紧张，有些羞涩，礼节性地握了握手，道："别叫主管，就叫姐吧。"杨监理一乐，说："姐我就不能叫了，因为你不一定比我大。"谈天哈哈一笑，道："不行就叫老板娘吧。"张小雪与杨监理两人都愣了一下，杨监理机灵，赶紧附和道："叫老板娘比较踏实。"张小雪脸红红的，瞪了谈天一眼，说："老板嘴里吐不出象牙。"

三人坐下，谈天点了几个菜，要了两瓶啤酒。三人一边喝酒一边聊天，杨监理问谈天："门口停的是你的新车吗？"谈天笑了笑，杨监理啧啧赞叹："这个车牛X，这才是真正的老板派头！"张小雪说杨监理一张口就是海岛人的腔调。杨监理争辩说："我也不是真正的海岛人，我老家在广东。"谈天问，"你怎么成了广东人了？"杨监理说："我爷爷是解放海岛那年从海那边打过来的，海岛解放后，部队全部留在原地，编成了农垦兵团，也就是现在的农场。我就是农场子弟。"

谈天一下子就想起了崔小婉爷爷的事情。

"我有一个朋友，她爷爷也是解放海岛的英雄。贵州人，名叫崔世光。那次大海战后生死不明。你是农垦子弟，又经常在外面跑，关系多，帮我打听一下。老人现在活着的话，应该有七十多岁了。"

谈天看到张小雪的脸色往下一沉。他想起他跟张小雪说过崔小婉爷爷的事情。

但杨监理并没有注意他俩脸上的变化，一个劲儿地点头，说："我们农场有好多解放海岛的退伍兵，我去打听打听，说不定有认识的呢，应该能找到。"

谈天点了点头。

张小雪借口上洗手间出去了。

杨监理说："表哥这几天特别烦心。"谈天问："怎么了？"杨监理说："表哥正在闹离婚。"谈天问："为什么？"杨监理俯在他耳边低声说："表哥在外边养了个小老婆。"谈天一惊。杨监理说："表哥是独苗，三代单传。表嫂生了一个女儿，因为害怕违反计划生育，不敢生第二胎。所以，表哥就在外面偷偷养了个老二，想给他生个儿子。"

"你怎么知道的？"

"表嫂在家闹得厉害，家里人告诉我的。"

"你可不能跟第二个人说这事。"谈天严肃地告诉杨监理。

杨监理说："不会说了。"

谈天无意中知道这事后，心里更加有把握了，他想表哥如果真的养了"二奶"，一定非常需要钱。这真是天赐的机缘。

吃完饭，谈天给杨监理拿了一条烟。杨监理不停地在张小雪面前说谈哥就是讲究，谈哥最够哥们。

回公司的路上，张小雪坐在副驾位上，一句话也不说。谈天说些笑话去逗她，张小雪沉着脸。"你还是忘不掉她吧，还要帮她找爷爷？"她望着车窗外一晃而过的路灯自言自语。

谈天哈哈大笑，说："你真是个醋坛子。我找她爷爷，跟她没有任何关系。她爷爷是个英雄，我对英雄有一种强烈的好奇心，也算是崇拜心吧，所以，我想我有机会的话，一定要会一会这位老英雄，就这么简单。再说，崔小婉是死是活，人在哪里，我都不知道，你吃她的醋还有意思吗？"

张小雪没有说话了。两人一路默默无言，回到了公司。

"今晚就住这边吧。"谈天问。

张小雪没有说话。"如果某一天她回来找你，你会跟她和好吗？"张小雪一脸认真地问。

"那取决于你跟我的未来。如果我俩成了夫妻，她回来找我也没用了。"谈天微笑道。

张小雪这才眉头舒展，脸上有些娇羞，说："哼，我谅她也抢不走你！"

"快过年了,"张小雪问,"你准备如何过年?"

谈天一愣,时间过得好快,竟然一年就要过去了。窗口吹进一股冷冷的夜风,谈天感觉一股寒意浸入全身,他关掉窗户,顺手一把抱住了张小雪,说:"我们一起过年吧!"

30

崔小婉长这么大，从来没有在外面过过年。年关临近，她特别想念阿娘。崔小婉本来准备回家过年的，阿娘也盼望着她能回家。但是，王一民工作繁忙请不了假，她已怀有八个月的身孕，路途遥远，不敢一个人冒险。她无奈地对阿娘说："等我生了吧，带着孩子一起回去看您。"

王一民打电话告诉崔小婉，工作太忙，只能在大年三十晚上才能赶回深圳，初二晚上就得返回岛城。他说已订好了酒店，带崔小婉去酒店过年。崔小婉倒也没说什么，她腆着大肚子，哪里过年都不重要，只要有人陪在身边。她一个人害怕。

那个年，过得冷清。大年三十傍晚，李阿姨把团圆饺子煮好后，便回乡下过年去了。别墅里就只剩下崔小婉一个人，她抱着个抱枕，坐在电视机前，一边吃着饺子看着春晚，一边等待王一民。晚会结束的时候，外面鞭炮声此起彼伏，房子里却异常冷清。那一刻，她感觉到了孤独与辛酸，再一次感觉到这不是她想要的家，更不是她想要的生活。她想起那句古诗："门前冷落鞍马稀，老大嫁作商人妇。商人重利轻别离，前月浮梁买茶去。"她感觉自己还不如古时的那个商人妇，至少人家是明媒正娶嫁过去的，她连嫁都算不上。想着不由得悲从心来，禁不住哭了。

春晚结束的时候，王一民才风尘仆仆地走进了别墅。他放下行李，抱起蜷缩在沙发里啜泣的崔小婉，"对不起对不起……"他嗫嚅着，满眼歉疚与心疼。崔小婉看着王一民，竟也释怀了。她抹了下眼泪，笑了笑，说："没事，就是有些伤感而已。"

酒店为过年住宿的客人安排了丰富多彩的节目，加上王一民精心的照顾与侍候，崔小婉的心情倒也舒坦了许多。两人形影不离窝在酒店里，听着外面零落稀散的鞭炮声，哪也没去。

新年正月初二的下午，李阿姨来电话说已回了别墅。

王一民问："您这么早就回来了？"李阿姨说："我知道你晚上要回岛城，而崔小姐需要照顾，离不得人。"王一民一番感动，带着崔小婉回了别墅。李阿姨做了丰盛的晚餐，三人宛如一家人团圆，围坐桌边，有说有笑，气氛温馨。

饭后，王一民收拾行李，告别崔小婉，打车去了机场。

别墅里便又恢复了以往的冷清与宁静。

崔小婉静养待产的日子一日复一日，慵懒而又莫名空虚。

有天夜里，崔小婉做了一个古怪的梦。梦见一个白胡子爷爷走进了她的家里。老爷爷面容慈祥，手捻白须，笑呵呵地对她说，我带你去一个地方。崔小婉便跟着老爷爷去了一个小岛。那里，很多男男女女。岛上有一个很大的水塘，塘里开满粉白色的荷花，水里游着五颜六色的小金鱼。她走到塘边的一条小路上，路边生长着一片桉树林。她突然看见不远处有一个熟悉的背影，定睛一看，很像谈天。这令她有点诧异，双脚也不受控制地向那背影走去。树林变得越来越茂密，几乎隐没了小路。眨眼间背影就不见了。她猛一惊，转头，发现一直走在后面的老爷爷也不见了。她一下子就醒了。

醒来后的崔小婉百思不得其解，这是一个什么梦？怎么无缘无故做了一个这样的梦？

吃早餐的时候，她告诉了李阿姨。李阿姨想了想，笑着说："这是个好梦啊！荷花代表喜庆，金鱼代表丰收，白胡子老爷爷是送子神仙,男男女女代表凡间众生,小树林代表一路有福荫呢。"崔小婉觉得李阿姨不要做保姆了,完全可以去街上摆摊解梦。她不敢告诉李阿姨还看见了谈天的背影。她没想到他还是闯入她的梦境中。她突然觉得要把他忘掉是多么地难。这么长时间了,她没有退路,一直在与记忆做斗争,努力把那些往事格式化或者清零。

最美人间四月天,崔小婉住进了妇婴中心。

王一民请不了假,一切拜托给了李阿姨陪伴照顾。

疼痛在这个傍晚扑来,无边无际、翻江倒海、撕心裂肺。但是,她毕竟是山里出身的女孩,加上年轻,身体素质好,能够挺得住。凌晨时分,当她用尽最后一把力气,便感受到生命"嘎"的一下被撕成了两瓣——小生命"哇"的一声啼哭,划破了黎明的寂静。她胜利了。心里弥漫着喜悦、骄傲、激动、自豪与如释重负。站在旁边的李阿姨俯下身子,在她耳旁轻轻叫道:"是个男娃!"崔小婉满头大汗,苍白的脸上露出了世上最美丽动人的笑容。

李阿姨从产房里退了出来,迫不及待地打电话给王一民:"恭喜王先生啦,是个男娃!"

守了一个晚上电话的王一民半天没有说话,好一会儿才反应过来,嗫嚅道:"男孩……男孩……真好!"他叫李阿姨把电话递给崔小婉:"辛苦了,亲爱的……感谢……你。"他说完已是喜极而泣了。

护士将崔小婉推进飘荡着花香水果味的房间,拉开了厚重的窗帘。

窗外已是阳光明媚,小鸟歌唱。院子里,和风荡漾,九里香散发出阵阵清香。

崔小婉一晚的折腾,已是精疲力竭。她头脑昏沉,想睡,可是,却又睡不着。她想起应该把喜讯告诉给阿娘。

她拨通了电话,一个老人带着浓郁的家乡味懒散地问:"找谁呀？"

"我是村里的婉儿，麻烦您帮我叫一下我妈接电话。"

男人听说是婉儿，叫道："婉儿啊，我是你丁伯伯！"

"哦哦，丁伯伯好！"丁伯伯是她家邻居。她猜想丁伯伯是在等儿子从北京来电话。

"你好久没回来啦，前几天还听你妈说起你，知道你工作得不错呢。我这就去叫你妈来接电话，你过一会儿打过来吧。"

崔小婉说了声"谢谢丁伯伯"放下了手机。

李阿姨端来一碗热腾腾的红枣鸡蛋汤，说："先喝一点，补下元气。"

崔小婉接过，对李阿姨说："辛苦阿姨了。"

喝完汤，崔小婉把电话打了回去。阿娘接了电话，很急迫地问："你怎么样了啊？"

崔小婉说："挺好的。您添了个胖孙子。"

阿娘一听，开心大笑，说："太好了，太好了！"阿娘问，"他们家人对你照顾得还好吧？"

崔小婉说："挺好的，您就放心吧，我先给您报个喜，到时候再带孙子回家看您。"

阿娘在那边继续开心地笑。阿娘的笑声让崔小婉的心里充满了歉疚与心疼，"好了，我就不跟您聊了，我要睡会儿。"崔小婉说。

阿娘叮嘱道："你要好好的啊，有事就打电话回来啊。"崔小婉道："会的，会的，阿娘不要担心我，你要照顾好自己。"

崔小婉放下电话，护士将新生婴儿抱进了房间。

"让他躺在你的身边，你可以把乳头让他含着了。"护士一边说着一边把婴儿放在她的身边，然后，伸手要帮她解开衣扣。她感觉到一缕羞涩，说："我自己来。"然后，有些迟疑地、不太情愿地解开了扣子。当她把丰满的乳房完整地裸露出来并贴近婴儿粉嫩皱巴的小脸时,幸福的母爱如电流一般传遍了她身体的每个关节每寸肌肤每个毛孔。那张小脸触碰着磨蹭着她的乳房,微张的小嘴本能地嘟起似乎在寻找什么。她立即明白,便迫不及待地把乳头送进了他的嘴里。当他开始笨拙地吸吮时,她觉得一切不可思议,一切如梦幻般太不真实。她看着他,心里一遍一遍地问:"这是我身上掉下的肉?他是我的儿子?我真的做妈妈了?当她将这些问题一个一个自答完毕,她的心态也瞬间进入了一位母亲的模式——她凝视着他,宛如凝视自己的生命,眼睛一分一秒再也离不开了。这真是非常奇特的变化。她想。

王一民第二天赶回了深圳。

他站在床边,伸出手来轻轻地抚摸着崔小婉的额头,嘴里默默地念叨:"太感谢你了……太感谢你了。"孩子安静地睡在崔小婉的怀里,王一民情不自禁地伸出指头轻轻地摸了摸孩子的小脸,像豆腐一般,吹弹即破的感觉。他眼里有一些幸福的湿润。

崔小婉睁开疲惫的眼睛,看了看他,说:"给孩子取个名字吧。"

王一民点了点头:"我想好了。他是显字辈,又是我们家这一辈的唯一男孩,就叫他王显男吧。"崔小婉摇了摇头,说:"太土气了。"她说,"还不如就叫海男。"王一民问:"是大海的海,男孩的男吗?"崔小婉点了点头。王一民一听,巴掌一拍,笑道:"这名字好,简单朴素,还有纪念意义,大海里出生的男孩,能经得起风浪。"

谢方一带着夫人也过来看望。谢夫人看着崔小婉怀里的海男,道:"太可爱了,太可爱了!"她笑着叫着,还要脸对脸地去贴一下小家伙,谢方一说:"你呀,动静别太大,孩子害怕。"谢夫人便对崔小婉说,"等你满月了,我带你娘俩出去玩,深圳好玩的地方多着呢,你没去玩过吧?"崔小婉在心里觉得这女人有点叽喳烦人,但还是礼貌地点头表示谢意。

崔小婉在产后的第十天回到了别墅。

那个晚上，窗外一轮明月，院子十分静谧。房间里，鹅黄色落地窗帘静静垂挂。崔小婉侧身躺卧在宽大的羊绒绵床上，产后的虚弱还没有完全恢复。已经是夜里十点了，她似睡似醒，微闭着眼睛，脑海里却像过电影一般，无数片断在闪动和掠过：皎洁的月光，苍茫的大海、银色的沙滩、妖娆的椰树，和煦的微风……然后，一个影子掠过——她看得清清楚楚，那是谈天！正当她惊诧的时候，又一个影子闪过——她看清楚了，那是王一民……这两个人的影子在她的脑海里拉拉扯扯，纠缠不清，闪过来跳过去，闹腾不已。

海男酣睡在床前的小摇篮里，柔和的灯光照耀在他的脸上。他不时露出一个微笑，薄片式的嘴唇偶尔嗫嚅着，似乎在跟谁说话。李阿姨说，小孩子有前世记忆。崔小婉心想海男是带着快乐而来的，她要让他永远快乐下去。她侧过身子，凝视着海男的睡容。她突然有一种恐慌，她觉得这么小的人儿，把他慢慢养大，教他说话，教他走路，送他读书，陪他长大，然后，他离开她去外面的世界……她禁不住默默地流起泪来——她不知道这是对生命的感动，还是对未来的恐惧。

楼下客厅传来一串急促而轻微的脚步声。崔小婉知道李阿姨在客厅里面忙碌着清洁卫生。夜晚是如此的宁静，崔小婉甚至能够分辨出是李阿姨擦地板的声音还是抹桌子的声音。这声音缠绵不断，开始让崔小婉感觉到一些乏味与烦躁。明天天不亮了吗？为什么一定要在晚上把这些事情做完呢？她想叫李阿姨不要做了，早些休息。

崔小婉翻过来翻过去。一会儿侧着身，一会儿又仰卧着，一会翻过身趴着。每一种睡姿都无法让她入眠。她感觉到非常奇怪，她一向睡眠还好，但今晚怎么也睡不着。这是从来没有过的事情。她回想睡前吃过什么刺激性的东西导致失眠。她清楚地记得只喝了一杯牛奶。再往前一点，喝过一碗鲫鱼汤——这些日子，李阿姨为了让她补奶水，不停地给她喝乌鸡汤、鲫鱼汤之类。喝了些日子后，她感觉就像喝药一样难受。从昨天开始,她就不想吃东西了。今天整整一天,她只是喝了一碗鸡汤,吃了一小碗面。她没有想到的是,从这晚开始,差点要了她命的失眠缠绕住了她。

王一民一天准会从岛城打来两次电话。

王一民的电话不是问海男睡了吗?就是问海男吃了吗?崔小婉对这一点非常不满。她气愤道:"你就不能问问我好不好吗?"王一民一个劲儿地在那边赔礼道歉,说:"你和孩子都一样重要。"她觉得王一民这样说对她是一种伤害,她认为孩子固然重要,但是她为孩子受了这么多苦,所以理直气壮地认为自己比孩子更重要。王一民马上笑道:"你真的是个孩子呵。"

连续的失眠,使崔小婉严重睡眠不足。她变得越来越焦虑、烦躁、多愁善感。即便外面的一缕风声,或者汽车的一声鸣笛,都会让她产生莫名的敏感与不安,随即心情坏到极点,情绪低落到不堪。

周五傍晚,王一民回来了。

海男在摇篮里睡着了,崔小婉提出到院子里走一走,透透气。

很多日子没有出门了,她感觉到无比的窒息与压抑。

王一民有所推辞地说:"坐月子最好不要出去,以免吹风感冒什么的。"没想到这一句话竟然又一次成为导火索,引爆了崔小婉。崔小婉气愤地叫道:"你知道我现在像什么吗?我现在就是你养着的一只金丝鸟!你知道我在想什么吗?你知道我要什么吗?"崔小婉的声音有些歇斯底里,一点点拉高,"你不知道,你什么都不知道!你只知道周五回来周日回去,你只知道每天打两个电话问儿子吃没喝没,你的心里根本没有我!"愤怒使她的脸有些扭曲,王一民感觉到,现在的她与以前判若两人。

静谧而空旷的客厅,崔小婉的哭声显得尖锐而刺耳。王一民知道,她心里的积郁、压抑与怨愤,如果不发泄和释放出来,事情会变得更加糟糕,甚至可能患上产后抑郁症。

母子连心。海男在摇篮里被崔小婉的哭声惊醒,"哇"的一声也大哭起来。

这一大一小的啼哭声,让王一民几乎崩溃,差点魂飞魄散。王一民一手紧紧地抱着崔小婉,另一只手轻轻推动着摇篮。崔小婉终于控制住情绪,只是偶尔发出一声低低的啜泣,海男也慢慢地又回到了他小小的梦乡。

31

杨监理拿着一份当日的《岛城日报》,兴冲冲走进谈天的办公室,"表哥要荣升了!"他扬着手中的报纸对谈天叫道。

谈天从座位上一跃而起,抢过报纸,一眼瞅见报纸的右上方,"任免公示"四个黑体字。王局长的名字赫然在目,拟任职为岛城市人民政府副市长。

谈天立马打电话给王局长。电话是忙音。他清楚,这个时候,王局长正在接听祝贺的电话。等了一会儿,再拨过去,通了。"表哥,祝贺荣升啊!"王局长在那边"呵呵"笑了笑,说:"感谢组织的栽培和信任。"谈天立即明白王局长这是在办公室里打官腔,说:"您这是众望所……"归字还没说道完,那边电话就挂了。

谈天开始习惯王局长掐头去尾的挂电话,这就是升官的模式。理解他,他忙到没办法跟你多说一句。谈天放下电话,望着杨监理无奈地笑了笑,摇了摇头。

杨监理问:"我们要不要请表哥吃个饭祝贺一下?"谈天想了想,说:"可以,但现在不是时候。过完公示期吧。"平心而论,王局长升迁,谈天确实高兴。与其说是为王局长高兴,不如说他是为自己跟对了人而庆幸。他知道,随着王局长的升迁,他的生意也会如芝麻开花节节高。

令谈天不理解的是,第二天,他和王局长就联系不上了。每次打电话给他,传过来的不是关机就是忙音。谈天感觉到很奇怪,他问杨监理，杨监理也说跟表哥联系不上了。后来，谈天听混仕途的兄弟说，官员升到一定级别，基本上会停掉原来的通信联络设备。说白了，就是与过去的圈子告别，重新建立圈子。那些日子，谈天惆怅而郁闷，惆怅的是不知王局长会否将他拉入新圈子，郁闷的是好不容易建立起的关系，说断就断了。从那以后，谈天只能通过报纸电视偶尔了解到表哥的行踪。

有一天夜里十点左右，谈天与张小雪刚刚睡下，放在床头柜上的谈天的手机一阵低鸣。张小雪问这么晚还有哪个狐狸精找你？谈天起身拿起手机，是一个陌生号码发来的信息："我是表哥，打这个电话，有事找你。"

谈天从床上一跃而起，走到窗户前去打电话。张小雪问："谁呀？"谈天压低声音说："表哥！"他站在窗户前，拨通了那个电话。里面传来王局长的声音："你现在到白公馆1号来，带两万块钱，有急事。"谈天嗯了一声，那边电话挂掉了。谈天对张小雪说："你拿两万块钱给我。"张小雪莫名其妙地望着谈天，谈天说："快点，有急事。"张小雪便不再说什么，从保险箱的备用金里取出两万元放入谈天的双肩包。谈天想了想，说："多拿点。"张小雪便又加了一万。谈天走出公司，开上大门边上的奔驰，火急火燎地赶往白公馆1号。

谈天赶到那地方，便看到一辆小车停在路边。王局长在驾驶窗向他招了一下手。谈天把车停下，跑了过去。王局长说："有一件比较棘手的事情，你去办一下。"谈天点了点头，说："请表哥吩咐。"

王局长便附在谈天耳朵边上说："我老婆发神经从县里上来了，在107国道上跟人撞了车，我不便露面，你赶紧去帮她解决。告诉她：第一，我不在岛城，叫她赶紧回去；第二，赔偿对方，不能报警。"

谈天马上赶往107国道。

谈天赶到事故现场时，已是夜里十一点。事情并不复杂，局长夫人开车进城,追尾了前面一辆小车。追尾并不厉害,剐破了点油漆。局长夫人诚恳同意做一些赔偿,但是,对方看出她开的是一辆"黑车",便讹诈她两万块,否则要报警,把事情搞大。

八十年代中后期,海岛发生了一起影响全国的汽车走私大案。一夜之间,岛内诸多市县遍地都是走私汽车。到了九十年代初,下面市县的走私汽车仍然在公路上跑。但是,岛城管控严厉,对于这类走私汽车见一辆扣一辆,还要抓驾驶人问责。局长夫人深夜开着一辆走私车来闯岛城,本来就是冒险,没想到还没进城便发生了交通事故。如果报案,岛城交警赶到,扣车抓人不说,要命的是,局长夫人的身份自然会影响到局长的升职公示。谈天明白了王局长半夜叫他处理此事的重要性与急迫性。

谈天走过去把对方叫到一边,说:"这样吧,都不耽误时间,现在就解决。"对方口气强硬,说:"两万块走人!"谈天二话不说,从双肩包里掏出两万递给了对方。对方拿到钱立即开车走了。

局长夫人抹着泪说:"他们这是明显敲诈……那个死鬼要是肯过来,完全可以把他们抓起来。"谈天解释道:"局长去外地开会了,不在岛城,您回去吧。"

局长夫人不愿意回去,还是要进城,哭着说:"这个死鬼,两个月没回家了,上个月还捎信说要离婚。他肯定外面有了野女人,我就是半夜过来捉奸的。"谈天哭笑不得,安慰她:"嫂子你想多了,局长真是日理万机,忙得不得了。你应该知道他是个清官,他住的地方我也去过,简直就是家徒四壁,生活简朴得让人心酸,哪有什么野女人。"

局长夫人说:"我就搞不明白,别人当官,家里都有钱;而他当官,我们家穷得叮当响。我就怀疑他把钱给了外面的野女人。再说,我要上班,又要照顾女儿,他怎么会忙到不回家呢?"谈天问她:"你知不知道局长现在是公示期?"局长夫人点了点头说:"当然知道。"谈天说:"既然知道,您还这样闹腾,这对他的升迁会有影响呀。"谈天说着从包里掏出另外一万递给她,她哭哭啼啼,不好意思接钱,谈天说:"我是局长的兄弟,大哥的事就是我的事,您先把钱接了,以后有困难您找我。"谈天掏出一张纸,给局长夫人写了个手机号。局长夫人抹了抹眼睛,接了钱与纸条,对谈天道了谢,爬上车,掉头回了县城。

回城的路上,谈天给王局长发了一个信息:事已办妥,请放心。王局长回复:谢谢好兄弟。谈天心里明白,王局长深夜叫他处理这种家事,是对他万分信任了;而且,第一次称呼他为好兄弟,绝对不把他当圈外人了。

大约半个月后的一天傍晚,已正式任职的王副市长给谈天手机发来一条短信:找个安静的地方坐坐。

谈天立马找了家僻静的咖啡厅,要了个包厢。一会儿,王副市长来了,径直走进包厢。谈天问:"吃点什么?"王副市长说:"点两份套餐就行了。"谈天有点过意不去,要炒几个菜喝点酒。王副市长说:"不要,没时间跟你喝酒,谈点正事我就走。"

两人一边吃着套餐,一边交谈起来。

王副市长说:"有个信息透露给你,三环大道扩建工程即将启动,整个工程将向社会招标。"他看了看谈天,问,"你懂我的意思吗?"谈天点了点头说:"我懂。"王副市长微笑道:"那你说说想法吧。"谈天若有所思,说:"我去找几家路桥公司,一起来投标。"王副市长点了点头,道:"记住,一定要有资质的,一定要靠谱的,一定要有可行预算案的。"王副市长一口气说了三个"一定"。谈天点了点头,说:"我记住了。"

"有一家关键公司,你要注意。"王副市长提醒道。

谈天有点蒙,问:"哪家公司?"

王副市长低声道："岛城路桥公司，国资，竞争力大，不过，他们目前正在修建南城大道、东城大道、世纪大道，应该腾不出手来竞标这个工程。"

谈天愣了一下，点了点头。

王副市长道："再说，比起他们手里的任何一个项目，这三环扩建都不算大项目，所以，他们也许不会参与进来。"

谈天问："有什么办法阻止吗？"

王副市长沉吟一下，说："他们老总姓刘，到时候我把他的电话给你。你亲自去找他谈谈。"王副市长对谈天眨了几下眼睛。

谈天点头，道："明白，我去办。"

王副市长喝了口水，拾起一张纸巾擦了擦嘴，说了声"我得走了"，便起身走出了包厢。

谈天的车跟在王副市长的车后。

路灯映照一棵棵榕树在车窗外一晃而过。海岛上遍地生长着这些榕树。榕树长大后便生出无数的气根，气根快速地往土地上伸张，刺入土地，攫取营养，然后发芽生根，茁壮成长，成为另一棵大榕树。谈天曾经看到有棵大榕树的气根从两丈多高的树干上垂下来，扎到地下，多达几十根，粗细不等，简直成了一架巨大的竖琴。"一木成林"，就是形容这类榕树的。谈天想，如果王副市长是棵大榕树，他一定会成为一棵依傍着他的气根，他自信能够快速地成为一棵大树！

32

谈天带着张小雪和杨监理一起忙着投标的事情。

他们与三家有资质的公司谈判非常顺利。在岛城，许多有资质的公司一年到头根本拿不到项目，所以巴不得你用他们的营业执照去投标。他们从中收取一定比率的管理费就行，也算是既省事又躺赚。张小雪和杨监理充分发挥谈判能力，将三家公司的管理费谈到全市最低。

谈天请来预算师，对项目做了工程预算。预算师笑了笑，道："这个工程下来，谈老板成为岛城千万富翁不是梦。"谈天斜睨了他一眼，眉开眼笑，心高气傲地问："我的梦想就那么小吗？"

谈天记住了王副市长提醒的岛城路桥公司。

他很快找到路桥公司刘总的电话。当谈天报出名姓，刘总便说久仰大名，幸会幸会。谈天有点莫名其妙受宠若惊。两人在电话里一番寒暄，约在福山咖啡见个面。

包间里，谈天开诚布公地说了他的公司想参与三环大道修建工程的投标。刘总笑了笑，点了点头，道："早听说了。"

谈天猜测应该是王副市长跟他有过交流。既然如此，谈天便一脸诚恳，直接明了地说："请刘总关照。"

刘总端着咖啡杯，轻轻啜了一口，道："既然如此，你放心做吧。"

谈天喜出望外，一切都在不言中。

两人喝完咖啡，便结束了见面。

在停车场，谈天见四下无人，从副驾位上取出一只鼓起的提包，快步走向刘总的车后，拉开箱盖，将提包放了进去。刘总从后视镜里扫了一眼，笑了下，启动车，车屁股"轰"的一声，飙向阑珊的夜色之中。

一个星期后，所有投标文件制作完成。谈天毕竟是做广告公司出身，所以，无论是投标文件的封面，还是内页里的内容，设计排版都漂亮大方。同一文件，封面标题以及内容上做了些改动，制作了三份，署上三家建筑公司的大名，便意味着是三家公司的投标书。按照规定，提交到了市政工程指挥部办公室。

几天后，竞标会如期在市政厅举行。

毫无悬念，谈天公司一举中标。谈天再一次感悟，不是人找钱，是钱找人。他想，这样的成功案例至少可以写入岛城大学商业教科书中去吧？

紧锣密鼓筹备后，盛大的开工仪式便在一阵锣鼓鞭炮声中举行。

王副市长作为主管市领导带着一位林姓秘书出席了开工仪式。

仪式开始之前，林秘书一手提着公文包，一手端着王副市长的专用保温杯，一个箭步走上主席台，只见他把保温杯放在王副市长座牌前，又很麻利地从公文包里取出发言稿摆放在保温杯左边，接着，摇了一下座椅，检查了是否牢靠，这才退回主席台侧边。一切准备就绪，王副市长一行领导在热烈的掌声中走上了主席台各就各位，主持人宣布有请尊敬的王副市长致开幕辞。王副市长抿了一口茶水，打开桌上的发言稿，清了下嗓子，开始了致辞。

他说："随着岛城城市发展，三环大道已经不能满足城市发展的需要，也不能满足岛城人民的交通需求，所以，三环大道的扩建工程是岛城重要的市政建设，也是岛城的重点惠民工程。希望建设者们不辜负政府的嘱托，不辜负人民的期望，以一万年太久、只争朝夕的精神，早日将三环大道建成通车！"掌声夹着欢呼声响起。

王副市长又清了清嗓子，声音更加激昂："在此，我还要告诉大家一个振奋人心的消息，因三环大道紧邻我们的大清官海瑞故居，经市政府研究决定，将三环大道改名为海瑞大道！这将是一条清正的大道！廉洁的大道！康庄的大道！"

全场掌声雷动，鞭炮齐鸣，经久不息。

谈天作为建设方代表讲话。他有些拘谨，但是，努力地让自己平静下来，说："能够参与市政重点工程的建设，是我们莫大的荣幸。我们要撸起袖子，鼓足干劲，高速、高效、高质地建好海瑞大道。请市政府放心，请岛城百姓安心。"

王副市长非常满意谈天的发言，带头鼓起了掌，掌声锣鼓声鞭炮声再度响彻云霄。谈天站在王副市长边上，脸上笑出一朵灿烂的花。他仿佛觉得，那阵阵锣鼓声，是财富向他走来的脚步声；那串串鞭炮声，是一摞摞钞票的点数声。

随即，谈天陪同王副市长巡视了修筑工地。他们首先感受到的是一片热闹嘈杂的声音——各种机器、车辆、工具和工人们的叫喊声交织在一起，形成一个传播度极其高远的声音世界。筑路工人们是最引人注目的：他们统一的工作服在阳光照耀下闪闪发光，他们黝黑的面容和强壮的肢体显示着力量与决心。整个工地充满艰辛、紧张、高效与活力的氛围。谈天不免在心里再一次感谢杨监理的工作很得力，高效圆满地组建了这支兵强马壮的筑路队伍。

场地的另一边，火花四射。一些技术工人正在焊接一个钢筋结构，他们的动作非常小心而缓慢。王副市长指着那钢结构说："那是修筑道路的支撑基础，对于道路的坚固至关重要，就如建楼房要打好地基一样，不能有半点马虎。"谈天说："王副市长真不愧是专家级的领导，一眼就看得出门道。"

王副市长很满意且严肃地说："一定要搞好安全生产。"

谈天点了点头。

王副市长望了望他，叮嘱谈天道："严把质量关，不要搞出豆腐渣工程。"

谈天一脸郑重状，言辞坚定地说："请王副市长放心，绝不会给王副市长丢脸。"

巡视完工地，谈天邀请王副市长去工地办公室休息一会儿，顺便参加开工午宴。林秘书在王副市长耳边低语了一会儿，王副市长点了点头，向谈天告辞，说，得先走，还有一个奠基仪式在等着他参加。

王副市长走后，谈天对杨监理说："我也不能参加午宴了，我得去一个地方办件事。你代我敬兄弟们一杯酒。"

谈天要去的地方是东湖人才信息墙。

昨天晚上，他跟几位闯海兄弟喝酒。闲聊时，有兄弟说东湖人才信息墙将在今天下午六点前被拆掉。一位叫李庆的闯海人说，东湖人才墙拆掉真可惜，它可不是一面普通平常的墙，它的影响力真不亚于报纸和电视，不但能帮你找到工作，还能帮你找到亲友。

找到亲友？谈天觉得有些不理解，李庆说，他在内地的一位失联多年的兄弟就因这面墙与他联系上的。谈天问怎么做到的？李庆说，有一天，一个记者的一幅图片报道里正好有他的求职启事，他那兄弟便按图索骥找到了他的联系电话——原来那面墙经常被岛内外媒体记者拍摄报道，所以，画面上的人才墙全世界都能看到。

李庆的话，使谈天立马想到了寻找英雄爷爷的事。"我也在寻找一个人。"谈天说。

李庆说："那你赶紧在墙上贴一个寻人启事试试看。明天一定会有很多记者在现场拍照。"

谈天回到家，连夜拟了寻人启事，到打印店打印了几份，又买了桶糨糊，打算多贴几张。

人才墙下人头攒动，确实有不少记者在拍照。

谈天把车停在路边一棵椰子树下，提着一桶糨糊，拿着那几份启事，挤入人流中。他的启事是 A4 纸，占位不大，但是必须找个显眼位置，尤其是方便拍照时能够清晰进入画面的位置。他找了一会儿，终于在一个"寻租挖土机"的启事边上找到了空位。他打开糨糊桶盖，把刷子插入桶里转了一圈，然后往墙上涂抹。

一个邋里邋遢的小伙子走过来问贴什么广告？谈天看了他一眼，认出他是长期在人才墙下出售信息的海岛人，谈天把一张 A4 纸"啪"地往涂抹了糨糊的地方贴了上去——

寻人启事

崔世光，贵州凯里人，1928 年出生，1949 年参加广西剿匪，1950 年 3 月参加渡海战役后失踪。贵州老家有亲人来寻，有知其下落或提供线索者，必重奖。联系电话 6534211，联系人谈天。

小伙子一个字一个字地读完启事，立马叫道："哇，这么巧，我们村里也有一个叫崔世光的老头，也是打渡海战的。"

谈天转过头去看了看他，不可置信地问："你不会是忽悠我吧？"小伙拍着胸脯说："放心，大哥，我绝对不骗你。我们小时候经常听大人说起他的事。"

谈天说："那你带我去一趟，我给你辛苦费。"小伙说："我就不去了，我把姓名地址提供给你。你自己去。"谈天知道他是卖信息的，问："多少信息费？"小伙子便竖起两根被烟熏的焦黄的指头说："20 块啦！"他一边说，一边从口袋里摸出一张皱巴巴的纸和一支脏乎乎的圆珠笔，歪歪扭扭地写着：崔世光，大坎坡三村 2 组。写完将纸条交给谈天。谈天二话没说，付了信息费。"你别骗我，否则，我回来找你麻烦。"谈天盯着他，目光犀利，语气坚硬。小伙说："错不了错不了！如果错了大哥你拍瓦底喽！"谈天听得懂"拍瓦底"，那是海岛话"打我死"的意思。

谈天立即驱车前往大坎坡。

这是一个离岛城三十多公里的渔村。

村路坎坷而崎岖,非常难走。幸亏是杨云峰的坐驾,抗造,德国奔驰在这种村路上"哼哧哼哧"了一个小时才到达。谈天走进村里便吓了一跳:这真是一个贫困的村庄,一幢幢茅草房子湮没在一棵棵参天古树的浓荫里;房子的墙壁几乎都是用火山石垒起的,显得低矮黝黑破旧;几头枯瘦的黄牛在村边田野里啃着草。

村里人都出去干活了,只剩下一些孤寡老人和一些留守儿童。谈天拿着纸条问村头榕树下坐着的几位老人,没人搞明白"崔世光"是谁。谈天说:"贵州的,参加过渡海战役。"有一位老人恍然大悟,一脸鄙夷地说:"什么崔世光,你找的是那个贵州佬逃兵崔癫子吧?他就住在村头前面那屋子里。"

"贵州佬、逃兵、崔癫子……"谈天听着心里"咯噔"了一下,有些难过。

谈天很快便找到了那幢房子——火山石墙壁上一个个小洞,透着光亮——据说,这些用火山石头垒砌的房子都会留出一些小洞,一可透光,二可通风;一张破烂的木门虚掩着。谈天推了推,门"吱呀"一声,开一条缝。幽暗的屋子里,摆着一张快散了架的木床。谈天一惊,床上躺着一个老头。他见谈天进来,便睁大一双黑洞似的眼睛看着谈天。谈天问:"您是崔世光吗?"老头一脸漠然,随即,显示一种痛苦的表情。谈天一愣:"您怎么啦?"老头不说话,眼睛继续黑洞似的盯着谈天。谈天问:"您是不是生病了?"老头点了点头。"这样吧,我送您去医院。"老头摇了摇头。谈天猜想老头没钱,不敢去医院。"没事,我给您付钱。"他走近老头,看得更清楚了一些——老头瘦得不成人形,腮帮和脖子上有很多褐斑,双手上是以前留下的伤疤；老头一脸青黑，喘息声沉重而又急促，似乎奄奄一息。谈天不由分说地把老头从床上抱出门，放进了车里，然后，一脚油门，跑了几公里，把老头送到了镇上医院。

医生说老头是哮喘发作。如果送来晚了，还真有生命危险。医生给老头打针输液，谈天在老头身边陪护了两个多小时。医生们认为谈天是个大孝子。谈天只笑不说，点了点头。老头恢复了一些体力后，谈天便把他送回了家。还特别在镇上给老头买了些生活用品与粮油食品。老头看着这个将他从死亡线上救回来的陌生年轻人，满眼都是感激的浊泪，说不出话来。

"听说你以前当过兵，对吗？"

老头点了点头。

"您还记得您是在哪个部队吗？"

老头摇了摇头，举起手，指了指脑袋。谈谈明白，他是说记忆力不行了，记不住了。

"那您打过仗吗？"

老头点了点头。

这个时候村长赶过来了。村长说："他是贵州人。叫崔世华，并不叫崔世光。他是国民党的逃兵，被炮火吓傻了，逃到村里的时候才十七岁。新中国成立后，就在村里落了户，三十多岁的时候跟村里一瞎子婆娘成亲，两人无儿无女。瞎子婆娘前年去世了。"

谈天问村长崔世华的身份有认定吗？村长说认定几十年了。

谈天哭笑不得，原来遇到了一个国军老兵。

村长走后，谈天就跟老兵聊起天来。也许是谈天的行为感动了他，他的脑袋一下子也清醒了，记忆也清晰了。虽然说话牙齿漏风，有点断断续续，但是谈天还是听得清清楚楚。

他告诉谈天，他十六岁被国民党抓壮丁。一年后来到海岛守防，不到三个月，解放军发起渡海战役。他说，白沙门战斗打响的时候，他们奉命增援白沙门。他愤愤地骂道:"狗日的蒋光头太坏了,明明知道打不赢,还逼着我们去打,不把我们当人看。"谈天一下子明白,他的傻是伪装的。

他说他身体瘦弱,生性胆小,握着枪的手一直发抖。班长便命令他负责运送弹药。他猫着腰,背着弹药箱在战壕里来回跑。他说他亲眼看到那些不要命的解放军一个劲儿地往海滩上冲,他更是吓得全身颤抖。

他说非常巧的是,解放军发起冲锋的时候,竟然有一个解放军老乡把他认出来了,一个劲儿地喊他的名字,他定睛一看,是同村的贵叔。贵叔不要命地往碉堡这边冲。他背着弹药,听着他的喊声,双腿抖得更加厉害。他看了看谈天,喘了一口气,继续说,解放军冲锋号吹响的时候,他早已经吓破胆了,恰好有一条战壕通向后面的树林子。他便把身上的弹药一丢,撒腿往树林子里面跑。他在树林子里躲藏了一个晚上,第二天上午,解放军攻下了白沙门。他也很快被解放军捉住。但是,他装疯卖傻欺骗解放军放了他。因为无家可归,他便流浪到了这个村里。这里的老百姓很善良,收留了装疯卖傻的他。他活了下来,一直活到了现在。

他说他经常梦见那些死去的解放军,拿着刺刀追他。他一次次从梦里吓醒过来。他说:"我早就应该死了,可是我总是因为怕死而没死成。现在我老了,我还是怕死。结果,我还是活着,我自己都讨厌自己了啊。"他说着涕泪横流。

谈天给了他一些钱。他从床上滚下地,跪在地上给谈天连连叩头。谈天心里特别难过,扶起他来,说:"我有时间会来看你的。"

谈天告别老头,回到公司时已是晚上。

张小雪已经睡了。

谈天洗漱一通后,躺在床上,却怎么也睡不着。眼前老是浮现那个老兵跪在地下向他叩头的样子。"我想出去走走。"他对张小雪说。

张小雪说:"你跑了一天,还不累啊?是不是还沉浸在开工的喜悦兴奋中?"谈天摇了摇头,说:"今天下午遇着一位老兵,我睡不着。"

"老兵?"

"一个国军老兵。"他告诉张小雪。

"他怎么了?"张小雪关切地问。

谈天没有回答。"我想去白沙门走走。"他对张小雪说。

张小雪没有说话。她已经习惯了谈天的癖好——无论是遇着好事还是坏事,他想去的地方总是白沙门。张小雪拿起一件风衣追上他,递给他。"海边风大。"她说。他接过大衣,对张小雪投去感激的一瞥,问:"你不想跟我一起去吗?"张小雪摇了摇头,"我知道你想一个人,我就不烦你了。"张小雪话不多,但是,她的心是细腻的,眼睛是敏锐的。她能从他的脸上与眼神里,了解他的心事,而且八九不离十——她从谈天的神色里看出了胜利者的落寞与迷惘。

白沙门。

没有月亮,云层低垂,但是,水天间并不黑暗。天光光,海茫茫,有些湿冷的风往谈天的脖子与风衣袖子里钻。大海并不全是蓝色,随着时间、光线、云层、季节的变化,大海的颜色也会有变化。有时候是红色,有时候是酱紫色,有时候是绿色,有时候是灰色,有时候竟然是黑色。大海甚至会随着人的心情而变化:当你心情愉悦时,它可能是一片蔚蓝;当你心情忧郁时,它可能是一片灰蒙。

谈天来到那块岩石边,没有看到垂钓的老人。抬眼远望,不远处的海堤上,有一束射灯从一尊高大的建筑打向天空。谈天猛然想起,前些日子,报纸电视宣传报道过白沙门海堤建立了一座渡海英雄纪念碑。他决定去看看那碑,在碑下坐坐。于是向它走过去。夜光里,高大巍峨的大理石纪念碑正散发出晶莹凛冽的光芒。碑顶上,雕刻着一群栩栩如生的年轻英俊的渡海战士,他们手里紧握钢枪,眼里射出正义之光。谈天仰望着这气势磅礴的英雄群像,内心无比震撼。突然,他觉得每一位战士的面孔都那么熟悉,他甚至还认出了哪一个是崔世光,哪一个是垂钓老人……

"崔世光一定活着。"他对自己说。

他在纪念碑下坐了很久,直到星沉日出,才起身回家。

"即便上天入地,我也要把英雄找到!"谈天一路上默念着。

33

院门外响起汽车喇叭声,李阿姨透过门洞,看到一辆黑色奔驰小轿车停在大门前。她以为是谢教授来访,便打开了院门。奔驰车就静悄悄地驶进了院子,刚一停稳,从车上走下来一个提着一只密码箱的西装革履的男人。

男人走进别墅,客气地问:"这是王一民先生的家吗?"

崔小婉问:"您是哪位?"

客人说:"我是受王先生朋友委托而来。如果没认错的话,您就是王夫人啦!"

崔小婉脸上飞过一片红云,点了点头。

崔小婉把客人迎进屋。李阿姨给客人沏了一杯热茶。客人喝了两口,便将手中密码箱交给崔小婉。崔小婉问:"箱子里装的是什么?"那人只是笑了笑没有说话。崔小婉觉得这有点像地下工作者的接头,便说:"你不打开箱子,我怎么敢接受呀?"那人看了看崔小婉,一脸诚恳地说:"我是受托来表达心意。"说完,很有内涵地笑了笑。崔小婉也不知说什么好,对他回报了一个不自然的笑。那人喝了两口茶水,便起身告辞了。

那人走后,崔小婉还是好奇地把箱子打开了——整箱百元钞票,令崔小婉目瞪口呆。崔小婉赶紧把密码箱关上。王一民到底是做什么的?怎么经常有人给他送钱?而且,还送这么多钱?崔小婉无论如何不相信王一民只是一个公司老板。这些问题在她脑海里旋转。

午饭的时候，王一民打电话过来，声音有回音，似乎是在封闭的空间里打电话。他问崔小婉："我朋友是不是来过？"崔小婉说："是的，还送了一只密码箱。"王一民咳嗽了一下，声音有点低沉，说："你把箱子收好。"崔小婉说："好像里面有……"王一民在那边又重重地咳嗽了一下，说："你把它收好就行了。"然后电话挂了。

崔小婉问李阿姨："别人为什么对王先生那么好？"

李阿姨笑了笑，答："王先生对别人也好嘛。"

李阿姨脸上的那种奇怪的笑令崔小婉感到恐慌和困惑。她很多次觉得李阿姨的笑里隐藏着什么秘密，她总觉得大家都知道那个秘密，唯有她不知道，她感觉自己生活在一个无形的盲盒里。

崔小婉渴望挣脱这只盲盒。她觉得最好的办法是走出去。

崔小婉跟王一民聊过她的想法：她打算再过两个月，便把海男交给李阿姨帮带着，她要回学校完成学业。她憧憬学业完成后，便出去工作。她想应聘到一家国际网络科技公司，她相信自己一定能被录取并成为公司里的骨干。她说她的人生目标就是成为深圳IT界的一名高级白领。

王一民听了她的人生规划后哈哈大笑，"我们并不缺钱，你干吗要自找苦吃呢？"崔小婉看了看王一民，说："第一，我不是为了钱才去学习和工作；第二，我不可能永远被你养着，我总得自食其力吧。"王一民说："我很欣赏你热爱学习和独立自主的精神，但是，你已经是孩子妈了，我希望你还是以家为重。"

家？我有家吗？她本来想问的。但是，话到嘴边，打住了。话说多了，就没有意思了。

周五的晚上，王一民打电话回来，说航班延误，回到家里估计有点晚。

李阿姨把给王一民准备的晚餐放在保温柜里，便去休息了。崔小婉也带着海男上楼休息了。晚上十点多,王一民才回到家里。一身疲惫,没吃没喝,没有洗漱,歪倒在客厅里的沙发上便睡着了。十二点,崔小婉起床给海男喂奶,下到客厅,看见王一民在沙发上睡着了。她突然有点心疼这个男人了。她走回房间,扯了一条毛毯,盖在他的身上。然后坐在他的边上,静静地看着他。崔小婉看着酣睡中的王一民,看着他的胸脯在平稳地起伏,她突然困惑这胸脯下的那颗心灵到底隐藏着多少秘密。自从海男出生后,她似乎变得多疑与多虑了。这也许是一种成熟的表现——不知谁说过,让一个女人变得成熟的最好办法,是让她成为母亲。

这个时候王一民醒来了。他一眼看见坐在身边的崔小婉,便坐了起来。

"你干吗不进房休息?"她语气里有些责备。

他微微地笑了笑,说:"坐这里一会儿竟然睡着了。"

"知道你累。"她说。

面对她的关怀,他有些感动,握住她的手,"想不想听个好消息?"他问她。

崔小婉点了点头。

王一民沉吟了一下,露出一脸笑容,"我升职了!"他轻声地说道。

崔小婉一愣,"升什么职?"

王一民觉得自己说漏了嘴,然后,哈哈一笑,说:"我原来是总经理,现在升为副董事长了,不是升了一个级别吗?"

崔小婉说:"哦,那确实。要不,为你祝贺一下?"

她知道他还没有吃晚餐。于是,她去厨房,从保温柜里取出李阿姨给他准备好了的晚餐,端来沙发边上的茶几上。接着,去酒柜里取了一瓶红酒,拿了两只红酒杯,往杯里各倒了一些红酒,拿起一杯递给王一民,自己也端了一杯,说:"祝贺你的升职!"王一民端着杯,与崔小婉的酒杯轻轻碰了一下,抿了一小口,然后,有点动情地看着崔小婉,说:"这么长时间了,我只知道忙我的工作,对你的关心不够。我知道你是一个懂事的女子,来日方长,我只能在以后给予你更多的回报。"

崔小婉问:"你想用什么回报?"

王一民一时不知如何作答,崔上婉瞥了一眼那密码箱,问:"那是别人为祝贺你升职送的吧?"崔小婉盯着王一民问。

王一民瞬间脸红到脖子,吞吞吐吐地说:"也是……送给……你和海男……的。"

崔小婉摇了摇头。

"我一直等着你说实话。但是,你一直躲避真相。"

王一民有些困惑地看着崔小婉。

"你知道一个女人需要的是什么吗?"崔小婉问。

王一民说:"爱。"

崔小婉又摇了摇头,说:"不仅仅是爱。"

"那还要什么?"

"要真实,"崔小婉盯着王一民的眼睛说,"要安全。"

王一民耷拉着脑袋,显得有些难过,嗫语道:"我知道,我对你照顾不够;我知道,你没有安全感……"

崔小婉知道王一民又跑题了。他始终在装睡,喊不醒。她显得更加伤感,不愿意再说什么。她怕自己控制不了情绪而发作,于是,起身上楼回了房间。

王一民石化般地坐在沙发上。

崔小婉回到房间,坐在床边,静静地看着摇篮里正在酣睡的海男。

她看着那粉嫩小脸上甜甜的笑容,那嘟起的小嘴偶尔嚅动,那小巧的舌头津津有味地舔着嘴唇,似乎还在回味着母乳的芳香……她突然发现海男脸上荡漾出一片熟悉的光芒——那是遥远记忆中故人的面容！尤其是，他笑的时候，嘴角往上翘，像极了那个人的笑容；再细看，那微眯的眼睛上长长的睫毛，跟那个人也极度相似……

她愣在了那里——这令她胆战心惊！

好一会儿，她端起桌上的一杯凉白开，喝了一口——她想用凉水来清醒一下头脑，调整一下心态。她拍了拍胸口，呼出一口气，平复了一下心情。她告诫自己：不可胡思乱想，必须管住情绪。

王一民洗漱完，轻手轻脚上楼走进了崔小婉的房间，无言地坐在崔小婉身边，想拥抱她。

崔小婉推开他，说："有些累。"王一民便嬉皮笑脸地说："我帮你按摩一下？"崔小婉没有理睬他。王一民识趣道："那我回我的房间去。"说着起身走出了房间。海男出生后，因为怕吵到孩子，两人恢复到以前的分房状态。即便偶尔睡在一起，也是将海男的摇篮搬到另外一人的房间。

早上七点，李阿姨的早餐摆好在桌上了。

崔小婉若无其事地抱着孩子下了楼，王一民也像没事似的坐在餐桌边吃着早餐。李阿姨从崔小婉手里接过孩子细心地教孩子吃鸡蛋糕喝牛奶。崔小婉与王一民面对面地坐着吃早餐，两人都发现对方的眼圈是黑的。

一整天，他们没话可说。

晚饭后，两人如往常一样推着婴儿车上的海男，在小区里散起步来。两人仍然没有说话，表情安详，似乎没什么事情发生。在小区邻居们眼里，他们是和睦恩爱的一家人。

这样的宁静延续到周日的傍晚。

王一民提着公文包，准备动身去机场。他终于对崔小婉说了一句话："孩子再大一点，你就可以做自己喜欢做的事了。"崔小婉心里清楚，王一民到底还是屈服了。她仍然没有说话，只是对他笑了笑。

王一民走后，崔小婉抱着海男上了楼。

她来到露台上，给阿娘打了电话——心情郁闷时，她想听听阿娘的唠叨。

接电话的是村长。村长说："婉儿呀，这么晚了打电话，是想阿娘了吧？"崔小婉说："是呀，又要麻烦村长了。"村长说："没事。我这就去叫你阿娘。"

过了半小时，崔小婉打过去，阿娘接起电话便嚷着要听大孙子的声音。崔小婉把手机放在海男的嘴边，让海男叫外婆。海男咿呀学语，挥舞着胖胖的小手，嘴里"啊啊啊"一通乱喊。阿娘在那边早已笑得泪花四溅。"婉儿啊，阿娘没办法过去照顾你，你要理解阿娘。"崔小婉说："理解，不怪你。"阿娘问："今天你打电话来，是想阿娘了还是有什么话要跟阿娘说？"崔小婉一下听出了阿娘话里有话，顿了顿，说："生活有一点变故。"阿娘问："什么变故？"崔小婉说："我不想跟他结婚了。"阿娘语带疑惑，说："你们孩子都有了，还不赶紧办结婚，人家会说闲话的。"崔小婉说："我觉得他不是我要结婚的人。"阿娘马上问："那是怎么了？"崔小婉迟疑了一下，只是很平淡地说："说不出来。反正，我不想跟他结婚了。"

阿娘说："婉儿啊，我一直觉得你们有问题，但又不知道到底是哪里有问题，阿娘只能是一种感觉，说不出什么。阿娘只想告诉你，一个家，两个人不在一个城市，怎么能行呢？本来，你未婚生孩子，我也没想要怪你。但是，你要多留个心眼，你要摸清人家底细。咱村里有几个女娃，长得漂漂亮亮的，一去大城市，就有了孩子，每次带着孩子回家来，大把大把的钱，盖房子、买车子，就没见孩子父亲来过，村里人议论纷纷说三道四……谁都想过好日子，但要靠自己双手去挣。每分钱都干净，花得也安心。

"你爷爷年纪轻轻就出去打仗，一辈子没回来；你奶奶把你阿爹带大，再苦再累没哼过一声；你阿爹劳累一辈子，死在泥巴里；再说你阿娘，自你阿爹去世，想说是非的人多着呢，可我就让人没话可说……婉儿啊，你要记住，做人，要站得直，行得正，不能让人家指指点点戳脊梁骨……

"如果哪一天你带着女婿堂堂正正回来，我就放心了。知儿莫如父，知女莫如娘。我相信你不会做坏事，但我不相信别人不做坏事，所以，你在外要提防，不要让阿娘挂念。"

崔小婉耐心地听着阿娘的唠叨。她知道，关键的时刻还是需要听听阿娘的话。阿娘虽然没什么文化，但心里有杆秤，懂分寸；有盏灯，亮堂得很。

"我就不跟你多说了，也不早了，别影响村长家歇息了。我只告诉你，假如那边过得不舒服，你就回来，阿娘养得活你，也养得活我的大孙子。"阿娘说完挂了电话。

崔小婉听着早已泪水婆娑。

她放下手机，回到房里，终于发泄似的哭出声来。怀里的海男，看到母亲哭，也懂事似的"呜哩哇啦"地掺和起来。

楼下客厅看电视的李阿姨突然听见崔小婉与海男母子断断续续隐隐约约的哭泣声，感觉好生诧异，她一下子显得惊慌失措，不知要不要给"空中飞人"王一民打个电话。

34

谈天听岛城政协委员九哥说,离白沙门海湾十八里的海岸线,有一片椰林,住着一位张姓大爷,本地人,参加过渡海战役,而且是当时在白沙门接应登陆部队的琼崖纵队队员。

谈天喜出望外。他知道崔世光正是在白沙门登陆的那一批战士。谈天认为这个信息很重要。他有一种预感,说不定从老人那里能够获得有价值的线索。

谈天在工地上交代完工作,便驱车前往小椰林寻找张姓护林员。

蓝天丽日,椰风海韵。谈天沿着海岸线向西驱车半个小时,便望见荒滩上有一片低矮的椰子林,林边荒滩有一片更大面积的椰子苗地。谈天把车停在海堤上,便看到一位手提柴刀的老人从椰苗地头走了过来。

"你找谁?"老人问谈天。

"我找张大爷。"谈天说。

"找他做什么?"

"想打听点事情。"

"什么事?"

"白沙门登陆战的事。"

"你从哪来?"老人问。

"岛城。"谈天点了点头。

"我就是你要找的老张。"老张把手里的柴刀插入刀盒里,往肩上一抡，背在背上。

谈天赶紧向老头伸出了手，说："大爷您好！"

"别叫我大爷，叫我老张就好了。我不想老。"老头调皮地向谈天眨了眨眼睛，笑道。

"好，老张好！"谈天笑着伸出手去。

老张跟谈天握了手，爽朗地一笑，说："还是到我家去喝茶慢慢聊吧。"

谈天点头。于是，老张带着谈天沿着一条小路向椰林的深处走去。

老张身材虽然消瘦，但腰板直挺，走路步伐坚定。走了十来分钟，便看到椰子树下耸立着一幢被风雨剥蚀得很是破败的木屋。那木屋的三面墙壁与整个屋顶上均爬满了青藤；木屋门前的屋檐下摆着一张茶台。老张指了指木屋，说："到家了。"他把柴刀放好在门边，又指了指门前茶台，说："坐吧，喝茶。"他一屁股在茶台边坐下，动作娴熟地开始沏茶。"你知道吗，海岛人可以不吃饭，但不能不喝茶。"他一边烫洗茶具，一边对谈天说。谈天仔细看了看老张，他穿一件褪色的旧军装，板刷般的平头白发，肤色黝黑油亮。从他端庄的坐姿，可以感觉出一股冷峻和威严。

谈天问老张："您一个人住这？"

老张点了点头。

"住这多久了？"

老张用并不标准的普通话讲述道："十多年前，我退休了。我想发挥一点余热，便请求政府让我在这海边荒滩上义务种植一片椰子林。政府同意了我的请求。我便搬到这片荒滩上来了。这木屋子都改造过好几回了。"

他递给谈天一杯热茶，"喝茶喝茶。"他说。

谈天接过茶杯，一边喝，一边瞄了一眼屋内——斑驳的木板墙上，一盏锈迹斑斑的老式马灯悬挂在那里。"那是一只老物件呢！"谈天指着它对老张说。老张点了点头，自豪地说："当年，这马灯向海上的登陆部队打过信号呢！"

椰子树的天空，一片厚重的乌云飘了过来，一阵海风摇响椰林，茶壶里飘出的蒸汽升腾弥漫开来。"说吧，你想打听什么事？"老张问。

"想打听一个在白沙门渡海战斗中失踪的英雄。"

"谁？"

"崔世光。"

老张肩头微微一震，犀利的目光扫一眼谈天。"你真的问对人了，这个名字我知道，你是他什么人？"谈天大喜。真是踏破铁鞋无觅处，得来全不费工夫。"我是受他家人委托来寻找他的。"谈天告诉老张。

"他当年失踪了。"老张说。

"是的。一直没有下落。"

老张若有所思地点了点头，说："我们也找过。"

老张端起茶壶，给杯子里添了一些茶水，开始了讲述。

"渡海战役的前夜，纵队派我带领几位队员去白沙门……"老张清了清嗓子，"按照上头的部署，白沙门并不是登陆点。我们的任务是埋伏在那儿，当大部队歼灭那边的敌人时，我们接应和配合。

"当时的白沙门海湾有一片茂密的椰子林。我们在椰子林里埋伏了一个晚上，忍受着饥渴和虫蚊的叮咬。那个晚上非常安静，连蚊虫的嘤嘤声都能听到。我们能够看到海滩上巡逻的敌人的身影。黎明的时候，起风了，海上出现了一点点的影子，慢慢地越来越清楚，原来是漂来了几艘木船。这时候便听到敌人的巡逻兵在大喊：'他们来啦。他们来啦。'

"很快，木船越来越近，船上的解放军都清晰可见。随即，枪炮声响成了一片。我们看到解放军战士纷纷从木船上跳到海水里；还看到有一发炮弹把一艘船的桅杆打断船便翻沉了。我们看到海里的解放军战士以木船作掩护，在水里一边推进，一边向敌人射击。

"离我们埋伏的不远处，有一个敌人的碉堡正在疯狂地向大海里的解放军射击，我对我的队员们喊了句：炸掉那个碉堡！一个队员便绕过去把几颗手榴弹扔进了碉堡里，'轰'的一声，碉堡被炸开了花。敌人完全没有料到后背被袭击，而且也摸不清我们到底来了多少人。所以，一片混乱。等他们清醒过来组织反击的时候，海上的战士们已经冲到了海滩上。但是，因为海滩上没有任何遮掩物，许多战士牺牲了。直到天光大亮，我们大部队向这边发动攻击，敌军很快被歼灭，白沙门战斗才结束。"

老张端起杯，抿了一口茶水，继续回忆道："我看了一下海面，海水染成了血水，几艘木船已经被炸得散了架似的漂浮在海面上，海滩上留下了我们战士们残缺不齐的遗体。海水变得躁动起来。我听到远处传来轰隆的声音，一阵大浪打过来，又迅速退了回去。我知道大海即将涨潮。一旦涨潮的话，海水会把牺牲在海滩上的战士们的遗体拖回到海里，这对打捞遗体会造成很大的麻烦。所以，我命令我的队员们赶紧把英雄的遗体背上岸来。我们扑向海滩，含着泪，把一具具战士遗体背到了海堤上。那些遗体，有着各种各样的动作：有的握紧拳头，有的握着钢枪，有的还保持着投掷手榴弹的动作……"老人抬起头，深陷的眼窝里泛着泪光，他看了看谈天，道："那都是冲锋陷阵的动作，那都是英勇不屈的动作，那都是同仇敌忾的动作呀，"老人连呼三声，"太惨了！太惨了！太惨了！"泪水已经夺眶而出。

老人痛苦地摇了摇头，不忍心继续回忆那战场的惨烈。

谈天问："那些遗体怎么处理呢？"

老张说："因为太阳毒、天气太热，为防止英雄们的遗体快速腐烂，我们只得把遗体全部转移到了椰林里的椰子树荫下。部队传来指示，将遗体就地安葬。"老张看了看谈天，沉痛地说，"白沙门那片椰林里，每棵椰树下都安息着一个英雄啊！"

谈天点了点头。

"但是，在掩埋烈士时没有发现崔世光的遗体。"老张继续回忆道，"后来，有一次，在庆祝海岛解放的座谈会上，我听到白沙门战场的一个幸存战士回忆说，当时崔世光副班长正爬上桅杆辨识方向，一发炮弹炸沉了木船，他随着桅杆一起掉落到了海里。"

谈天觉得这是一个重要的信息。

老张道："部队联合渔民在大海上搜救过，但是，没有发现他牺牲的遗体，也没有发现他生存的迹象。所以他到底是死是活，也没办法作出结论。"

谈天好奇地问："白沙门的那片椰子林呢？"

老张啜了一口茶水，叹息了一声，说："六七十年代，海岛刮过几次大台风，白沙门茂密的椰子林被摧毁了一大片，后来，白沙门搞沙滩旅游，椰子树砍的砍，死的死，一年年地减少了，到现在，就只剩下堤岸上的那零星几棵了。"

"这些年，我每天都在培育着椰苗，就是为了有一天能够长出一片茂密的椰子林。"老张指着面前荒滩上的椰子苗问谈天，"你看到了吗？"

谈天望过去，一望无际的沙滩上，点缀着一棵棵绿色的低矮的椰苗。老张笑了笑，自豪地说："我每日巡行在这里，我相信，它们很快就会长大，会成为一片椰子林。人活一辈子，总要有点念想，这片椰子林就是我的念想了。"老张笑了笑，附在谈天耳边，有些神秘地说，"我跟组织说了，我死后就把我埋在这片椰子林里。"

谈天笑着点了点头。

木屋低矮陈旧，显得有些幽暗。老张走进屋去，从墙上取下马灯，按下灯罩，划根火柴，点亮马灯，屋内刹那融入一片温暖的鹅黄之中。谈天看清屋内简陋的家具：一床、一桌、一椅。令谈天惊讶的是，那狭窄的床上竟然有一条洗得发白的打着补丁军被，折叠得方方正正、棱角分明。被子的边上，立着一只脱了漆的军用水壶。

谈天看着，鼻子有点发酸，感慨道："老人家，您也是对国家有功的人，还过着这样清苦的日子。"老张摇了摇头，说，"不能说清苦，我有吃有喝，知足呢！想一想那些牺牲了的战友，有什么不满足的？"他拍了拍身上的旧军装，说："这十多年，我给政府提出的唯一要求，就是每年能够给我送一套军装。我每天穿着它护林，有时还穿着它去学校参加孩子们的活动。"

谈天点了点头，心里充满了无比的敬佩。他站起身来，举起手，向老张敬了个礼。老张本能地立马站直，举起手，还了一个军礼——他的动作非常标准。好一会儿，他才放下手，说："哪一天真要打仗，我一定上战场，别看我老了，还硬朗得很呢！"老张咬牙运气，挥舞拳头，让谈天感到一股风声呼啸而过。

回岛城的路上，谈天再一次相信：崔世光没有死，一定还活着。

35

那个晚上王副市长做了一个梦。

他梦见一条河流。他站在河岸上,有一群人抬着一口巨大的红色棺木朝他走过来。人群吹吹打打,旗幡飞扬。突然,山崩地裂,大河决堤,河水像猛兽一样扑向人群。他看见那只红棺浮在水面上,向他冲撞过来。他拔腿便跑。然而,汹涌污浊腥臭的河水还是把他淹没,他两腿踢蹬,乱喊乱叫,一下子就醒了。

他醒来后,全身冷汗淋漓,手麻腿软,口渴难抑,于是打开灯,端起床头柜上的一杯凉白开一口灌了下去,这才慢慢平息了心中的焦灼与恐惧感。他坐在床边,实在想不明白怎么会无缘无故做这样的噩梦。了无睡意,索性披衣起床,在房间里走来走去。梦境像电影镜头一样在他的脑海里闪跳回放。他走到客厅里拉开窗帘,一缕晨风吹入。天色刚麻麻亮,东方天际射出第一轮曙光。他伸手踢腿做了一会儿运动。室内灯光与室外天光交织融汇,使整个房间充满了一种怪诞的色调,红棺木再一次浮现脑海,他觉得一缕不祥的念头在心头掠过。

这套老房子确实晒不到阳光。一年四季都有点阴沉,再加上他经常不在家,所以更显得落寞与寂寥。他知道,房子要经常住人,房子要有阳光照射,这样的房子才有好风水。他越来越觉得这房子的风水有什么问题。他本来可以搬离这套房子的。他升任副市长的时候,市政府已经给他发了通知,让他搬迁到市长楼,但是他没有搬过去,他舍不得离开他住了二十多年的房子。他从大学毕业来到这个城市，就一直住在这里。他熟悉这里的每一棵树，每一条道，每一个门洞，甚至每张进出的脸庞。小区虽然陈旧简陋，但是他有感情。再说，他在岛城从来行事谨小慎微，生活简朴低调，人们对他的印象总体是清贫与廉洁。他不愿意破坏人们对他的这个好印象。再说他真要搬过去，出行都很不方便。所以就一直坚持住在这个小区里面。

上午王副市长主持了一个会议。

也许是昨晚没有睡好，他坐在主席台上，头脑一直昏昏沉沉。他好几次狠狠地掐自己的大腿，努力地让自己清醒一些。会议一结束，他回到办公室，处理了秘书送过来的几份文件，便坐在椅子上打算眯一会儿，但是，头脑里仍然像过电影一般地闪跳着昨晚的梦境，搅得他心神不宁。他看了下桌上的工作便笺，今日没什么安排，他便决定出去走一走。

去哪呢？他想到了谈天。好些日子没见他的影子了，他打了个电话给他。

"你在忙吗？"他问。

"表哥好！我在工地上开了个会。"谈天说。

"你忙完后打个电话给我。"

谈天赶紧说："我已经忙完了，您有事吩咐。"

他说："找一个亲近自然一点的地方坐坐。"

谈天说："还真巧，我刚好前天去过一个农庄，环境相当不错，我来接您。"

"不要接，发个地址，我自己过去。"王副市长说。

谈天说的这个不错的地方叫怡人庄，地处岛城东郊原野，庄主是个文人骚客，颇有情怀。一口偌大的荷花塘，正值荷花盛开季节。塘中心有个木制凉亭，名曰望荷亭。亭子与陆地只有一条狭窄的木栈道连接，而且，凉亭四周悬挂暗色纱帘，里面的人可以看到外面的景色,而外面的人根本看不清里面的情况,无论是休闲还是私密效果都非常不错,是个理想的喝茶聊天、小酌洽谈之地。

谈天赶紧驱车来到怡人庄,包下望荷亭,叫服务员备好小吃点心,再从包里拿出一包极品茶叶递给服务员,说:"就用这茶。"一切备妥,便把地址发给了王一民。

阳光明媚,清风徐来,绿荷田田,荷花飘香。

不一会儿,王副市长开车过来了。他头戴一顶草帽,身穿一件灰色夹克,脚蹬一双解放鞋,整个装扮很像是领导视察乡村的样子。沿着荷塘,有一条曲折的石板小路。小路两边,长着许多果树,葱葱郁郁。服务员领着王副市长,走过荷塘小路,穿过栈道,来到了望荷亭。

服务员正欲为王副市长上茶水,谈天对服务员说:"我来——,你去忙你的事。"然后站起身来给王副市长倒上热茶。王副市长坐下,端起茶杯抿了一口,一股茶香慢慢从鼻端沁到咽喉,他咂了下嘴巴,说:"这茶不错。"谈天说:"这是我老家的君山银针,一年产十来斤,据说专供帝都。我同学给我寄了两包。"王副市长淡淡一笑,说:"还真听说过这款茶,没想到被你这么一说,简直比黄金还珍贵。"他又抿了一小口,舌头在嘴唇边上舔了几下,说,"确实不错,清冽醇厚,芬芳浓酽,齿颊留香,我喜欢。"

王副市长喝着专供帝都的极品好茶,吹着清新的原野之风,看着荷塘里鲜艳的荷花,心情舒畅多了,头也不昏沉了。"你那工程做得怎样了?"他问谈天。

谈天说:"很顺利,年底能够竣工。"

王副市长点了点头,说:"你要多去盯紧监督,一定要把质量做好,这个不能开玩笑。"

谈天说:"您尽管放心,我绝对不会给表哥脸上抹黑。"

王副市长点了点头,说:"那就好。"

事实上，自海瑞大道的修建工程开工，除了杨监理代表谈天吃住在工地，全面指挥与管理着现场施工外，谈天也是三天两头亲自往工地上跑，从来没有放松。"不过，就是那个工程款，有点拖，不能按期付给我们。"谈天有些抱怨地说。

"我跟他们打个招呼。"王副市长靠着椅子，眯着眼睛，打了个哈欠。

谈天看见王副市长脸色不好，关切地问："表哥，您是不是身体不舒服了？"

王副市长活动了一下肩膀和手臂，说："真是很奇怪，这段时间老是做噩梦。昨晚做的梦更是荒诞。"

谈天好奇地问："什么样的梦？"

王副市长说："梦见一群人抬棺材，河里发大水，把人冲散了，棺材浮在水上。"

谈天笑道："这是好梦啊，棺材就是表示升官发财，大水表示您势头顺利好运连绵啊。"

王副市长瞪了他一眼，说："少来这些。"他调整了一下坐姿，直了直身子，看着谈天，说："老是失眠，多梦，犯困。"谈天安慰道："您是工作太忙，焦虑，没休息好，所以晚上梦多，大可不必担心。"王副市长摇了摇头，"我总是觉得我那个房子有问题，"突然，他盯着谈天，问，"你手里面有没有好一点的房子，借给我住一住？"

谈天一听立马明白。"我早就觉得您那套房子风水不好，住在里面不会舒服。我觉得您应该换套房子了。我手里刚好有一套，一直空着，位置也不错，也清静宽敞，您搬过去住就是了。"他说。

王副市长点了点头说："那真是得感谢你了。"

谈天说："表哥客气了——不过，我还是建议您把身体也做一些调养。"

王副市长笑了笑，问："怎么调养？"

谈天说:"我认识西郊南海寺里一个高僧。哪天我带您过去,让高僧给您指点一下。"

王副市长也听说过南海寺里有一位高僧,道行极深。还听说帝都来的人都要跟那高僧见面。他点了点头,说:"这个可以,哪天抽个空,过去看看。"

"择日不如撞日,要不,今天就过去吧。"谈天兴趣盎然地说。

王副市长摇了摇头,道:"不行。我不是说走就能走的人。"

两个人在望荷亭饮完茶,王副市长起身要回市里了。谈天问不吃完饭再走吗?王副市长说不吃了,回家睡个午觉,下午还有重要会议。说着走向停车场。谈天跟随来到停车场,从自己的车上拿了一包君山银针放在王副市长的副驾位上,说:"就这一包了。"王副市长嘟囔道:"你自己都没有了,给了我。"谈天笑了笑,道:"您的喜欢比我的喜欢更重要。"王副市长把大拇指一竖,说:"马屁精,够哥们儿!"

王副市长的这一夸,令谈天脸红到脖子。

王副市长启动引擎,降下窗玻璃,探出头来,盯住谈天的脸,说:"我们之间的事情你不要跟我表弟说。他的嘴'漏风',还经常'跑火车'。"谈天立马明白,"我也有这种感觉。"他笑笑说。王副市长摸了摸方向盘,眼睛看着前方,说:"你应该明白,我是很信任你的。"谈天搓着手,说:"表哥,我也是重情重义的人。"王副市长点了点头。通过这两年的交往,从内心讲,他确实认可了谈天这个人。

张小雪怀孕后,谈天在岛城买了属于自己的房子。

他知道自己是如何赚的钱,所以,他把房产都放在了张小雪的名下。

后来,他又花了一笔钱,将文明西街的那幢办公楼也很便宜地拿了下来,并将其装修了一新。广告公司与建筑公司共用这幢楼,员工百十号人,两块招牌,一套人马。谈天负责全面工作,杨监理负责工程,张小雪负责财务。三人把两家公司经营得风生水起,有声有色。

事实上,谈天早就做好了向王副市长表心意的打算。

王副市长给他这个海瑞大道工程,不说送一套房子,就是拿一半利润也不为过。他本来打算项目竣工资金全部回笼后便向王副市长表心意的,没想到王副市长开口这么早。这让他有些犯难,因为,修这条路,进进出出不少钱,账户上趴着的现金不是很多。但是,谈天心里非常清楚,既然王副市长已经开口了,他就不得有半点犹豫;再说,他开口只要一套房,并不过分,必须满足。这是好事。

谈天花了两天时间,把岛城方圆十里的楼盘看了个遍。最后,他选择了江东开发区的这个楼盘。楼盘离机场不远,靠近海边,离城区虽有一段距离,但走快速道也就十来分钟;几十栋清一色的小高层洋房,板式结构,南北通透;小区环境优美,配套设施齐全,算是岛城近年开发出来的升值空间极大的高档楼盘。他一眼相中了顶层那套拎包即可入住的三居室样板房,他想,王副市长一定会喜欢。

售楼女孩非常漂亮,很热情地带着谈天看这看那,介绍这介绍那,谈天有些腻烦了,明确地告诉她:"你也不用太多介绍了,我就看上那套样板房,你只告诉我,多少价位?给我多少优惠?"

女孩非常开心,遇到了一个爽快的大老板。立马打电话向经理请示,经理回答按最优惠的价格。谈天也没更多考虑,说:"这样吧,两天内把里面的东西全部撤走拿掉。大后天我带购房款与家电进入。"女孩点头如捣蒜:"好好好!"

谈天当场付了定金。

两天后,谈天如约来到江东洋房小区签约室。他用张小雪的名字把购房合同签了。他没有从公司账户上划拨一分钱的购房款,他把个人备用金全部提出,另外,向张小雪借了一些现金。他从车尾厢搬下一只皮箱,然后往签约室的地板上一丢,说:"购房款。"

漂亮女孩把皮箱打开,一下子目瞪口呆,赶紧叫经理带着财务过来。当经理与财务两人清点完毕并抬走皮箱后,谈天便拎着一串叮叮当当的钥匙走进了那套房子。他站在偌大的客厅里,用手机通知电器商场把他订购好的电器全部送达并安装通电。

这一切都是在地下工作状态下进行的,连张小雪都毫无所知。张小雪问他为什么借那么大一笔款时,谈天只是笑笑说:"会还你的,而且会还你更多。"其他均避而不谈。张小雪再问他那些天早出晚归神龙见首不见尾到底在干些什么,谈天也只是轻描淡写地说在工地上折腾。张小雪一想,那么大的工程,他确实应该每天忙碌。

房子收拾好后的第二天下午,谈天到了南海寺。

他排了一个小时的队,终于约到了高僧。塞了一个红包,取得跟高僧密室谈心的资格。

谈天说他是代朋友来的,他朋友是一高官,心里很不踏实,希望能够从高人这边获得一些安慰,然后把王副市长做梦的内容也谈了。高僧闭着眼睛,脸色很严峻,缓缓地拾起案上的毛笔,取了一张香纸,写了八个大字:月黑风高,如履薄冰。

谈天看了这八个字,脸都白了。他想象如果是王副市长看到这八个字,可能会吓得当场昏倒。他把这个纸揉成了一团,放进嘴里咽到了肚子里,然后,从屁股底下取出包来,又拿出一沓钱塞给了高僧,说:"我朋友可能要亲自过来面见您,恳请您能逢凶化吉写几个好字。"高僧笑了笑,心领神会,点了点头。

谈天从高僧密室出来后便打电话给王副市长。听说要去南海寺,王副市长压低声音说:"我还在开会,你晚会儿过来接我吧。"

谈天立即从南海寺返回岛城,把车开到了政府办公楼前的停车场。

时间还早,谈天决定去王副市长办公室看看。推门而入,外间坐着林秘书。林秘书告诉他,王副市长正在旁边会议室开会,让他在外面走廊等一会儿。谈天感觉好无语,觉得衙门真的无情,也不允许他在办公室里坐坐。谈天便在走廊里走来走去，经过一扇虚掩的大门，他从缝隙里瞄了一眼，看到王副市长一脸严肃正襟危坐，似乎是在听人汇报。谈天想，当官是一件多么累的活呀，坐要一本正经，走要昂首挺胸，吃要偷偷摸摸，睡要辗转反侧。傻子们还一窝蜂地想当官。他敬佩这些人是如何生存下来的。

王副市长从会议室里出来，一脸黑青，满眼疲惫。他看见正在走廊里的谈天，皱了一下眉头，低声道："去车里等我。"然后，走进了办公室。

谈天在车上等了一会儿，看见王副市长手里提着公文包从办公楼里走了出来。谈天赶紧启动车子。王副市长径直来到停车场，眼角余光瞄了一眼四周，见没人，便钻进了谈天车里。

王副市长在车上眉头仍然紧绷，脸上仍然黑青，显然还在思考着刚才会议上的事情。谈天也不知说些什么好。于是，两个人都没有说话。车行半个时辰，来到南海寺。"表哥，到了。"谈天提醒道。

王副市长这才从思索中回过神来。他透过窗户玻璃，四周望了望，见没人，便下了车。

谈天把王副市长引进密室，高僧盘坐于正位，口中念念有词。王副市长有点紧张，高僧对他微微笑了一下，说："请施主上坐。"王副市长端端正正坐了上去，谈天掩上门退了出来。

谈天站在外面等了约半个时辰，王副市长出来了。他脸色红润，面呈笑容，眼里闪烁出喜悦的光芒。他钻进了车里，对谈天笑了笑，点了点头，说："确实是高人，被他一指点，只觉神清气爽，心旷神怡。"然后，递给谈天一张香纸，谈天展开一看，上书八个金字：高枕无忧，前程似锦。

回城路上，谈天抄了近路，恰好经过红城湖大道的海瑞故居。谈天问："要不要拐进去看一看？"王副市长放下车窗，叹息了一声，这么多年了，竟然没有进去看过。想了想，摆了摆手，道："下次吧，专门抽空好好瞻仰一下。"

谈天把王副市长送回政府办公楼停车场。

王副市长下车的时候,谈天将两把钥匙交给了他:"江东洋房。"

王副市长听说是"江东洋房",暗自高兴。他知道那是岛城的一个高档小区。谈天指着那两把钥匙,告诉他:"这是大门的,这是车库的。"王副市长点着头,说:"你很有执行力嘛,那我就不客气了,先借来住住。"谈天赶紧说:"借什么借,它是你的。"王副市长愣了一下,笑了笑,没有答话。

三天后的一个傍晚,王副市长开车去看了那套房子。

设计新颖,布局合理,豪华大气,家具电器应有尽有,连床头花瓶里的鲜花都已插好,正散发着淡淡的香气。最令他欣喜的是,大厅通向一个摆着茶台与盆栽鲜花的巨型露台。露台里竟然还有一间用隔音棉装饰的影音健身房,那房里山水音响、索尼投影、健民跑步机、爽康按摩椅一应俱全……他心里暗暗夸奖谈天的细心与用心。

当夜,王副市长在洋房里睡了一晚,算是一次很惬意的体验。

后来,他只是偶尔来住一住。更多时间,他还是住在他那间低矮简陋的公寓房里。虽然那里感觉不舒适,但自从南海寺高僧送给他八字后,他不再做噩梦,也不再失眠了。唯一改变的是,他在床上添加了一对苏州蚕丝枕头——高枕无忧,方能前程似锦。他记住并听从了高僧的话。

36

杨监理一大早从工地上打来电话,说找到了英雄崔世光的下落。

谈天立马起床,三两下洗漱完毕,拿起肩包便往外走。张小雪叫住他,酸溜溜地说:"看你那兴奋的样子,连早餐也不想吃了。"她已经把早餐做好放在餐桌上了。谈天看了看张小雪,呵呵一笑,没有说话。他知道张小雪听不得他寻找英雄崔世光的事,她显然还在吃崔小婉的醋。早餐很简单,地瓜、鸡蛋加牛奶。谈天三口两口把早餐吃了,漱了一下口,说:"工程很快就要完工,你有空去查一下账,看上期的两笔款是不是已经到了。"谈天这辈子最怕的就是工程款拖欠,害人害己,胡老板"山水国际"的阴影在心里始终抹不掉。

谈天来到工地。

工地上,各种机器、车辆、工具的轰鸣声和工人们的叫喊声交织在一起,形成充满生机活力的声音世界。谈天直接到了工地办公室,杨监理坐在茶台边喝茶,见他进来,杨监理起身,指着边上一位五十来岁、戴着安全帽、黑黑矮矮、满脸深深的褶子里全是水泥灰的工人说:"这位是老徐,水泥搅拌师傅。他提供的情况跟你要找的崔世光很是相似。"老徐赶忙起身叫了声:"谈老板好!"谈天对老徐点了点头,示意他坐下:"你讲一下情况!"

老徐点了点头。

"五十年代末,国家清理南海上的一些无名小岛。当地政府便将小岛上的渔民撤离出来,能回原籍的回原籍,不能回原籍的就安排进入附近的橡胶农场当割胶职工。年底的时候，一对三十来岁的渔民夫妻带着个小女，来到了我们三江农场的九连。"

"九连？"谈天疑惑地问。

"是的，海岛农垦是按部队建制的，叫农垦兵团。农场工人基本上是由当年解放海岛时的解放军就地转退留下的，最基层的叫连队，相当于一个生产队。"老徐搓着手，嘿嘿笑道，"本人就是农垦兵团的第二代！我老爹还担任过三江农场第九连队的副连长呢！"

谈天点了点头。

老徐继续回忆："我那时五六岁，印象特别深，那男的身体不太好，左脚有点瘸，操贵州口音，好像也叫什么世光……那女的是海岛人，又黑又瘦，说海岛话。那小女有五六岁的光景，跟我们年龄相仿，所以，经常跟我们一起玩耍。有一次她说她爸爸打过仗，说她爸爸还有枪。这话被我们传到了大人口里。当时海岛发生过国民党台湾特务和美帝特务空降潜伏的事件，所以，一下子引起了我们连指导员的警惕，他叫上连长带领几位战士把那对夫妻的家抄了，但是没找到枪，也没找到电台之类，于是干脆把那两公婆抓起来审讯。

"男的死活不承认打过仗，更不承认有枪。问男人怎么说贵州话？男人说，他确实是贵州人。海岛解放前有一年，他逃荒到了海岛，做了鱼贩子。问怎么娶了这本地女人？男人说，贩鱼的时候认识一打鱼老头，两个人聊得来，老头很喜欢他。后来，老头生病了，就把女儿委托给他照顾，时间一久，好上了。

"再审讯那女人，女人也一口咬定是打鱼的阿爹喜欢这鱼贩子大陆仔，临终时，把她交给他照顾。两个人相依为命，成了家。"

"无论审讯多少次，男的女的交代都是一样的。"老徐说。

"因为这对夫妻又老实又勤快，当时连里也很缺青壮年割胶工，所以，连里便把这事压了下来，没有继续调查，更没有向上报告。过了三年左右，发生强台风，洪水冲击连队的橡胶仓库，为了抢救橡胶财产，男人冲进仓库，被压死在了里面。"

老徐说："因为这男的身份一直是个谜，所以农场也没有把他的英雄事迹向上汇报，农场只给他举行了一个简单的追悼会，号召全场学习，再给他老婆女儿发了一点抚恤金，这件事情就了结了。也正是那年，我父亲调到了另一个农场，我们全家就搬走了，几十年没回过三江农场。"

老徐对谈天说："那天，杨监理说帮找一位叫崔世光的贵州渡海英雄，我一下子便想起了这个贵州人。是不是同一个人，你们可以去找我们农场组织科问问。"

谈天听完，点了点头，想了想，对杨监理和老徐说："我们一起去一下农场。"

杨监理问："什么时候？"

谈天说："现在就去。"

三人立马驱车百里，赶往三江农场。

在场部，农场组织科黄科长接待了他们。

谈天说："我们想找一个贵州人，叫崔世光，1950年解放海岛的渡海英雄，当年海战后，生死不明，列为失踪英雄，我们怀疑他是不是到了你们农场。"黄科长是个年轻人，摇了摇头说："没听说过这个人。我们农场的干部职工大部分是部队转业退伍的，每个职工的来龙去脉都很清楚。"

谈天说："五十年代末，政府清理无名岛的时候，你们农场接收过一批渔民当割胶工人，有这回事吗？"黄科长显然不了解那段历史，于是他把档案柜里的一本《三江农场志》搬了出来，翻到"农场大事记"，找到五十年代记事栏，确实有关于"吸收无名岛渔民为农场割胶工人"的记录。但是，没有更多说明；再找六十年代的记事，也没有"抢救橡胶财产而牺牲的英雄"的记录。黄科长说给老场长打个电话问问。黄科长在电话里聊了一会儿,放下电话,对谈天说:"确实有这回事。但是,那些渔民因为大多是临时工,没有建立档案。要不,你们去连队查一下,看他们是不是有一些记录?"

老徐哈哈一笑,插嘴道:"这不可能。三十多年了,铁打的营盘流水的兵,连队干部职工进进出出多少茬了,还有啥记录?"

杨监理也认为不太可能了。

"要不这样吧,"谈天说,"我们一起去一下九连,那里肯定还有没搬走的老人,去问一问,也许知道更多。"

老徐和杨监理都觉得这种方式可行,于是三人驱车赶往九连。

九连距农场场部二十多公里。山路还算平坦。盘旋在山道上,放眼望去,绿色林海包裹着两座大山,一片莽莽苍苍。九连就在两山中间的一个山洼洼里。下午两点多的时候,终于抵达九连队部。

几幢六七十年代部队营房似的石头平房立在那儿。虽然有些破烂,但仍然稳固结实。房子大多空着,只住着几户人家。平房中间是一个废弃了的大型篮球场。球场荒芜,球架歪倒,野草快齐脚踝,几只黑羊在草丛中专心致志地吃草,有一个放羊老头坐在水泥基座上晒着太阳。谈天把车停下,黑羊们受到惊吓,像黑风似的在草丛里游荡,晒太阳的放羊老头仰着脸朝这边张望。

老徐一眼认出了老头,他跳下了车,对着老头叫了一声:"老李叔!"老头没有动静,老徐便对谈天与杨监理说:"就找他,他也是参加渡海战的老兵,山东人,海岛解放后随着部队留下的,算是九连的'老古董'了!"

老李叔叫李德福,七十多岁,眼睛不太好使,耳朵也不太灵光,但记忆力强,还是认出了老徐,"你是徐友根副连长家的小三子!你们家搬走好多年了呢!"他叫道。老徐一边点头,一边赞扬老人家好记性。老李叔问:"你爸妈都好不?"老徐答:"都好着呢!"老徐与老李叔寒暄了一会儿,便开始跟他打听崔世光的事情,老李叔想了想，说:"确实有这么一个贵州人,是从无名小岛过来的,但不姓崔,姓潘,叫潘世光。而且他老婆也姓潘,叫潘巧莲。他们带着一个女儿。好像是第三年九月间,大台风,潘世光为抢救连队里的橡胶牺牲了,后来,女儿出嫁到另一个农场了,前些年,女儿回来把她老娘也接走了。"

"姓潘?潘世光?"谈天觉得有些怪怪的。但是,他有一种预感,觉得这个潘世光可能就是崔世光。他问老李叔:"怎么才能找到潘世光的女儿?"老李叔说:"我问一下我儿子,他们是同学,应该有往来。"他在口袋里摸索了半天,摸出一张纸条,上面记录着儿子的电话号码。他说儿子在县城一家汽车修理厂当修车师傅。他把纸条递给谈天,谈天当即用手机拨通了那个号码,交给老李叔。儿子说:"潘玉梅呀?我跟她有联系呀。她在加阳农场。前些日子我们还一起吃过饭呢。"

谈天大喜,他感觉有戏了。他想了想,对老李叔说:"您能不能带我们去一下潘世光的坟地看看?"

老李叔说了声"可以",便挥手迈腿走在前面,带着他们朝橡胶林里走去。

沿着一条小土路走了十来分钟,便见一片茂密幽暗的橡胶林。走进林子,谈天接连看见几个小土堆,土堆上都立着一块小墓碑。老李叔指着那些墓碑,有点自豪地告诉谈天,都是他的战友们。他说:"不容易呀,我的兄弟们,一起流过血、一起扛过枪,然后在这里落地生根。"谈天点了点头,看着那些墓碑,没有籍贯,没有事迹,仅刻着普通的名字与生死年月。他感觉甚是悲壮,走过去,伸手摸了摸墓碑,像是与鲜活的生命握手。

老李叔带着他们在林中转了几个圈,竟然没有找到潘世光的坟墓。还是老徐眼尖,看到不远处的一个土坡上,疯长着一堆野草。他对老李叔说,"应该就是那片草丛里。"埋葬潘世光的时候,老徐与小伙伴们一起来看过热闹。所以,他有印象。老李叔似乎也想起来了,点点头,说:"对,应该就是那个位置!还是你小子记性好。"老徐走了过去,甩开两腿,左右开弓地在那草丛上乱踩了一通,很快就把草丛踩压了下去,露出一截歪立着的墓碑。谈天走近,扶正墓碑,又把碑上的泥土抹擦干净,碑上现出"潘世光之墓"。谈天凝视着这墓碑,没有说话。他心里再次生出一种强烈的预感:这长眠地下的逝者,极大可能就是崔世光。他心里又涌出些惊喜,但更多的是遗憾与失落——英雄不在人世了。

返回连队,谈天送给老李叔一个红包。老人死活不要。谈天说:"收下吧,您也是解放海岛的英雄,我们活在今天的人们都沾了你们的光,所以这也是一份感谢。"老李叔这才点了点头,没牙的嘴巴抿了抿,接下了红包。

告别老李叔,三人赶往加阳农场——只有找到潘玉梅,真相才能大白。

山路依然崎岖,夕阳染红胶林。三人在晚饭前赶到了加阳农场。

在场部问了很多人,终于打听到了潘玉梅住在第十三连队。

"十三连队啊……"场部的人摇了摇头,说,"太远了,晚间山路又难走。"

三人还是决计前往。

谈天猛然想起三人早晨从岛城出来后一天没吃东西了。他在镇上找了家猪脚饭小食店。啃着那又香又软的猪脚,谈天突然想起和崔小婉吃猪脚饭的情景,眼里禁不住有些湿润。吃完饭,给车加了油,准备上路。老徐懂事理,说:"应该给潘玉梅买些礼品。山里连队出来一趟难,特别缺食品。"杨监理赶紧跳下车,在路边水果摊上买了些水果,又到路边食品店里称了些鲜肉粮油,整了满满一大塑料袋。

更难走的山路。

上坡下坡，九九八十一道弯。

幸亏是杨云峰杨大总裁的德国奔驰，虽然耗油，但是结实抗造。在夜色中的崎岖山道上"哼哧"了近一个半小时后，一个十字路口边突现出现一块歪歪斜斜的木板。木板上斑驳的红色箭头下写着"十三队"。

谈天按照箭头方向，把方向盘一打，驶入了一条更狭窄的小路。他把远灯打开，灯光直射崎岖的远方。几分钟的路程，灯光下但见两排低矮平房。"到了！"杨监理叫道。谈天一激动，踩了个急刹车，"嘎"的一声，车停在了路边。

老徐把车门打开，说："你们在这等我。"说着向那两排平房走去。

杨监理掏出烟来，自己咬了一支，递给谈天一支，两人点燃烟，刚抽一口，便看见老徐站在一处灯光下向他们招手叫道："过来吧，在这呢！"

谈天与杨监理扔掉烟，向着灯光处走了过去。

一个五十多岁的女人站在灯光里，正与老徐说着话。

"您是潘玉梅阿姨吗？"谈天想确定一下，问。

"嗯，我是潘玉梅。"女人点了点头，问，"你们是……？"

"谈老板从岛城来，专门找你的。"老徐插话介绍道。

"那……进屋里坐吧。"潘玉梅把他们引进屋。房子简陋，摆放着几件家具。潘玉梅穿得干干净净，给人一种整洁利索的感觉。

"阿姨一个人住这里呀？"杨监理问。然后，把塑料袋递给她。她连呼感谢感谢。

声音也有些哽咽："老伴去年走了。我想在这老屋里守他两年，明年再搬去岛城跟女儿住……"

"女儿在岛城？"谈天问。

"是呢，女儿大学毕业，在岛城工作了。"潘玉梅给每人送上茶水。

"潘阿姨，您父亲是贵州凯里人吗？"杨监理有些迫不及待地开始了询问。

潘玉梅正在端茶的手，颤了一下。她抬起头，看了看杨监理一眼，问："你们问这个事？"

谈天笑道："阿姨您别紧张，我们就是打听下，顺便找个人，是好事，您放心呢。"

潘玉梅镇静了一下，拖过一把椅子，自己也坐了下来，说："我阿爹是贵州凯里人。"

"您父亲叫崔世光吗？"杨监理又问。

潘玉梅听到这个名字的时候，瘦削的肩膀又耸了一下，脸色有些紧张，没有接话。

"潘阿姨，我们来找一个叫崔世光的渡海英雄，他也是贵州凯里人。"谈天说。

潘玉梅听着，突然号啕大哭起来。三人有点愣了，不知如何是好。潘玉梅哭了一会儿，抬起头，抹了下眼睛，望着他们三人，说："我阿爹确实叫崔世光。"

谈天点了点头，说："现在已经不是那个时代了。如果你父亲还在世的话，他一定会勇敢地公布自己的身世生平。"

潘玉梅脸上有些欣慰地笑了笑，泪花闪烁，"那倒是，我在电视上看到了，现在连国民党老兵都被请上天安门城楼看烟花呢！"

她开始了回忆。

"在我很小的时候，农场调查过我阿爹，说他有枪，说他打过仗，我阿爹坚决不承认，被打得死去活来；后来，我阿爹牺牲了，又有县武装部的人来调查过他的事情，但我阿娘什么也没有告诉他们。再后来……这么多年了，我也一直不敢告诉人家我阿爹叫崔世光。"

尘封了几十年的话匣子完全打开了。

"我阿婆死得早，我阿公带着我娘在无名岛打鱼为生。有一天傍晚，父女俩打鱼回岛。突然看到海上漂浮着一条折断的桅杆。桅杆上黑乎乎的一堆东西。我阿公把船靠拢过去，发现有一个年轻人昏迷在桅杆上。这个人浑身是伤，奄奄一息，穿着一件破烂军装。我阿公知道三天前海峡那边打仗，死了很多人。我阿公也搞不懂他是国军还是解放军，但是只知道救人一命要紧，便与我阿娘把这个伤兵救起，带回了无名小岛。

"在我阿公与我阿娘的精心照顾下，这个伤兵活过来了。因为战争刚刚结束，岛上还有国军残兵，阿公也不敢声张。伤兵一边养伤，一边帮阿公捕鱼。有一天，阿公捕鱼再也没有回来，我阿娘哭得死去活来。伤兵本来是要走的，但是，放不下我娘。那一年，伤兵二十二，我阿娘十九。两个年轻人朝夕相处，暗生情愫。后来，就有了我，伤兵自然是不敢回部队也不敢回老家了。便隐姓埋名，换了我阿娘的姓。再后来，政府清理无人岛，我阿爹阿娘带着我到农场做了割胶工。三年后，一场大台风，我阿爹为了抢救连队的橡胶牺牲了……"

潘玉梅嘤嘤啜泣。

谈天也是泪水在眼里打转。至此，他明白已经真正找到英雄崔世光了。他告诉潘玉梅："崔世光在老家的妻儿已经去世了，但他有一个孙女儿，大学毕业，来海岛寻找了他。"

潘玉梅惊喜地问："她在哪里？能不能让我见见？"

谈天摇了摇头说："目前她离开了海岛，但我相信，你们会相见的。她跟您女儿一般大。"

夜有些深了，为了不影响潘玉梅休息，谈天决定告辞。他说："过几天我们来接您，一起去您父亲的坟上进行祭拜。"

潘玉梅含泪点头，说："嗯，好的。"

回岛城的路上，杨监理开车。谈天闭目养神。事实上他并没有休息。一路上,他心里既释然又失落,既欢喜又伤感。他的脑海里不停地浮现出爷爷崔世光漂浮在血红海水里的画面,也闪跳出崔小婉在椰子树下向他挥手的身影。他在心里默默地对崔小婉说:我找到英雄爷爷了,可是,你又在哪里呢?

37

早餐的时候，崔小婉打王一民的手机，问如何安排儿子海男的周岁生日。

王一民正在上班的路上，把儿子生日的事忘了。想了想，压低嗓子说："我可能赶不回来，你安排一下吧。"崔小婉有点生气，没有说话便把电话挂了。

这一年，崔小婉无论有多么的困惑、憋屈、迷惘和不情愿，还是毫无选择地做了全职宝妈。她的眼里、心里只有儿子海男，回校、学业、IT 人生……全都抛到了脑后。

崔小婉给海男换上了一身漂亮的衣服。她本来打算晚餐时在外面酒店办桌酒席，后来一想，王一民也不回来，也没什么朋友可以邀请。于是，就吩咐李阿姨晚上在家里多做两个菜庆祝一下算了。崔小婉在深圳两年，没有什么朋友。小区里面的单亲宝妈也不少，崔小婉也交往过几个，参加过她们的聚会，都是各类的攀比，各种的炫耀。崔小婉觉得与她们格格不入，而她们也觉得崔小婉假正经，于是渐行渐远，彼此也都没来往了。她在深海大学学习只有几个月，同学之间就更没什么交往。崔小婉不高调、不奢华、不社交，这也是王一民最欣赏最放心的地方。

吃午饭的时候，王一民打了电话回来，说："我已经请假了，订了机票，但要晚些才赶到，你们不要等我吃饭。我给儿子订了蛋糕，也给你买了礼物，他们一会儿会送过去。"崔小婉嘴里没说什么，但心里还是舒服了一点。

午休时,蛋糕店送来了蛋糕,珠宝店也送来了礼盒。崔小婉一眼认出这是一盒私人订制的高级精美蛋糕。蛋糕上,用水果与奶油制作的一只可爱的小老鼠举着一块标语:"祝亲爱的儿子一岁生日快乐!"王一民对儿子的爱,崔小婉是能够感受到的。她又打开他送给自己的礼盒,一条金光闪闪的项链呈现在眼前。这两年,王一民给她送过不少礼物:名表、名包、戒指、项链……都有,都不错。但是,她基本没用过,全扔在柜子里。而这一条项链,更是她喜欢的款式与品位,奢华不张扬,低调有内涵。崔小婉禁不住在内心佩服王一民的眼光。

正在这时,一辆宝马无声地开进了院子。

一位穿着唐装戴着佛珠的老板模样的人下了车,他手里提着一只与他一身装束格外不符的塑料蛇皮袋走到门口,问了声:"王夫人在家吗?"

崔小婉便问:"您是——?"

来人微笑着提着蛇皮袋进了门。崔小婉看到,他一进门里,便随手将蛇皮袋放在门后边。然后,恭敬地自我介绍说是王先生的朋友,听说小侄子生日,便从广州过来祝贺。他指了指门后边的蛇皮袋,说:"带了点土特产,望夫人笑纳。"崔小婉觉得他眼里透出的目光意味深长,无法解读。

李阿姨泡了茶递上来,他喝了一口,说:"还有事要去办,得先走。"便起身告辞,崔小婉送他出门。他双手作揖,对着崔小婉致谢,然后,上车走了。

崔小婉想看看那是什么土特产。她打开蛇皮袋口,整齐的百元钞票展现眼前,她立即意识到这又是一个送钱的人,又是一个同样的套路。她迅即把袋口扎紧,封住。她跑出去,想叫住那个人问个究竟,可是人家开着车早已不见了踪影。她回到屋里,提了一下袋子,根本提不动。她再次意识到王一民不可能是个商人那么简单,她再次强烈地预感到这些钱也许并不干净。她望着这袋子有种莫名的恐惧。她看了眼厨房,叫了声:"李阿姨,过来帮下忙。"李阿姨便从厨房里出来。崔小婉说:"这个人送的鬼土特产,帮我一起搬上楼吧。"李阿姨笑了笑,埋怨道:"这人也真是,现在超市啥买不到呢,还大老远送些土特产来。"

崔小婉没有说话。两人抬着蛇皮袋上了楼。"放哪呢?"李阿姨问。崔小婉用眼瞄了一眼王一民的房间,说:"放他房间吧。"于是,两人合力将蛇皮袋抬进了王一民的房间。崔小婉想,让王一民回来自己处理这些钱吧,她不愿意让自己的房间成为藏污纳垢之地。

李阿姨做了一桌饭菜。

谢方一教授带着夫人也来了。

崔小婉抱着海男,陪着他俩一边喝茶,一边等待王一民。

不大一会儿,王一民回来了。王一民一进屋,便从崔小婉怀里接过了海男,另一只手把公文包递给了崔小婉。王一民每次回来,总会第一时间把儿子抢过去抱在怀里,顺手把公文包递给崔小婉。崔小婉也始终记得王一民的交代,没翻过他的公文包,更没看过包里的任何东西。这一点令王一民非常放心,甚至还表扬过崔小婉。

海男咿呀学语,喊着爸爸。王一民抱着海男,一会儿旋转,一会儿哼起小时候的歌:小儿郎,快长大,背书包,骑牛牛,上学堂……那滑稽的溺宠劲儿逗得谢方一与夫人捧腹大笑。

崔小婉接过王一民的公文包后便上楼去了。每次崔小婉接过他的公文包便送到楼上他的房间,放到柜子里。事情就这么凑巧,当崔小婉把公文包放进柜子里的时候,一不小心把公文包拿倒了,"唰"的一声,包里的一沓文件顶开了没拉到位的拉链,滑出来掉落在地上。崔小婉迅速弯腰去捡拾地上的文件时,一份红头文件顶头的蓝色格子印鉴里一行黑体字赫然在目:呈王一民副市长批示。黑体字下的空白里王一民龙飞凤舞的字迹："已阅，同意。"

王一民……副市长？！

这犹如平地一声惊雷，把崔小婉震得目瞪口呆，差点魂飞魄散。

她感觉胸口很闷，喘不过气来。她想喊叫，但是，她捂住了自己的嘴。她不敢叫出声来，只任脸上的眼泪无声流淌。房间里静谧如一个灵堂。她能够听到自己急促而艰难的喘息声。

海男在楼下喊她："妈——妈——"

"下来呀，开始啦！"王一民也在叫她。

王一民的叫声提醒了她：这个时刻，她必须清醒与冷静。现在爆发，只会是最坏的结果。她很快抹掉了脸上的泪水，把文件原封不动放入公文包里，站起身来，整了整衣裳，然后，佯装若无其事地微笑着走下了楼，回到客厅。

王一民盯着崔小婉，问："你的脸色好像不太好。"崔小婉笑了笑说："刚刚感觉头有点晕，可能是血压低。"谢教授说："可能是贫血，多吃点补血的东西。"谢夫人说："我下次给你带一些红枣过来，是我陕西同学寄过来的，自家地里种的。"李阿姨从冰柜里把蛋糕提了出来，摆在桌子上，说："以后早上我给你做鸡蛋红枣汤，补气血。"崔小婉对他们笑了笑，表示感谢。

王一民起身从柜子里面取出了一瓶红酒，谢教授盯着那酒叫道："拉菲82！这瓶酒贵啊！"然后，问王一民，"你们家这种酒还有多少瓶？"王一民说："上次从岛城带回来的，就一瓶，一直等你来了才喝呢。"谢教授说："真舍不得喝啊，喝下去的都是钱啊！"谢夫人瞥了他一眼，道："真没出息，没见过世面。"

点蜡烛，许愿，唱生日歌，分蛋糕，吃着李阿姨做的菜肴，品着异域美酒的口感和香气，听着小寿星的咿呀学语，大家开心欢乐又轻松。只有崔小婉的心里，充满着忧郁，她的脸上是装出来的笑容。

不觉夜已深。

谢教授夫妇又闲聊了一会儿便告辞回家。李阿姨搞完卫生也回房休息。客厅里只剩下崔小婉与抱着儿子的王一民。海男已经睡着了,崔小婉接过来抱着他准备上楼。

"你房里有一个袋子。"崔小婉站在楼梯口,对王一民说。

王一民点了点头,轻松道:"一个广东佬,一起做了点业务,赚了钱,还记得给我拿点。"

崔小婉摇了摇头,往楼上走,说:"可不是一点,是一蛇皮袋。我把它放到你房里了。"

王一民微笑了一下,跟着上了楼,说:"放我房里做什么?是给你与海男以备急需的。"

崔小婉将海男放进摇篮里,盖好被子,抬起头,正好看到王一民从房间里把蛇皮袋搬进她的房间。崔小婉瞪着他,说:"我们到客厅里聊吧。"

两人又回到了客厅,默默无言地坐着,崔小婉开口了:"你看着我的眼睛。"

王一民抬眼看了看她,她的眼里射出一束灼人的光。她问:"你到底是做什么工作?"

"你干吗问这个?"

"因为我觉得你一直在撒谎,一直在欺骗。"

王一民的目光倏的一下闪开了,他不敢正视崔小婉。

"你看着我的眼睛,"崔小婉的语气变得有点咄咄逼人,"我再问你,你在岛城是不是有家室?"

王一民身体哆嗦了一下,沉默。

"那我可以肯定了,对吗?"

王一民看着崔小婉,眼里充满哀怜和负罪,"我是真的爱你,我把你当成了我的爱人。"

"请不要亵渎爱人这个字眼。"崔小婉叫道。她看着这个外貌英俊，知识渊博，气质斯文的男人，她不知道他到底有多少伪装，不知道那张嘴里说过多少谎言，更不知道那颗心里隐藏着多少不可告人的秘密，她对他彻底没有了把握。

"我们的情况，她知道吗？"

王一民摇了摇头。

"你们结婚多少年了？"

"十……年。"王一民赶紧补充道，"我已提出了离婚，现在一直是分居状态。"

"有孩子吗？"

"一个女……儿。"王一民耷拉下头，没有再说话。

崔小婉已经欲哭无泪，几欲崩溃。两年的怀疑、猜测、恐惧、担心都是对的，只是她没想到会恶劣糟糕到这种地步；两年里，王一民、谢方一、李阿姨，还有那些送礼人，全都在隐瞒她，欺骗她。一个大学生、一个英雄的后代，牺牲了青春、爱情、理想，沦落成了一只被圈养的金丝鸟，不，堕落为令人不齿的二奶、收赃婆、财富中转站……她无法用词语表达出她的屈辱与悲愤。

崔小婉愣在那儿，表情单一，不言不语……当苦苦求证的真相一旦揭示出来，她反而显得出奇地冷静。她无言地望着他笑了，那笑容充满苦涩、凄惶、绝望。

王一世也呆坐在客厅里，崔小婉没有出现预料中的那种暴跳如雷或者歇斯底里，这引起了王一民的恐慌和后怕，他感受着暴风雨来临前的风平浪静。

崔小婉不知道怎么继续下去。后面的路，怎么走？这是她面临的难题。

毫无疑问，这种生活大大突破了她的人生底线。即便死，她也不会再过这种生活。想到"死"这个字眼的时候，崔小婉望了望床边摇篮里的海男，否定了这个念头，她不可能选择这条路。这一点她是清醒的。

　　崔小婉躺在床上，两眼盯着天花板，头脑里一片空白，人世间最糟糕的最负面的情绪充斥着她的整个胸腔。她觉得窒息、压抑，喘不过气来。她坐起身来，把目光投向窗外。院子里，桂花树的枝丫上歇息着一只夜鸟。突然，鸟儿似乎受到什么惊吓，扇动翅膀，冲向苍茫的夜空。那一刻，崔小婉似乎明白了：这儿，真的不是她的家！

38

和风丽日,彩旗飘扬,气球高飞。

海瑞大道经过两年的修筑,顺利完工。岛城政府举行了隆重的通车庆典。王副市长作为主管市领导出席庆典,并在大会上致辞。他说:"我代表市政府向海瑞大道修建工程的建设者表示衷心的感谢!海瑞大道的修建通车,将为岛城社会经济发展发挥越来越大的作用,也将为岛城的城市建设作出应有的贡献!"

会场洋溢着热烈与豪迈的气氛。

正当人们欢欣鼓舞的时候,一条黑白横幅突然在会场外围举了起来。那横幅上写着:请政府付清我们的土地款!

岛城自经济泡沫破灭后,经济一直没有复苏。众所周知,城市财政支柱是土地。前些年的大开发大开放,岛城储备土地所剩无几,岛城财政日渐拮据。因此,必须扩张城市,才能整合更多的土地资源。于是,城乡一体化随之而来。道路当之无愧成为城乡一体化工程的急先锋。道路修到哪儿,就意味着土地建设扩张到哪儿。因为有道路,土地也将大大升值。海瑞大道的扩建,征用了当地农民的土地,而征地款一直没有到位。所以,一群农民便利用庆典机会来闹事了。

站在主席台上的王副市长自然被这不和谐的插曲弄得灰头土脸。他明白,作为副市长,他确实有责任为农民解决这个问题,或者说,最起码也有义务向农民解释这件事情。可是,这付款的事还真不由他管,而且他也不了解这个情况。他一时不知如何说话。但是,他还是不能视而不见，他只能安慰大家：请大家耐心等待，也请大家相信政府一定会圆满解决。

站在主席台一边的谈天，心里暗暗庆幸他的工程款已经全部到位。付款期间，有关部门也有拖欠的迹象，但是，王副市长暗中打了招呼，所以，严重拖欠的事情就没有发生。谈天由衷感激王副市长。而多年后才查明，本应支付给农民的征地款，只因王副市长的招呼，改成了修路工程款支付给了谈天的公司，由此极大地损害了农民的利益。

公安城管很快赶到，把农民的黑白横幅没收了，把闹事的农民驱散了。

庆典草草收场。

谈天走到王副市长身边，低声说："请王副市长到老地方喝个茶。"

王一民自然明白老地方便是怡人庄园了。

谈天赶去银行取了一大笔现金。

那是一扎扎的百元币，装满了一纸箱。胖经理问："取这么多现金干吗？"谈天说："得给工人们发工资，还得给优秀员工发奖金。"胖经理说："谈老板气派！希望谈老板再创辉煌！我们银行欢迎您！"谈天知道银行天天都在拉存款，笑道："你尽管放心，我的钱第一个考虑存在你们银行的！"胖经理感动得像鸡啄米似的点头。谈天搬起纸箱，眼里闪着光，语气充满了傲横，说："如果我没记错的话，我公司在你银行存款达到二千三百二十五万六千一百二十元！"胖经理愣了一下，回到柜台，打开电脑，看了看谈天公司的存款记录，竟然与谈天说出的数字一分不差。他望着谈天的背影惊呆了。

谈天说这话的时候，眼前掠过"山水国际"胡老板凄惶而诡秘的笑容——当年胡老板如果知道自己银行账号里有多少钱的话，他就会明白自己开给谈天的只是一张兑不了现的空头支票，那么，他就根本没有必要去跳楼。所以，这些年，谈天公司从小到大，从大到强，无论有无会计出纳,他都会经常自己跑银行,打对账单,然后,一笔笔检查进出清单。他对自己账号里进出过的一分一毫都记得清清楚楚。因为,他时刻记着胡老板的悲剧。

谈天赶到怡人庄,把车停好,然后,身轻如燕地走进了庄园。

他再次包下望荷亭。茶水点心准备完毕,便舒心地坐下等待着王副市长。

不一会儿,王副市长来了。

冬日暖阳。荷塘里虽然没有荷花,但是水波荡漾,鱼儿跳跃,别有一番风味。

王副市长坐下来后,抿了一口茶,道:"这次几条路的扩建工程,政府资金确实准备不足。你这条路还算好的,按期支付给你了;别的那几条路就惨了,只能拿地作价给包工头。"

谈天连呼:"感谢表哥,感谢表哥!"其实谈天早就听说过,政府修路,如果资金不够,就用土地抵债。"我也想搞一块地。"谈天说。王副市长瞥了他一眼,道:"那种地你也敢要?鸟不拉屎,你要了就哭吧。"王副市长嘴角滑过一丝笑,补充道,"那种地,要开发也要等到十年,或者二十年,你不会想守着一块地养老吧?"

谈天哈哈大笑。

一轮暖阳挂在天空,阳光洒在平坦广阔的原野上,慵懒得如风平浪静的日子,悠闲得如轻风微澜的海面。没有冬天的海岛,原野的风拂过来,塘堤上的一簇狗尾巴草随风摇曳。风还是有些凉,王副市长穿着短袖,禁不住打了个喷嚏。谈天赶紧从桌子上的纸盒里抽出一张纸巾递了过去。王副市长接过纸巾,一边擦着鼻子,一边漫不经心地说:"其实吧,你手里要有钱,搞点地也不是坏事。"王副市长望着谈天,继续道,"海岛未来前景一定是可观的。土地毕竟是稀缺资源,谁拥有土地,谁就是最大赢家。"

谈天突然想起一件事来,问:"表哥知不知道崖城那边有人打算填海造一个岛？"

王副市长点了点头说："当然知道。天鹅岛，蓝图非常宏伟。"

谈天说："那老板我听说过，也是闯海人，前些年做建筑包工头，赚了些钱，后来去崖城开发房地产，但崖城土地贵，买不起，他便设想在离市区最近的海上造个人工岛。他算过，填土造岛的费用比买地的费用划算得多。想想，在大海上，填出一座岛来，盖上最漂亮的房子，面朝大海，四季花开，四周无敌海景，那个房价，你能想象吗？"

王副市长看了看谈天，若有所思，问："你几个意思？"

谈天说："表哥，王侯将相，宁有种乎！我早就有一个心愿，把白沙门好好利用起来。一个烂海滩闲撂在那儿怪可惜了，是对资源的浪费。"

"你打算怎么利用？"

"我想在白沙门的海湾里也造出一个岛来，然后，与海滩连接起来，打造一个海上花园。充分利用大海，扩大土地资源。"

王副市长沉思了一下，道："你这倒是个大胆创意，很有前瞻性，也很有意义，但是，得好好论证。"

谈天说："完全可以论证，而且，我们尽快做出可研报告。"

王副市长点了点头，说："如果需要政策层面的支持，我来把握。"他看了看谈天，有些语重心长的口吻说："我也希望你能做件大事，别把眼光放在小小包工头上。"

得到了王副市长的认可，谈天抑制不住内心的激动，说："我甚至还想过，在岛上建一座高楼，名字就叫闯海人大厦——一定是彪炳史册的事情。"

"闯海人大厦……这名字需要斟酌一下，太局限了。你们闯海人有闯海情结，对白沙门有感情，可以建一个闯海人文化墙之类，不需搞什么闯海人大厦。可以在岛上建一幢象征岛城大开发大开放和体现岛城人民海纳百川胸襟宽广的标志性建筑。"

谈天一听,连连点头:"领导就是领导,绝对有格局,高瞻远瞩!"

王副市长饮了一口茶水,也有些激动了,说:"特区建设需要大开发大开放的思想,更要鼓励敢做敢想的精神。既然这样,你不妨试一试。"

不觉便到了午餐时间了。

谈天说:"只能请您吃这里的农家饭菜了。"

王副市长说,"别搞表面文章,我什么佳肴没吃过?我就喜欢吃农家饭菜,原生态,绿色自然,放心可口。"

怡人庄园的农家菜谱:香辣农家炒鸡、清蒸野生罗非鱼、蒜蓉野菜、西瓜老鸭汤。服务员指着那碗刚端上桌的绿油油的野菜,神秘兮兮地说:"这份野菜可不容易吃得上。"王一民问:"什么意思?"服务员说:"这是海岛航空杨云峰总裁专供的养心菜。杨总裁的厨师是我们庄主的朋友,偷偷送过来几斤。"王一民斜睨了一眼服务员,"哦,杨总裁呀!"突然脸色一沉,生气道,"撤下去,我就不吃他的菜!"谈天赶紧叫那多嘴的服务员将那碗野菜端下去,换了个清炒莲藕片。

吃完饭,王副市长说下午还有会议,要回城里。

谈天便陪着王一民来到停车场。他迅速从自己车上抱下那个纸箱。纸箱比较沉,谈天弯腰弓背地抱着纸箱,快步走到王一民车后,打开车后厢,把纸箱放了进去,"砰"的一声关上车后盖。

王副市长问:"什么东西?"

谈天答:"一箱水果。"

王副市长心领神会,没有说话,"轰"的一声,小车隐入乡野小路的灰尘之中。

谈天站在原野上,吹着原野的风,看着蓝天白云,他明白,他的闯海人生将进入另一个巅峰。他望向岛城北方,似乎看见白沙门海湾，金色阳光的照耀下，一艘绿色的巨轮正停泊在那蔚蓝的大海上。他伸了伸双臂，好像要与世界来一个热烈的拥抱，又好像是将一个梦想从怀里向天空放飞。

谈天满面红光回到家里。张小雪问他喝了多少酒，他说没喝。张小雪便摸着他的额头，问："是不是发烧了？是不是血压升上来了？"他推开张小雪的手，自言自语道："这是一个充满魔力的海岛，它让你一夜之间进地狱，也让你一夜之间上天堂，你不知道我有多么恨它多么爱它！"张小雪愣在那里，有种迷离和恍惚。

39

　　崔小婉时常感觉自己站在一座迷宫的中央,周围是一片漆黑。

　　她经常魂不守舍,尤其是经常性失眠的折磨,更是增加了她的烦躁与焦虑。疲惫不堪,无端消瘦,莫名晕眩,肠胃功能紊乱,以及身心的各种不适,似乎都在向她发出某种信号……她望着窗外,厚重的夜色将她裹挟在黑暗与痛苦之中。她感觉待不下去了——再待下去就是行尸走肉毫无意义。她告诉自己不能耽误了,不能犹豫了,必须要走了。

　　她打电话到深南路上的一家旅行社航空代办点订了两张机票:一张是她的,一张是儿子的。她留了个心眼,订了飞往长沙的机票。她想先到长沙,然后,再改飞贵阳。

　　订好机票,她开始收拾东西。

　　她打开衣柜,一沓一沓现钞显现在眼前。她犹豫了一下,最后还是决定不带走分文。她只想走得干干净净。她做出这么决绝的决定,就意味着要做出巨大的牺牲,尤其是放弃许多,这肯定是她深思熟虑过的。不但如此,她还把这些年来王一民送给她的礼物,全部清理出来,整整齐齐地码好,放在那一沓沓现钞之上。然后,她把自己的衣物与海男的衣物收拾在一只大旅行箱里。

　　行李收拾好后,她便坐在书桌前给王一民写信了。

王先生：

不知道该叫你王副董事长，还是该叫你王副市长，想想，还是叫王先生吧。

我要走了。请原谅我的不辞而别。我作出这个决定，肯定经过了认真思考与艰难抉择。

我们的相遇就是老天爷给我们的一场恶作剧。两个本来不可能交集的人，却邂逅了，并演绎了一场恶缘。这注定了会有报应。所以，不要悲伤，事实上，我比你更悲伤——原谅我的少不更事，原谅我的青春荒唐。

我知道，你很爱海男。可是，我得告诉你，我更爱他。随着他一天天长大，我更不能留下，我害怕他知晓和记住这些不堪的人和事，从而影响他未来的人生成长。

离开才是最正确的办法——对你好，对我好，都是解脱；否则，时间越久，对你、对我，都是一种灾难。我已经意识到了最后的结果。

不要找我——毫无益处。找到的结果只会更加糟糕。我再告诉你一遍，我是英雄的后代，血脉里有英雄的因子。犯了错，就得迷途知返，及时止损。

谢谢你对我与海男的照顾。在这方面，你是一个好人。

但你不是一个好丈夫，一个好父亲；也不是一个好领导，一个好干部。希望你认识到这些，并愿你自重，走正道。

别了，曾经的一切！

别了，美好的，糟糕的，全都再也不见！

崔小婉匆匆
1997 年 4 月 5 日凌晨

写完信，她抬头看了一眼窗外，天际已经发白，一轮红日即将喷薄而出。

海男在摇篮里睡得很香。海男从几个月前就开始睡在属于他自己的摇篮里。崔小婉让他单独睡，是为了从小培养他的独立意识。王一民为了这个问题跟她讨论过好几次，按照王一民的意思，孩子必须跟妈妈睡在一张床上，理由是他从小就跟他妈睡，一直睡到七岁。崔小婉固执地认为，现在的孩子更应该从小就培养独立的意识，而单独睡眠是最好的训练方法。

她感觉自己有些疲惫。她想睡一会儿，却不敢睡。怕一睡下去，错过出门的时间。她算好了动身的时间，早上八点，李阿姨会照例去菜市场购买一天的食物，她便可以带着海男走了。

早上六点的时候，她听到楼下李阿姨在厨房里叮叮当当地开始做早餐。

崔小婉也像往常一样收拾打扮了一下自己，然后清扫房间。这时候海男也醒来了，在摇篮里手舞足蹈，咿咿呀呀不知说些什么。崔小婉抱起海男，给他换了一身衣服。她在心里默默地对他说："儿子，我们将要远行了。"

把海男收拾好后，她便抱着海男下楼到了客厅。

李阿姨把早餐都摆好在餐桌上了。她抱过海男，对崔小婉说："赶紧趁热吃吧。"崔小婉从心里有些舍不得李阿姨。平心而论，这两年来，李阿姨对她实在是太好了，像亲人一样任劳任怨地照顾她。唯有遗憾的是，很多话，她也不敢跟李阿姨说，因为她知道，李阿姨什么事都会跟王一民汇报。她对李阿姨露出一个微笑，冒出了一句："李阿姨，非常感谢您！"

李阿姨觉得奇怪，崔小婉无缘无故说出这么一句话来，令她有点不习惯。她用异样的目光看了看崔小婉。崔小婉知道自己说漏了嘴，只是笑了笑，也没有做什么解释。

李阿姨今天做的早餐是绿豆稀饭配红鱼，还有牛奶和鸡蛋糕。

崔小婉吃着自己的早餐。

李阿姨照顾海男吃着早餐。

吃完早餐,崔小婉起身收拾餐桌。李阿姨赶紧说:"你不要管,你去忙你自己的事情。"但是崔小婉还是把碗筷洗好,放在碗柜里。这个时候已临近八点,崔小婉笑道:"你去买菜吧。"李阿姨点了点头,问:"你和海男想吃些什么?要不要换下口味?"崔小婉摇了摇头,说:"没事,你随意买就行了。"

李阿姨提起菜篮子,便出了门。菜市场离小区有两三里地。李阿姨一般都是走着去,买好菜,再走着回,有个把小时。崔小婉说:"阿姨你把钥匙带上,我怕等会儿我带海男去外面转转,你回来进不了门。"

李阿姨说:"好。"于是带着大门钥匙出了门。

李阿姨走后,崔小婉把海男放进摇篮车里,然后,便上楼去提行李箱。她看到了桌上的那封信,突然想再看一遍,看看有没有遗漏的话要加上。她把那张信纸从信封里取出,看了一遍,觉得没什么好增加了,便把信纸叠好放进信封。这时,一滴泪从眼里滚出,掉落在信封上。她再一次检查了自己和海男的所有物品,确认没有遗漏,然后,提起箱子,走出房间。当她轻轻掩上房门时,还是忍不住回头再看了一眼房间。毕竟生活了两年多,说没有留恋,那是假的。泪水再次在她的眼里滚动,但是,她坚强地抑制住自己。

海男坐在客厅里面的摇篮椅上,向她张开手臂。她扎好了背带,这样,可以把海男背在背上。她走过去,抱着海男,让他坐在背带上。等她确认海男已经扎实地坐好在背带上了,便拖起行李箱向小区大门走去。

在小区大门等TAXI的时候,保安向她打了招呼,问她去哪里?她说出去旅游。保安说:"你这旅游辛苦啊,带着孩子还要拖着行李箱。"崔小婉笑了笑,道:"没事,不算累。"

一辆TAXI过来了,她挥手叫停了TAXI。"去深南路。"她对司机说。

在深南路上的旅行社航空机票代办中心,她取了订好的机票,然后,直奔机场。为了防备王一民寻找她和海男的行踪,所以她先到长沙,然后再改飞贵阳。她相信王一民会去查询当日飞往贵阳的航班,却不可能有时间有精力去查询飞往异地的航班。

飞机起飞后,她透过舷窗最后看了一眼这个城市。这个让她浑浑噩噩迷失了自己的城市。她来的时候是一个人;现在,她逃走了,命运赐给了她一个儿子。

一团团云雾在飞机的翼翅边冒出,然后氤氲一般弥漫,瞬间消散。崔小婉知道自己的前方也像这迷雾一样,但是她没有害怕,反而感觉到一种轻松,一种放松。她看了看怀里的海男,他已经睡着了,晶莹剔透的小嘴在嚅动,似乎又在咿咿呀呀说着什么。她看着儿子立马增加了力量。是的,她不再是一个人了,儿子给了她陪伴,也给了她最大的勇气。

40

崔小婉逃出深圳的那个清晨,谈天从噩梦中惊醒。

张小雪问他怎么了,他说,做了个噩梦。张小雪问什么梦,谈天说只记得林子里有一块墓碑,然后,别的一点也记不清内容。"反正就是古里古怪的梦,吓死人。"他坐在床头,神情恍惚地说。然后,干脆起床,去客厅沏了杯咖啡,喝了起来。有些许放松,再想起林子里的那块墓碑。事实上,他是记得清清楚楚。他梦见墓地里走出一个老头,老头向他埋怨,墓里渗水,混浊,潮湿,他感觉很冷。可是没有人来探望他,也没有人来管他。老头说罢泪水涟涟。谈天之所以不想告诉张小雪,是因为害怕她又要打翻一瓶醋。

他拿起电话,打给了杨监理。

杨监理还没起床,迷糊中问:"老板有什么指示?"

谈天道:"你找两位泥水师傅,拉一车水泥材料,去崔老英雄的坟地。"

杨监理似乎没听明白:"泥水师傅?……坟地?"

"我想给崔老英雄修一下墓。"谈天道,"我先去十三队,把潘阿姨接上,然后在橡胶林里与你们会合。"

杨监理明白了,说:"行,我这就起床去办。"

谈天急驶两个多小时后到达十三队。潘玉梅刚吃完早餐,见到谈天进来,连忙问:"小伙子没吃早餐吧?"谈天说:"还真没吃。"坐下来,潘玉梅赶紧端上一盆食品,"看吃得惯不?"原来她煮了地瓜和玉米。她说,"都是自家种的。"谈天也饿了,狼吞虎咽吃了起来,"好吃!地瓜糯,玉米甜。"一边吃一边喊。

"真是巧,刚好听说三江农场有个老农垦回农场。"潘玉梅告诉谈天,"他姓郭,是我阿爹在连队割胶时的连长,从岛城回农场来探望亲友,他了解我阿爹很多事情呢!"

谈天一听更是高兴。潘玉梅便带着谈天驱车到了三江农场招待所。

招待所位于农场场部。一幢黄色三层楼正沐浴在金色的晨光中,斑驳的墙壁上还残留着大时代的宣传口号和橡胶生产的各种图案。前台穿着一身蓝色工作服的服务员引着潘玉梅与谈天到了二楼的一间房门前,敲了敲门,开门的是一位头发花白的长者。

"郭连长,我是潘世光的女儿……"潘玉梅的自我介绍还没说完,老人便一脸的笑容可掬,迎上前来,握住潘玉梅的手,说:"是阿梅吧?"

潘玉梅点了点头说:"老连长的记性好呢,我是阿梅呢!"

老人笑道:"我可记得呢,小时候你可懂事,经常跟着你阿爹到胶林里割胶。"

老人听说要去潘世光的坟上,激动地说:"好好好,我也去看看。"然后简单收拾了一下,跟着下楼,挥手踏步,雄姿焕发,仿佛回到了英雄的时代。

谈天载着潘玉梅与郭连长到了橡胶林便看到杨监理带着几名年轻工人拖着一车水泥材料开进了橡胶林。

潘玉梅下车后便蹲在崔世光坟前一边拔着杂草,一边泪水涟涟地说:"阿爹,你孙女儿的朋友来给你修墓了,郭连长也来看望你了。"

杨监理带着工人们修墓。他们把墓边松土灌上混凝土使其结实,又用水泥钢筋沿墓边筑了个大围子,还刻意留下了引水槽,最后将墓碑上的大字刷上了红漆,竖立在围子的正口子上,"潘世光之墓"非常醒目。

谈天给英雄磕了三个头,说:"老英雄,我们来给您修墓了!墓里不会再渗水了。您一辈子不容易,是个大英雄,结果,受了个大委屈……不过,现在好了,世界发生了翻天覆地的变化,老百姓都过得很好,这也是您的初心愿望吧!以后,我们会经常来看望您的,也会永远记住您的,您安息吧!"

杨监理带着工人们也轮流跪拜叩首。在英雄面前,大家一下子变得庄严与肃穆。谈天看着,有些感动。他相信正能量是有气场的,每个人的心中都有一份正能量。

郭连长坐在坟边,念叨道:"老潘在农场割胶的那两年,我就总觉得他有很重的心事。我试探问过几次,但没搞出结果。"

谈天提醒道:"应该是老崔,不是老潘。"

郭连长笑了笑,说:"老崔也行,老潘也行,反正就是一个人。"

大家都点头。

郭连长抹了抹眼睛,便开始了回忆——

"我们经常在胶林里遇到,他有时候会带瓶酒,干活累了,一个人坐在胶林里歇息,几颗花生米,或者半个地瓜,便是佐酒菜。有一次他还热情邀请我一起喝一杯,我们俩便坐在林子里喝了起来,老潘,不,老崔喝着酒突然泪流满面,号啕大哭。我问他怎么啦?他摇了摇头,用脏兮兮的手抹了抹眼角,笑了笑说,没事,看到你,心里感觉到憋屈。我当时以为他是跟老婆吵嘴了,受老婆欺负了,于是劝他,女人都一个样,我那老婆更厉害。大丈夫不要放到心里面去就行了。他摇了摇头说,哪里是什么女人的事,你是连长,我看到你了,感觉见到亲人一样呢。我觉得他还蛮会拍马屁,便开玩笑道,亲切就亲切,哭啥丧呢。他抹了下眼睛,再也不说什么了。我隐隐觉得,他心里有事情在隐瞒,他有憋屈而不敢诉说。

"我问他为什么要来农场当割胶工？他说，觉得这里好。我问怎么个好？他说，农场老兵多，跟老兵们在一起，心里踏实。他告诉我，他每天早上起来，走在去胶林割胶的路上时，都会练习走路的步姿。他边说边站起来，向我表演他的军姿。做得非常标准，我的带兵经验告诉我，新兵都走不出他这样的军姿。我夸奖他学得不错，像一个真正的兵。他很高兴，咧着嘴，像个老小子似的冲我笑。

"不久后的一天，指导员突然告诉我，连队里传闻老潘当过兵，手里有枪，而且打过仗，可能是美蒋特务。我惊吓得不轻，连夜带队把他捉拿归案。当时，我参加了审讯，指导员问，你当过兵？他迟疑地摇了摇头。指导员又问，你手里有枪？他说，有一次在海上捡回一只泡过水的木头玩具枪。那枪呢？指导员问。泡过水，腐烂了，就扔掉了。他说。指导员问扔哪里了？他说扔在海里。指导员觉得他是在说谎，怒不可遏，一把撕开他身上的衬衣，吼道：你身上的伤是哪来的？他望着我们，沉静回答：被渔船上的铁钉铁片划刮的。指导员操起一条马鞭怒斥他：你是不是把我们当成了傻瓜，你是不是以为我们看不懂枪炮伤？我们可是打了半辈子仗的兵！说完将手上的马鞭铺天盖地地抽了下去。我赶紧上前把鞭子抢下，扔在一边，对指导员说：祖宗啊，打不得，他还有十几亩的胶林要割呢！"

郭连长叹息了一声，继续回忆道："我们当时确实是把他当成美蒋特务来进行怀疑的，我们甚至还怀疑他藏有电台。我们搜了他的家，在那破烂的茅草房翻了个底朝天，除了一张床，几件衣服和生活劳动工具外，鬼东西都没有。"

潘玉梅抹着眼泪插话道："阿爹回到家里，坐在床板上，没有说话。我走过去，他把我抱起来，摸了摸我的头发，说阿爹不怪你，你还是孩子。我哭着。他说，不要哭，要做个坚强的孩子！"

郭连长继续回忆道："差不多一年时间吧，他被我们跟踪和盯梢。八一建军节的清早，我跟另外一位同志从胶厂回来，经过他家，正好广播里的军号声响起,我看见他从茅草屋里冲到门前一块平地上,将一面不知他从哪里搞来的旧军旗挂在一根树杆上,然后,操起一根木棍,当枪握紧,立正稍息,向军旗敬礼。我惊诧地发现,那绝对不是一般的军姿,那是非常标准、完美无缺的军礼!从那以后,我断定他是个军人,而且是个并不普通的军人。但是,当时连队非常缺乏割胶工,而他表现积极,吃苦肯干,一手高超的割胶技术。所以,眼前的需要,我没有说破。对他的事情,也不去做太多的研究和汇报。当然,我们对他还是有一些防范和警惕的,比如,连队的大小会议,尽量不让他参加。说白了,他就是一台劳动机器,就是一个干苦活的长工。"郭连长嗫嚅着嘴巴,眼里是歉疚的湿润。

"有一天晚上他敲我的门。我问他有什么事,他问能不能像别的职工一样,分一套旧军服给他。我说那些分军服的都是退伍兵,而你是渔民,你没有资格分的。他没有说话,只是很羡慕地看着我身上的军服,然后问可以摸一下吗?我说可以。他便在我的军服上摸索起来。我看出他眼里流露出莫名痛苦的表情……几天后,大台风来了,他为了抢救连队里的干胶,冲进了仓库。我一辈子都后悔我没有给他分一套旧军服。"

潘玉梅哽咽着说:"阿娘跟我说过,阿爹根本不想这样隐姓埋名地活着,他总是埋怨自己活得窝囊活得很累,他说战友们都牺牲了,而他还活着,他无脸回部队。有一段时间,他经常喝酒浇愁,经常大醉,醉后伤心地哭。阿娘知道他的心事,也不能劝。有一次,阿娘问他:你是不是特别想老家?他泪光闪闪,点头说想啊。阿娘说,那你回去吧,我带着女儿也能活。阿爹摇了摇头,说:回不去了,回不去了。"

潘玉梅泣不成声,继续说道:"阿爹心里压着太多的苦衷与憋屈。后来,那场台风,阿爹完全可以躲掉的,但是,他还是冲进了仓库……"郭连长接过话,说:"只要是为了人民的生命与国家的财产,上刀山下火海,眼睛都不眨,这是我们军人的本能与气概。"

杨监理带着工人们在坟前铺了一条水泥路。"以后再来祭拜就方便多了。"杨监理说。然后,他们去树林子里采了一些五颜六色的野花放在坟前。谈天赞扬道:"这些花虽然普通,不娇贵,倒也鲜艳,生命力顽强,也是英雄的象征。"

郭连长感叹道:"想想今天这世界,是多少兄弟抛头颅洒热血换来的啊,来之不易啊!"

谈天点了点头,说:"他们打下了江山,却没看到江山的样子……"他对郭连长说,"您老要好好活着呵。"

郭连长笑了笑,抿了抿嘴,道:"我活得可珍惜呢,我可要好好地看着这世界呢。"

中午,潘玉梅要请大伙去她家吃饭。谈天说:"不麻烦了,我们就在镇上吃点吧。"然后他请大家在镇上吃饭,还是那家猪脚店。谈天吩咐店老板把猪脚炖烂一点。郭连长哈哈一笑说:"我牙齿好着呢!别太烂,要有点嚼劲。就像打仗,硬仗打起来才有味道呐!"大伙儿都笑了。

吃饭的时候,谈天低声问了杨监理一嘴:"表哥每周不去深圳学习了吗?"杨监理抬起头,看了看谈天,问:"你怎么问这个?"谈天说:"我只是问问,没别的意思。"杨监理埋下头,低声说:"我听表嫂说,表哥在深圳可能有个家,表嫂还打算跟踪过去捉……奸呢!"谈天一下子反应过来,对杨监理低声说道:"就此打住!"

吃完饭,杨监理带着工人们返回岛城。谈天送郭连长和潘玉梅回招待所和十三队。路上,郭连长对潘玉梅说:"你阿爹放不下你阿娘,又对不起老家的妻儿,所以,干脆来了个隐姓埋名。"潘玉梅点了点头。谈天说:"他不回部队,可能还有一个原因,那就是感觉战友们都牺牲了,而自己还活着,所以对不起部队,对不起战友。"郭连队沉吟了一下,说:"所以,他一直憋屈着不敢说出来。"

把潘玉梅送回十三队时,她握着谈天的手,说:"感谢你,老板,你是个好人。"潘玉梅回屋里拿了一袋地瓜和玉米送给谈天,说:"拿着吧,你们在城里吃不到的啦。"谈天叫了声:"谢谢潘阿姨!"接过袋子。崔小婉说过,五谷杂粮,绿色营养食品。

41

傍晚的时候,王一民正在开会。

李阿姨的电话打来了,声音哽咽且急促:"王先……生……王先生……"王一民低声问:"什么事?"李阿姨打着哭腔,道:"小婉带着海男出去一天了,还没回来,我从上午九点钟一直等到现在,打她电话,就是关机,真是很奇怪,小婉从来不这样的……要不,您……打一下她的电话。"然后,又是低低的啜泣。

"我在开会,晚会儿联系。"他压低声音对李阿姨说。他把手机挂了,又正襟危坐地听着汇报。那是如何解决城市交通堵塞问题的专家论证会。专家们各抒己见争论不休。但是,王一民耳朵里只有李阿姨的啜泣声了。

李阿姨的电话宛如一声炸雷,把王一民炸得魂飞魄散。

两年多来,王一民第一次接到这样的电话。他坐不住了,心里如热锅上的蚂蚁,躁动不安。他假装上厕所,从会议室出来,溜进了厕所。厕所里无人,他拨打崔小婉的手机,确实是关机。他看了一下手表,这个时候已经是晚上8点了。

他给谢方一打了个电话,问崔小婉今天有没有与他联系。谢方一摸不着头脑,问:"她与我联系什么?"王一民没时间解释,挂了电话,又给李阿姨拨了过去,问:"她什么时候出去的?"李阿姨说:"应该是上午八点多出去的,因为八点的时候我出去买菜,九点钟回来，就不见人影了。桌子上的早餐没有了，她和海男应该是吃了早餐后出去的。"

"她早上没跟你说什么吗？"王一民低沉的声音问。

"她倒是说过出门转转，还叫我带上钥匙，怕我回来进不了门。别的就没说什么了。"李阿姨说。

王一民没有吱声。他一直在思索：崔小婉怎么了？她去了哪里？这两个问题一直在他脑袋里交错与盘旋。他安慰李阿姨："不要慌张。"其实他自己心里更慌。他看了下手表，知道现在已经没有航班了，只能坐明天早上的航班回去了。"如果今天晚上她回来了，你要让她立即打电话给我，无论多晚都要打。"说完，他把电话挂掉，又回到了会议室。

会议仍然在热烈讨论之中。

但王一民已经彻底坐不住了。崔小婉的无端失联，令他的头脑乱七八糟，像一桶糨糊。崔小婉和海男的影子在他的头脑里横冲直撞。他联想到了很多问题：让人绑架了吗？在外游玩出意外了吗？或者，离家出走了吗？他一项项在心里排除——如果是被人绑架，或者在外面玩耍出了意外，按照常理都会有电话通知——无疑，只有他才能解决问题，所以，肯定会有电话打给他。如果是离家出走……王一民觉得不太可能。两年多了，崔小婉要走早走了，怎么在这个时候来个携子离家出走？他觉得这三种情况都不可能。那么，只能静静等待了。等待是唯一出路。

会议在深夜终于散了。

他走出会议室，在回家的路上，他打了个电话给市长，说家里有点急事得请假回去处理。获得市长应允，他随即打电话预订了明天早上七点半的航班。

为方便乘坐飞机，那晚他住在靠近机场的"江东洋房"里。

整个晚上，王一民没有睡好。这是他住进这套房子以来的第一次失眠。他想了很多,但什么都想不明白。每一次结果都令他胆战心惊。甚至,几次听见手机响了,扑向手机,啥都不是,手机根本没有响起。幻觉幻想,令他无法入眠。一直熬到晨曦微露,他便打车去了机场。

安检、登机、起飞,航班准时抵达深圳机场。他打了一个TAXI,直接赶回了别墅。

李阿姨坐在客厅里等着他。她一个晚上没睡,两眼熬得通红。

他沉静地走进客厅,没有像以往那样脱鞋袜,换拖鞋,而是穿着皮鞋直接上了楼梯,"咚咚咚咚"的脚步声很响。他来到崔小婉房门前,房门显然锁上了,他掏出身上的钥匙,把房门打开。房里床铺、摇篮、书桌、衣柜摆放如旧,没有任何异样。地板干干净净,一尘不染;房间里还有崔小婉与海男的气味——王一民抽搐了一下鼻翼,他甚至能够分辨出哪个气味属于崔小婉,哪个气味属于海男。这时他注意到桌子上面有一封信。他走过去,捡起,从信封里抽出信纸,读了起来……

看完信,王一民瘫坐在地板上,泪水"吧嗒吧嗒"掉了下来。

这个时候,李阿姨也上楼来了。王一民赶紧擦干泪水,他显然不想让李阿姨看到他这样子,便想站起身来,可是,却感觉腿有点不听使唤。他努力地挣扎着想站起来,仍然没有作用。李阿姨便上前去搀扶他,他挥了挥手,没有让李阿姨靠近。他坐在那儿一动也不动,想平静一下自己的心情。

"怎么啦,王先生?"李阿姨轻声问道。

王一民抬起头,神情忧伤,看着李阿姨,不得不说:"小婉走了。"

"什么意思?走去哪了?"李阿姨问。

"她带着海男走了,不知道去了哪里。"王一民两手撑地,再一次努力,终于从地上站了起来。他把桌子上的信扬了扬,李阿姨想去看那信，但是他没有让李阿姨看。

李阿姨眼泪汪汪地看着他，不知道如何是好，问："王先生，是不是因为我做得不好，让她和海男走了？"

王一民摇了摇头说："不关您的事。您下楼去吧，让我清净一下。"

李阿姨抹了下泪，下楼了。

王一民掏出手机，给谢方一打了电话，叫他过来。

王一民打开衣柜，衣柜分为左右两部分：衣柜左边柜架上整齐码放着一沓沓百元钞票，钞票上有一堆首饰物品；衣柜右边柜架上一直悬挂着他、崔小婉和海男的衣服。他发现他的衣服还在，崔小婉和海男的衣服一件不留都带走了。他看到衣柜角落里有一个拨浪鼓，他捡起。他清楚地记得那是上个月他买回来悬挂在海男摇篮上的。他摇了摇，"咚咚咚"的声音令他的眼泪忍不住再一次掉落下来。

不一会儿，李阿姨上楼来叫他，说："谢教授来了。"

王一民下楼到客厅，与谢方一面对面坐下。李阿姨很知礼地回避。

"发生什么事了？"谢方一急着问。

王一民说："崔小婉知道了我的身份，所以不辞而别了。"谢方一感到有些惊愕。王一民把那封信递给了谢方一。谢方一看了信，半天说不出话来。他还真不知道如何安慰王一民。想了想，最后这样说："事情既然这样了，也没什么好顾忌了，男子汉，大萝卜，扛得起，放得下。过去就过去了。最重要的一点，就是此事不能外泄，就让它自生自灭。"

王一民明白谢方一想得比他周到，言下之意是提醒他，他的身份特殊，加上他与崔小婉的关系特别，再说，崔小婉也明确表明了态度，所以，这事儿不能对外宣扬，既不能报失踪案，也不能兴师动众去寻人。他点了点头，对谢方一说："只能这样了。我只请了一天的假，处理好这边的事情，晚上我得开车赶回岛城。"

谢方一点了点头。

王一民说："房子我就不用了，房租交到年底。我走的时候把钥匙交给李阿姨。李阿姨的工资我也会给她发到年底。"

谢方一说："老同学你客气啥呢，我不收房租。"

王一民说："同学归同学，房租归房租，这不是客气，这是做人原则。"

谢方一也不好说什么了。他下午有课，坐了一会儿，便回学校去了。

李阿姨在收拾厨房。王一民说："李阿姨，感谢这两年的照顾。小婉不会回来了，我们这个家也散掉了。"李阿姨愣在那儿一个劲儿地抹眼泪，她绝对搞不明白，一个好端端的家怎么会突然就没了。她安慰王一民说："你不要太伤心，说不定小婉是回老家住一段时间便回来。夫妻闹矛盾经常这样的。"王一民看了看她，摇了摇头，说："阿姨，不是你想的这么简单，这个家是散掉了，小婉也不会再回来了。"

李阿姨听着"哇"的一声就哭了起来，她喃喃地说太舍不得这个家了。

王一民也泪眼婆娑。他站起身来，上了楼，继续去整理那些东西。

他的当务之急是如何将这些现金处理。这么多现金，他不敢去存银行，实名存款已经开始了，很多官员就因为把钱存在银行里面出了事，这一点他非常清楚，他身上除了一张银行工资卡外再无任何卡；他也知道，崔小婉走了，这么多现金，更不能放置在别墅里，他只能带回岛城。

他从自己的房间里找了一只装书的大纸箱，然后，把衣柜里的一沓沓现金放进纸箱。他数了一下，有两百多万，占据了纸箱三分之二。他记得有一些是从岛城背回来的，而更多的是广东这边的朋友送来的。他从里面拿出几沓放在公文包里。随即，把那堆首饰物品放在第二层，接着，将自己的几件衣服放在第三层，再在衣服上放几本厚重的书压住，算是第四层了。然后，他用透明胶把纸箱缠了十多遍。他从公文包里掏出一沓钱，交给李阿姨说："这是您到年底的工资。"李阿姨死活不肯要那么多。王一民说："拿着吧。咱们也算不是亲人胜似亲人了。以后我要再来深圳的话，还是找您的。"李阿姨一边抹眼泪一边说："我希望你和崔小婉都回来啊。"

他把越野大奔开出车库——这车是谢方一的，王一民经常使用这车。他决定把这车开回岛城，以后再找时间送回来，或者让谢方一去岛城自己开回来。

王一民想把纸箱搬进车里，可纸箱非常沉重。李阿姨见之主动说："我来帮你一起抬吧。"王一民笑了笑，说："都是些书。太重了。"李阿姨笑了笑，道："书中自有颜如玉，书中自有黄金屋。我读小学时就听过这话。"

王一民算过，明天天亮前能到达岛城，八点的班子早会不会迟到缺席。

他把物品都收捡好了，匆匆地吃了点东西，便跟李阿姨告别。李阿姨已经哭得稀里哗啦，"王先生，你要多保重啊，我真的不放心你呀！"王一民走过去，抱了抱李阿姨，说："阿姨，没事的，我能挺得住，你放心。"

王一民竟然连爬两次没有爬进大奔的驾驶室。他感觉双腿发软无力，最后，一只手抓住方向盘，一只手抓住座椅，总算爬了上去。他坐在驾驶室里，沉静了一会儿，用手捏了捏大腿，感觉疼痛。李阿姨站在车边上，仍然呜呜地哭。王一民示意她不要哭，以免惊醒左邻右舍。李阿姨捂着嘴巴眼泪不停地流，点了点头。王一民把车门关上，打开车窗，说："没事的，阿姨放心。"然后启动车子，把车灯打开，他向李阿姨挥了挥手,说:"再见了,李阿姨。"然后把车向前开去。

他把车开出院子,探出头再回望了一眼这幢房子——夜幕里,院门前,李阿姨还站在那里,抹着眼泪。他停下车,无力地伸出手,再一次向这幢房子,向李阿姨,挥了挥手。

王一民有史以来第一次开长途夜车。

从深圳到湛江,高速公路,五个多小时的狂奔,到湛江的时候已经是晚上十二点左右了,他感觉有些困倦,他不愿意歇息,于是,在路边一家商店买了几瓶红牛,猛灌两瓶,精神焕发上了路。再从湛江到海安,两个多小时的国道。无边黑暗,车灯雪亮。

突然,他看见路边有一个女子抱着一个孩子在匆匆行走。他吃了一惊,揉了揉眼睛,原来是幻觉。他知道自己开始想崔小婉和海男了——他们的身影在他的脑海里开始不停地浮现。有几次他竟然实在忍不住伤心而泪流满面,便把车停在路边,冲着前方吼道:"小婉,海男,你们在哪里?"声音冲破厚重的黑暗,不知能够传播多远。他多么希望这不是幻觉,他一定会一脚把车刹住,然后冲下去抱住他们号啕大哭——他会告诉小婉,他情愿把自己的心割下来捧给她,也不愿意她以如此决绝的方式惩罚他。

还有一百多公里路程需要赶。

前方黑沉,容不得分神,更容不得悲伤占据心头。

一个多小时后,他到达海安码头。运气很好,刚好有一趟过海船,他第一个把车开到轮渡的铁板上。一个多小时后,他回到了岛城。

回到岛城后,他才意识到更多的危险在面前,这些钱,还有这车,放在哪里才是安全?第一个排除地点是自己的那套老房子。他在那住着,好名声已在外,他不愿意玷污它。他应该永远保持一位清廉干部的美誉,他应该经得起时间的考验,也经得起日后如若翻车的搜查。

　　他想起了谈天借给他的"江东洋房"。虽然谈天已经明确向他表示那套房子归他，但是，毕竟自己不是真正的主人，把这两百多万现金放在那里，更不是明智之举。尤其是这辆百万豪车，放在小区更是招人。他想到了一个地方——乡下老屋。没错，偌大的院子，老屋没人居住，祖宗们坐在牌位上看管着老屋。他们只有在逢年过节的时候才会回到老屋住上几天。看来，没有更好的地方了。把车停在院子里，把钱藏在老屋里。

　　过了海，王一民看了看表，时间已是凌晨四点。他没有在岛城停留，直接驱车几十公里回了县城。老屋的钥匙在妻子手里。他得叫上妻子。天快麻麻亮的时候，他把车停在家门口，敲门。妻子从梦里惊醒，一边拉亮电灯，一边骂骂咧咧："发神经了吗？这么晚谁敲门？"

　　"老婆，是我。"王一民说。

　　"你真的是老王？"妻子感到非常诧异。

　　"我当然是。老婆，你开门。"

　　妻子一下把门打开，看到是王一民回了家，眼泪都快流出来了。

　　王一民说："我刚刚出差回来，你搞点东西给我吃。"

　　妻子立马煮了一碗鸡蛋面。

　　王一民一边吃着鸡蛋，一边跟妻子说："把老屋里的钥匙带上，跟我回老屋一趟。"妻子用疑惑的目光看着他。他想了想，干脆道来："我出去做了一趟生意——赚了一些钱回来。你知道，干部不能经商，所以，这钱得放在任何人不能知道的地方。"

　　妻子把脸一沉，道："你当官二十多年，没见你拿过钱回来，你大半夜回来说赚了钱，你是来逗我玩的吗？"

　　王一民不想多说，起身爬上大奔，对妻子说："你开自己的车，跟在我后面。"妻子便十分听话地开着自己的黑牌走私车，跟在王一民车后。两车直奔十里开外的乡下老屋。不一会儿，老屋便在面前。妻子下车去开了院门，王一民将车开进了院里。妻子将屋里的灯打开。王一民来到车尾边，打开尾盖，指着大纸箱对着妻子道："一起把它抬进去。"妻子便帮着王一民用力将纸箱从车上搬进屋子里。灯光下，妻子迫不及待地打开纸箱，一层书籍，二层衣服，三层首饰包包——"这是我给你和女儿买的。"王一民指着它们道，"不过，这些现在不能用，不能露富。"妻子点头，说："没想到你心里还是有我娘俩。"再看底层，全是一沓沓红闪闪的百元钞票。妻子从来没见过这么多钱，她做梦都没梦见过这么多钱。她这回不知是惊喜还是感动，只觉泪水涟涟，张大嘴巴望着王一民，问："这钱真的是赚来的吗？"王一民躲开她的目光，说："放心吧，都是赚来的。等到我俩退休了再用。"她说："厨房里有一个小杂物间，那里面我是放了一些碗呀碟的，刚好厨房门挡住了那杂物间的门，所以，很难发现杂物间。要不，就把纸箱放在那里面？"

王一民点了点头。

两口子合力将那纸箱塞进了杂物间。

忙完后，王一民把大奔停放在了老屋院子里。他不能开回岛城，这么个豪华大车，停放在哪一个小区都扎眼。他停好车，锁上院门，然后坐上妻子的黑牌走私车回了县城。一进门，王一民往沙发上一倒，说："太困了，我眯一会儿，天一亮你就把我叫醒来，我要坐第一趟班车赶回市里去开早会。"妻子懂事地点了点头说："你睡吧，我叫你。"

然而，王一民躺在沙发上，却怎么也睡不着了。他的眼前突然浮现妻子望着那些首饰包包和钞票时的泪光闪闪……一阵愧疚涌上心头，眼里也有些湿润。他觉得崔小婉说得对：他不是一个好丈夫，也不是一个好父亲。他对不起妻子和女儿。

"女儿呢？"他问。

"住校。周末才回来。"妻子答。

"好久没见过女儿了。"他自言自语道。

"你也知道啊,"妻子娇嗔着,走过来想跟他温存一下,"你问一问你自己多久没回来了。"王一民推开她,说:"我有点累,不要急,我下周就回来的。"

"真的吗?"她有点不相信地问。然后盯着他的眼睛,埋怨道,"你自己说说有多久没回了?"

王一民看了看她,诚恳地说:"放心,以后我每个星期都回来。"

崔小婉的离去,虽然令他悲伤与痛苦,但是,心里也涌出一缕庆幸、一丝轻松,并感觉到了一种身心的解放——他不用再过担惊受怕那种生活了,也不用困倦于两地飞奔的旅途了,更不必害怕看到崔小婉充满疑惑与审视的目光了……

他在心里暗暗发誓,从此好好当官,好好工作,好好爱家。

42

崔小婉在长沙黄花机场转机。

她突然听到背后有一个声音叫她,那一瞬间她差点被吓傻了。她以为是王一民派人来找她的。由于紧张,她的脸色变得苍白。她迟疑了一下,还是转过身去,一眼便看见了叫喊她名字的人竟是她的中学同学韩小燕。

"你怎么在这里呀?"韩小燕惊讶地向她叫道。

"我转机呢!"崔小婉看了看韩小燕,心有余悸地问道,"你怎么也在这里呀?"

"我嫁到湘北这边来了呢!"韩小燕笑道。

湘北?这个时候,崔小婉突然记起谈天曾经说过他是湘北农村人。

他乡遇故交,两人虽然没有眼泪汪汪,心里却已经是温润潮湿了。

因为要转机,来不及细说。崔小婉背着海男,手拖着行李箱,准备去前台办理转机手续。韩小燕奔过去,从崔小婉的背上抱过海男,嚷道:"退票,退票,这个钱我出!"任凭崔小婉如何婉言谢绝,韩小燕揪着崔小婉的行李不放,死活要让崔小婉玩儿几天再说。

崔小婉最终执拗不过,只得将机票退了,跟着韩小燕去了她的湘北婆家。

韩小燕中学毕业,没考上大学,便到东莞打工。打工时认识了同厂的湘北青年胡小毛。胡小毛的忠厚老实与吃苦耐劳赢得了她的好感，两人谈了一年恋爱后结婚了。结婚后，两人在东莞做起了手机生意，做了不到一年，将积攒的钱亏得一毛不剩。没办法，两口子便回了湘北农村，承包喂养六十亩小龙虾。秋季龙虾丰收后，韩小燕回贵州老家探了亲。没想到，返回湖南时，竟然在长沙机场遇着了数年不见的闺蜜崔小婉。

胡小毛开着一辆二手桑塔纳来接韩小燕。韩小燕给胡小毛介绍了崔小婉。胡小毛笑容可掬，一脸憨厚。崔小婉从韩小燕手中接过海男，韩小燕推着行李，跟着胡小毛上了车。

桑塔纳在湘北公路上飞驰。沿途的湖泊、河流、田野构成了一幅水绿交融、生机勃勃的江南水乡风光图。一幢幢村舍临水而建，人们享受着水乡生活的优裕。

"我们有五年没见面了吧？"韩小燕说。

崔小婉点了点头："是的。"

"快说说你的情况。"韩小燕说。

"大学一毕业我就去了大开发大开放的海岛，后来又到了深圳。"

"你看你，到了深圳也不告诉我，我在东莞，可近了！"韩小燕埋怨道。

谈及婚姻，崔小婉看了看怀里的海男，轻描淡写地说："合不来，所以，分手了。"

走进韩小燕与胡小毛家的院子，韩小燕指着院子里一幢小房子对崔小婉说："你带着海男就住在那一幢。"然后领着崔小婉去看那幢房子。

房子是农村的三居室，干干净净，家具、电器、厨具一应俱全。

韩小燕说："原先是胡小毛他爹建好后给我俩当结婚新房用的，我们嫌弃太小，便凑了钱在院子里另盖了一幢大的，于是，这幢房子就空着了。放心住吧，别急着回去。"她指了指门前的一片菜地，说，

"你看地里都是菜,绿色原生态,而且……咱俩没事还可以一起吮吮小龙虾,又香又辣正宗湘北风味!"

崔小婉很感谢韩小燕这份同学情谊,想想在这边休息一些时间也不错,算是个旅途上短暂的度假休闲。于是带着海男住了进去。

韩小燕与老公胡小毛忙着养殖小龙虾,看水、投食、种草、护沟、灭螺……几乎不得闲。尤其是胡小毛,话不多,一脸憨笑,特别勤劳,还疼老婆。崔小婉羡慕这小两口,虽然辛苦,但是恩爱幸福有奔头。

住了几天,有一天傍晚,韩小燕跑过来问,"小婉,要不要给你找一份工作?"崔小婉笑了笑,问,"这么个小村,哪来的工作?"韩小燕说:"村里小学语文老师前些日子身体不舒服,去医院检查,发现患了乳腺癌,请了半年假。上面一时也派不来老师,眼看四、五年级语文课就要停了,学校正在发愁,到处找人。小毛舅舅当校长,传话让我去做代课老师,我才中学毕业,哪能行啊,你不正是师范毕业的嘛!"

崔小婉听说当老师,自然有点兴趣。她想,做代课老师,一方面,弥补自己毕业后一直没有当过老师的遗憾;另一方面,也算是帮乡村学校的一个忙吧。点了点头。

"我让小毛晚上去校长家问问。"韩小燕说。

第二天一早,韩小燕敲响了崔小婉的门,"起床起床,崇敬的崔老师!"韩小燕叫道,"搞定了!"原来,校长听说崔小婉是师范学院毕业的,高兴得拍手叫好:"天上掉下个林妹妹!赶紧请过来,要不,我们抬轿子去接!"

崔小婉接受了学校的聘请,担任了小学四五年级语文代课老师,时间为一学期。学校恰好有一个幼儿班,一个年轻的美女幼师专门带着十来个跟海男年龄差不多的幼童。崔小婉便把海男交给了幼师。

崔小婉在乡村小学开始了教书工作。

湘北平原，环境优美。每逢周末，崔小婉便带着海男摘野花，钓龙虾，摸泥鳅。她特别喜欢这种乡野生活，仿佛回到了童年时代。崔小婉喜欢这里淳朴的民风：大湖水令人们性格温柔、善良灵秀；大平原令人们豁达开朗、心胸坦荡。她常常情不自禁地想起谈天。她暗暗吃惊，难道这就是所谓命运天注定吗？竟然一头撞到了他的故乡！她在心里说，我走过你走过的路，吹过你吹过的风，算不算相逢？

有一天，韩小燕突然神秘兮兮地问崔小婉，要不要嫁给湘北平原？崔小婉莫名其妙，韩小燕便笑着告诉她有一个帅哥看上她了。

崔小婉问："什么意思？"

韩小燕说："他是村里的会计，大学毕业，人长得帅，家里条件也好。叫我来说媒。"

崔小婉摇了摇头，说："那不可能。"

"为什么呢？"韩小燕问。

"我是要回去的，我阿娘在家里，身体一年不如一年，我该回去陪陪她。"崔小婉说。

崔小婉所说是真实的。

阿娘非常挂念崔小婉。前些日子，崔小婉打了电话回去，老人问她什么时候回家？从阿娘那种渴望的口吻和急迫的语调中，崔小婉明白，阿娘是真的想她了。在深圳，她几次想接阿娘住一起，但阿娘不习惯城市生活。当然，也有崔小婉自己的原因，她知道自己的生活不明不白，所以，也不愿意让阿娘目睹而担忧……现在，阿娘也知道她与王一民分开了，肯定希望她能够早些回到自己的身边。"什么地方都能活，但是，在阿娘身边，活得更踏实。"她告诉韩小燕。

韩小燕点了点头，表示理解："好吧，按照你自己的意愿去生活吧。"

崔小婉笑了笑，说："感谢你和小毛，让我这个师范生终于圆了一回当老师的梦。"崔小婉握了握韩小燕的手，说，"这些天……我想到一件事情，我们那山村的孩子们每天要走十多里山路到镇上才能读书……我想……能不能回我们山村办一所……学校？"

韩小燕一听，惊奇道："当然可以啊，这是个不错的想法呀。"

崔小婉继续道："海男也要上学了……如果我办一所学校，海男也有地方念书，而且我也可以把阿娘接在身边，这样我就能……两头照顾了！"

韩小燕有些疑惑地问："问题是……办学校容易吗？"

崔小婉说："这几个月的代课，我一直在思考办学校的事情，我觉得还是有办法的。"

"那当然好。"韩小燕说，"假如你办学校需要我帮助什么，尽管来电话，我和小毛肯定会全力支持你！"

崔小婉说："很感激你和小毛的慷慨情义。你们太辛苦了，赚钱不容易啊！"

韩小燕说："辛苦是辛苦，但是心里踏实。"

崔小婉说："心里踏实就是最大的幸福。心里不踏实，再多钱财都没有意义。"

冬天来了。湘北下了第一场雪。这场雪，足足下了两天两夜。半尺多深，白皑皑一片。海男跟着一群小伙伴堆着雪人，脸冻得通红，手冻得乌黑，额头上却冒着热汗，在雪地里蹦啊，跑啊，跳啊，兴奋得手舞足蹈。崔小婉知道，这是海男在城里得不到的快乐。

一个学期很快就结束了。

期末考试成绩出来后，同学们的成绩不错，学校给崔小婉发了奖状。随即，学校要放假了，崔小婉也圆满完成了代课老师的任务。校长邀请她继续留在学校，她婉言谢绝了。学校为她开了欢送会。孩子们抢着与她合影，一个个难舍难分。她也热泪盈眶。

那天早上,崔小婉把行李收拾好。胡小毛与韩小燕开着桑塔纳过来了,他们一定要送崔小婉和海男到长沙机场。

办理托运的时候,韩小燕多托运了一只箱子。崔小婉问是什么,韩小燕说打发她一箱寒风吹太阳晒的湘北腊鱼腊肉,"想我的时候就尝尝这湘北风味,尝不够了就回来看我。"韩小燕对崔小婉笑道。

43

谈天惊诧地发现王副市长变老了。

变老的特征：一脸憔悴，眼窝深陷，鬓角生出银丝，法令纹由浅变深……王副市长变化如此，别人以为他日理万机、鞠躬尽瘁，他自己知道是怎么回事儿。

谈天也认为王副市长突然变老一定藏着隐情，另有蹊跷。他向杨监理打听过，杨监理也说不出一二。谈天一想，杨监理怎么可能知道呢？虽然他与王副市长是亲戚，但是，王副市长早就认为他是个大嘴巴，满嘴跑火车的人，所以，对他也只是貌似客气，实际心存芥蒂，断然不会把个人之事透给他。

谈天更为重要的发现是：王副市长似乎周末不去深圳学习了，从报纸或者电视上看见周末里王副市长忙碌公务的身影。他像分身有术，更像一人多用，一会儿在街道慰问、一会儿在桥梁视察，一会儿在民生工程参观……透过王副市长那一脸的冷峻或者微笑，谈天能够发现与辨识出王一民那被掩盖着的、一般人看不出的、细微至极且变化多端的真实心绪。这令谈天有些疑惑。

《白沙门海湾填海建岛可行性报告》已送市政府好些日子了，一直没有动静。奇怪的是，这段时间王副市长与他的联系突然又变少了，几乎到了失联的地步。

这种突然的疏远与冷漠，令谈天百思不得其解。他经常感觉王副市长的脸色宛如海岛六月的天气，忽儿阳光灿烂，忽儿阴云密布。变幻莫测，捉摸不透。谈天也反复地反省过自己，什么时候、什么地方得罪或者辜负了王副市长？实在想不出来。他觉得是不是自己对王副市长太自作多情或者太一厢情愿了？这些年，谈天穿梭在官员们之间，也多少领略了官员们的嘴脸，也多少明白了官商之间的交往本来就毫无忠诚可言，可以一夜之间亲近你，说明你有使用价值；也可以一夜之间抛弃你，表明你已毫无用处，不需要太在意。

但是，谈天心里明白，他无论如何不能失去王副市长这棵大树，更不能让这座靠山垮掉。他直接给王副市长办公室打了电话。王副市长本人接电话。当他听出是谈天时，他的声音一下变得生疏与冷漠："有事吗？"

那一瞬间，谈天感觉全身发冷，"表哥，我想……问问，"他的声音发颤，"……白沙门项目……有结论吗？"

王副市长似乎愣了一下，问："材料报过了吗？"

谈天说："早……报了。"

王副市长"哦"了一声，说："那就等结果吧。"

"表哥……"他似乎还想说点什么。

王副市长显然有些不耐烦，问："还有事吗？"

谈天勇敢地说："我想请您出来坐坐。"

电话那边没了声音，半天，王副市长"嗯"了一声，道："再说吧。"电话挂掉了。

打鼓听音，说话听声。这话里全然没了以往兄弟间的亲切与热和。完全就是公事公办，就是一派官腔。王副市长的傲慢和冷漠，实属反常，令谈天深深担忧。他想不明白，王副市长是受了什么刺激，或者受了什么伤害？

他倒是记起了古刹寺那位高僧的纸条："月黑风高，如履薄冰"。那八个字虽然吞进了他的肚子里，但一直刻记在他的脑海里。他想，莫非王副市长真的进入了高僧预言的那个险境？或者，那八字魔咒真的应验了？谈天不敢猜，也不敢想。

放下电话的王副市长当然意识到有些对不起谈天。

这些日子，他如一只惊弓之鸟，低沉而悲伤。尽管如此，他告诫自己，必须稳住自己的内心，必须管理自己的情绪，包括每句话的表达，包括脸上的一丝表情，都不能透露出内心的痕迹。他的变化已经引起了很多人的不适。包括谈天。

事实上，他心里也非常清楚，谈天是最危险的人之一。谈天的精明、圆滑，他都领受过了。平心而论，谈天算得上是一个对他忠心耿耿、有情有义的人。他也确实一度将他当成了亲信或者心腹。谈天真诚、懂事、大度、义气，都令他放心与信任。但是，他何尝不知，谈天一直在围猎他。他甚至都能清楚地看到谈天内心燃烧着的对金钱的欲火。他明白，官场上很多官员的灭亡都拜身边人所赐。他时刻提醒自己，必须对谈天有所防范，保持距离。

批阅完几份文件，王副市长还是给谈天打了个电话，说去怡人庄喝个茶。他觉得有必要跟谈天坐一坐。

谈天今天换的是功夫茶具。

功夫茶，是海岛的一种茶俗，又称作"茶道""茶艺"。是一种将艺术、礼仪、修行、生活融合在一起的茶文化，也是一种有钱人在一起"雅聚"的文化。极小的茶杯，就一口抿的茶汤量，悠哉游哉，慢闻细品，喝的是一种情怀。怡人庄有漂亮的茶艺小妹，谈天转念一想，王副市长来，肯定要谈些重要话题，不适合茶艺小妹在场。于是，他只是要了一套功夫茶具，而没有邀请茶艺小妹来煮茶、泡茶、滤茶……

王副市长来了，坐下，默默地喝茶。一口，一杯；又一口，又一杯……似乎长途跋涉而来，干渴得不行。事实上，并不是为了解渴。

他只是通过一杯接一杯喝茶的行为掩饰住他内心的心猿意马，他的思绪还一直漂浮在别的事情上。他一连饮了三杯，直到第四杯的时候，他才觉得自己有些失态，杯子停在半空，看了看谈天，笑了笑，道："我想起来了，你那个《白沙门海湾填海建岛可行性报告》已经过了市长办公会，应该很快就能拿到文件了。"

谈天兴奋地叫了一声"太好了！"双手作揖对王副市长做了个感激的手势。然后，赶紧给他的茶杯里续茶汤。

"我可能……"王副市长又一仰头，喝下这第四杯。把杯子放在桌上，说了这么一句，"以后也帮不上你什么忙了。"

谈天一阵困惑，问："表哥这话是什么意思？"

王副市长拾起桌上的一张纸巾，抹了下嘴巴，说："没什么意思，先给你打个预防针，你心里有个思想准备……当然，能够关照到的地方，我还是会关照的。"

谈天对王副市长这自言自语式的话摸不着头脑。他随即联想到这段时间里王副市长与他的疏远，便说："表哥，我有件事不知当问不当问？"

王副市长点了点头说："问吧。"

谈天问："我是不是哪方面做错了？"

王副市长问："你怎么这么说？"

谈天说："我发现……您对我有比较……大的……变化。"谈天说话小心翼翼，生怕哪句话，哪个词，哪个字，刺激了王副市长哪根脆弱敏感的神经。

听了谈天吞吞吐吐的这句话，王副市长眉头震颤了一下。他看了看谈天，笑了一笑，声音极为低沉，说："你没有任何地方对不起我，是我的问题；你不要太过于担心，是我的问题。"

王副市长用"问题"两字阻止谈天的揣测，谈天便不敢再说什么了。谈天知道，像王副市长这样的官员，是很难走进心里去的，他也不可能向你敞开心扉。事实上，无论王副市长如何刻意隐瞒，蛛丝马迹总会流露出来，谈天早就从他沉默冷峻的外表下看出了他的憔悴、沮丧、颓废和苍老，也感觉出了他的痛苦、恐慌、压抑与懊恼。并且，谈天凭着自己的人生经验，感觉出王副市长应该是受了情伤。谈天一直记得在失去崔小婉的时候也有过这样的惨状，只是表现与发泄的方式不同而已。谈天这样想着时，有些悲悯起王副市长了：一个走仕途的人，一个在官场上混的人，如果还这么儿女情长，真得担心哪一天不知道自己是怎么死的呢。

谈天没有说话。他只是望着王副市长，然后，一脸释然地笑了笑。

王副市长看着谈天，第一次发现谈天的笑很天真、很单纯、很可爱。他盯着谈天的那张笑脸，猛然发现这张笑脸与谁极为相似，他在脑海里快速地搜索，然后脱口而出叫了一声："海——男！"

谈天愣了一下，他不知道王副市长对着他叫"海——南"是什么意思？

王副市长歉意一笑，道："我发现有一个孩子跟你长得很像，脸型、眉毛、微笑……他叫海男——大海的海，男孩的男。你们长得很像！"

"海男？"谈天更是莫名其妙了。

王副市长顿觉自己失言了，赶紧住嘴。随即，"哈哈"一笑，起身，背着手，围着望荷亭转了个圈，以掩饰他的尴尬，嘴里一直在解释："一念之间……哈哈……一念之间……"他的意思似乎是说一念之间的幻觉而已。

"海男……是谁？"谈天在心里问。

"这茶真是好！"王副市长显然扯开了话题，指着茶台上的茶壶，赞叹道。然后，他给自己酌了一杯绿莹莹的茶水，再次一口饮下，抹了下嘴巴，继续道，"你上次送给我的茶叶，我每天都喝，真是喜欢！"谈天说："喜欢就好，您的喜欢比一切都重要。我再给您找一些。"王副市长摇了摇头,抬起目光,扫了一眼荷花塘,说:"算了,别找了,别欠人家的债。"谈天立即恭维地说:"您是一个讲究的人,您不会欠别人的债。"王副市长有点尴尬地笑了笑。谈天透过王副市长的近视镜片,看到背后那双眼睛里流露出一缕心虚而惊慌的微笑。

"我得回办公室了,不能出来太久。"王副市长起身,往停车场所走去。

谈天跟在后面。

上车的时候,王副市长对谈天说:"忘记跟你说一件事了,我把那房子装修了一下。"

谈天心想,那房子按照样板房买的,干吗要装修?他感觉王一民是故意抛出话题,于是,豪爽地笑道:"那房子,表哥您自己决定,啥时方便,您找个身份证给我,我去过户拿房证给您就行了。"

王副市长愣了一下,过了一会儿,说:"不急着拿房证。"王副市长心里清楚,这套房子,他可以一直住着,并不急着要什么证。这样,即便今后发生什么事情,他也可进可退。

至于他说的装修,倒是真的。前些日子,他发现主卧与次卧之间有一个闲置的几平方米的露台。他是学道路桥梁专业的,很懂如何利用剩余或者闲置空间。于是,打算将这露台砌两面墙,开个门,再抹上与卧室一样颜色的涂料,那么,受视觉影响,外人根本看不出是一间房,这样,闲置的露台就成了一间保密性极强的小房。他想到便行动——他没有找装修公司,他是道路桥梁专家,这点泥瓦匠活难不倒他。那些日子,他一下班,便开车去了郊区的一家建材店。因为车尾厢空间有限,所以,只能每天带回部分材料。第一天,买回了泥瓦匠的必需工具;第二天和第三天,拉回一些砖头;第四天第五天,买回水泥和河沙;第六天,买回涂料、刷子和塑料布。十天半月后,一间密室真被他倒腾出来了。这密室做什么用呢?他想了好几天,终于想明白,完全可以存放一些贵重的物品——谁家没有一间小密室呢?尤其是有个一官半职的人家。他这样想着时,有些得意地笑了。

王副市长启动小车引擎的时候,谈天站在车窗外,向他笑着挥手说再见。王副市长不敢看谈天的那张脸,那张脸莫名其妙地竟然引出了他对儿子海男的思念。王副市长踩了一下油门,小车飙上了新近修好的江东大道。

小车无声地行驶在宽阔的江东大道,王副市长的眼前浮现出儿子海男的那张笑脸。他的心一下子都暖化了,眼眶也湿润了,他在心里轻声地呼唤:"儿子,老爸真的很想你!"

越想放下,越是放不下。有一天晚上,他梦见崔小婉带着儿子回来了。他们还是原来的样子,而他自己变老了。他知道,梦是反的。崔小婉迟早要嫁人,他已没有必要去惦记了。他在乎的是儿子。想到儿子缺失父爱,他心里很痛。作为一个副市长,他能改变许多人的命运,却无法改变自己儿子的命运。为此,他常常暗自惆怅而伤悲。

很多次想去寻找母子俩——他知道他们一定会回到大山里的那个小村庄,但是,他的眼前总是浮现出那封冰冷的信笺……那封信说得很明确,不要去寻找他们,找到的结果只会更加糟糕。想到这里,他便失去了寻找的勇气和信心。他安慰自己,暂时的分离,是为了更好的团聚;互不打扰,便是彼此的安好。他已经做好了计划,等他退休后便踏上寻亲的征程。他甚至还想过,或许某一天,长大了的儿子会自己上门来寻找他——毕竟他是他的亲生父亲,他们有无法割舍的血亲。他坚信一定能够与儿子重逢与团聚。当这个念头在大脑里跳出来的时候,他意识到应该为重逢准备点什么,为团聚做一点什么。他开始幻想有一天儿子为浓烈的父爱而感动,他自己为父爱的弥补而释怀。

小车无声地驶入江东洋房小区。

王副市长快步走进电梯,快步走进自己的房间。他站在主卧与次卧之间,望着那间密室,一个疯狂的、罪恶的计划在他心里肆无忌惮地生长出来……

44

春夏秋冬，日月如梭；指缝很宽，时间太瘦。

海岛大开发大开放的无序与浮华，渐行渐远。

那个春天，沉寂了许久的海岛迎来了喜讯——建设国际旅游岛。

什么是国际旅游岛？报纸、电视、网络，天天在讲，但老百姓还是不清楚。新闻发言人倒是有一个很形象的比喻。他说："如果二十年前的海岛大开发大开放是给海岛建了个中国风的底座，那么国际旅游岛就是要在中国风的底座上建出国际范儿的高楼和大厦。"

岛城市民们激动得热泪盈眶。

他们奔走相告：我们要建国际旅游岛了！我们要富裕了！他们想象着岛城的大街小巷，即将行走着许多红头发、绿头发、白皮肤、黑皮肤的外国人；他们想象着他们的皮夹子里，即将塞满着一沓沓、一扎扎花花绿绿的外国币。

然而，不久后，首先蜂拥而至的不是外国人，却是举世闻名的山西煤老板与温州炒房团。

他们不分男女，肩扛手推着大包小包的现钞，进入海岛一个个装修豪华并喷洒着浓郁香水的售楼大厅；他们面对着一座座金碧辉煌的沙盘，两眼放光，嘴里喊着一串串房号，手指向哪里，哪里便插上代表"已售"的红色三角旗。数月里，他们攻城略地，横扫海岛，三角红旗插遍了绿色海岛的山山水水。

随之而来的，便是海岛土地价格与房价噌噌地急剧飙升。

谈天坐在办公室里，粗略算了一下：一夜之间，他啥也没做，就凭他的几处房产，再加上文明西街那幢三层办公楼，便坐拥千万，成了十足的岛城千万富翁。

他觉得有些不可思议。

他的眼睛，盯着墙壁上的一幅油画。那是一幅名叫抱水罐女孩的油画。那是一幅赝品。女孩显然刚从海水里沐浴上岸，半路上摔一跤。那肩骨，呈九十度直角；那蛾眉，淡淡地蹙着；那眼眸，清澈里藏着坚强。这是大胡子送给他的。大胡子逃离海岛时送给他两样东西：一是这幅画，二是那把刀。那把刀，他扔掉了。这幅画，他一直挂在办公室里。大胡子说，当他路过某个富人小区，在垃圾桶里看到这幅画时，他一下子便愣住了，他觉得这女孩的眼睛太好看了，于是，弯腰便捡了回来。"你挂在墙上吧。"他送给谈天时说，"这女孩有福相，能伴你成大事。"谈天便将这女孩子一直挂在办公室里，期待她助成大事。

岛城政府红头文件《关于同意开发白沙门海湾的批复》摆放在了谈天的办公桌上。政府明确同意在白沙门海湾填造一个3.3平方公里的小岛；同意在岛上建立一个93米高的闯海女神雕塑和一幢58层的白沙门大厦。在建设国际旅游岛的背景下，海岛土地房价如日中天。谈天知道，建一个小岛意味着什么。他再一次感受到海岛开发与开放的气魄，没有做不到，只有想不到。

谈天双手捧读这份红头文件，感觉着每个字、每个词、每个名字，都是沉甸甸的。这些年的商海沉浮，让谈天明白了一个道理，那就是红头文件比什么都重要。红头文件表示政府的支持、认可和重视。做任何项目，获得政府支持的态度，你就获得了成功的一半。

要在白沙门海上填一座岛，白沙门海滩就必须纳入管理区域，由此，就意味着要征用白沙门广阔的海滩。而白沙门海滩虽然由海洋国土部门管理，实际上处于私人占有却长期抛荒的状态。当地村民在荒滩上插了几根木桩，圈地养牛放羊，那么这片地就是他家的了；在荒滩上挖坑植树种瓜，那么，这片树林瓜地便成他家的了；更为恐怖的是，听闻白沙门要开发，一夜之间，荒滩上长出了数百座坟墓。村民们说，那是他们的老祖宗坟墓。

要从村民手里搞到这片地，简直"难于上青天"。谈天通知大伙儿开会商讨，他说："不拿下这块地，我们的填海工程无法启动，而且，后患无穷；可要拿下这块地，我们不知要付出多大的代价……"还没等谈天把话说完，杨监理胸脯一拍，说："我来做这个工作。"谈天看了看杨监理，他明白，杨监理确实是解决这事儿的最佳人选，他是海岛人，会讲本地话，适合跟当地老百姓打交道的。尤为重要的是，他方便跟表哥对接，获得政府这一隐形巨手的支持。谈天对杨监理举起手掌，说："拿下这块地，奖励这个数！"

这个时候公司保安打来了电话说村民们闹事了。保安说，村民们为了抗议土地征收，在白沙门海滩上燃起了烟火。谈天从窗户望去，白沙门方向，烟火弥漫了海滩，天空都似乎在燃烧。保安说，村民们还打伤了公司的征地人员。

杨监理开始行动了。

他先是拿着市政府的红头文件，然后挟天子以令诸侯般地分别拿到了岛城公安、城管、国土、海洋、规划等部门支持的文件，随即，在最短时间里招聘了一批当地农村年轻人担任了征地队员，拿着政府的红头文件，奔赴到征地第一线。这两招显然非常管用。经过一段时间的推进，白沙门海滩基本上被谈天公司掌控。

夜幕降临，谈天来到白沙门。

天空悬着月亮，蓝色天幕缀着星星。涛声渐渐减弱，海面一片波光涟漪。

月光下，谈天看到了那个垂钓的老人。老人仍然坐在那块岩石上，"你来了？"老人冷冷地问他。老人的那种口气，似乎是在等待着他的到来。

谈天疑惑地看着老人。

"我知道你会来。"老人说。

"为什么？"谈天问。

"因为你害怕。"

谈天的心头不由得一震——是啊，这些征地的日子，杨监理带着那帮年轻人喊打喊杀的，他何曾不害怕杨监理给他弄出大事，闯出大祸……他几乎天天活在恐惧与担忧之中。

"其实，你们只是暂时的胜利。"老人盯着他，目光严厉，声音浑厚，"你们做了那么多坏事，不要以为人不知鬼不觉，人在做，天在看！老天爷都看到了！"

"您为什么这样说？"谈天用困惑的眼光看着老人。

老人嘴角浮出一缕轻蔑的笑，看着谈天，"你知道吗，我战友们的在天之灵也看着哪！"

谈天看到老人的眼里有令人恐惧的东西。他打了个冷战。这真是个疯老头。他躲避老人的目光，说："老人家，在大海上，建造一个美丽的岛，在岛上建设美丽的房子，难道不好吗？"

"胡扯！"老人呵斥道，"别人不知道你们在干啥，我还不知道你们在做啥吗？"老人两眼怒瞪谈天，"这片土地不能任由你们破坏与糟蹋，更不能任由你们打着旗号谋取私利！"

谈天不知说什么好，想跟老人再解释一下，可是，老人把钓钩往海中一抡，显然不愿意听他的解释。老人站起身，瞪着谈天，怒斥道："你仔细看看，白沙门，哪片土地不是被鲜血染红的？你们会遭报应的！"

谈天看着这个老人，完全被这个老人的气势吓倒。

"告诉你们，我是为我的战友们而来的，我是为我的战友们而守的。"老人指着大海，对谈天几乎是怒吼，"你看看——"

谈天望过去，夜色中的海滩上，鸥鸟在大海上冲撞，篝火在海滩上燃烧，很多渔船正在向岸边靠拢——渔民们驾船过来声援与抗议。谈天突然感觉，那鸥鸟像战机，那篝火似炮火，而火光中，那些渔船也幻变成一只只木船正准备抢攻登陆……那一刻，谈天彻底明白：白沙门，是不可征服的；白沙门，是不可被践踏的。

谈天突然有些感激老人。正是他的阻止与怒斥，令他有了一回人间清醒。他回过头去，愤怒的老人不见了。

谈天愣在那里，惊出了一身冷汗。再回头，看到纪念碑下，不知谁送来一只只花圈。那些雪白的花朵，在月光下显得更加的冰清玉洁。

不远处的海面上，搁浅着一艘庞大的挖沙船。似乎是涨潮了，海浪拍打着船体，传来阵阵清脆的声响；海水在月光中闪跳出一线灰蒙蒙的光泽，仿佛无尽的希望与梦想在海面上跳跃；海浪有节奏地拍打着沙滩，发出的声音在夜空里回荡；而更远处的海面上，有夜航的船只，时而移动着点点的灯光，时而又隐没于无边的波光之中，仿佛它们在向未知的海域航行。谈天再一次感受到了大海的神秘、悲壮、力量与辽阔。

一群中学生在沙滩上开 party，或者是在过一个生日。他们围着一团篝火，一个男孩抱着一把吉他，正在弹奏着旋律，一个女生轻轻地唱歌：

灰色的天空无法猜透
多余的眼泪无法挽留
什么都牵动
感觉真的好脆弱

被呵护的人原来不是我

　　谈天走了过去,孩子们看见他的突然出现而吃惊,弹吉他的孩子时不时地望向谈天,显得不再从容。"别影响他们。"谈天对自己说。然后,快速地离开了那片沙滩。
　　海风将孩子们的歌声吹过来——

　　　　我不要你走
　　　　我不想放手
　　　　却又不能够奢求
　　　　同情的温柔
　　　　你可以自由
　　　　我愿意承受
　　　　把昨天留给我……

45

事情来得有点突然。

那个下午，王一民副市长正走在基层调研的路上，突然接到秘书处的电话通知，要他迅速赶回市政府会议室，上级组织有重要谈话和文件宣布。

坐在回城的车上，他心里七上八下，忐忑不安。这通知令他有些不安——是不是关于自己的？是不是什么问题被发现？他这样想着时，身体便忍不住哆嗦了一下。这细微的动作让坐在边上的林秘书意识到了，"王市长，今天天气有点凉了。"林秘书说着将一件夹克披在了他的肩上。王一民没有说话，只是对林秘书点了点头。然后，在心里反复提醒自己要沉静，以不变应突变。

王一民走进会议室时，看到省委组织部一位副部长与书记、市长、几位副市长、市政府秘书长等坐在那里喝着茶聊着天等着他。他压住心里的惊慌与不安，极力表现出镇静和自然。刚刚坐下，副部长便开始了讲话：

"奉上级之命，省委组织部对王一民同志进行了考查……"

王一民听着这话已是心惊肉跳，全身血液几乎凝滞。

"王一民同志多年在岛城任职，妻子一直没有调动，女儿在普通中学就读，老家房子破旧，自己在岛城的住处也非常简陋……"

直到看到副部长亲切和蔼的笑容，王一民才意识到了这是一场虚惊。

副部长简短介绍完便开始宣读文件："王一民同志是一位遵守党纪，作风硬朗，廉洁奉公，专业技术极强的副职领导……"王一民认真地倾听，生怕漏了一个字、一句话。文件评价了他在岛城的工作成绩，同时表扬了他在岛城任职期间的清廉作风。文件最后说，鉴于王一民同志成绩突出，上级决定调派王一民同志任西南省平阳市人民政府常务副市长，希望他在今后工作中发挥更大作用，作出更大成绩。

这突然的调离，没有任何征兆。

王一民绝对没有想到会在这个年龄离开岛城，他一直以为他将在岛城工作到退休。副部长宣读完后，书记代表领导班子表态，书记说："坚决拥护并服从上级决定。这些年，一民同志在岛城工作，主管路桥建设，取得的成绩斐然，大家也有目共睹。我代表自己及班子对一民同志的工作表示感谢，也衷心希望一民同志到另一个岗位后再接再厉，再创辉煌！"市长也表示了祝贺，他笑了笑，道，"这么多年来，我们很多领导同志经常搞些绯闻，但一民同志从来没有过。我们有时候倒想听听一民同志有什么绯闻哎！"他的讲话把大家逗得大笑，他便马上解释道，"开玩笑的，搞一下气氛。"

说者无心，听者有意。王一民的心倒是一紧，脸一下子红到耳根，站起来，心情有些激动地说："感谢组织的栽培，感谢领导的信任，我愿意遵从上级的调动与安排。不负厚望，做出更大成绩。"

会议简短。

散会后，一辆等候在楼下的小车将王一民送回住处，取了几件简单的生活用品后，再送到了机场。半个小时后，王一民副市长带着满腹的疑虑和内心的惶恐坐上了飞往西南省平阳市的航班。

此刻，正是夕阳西下。

王一民透过飞机舷窗，最后看了一眼机翼下这座他深耕的城市。他了解这个城市，更深谙这座城市的品性。飞机穿过云层，一阵颠簸，他的心头再次掠过一缕恐惧。但是他相信飞机能够穿过云层，安全过关。

飞机很快进入平稳飞行的模式。

他把目光从窗外收回，闭着眼睛，让自己处于一种假寐状态。事实上，他的脑子一直在飞速地旋转。表面看来，这是一次普通调动，但在王一民的心里，还是掀起不小的波澜，他一遍一遍地琢磨：真的是我成绩突出？真的是工作需要？会不会是发现我有问题，把我调离，从而方便调查？……

崔小婉的事是他始终绕不过去的坎。这么多年了，他毫无办法，承担着这份痛苦与恐惧。每当夜深人静，躺在床上望着天花板的时候，他的眼前就会闪现出那些曾经的片断，就会闪现出崔小婉的面容，尤其是浮现出儿子海男的笑脸——那是一种源自血脉刻入骨髓的想念。他常常想，人脑如果像电脑多好，按一个清除键，就可以把存储信息擦得干干净净。

老屋里的那两个箱子，也常常令他不安。幸好，那极为显眼的大奔早被谢方一开回去了，让他少了些担心。

而最令他不安的还是"江东洋房"的那间密室。

密室是万无一失的。没有任何人知道的秘密，连谈天都不知道。但是，这些年，密室既是他的精神寄托，也是他的惶恐之源——常常在午夜里如黑洞似的要吞噬他，把他吓出一身冷汗。

几年后，当密室被塞得满满当当的那天，他觉得送给儿子礼物的事情已经完成了，他记不清密室里到底有多少钱，但是，他可以断定几代人都不会为钱发愁。这是他为儿子打下的江山，不，是他拿名誉、官运、品性赌来的世界。给密室上锁的那天，他突然意识到仅仅锁起来根本不够安全，应该把门封死才对。他要万无一失地、完完整整地把密室交给儿子。这是他对儿子的歉疚与弥补，也是他的一份沉甸甸的父爱。

那天傍晚,他下班直接回了家。他把木门轻轻地拆了下来。为防止封门时把那一摞摞一扎扎的钱搞脏,或者防止钱因时间久了受潮发霉,他用塑料布把那些钱从上到下地包裹了一遍。门洞面积不大,也就三四平方米。他把原先剩下的水泥和河沙掺和在一起,用水稀释搅拌均匀;他用泥瓦刀一刀一刀地挑起水泥河沙涂抹在砖上,然后,一块一块地往上砌着;有些砖不吻合不贴切,他干脆直接用手抓起水泥河沙涂抹一遍。水泥与河沙的腐蚀性,会严重地刺激他的双手,但是,他并不在乎。他用心灵去涂抹,用父爱去熨平。他站在那里,左看右看,看不出墙面的凹凸与颜色的突兀,看到这面墙壁与另一面墙壁浑然一体,他长长地舒了一口气,感觉心里卸下了一份重压。

当密室之门被封死的那一刻,他郑重地告诉自己:从此以后,金盆洗手,再也不贪群众一针一线,再也不拿人民一分一厘。当一个好领导,做一个好干部,平平安安,等待着与儿子的团聚……

飞机平稳地飞行着。

一朵朵白絮似的云团从飞机舷窗外飘过,而飞机的下面,却是云涛翻涌的另一番景观,让王一民不由得想起了"天外有天"这个词。

王一民无心浏览那窗外风景。他一路闭目养神,头脑里却翻江倒海。

平阳,一座美丽的山城。多年前,王一民来过这里。那一年,他大学毕业。他是冲她而来的。他们是大学同学,偷偷相爱。那时正值九月,山城还飘荡着桂花香。他与她一前一后地走在山道上。他想牵她的手,她却犹疑着不愿意伸出手来。她含着泪告诉他,她阿爹与阿娘不同意她嫁到海岛去。他在这个城市待了三天。直到明显感觉到她的意志已动摇,热情已淡漠,他才明白了这段刻骨铭心的爱情正式结束。他离开这座城市的那天,桂花树浓郁的香气扑进他的鼻子,充满他的胸腔。一个有香味的城市,这是留在他脑海里最坚固、最深刻的记忆。他唯独没有想到的是，很多年后，当他遇见了长得与她几乎一样的崔小婉时，那早已熄灭了的爱火"噗"的一下子点燃，令他奋不顾身地扑了上去……

两个小时后，飞机抵达了平阳机场。

山城的气候有点凉，微风夹着雨雾。从机场到市政府，沿街生长着大大小小的梧桐树。王一民没有闻到那股熟悉的香味，"怎么没有桂花香？"他问身边来接机的年轻人。年轻人是他的新秘书。秘书回答说，几年前，上任书记视察全城时，认为桂花香太刺鼻，不利于老年人的身体健康。一句话，全城的桂花树被换成了今日的梧桐树。

王一民听着，脑海里涌出一句古诗词："梧桐更兼细雨，到黄昏，点点滴滴。这次第，怎一个愁字了得！"他知道，在一个城市，绝对的权力对城市的掌控简直可以达到令人发指的程度。他突然想起那一年他在岛城也做过同样的一件事儿，市电视台前风景大道上的一颗椰子砸到了他喜欢的电视台美女主持妮娜头上，他作为主管城市园林交通的副市长，便下令将风景大道两旁数公里的椰子树全部换成澳洲大王棕。那个重植工程前后花费了一千多万，且留下了许多让人诟病的后果。现在想想，那不就是一次权力的任性吗？那次任性，给他的密室增加了人民币的沓数，也给他的仕途埋下了威力不小的炸弹——与包工头毛国民的交易明显就是一着险棋。

王一民走马上任。

这次调动，是因为平阳要修建大型道路桥梁。这个建设，直接影响整个西南省的发展，也是平阳市腾飞的契机，国家、省市都非常重视。王一民多年在岛城负责道路桥梁工作，成绩显著。因此，上级将他调来平阳任职，他深感任重道远，容不得半点闪失。

来到这个城市，他暗暗告诫自己，必须抑制住内心的任何欲念，必须谨慎，低调，收敛。他明白，这可能是他仕途的最后一站，他祈愿自己能在这里平平安安着陆，早日结束担惊受怕的日子，完好无损地回到岛城去。那里才是他的故乡，才是他的归途。

每天的电话很多。大部分是岛城同事和亲友们的祝贺电话，少部分是岛城企业界朋友的问好电话。有些电话，王一民看了一眼来电显示，便拒绝了。几天后的一个傍晚，他看到手机屏幕上闪过一个既熟悉又有些陌生的电话号码，王一民立即感觉，"定时炸弹"终于还是现身了！

毛国民，电视台美女主持妮娜的表叔，广东人，一个园林生意做得不小的老板。当毛国民从表侄女妮娜口里听到政府将重植电视台前风景大道绿植时，便通过妮娜的帮助，与王一民接上了线。

那是一个海风轻拂的晚上，美女主持妮娜约王一民副市长去一间海边茶室喝茶。茶室位于一个算得上远离城市喧嚣的、面向大海的、高档优雅的小区里，妮娜指着正坐在茶台前专心沏茶的一个男人说，那是她的表叔毛国民。王一民看了一眼，秃头，三角眼，精瘦，穿一件大号红色唐装，胸前挂一串木制佛珠。王一民纳闷美女主持怎么会有这么一个长得怪、穿得更怪的表叔。

毛国民非常礼貌地与王一民握手，然后，继续沏茶。王一民环视了一下茶室，装修简约、精致、奢华，木质雕花窗彰显出古典风范，墙壁上挂着岛城名家书法作品，整个茶室弥漫着淡淡的高雅的沉香气味。美女主持小声地向王一民介绍道，表叔坐着的那张茶台是明清紫檀制成的，价值千万；又指着他边上的一张木色案台说，那案台是花梨做的，价值过亿。正当王一民惊愕得合不拢嘴时，毛国民开腔了，说："上个月，海岛航空杨云峰总裁看上了这台子，出价八千万，我不松口。"王一民是见过世面的，但是，面对这个怪诞的坐拥价值连城茶室的表叔，还是暗暗地吃了一惊——海水不可斗量，人不可貌相啊。

三人品着价格不菲的千年古树普洱，聊了一会儿山南水北的天，妮娜便要回台里上夜班。茶室里只剩下毛国民与王一民了。毛国民开门见山地说："王市长，我手里有园林公司，还有千亩花圃基地，什么景观树种都有，我很想参与电视台风景大道的那个重植工程，不知市长能不能照顾照顾啦？"

王一民说："那是电视台的项目，我不便插手。"

"我相信王市长一定能够办到啦。"毛国民一边说着一边从茶台底下提出一只硕大的提包，放在桌上，推了过来，说，"一点小意思啦，请王市长笑纳。"

王一民看了看那提包，估量了一下，说："毛总太客气了吧。"

毛国民突然话外有话地说："我本想去王市长在深圳的家拜访啦，一时没抽出时间，所以，只能下次了啦。"

"深圳的家？"王一民惊诧地看着毛国民。

"是啦，深圳宝迪花园别墅小区是我表弟开发的。我去游玩过，刚好遇见了王市长带着太太在散步，我没有惊动您。王市长太太好年轻好漂亮的啦！"

那一刻，王一民浑身血液凝滞，额头上已渗出一层冷汗——"这狗日的世界，真他妈太小了！"他在心里暗暗地骂出一句粗口。他感觉全身发冷，抿了口热茶，甚是有点尴尬地对着毛国民笑了笑。感觉没有什么话题可以聊下去了，他便起身告辞了。

毛国民遂捡起桌上那沉重的提包，跟在王一民后面，默默无言地来到停车场。王一民上车，毛国民绕到车后，把后备厢打开，将提包放了进去，然后，对王一民挥了挥手。王一民坐在驾驶位上，从后视镜里看着毛国民。他感到一阵恐惧，竟然不敢放下车窗玻璃跟他说声"谢谢"，老半天才启动了车子……

毫无疑问，毛国民的园林公司轻而易举地与电视台签署了项目景观树大王棕的供应合同。那一年，毛国民派手下两次前往深圳宝迪花园别墅拜访王一民深圳的家，引起崔小婉两次惶惑。王一民也明白，自己已被他监控,已被他围猎。有天晚上,妮娜请王一民去表叔茶室喝茶,王一民说:"茶就不喝了,麻烦你告诉你家怪表叔,没事就不要去我深圳家里拜访了。"

美女妮娜假装一脸蒙。

常年走夜路,总有遇鬼时。王一民意识到毛国民将是一颗随时都可能"爆炸"的"炸弹"。他几次想过把他送的钱退回去,可是,一是抽不出时间办那事;二是有一种侥幸心理驱使。他从某部心理书上读过行贿者的心理:一个行贿者,大概率不会走鱼死网破,两败俱伤的路子……那次生意后,王一民便有意识地与毛国民渐渐疏远。再后来,听妮娜说,毛国民回广东开工厂去了。王一民自然庆幸不已,算是拆掉了仕途上最危险的一颗"炸弹"。

"王市长,祝贺高升啦!"毛国民在电话那边热情洋溢的祝贺声打破了王一民的回忆。

不怕贼偷,就怕贼惦记。这么多年了,王一民没有想到毛国民一直惦记着他。王一民强装笑意,说:"谢谢毛总的祝贺。不好意思,现在有点忙,有空我们再聊。"这时候,他发现自己身上已经渗出了一身冷汗,正准备挂电话,毛国民在那边说:"王市长,听说平阳那边要修道路桥梁,我这园林公司还请王市长……"王一民十分厌恶再听下去,迫不及待地挂掉了电话。

过了些日子,毛国民又打来了电话,说:"我想去平阳看看您……"

"哦,谢谢……"王一民客气地致谢,随即语气冷漠地说,"我真的很忙,没时间接待毛总。"

毛国民说:"没事,那就等您忙完再说。"

又隔了段时间,毛国民再次打来电话,问:"王市长,上次拜托您帮我照顾一下我这园林公司,不知道有没有眉目?"

王一民按捺住愤慨,说:"毛总,非常抱歉,平阳这边,我不管项目,只管技术。"

"您不是常务副市长吗？别逗我嘛。"这语气显然不友好了。

王一民没有再说下去，他不能再妥协了。他冷冷地笑了笑，挂掉了电话。以前在岛城，他犯错了，他不希望在平阳这边再错下去。来平阳的那天起，他就在心里发过誓，让那些念叨"有钱能使鬼推磨"的人去见鬼吧，他不再做他们的推磨鬼，他要好好地做一回人，好好地做一个官，好好地给自己一个体面。

挂掉毛国民电话的那天，王一民去街上移动厅申请了一个平阳的手机号，停掉了岛城的手机号。这样，他跟岛城的联系就没有了，跟岛城的一切往来就断绝了。而更极端的是，为了不沾工程项目的边，他向上面打了个报告，申请奔赴建设的第一线。

组织当然同意了他的请求。

王一民打了个背包，走进了大山，爬上了修筑工地。

群山环绕，层峦叠嶂，高耸入云的峰峦在云雾中若隐若现，仿佛一幅浓墨重彩的画。山间流水潺潺，清澈见底，如同一条晶莹剔透的玉带环绕山谷。大山的每一处角落都散发着神秘的气息，王一民完全陶醉于大自然的魅力之中。他戴着眼镜，两鬓有些灰白。中年的他，看起来已经像个老头。他与工人们同吃同住同干活，工人们不觉得他是个市领导，以为他就是一个修路的专家老头。

他看着大山，触景生情，见物感怀，常想起崔小婉与海男——他始终有一种猜测，崔小婉带着海男应该回到了贵州山区的家乡。他了解她家那个山区，跟他所在的这座大山的地理位置相近，自然环境相似。所以，有时候，他走在山路上，看到一群与海男年龄相仿的放学的孩子，马上会想：海男长多高了？是胖还是瘦？学习成绩怎么样？看到背着背篓的山里女人，甚至会想，崔小婉会不会已经嫁人了？那男人会不会对她好？……有一次，在贫困山区视察，他了解到山里的男人们都在外打工，留守的女人们艰辛地带着孩子……他便联想起崔小婉与海男。他一时泪在眼里转，情不自禁地摸摸口袋，掏出一些钱来送给了她们……同行的人说，王市长是个菩萨心的领导。

王一民来到平阳工作后，便没回过岛城。即便节假日，也是妻女来平阳探望他。他尽可能地割断与岛城的一切关联，把更多的时间与精力放在平阳的工作上。事实上，他的内心总是处于不安中。他还是会潜意识地通过报纸、电视，默默地关注岛城。他一边提醒自己从岛城淡出，一边暗暗告诫自己提防岛城——那里，有许多炸弹，稍有不慎就可能爆炸。

午夜难眠，他站在窗前，遥望遥远的岛城，充满了惶恐与惆怅。好多次，他竟然默默地祈愿发一场大火，将那幽暗的老宅、江东的洋房，连同那些缥缈的寄托与无尽的愧悔，一同化为灰烬！

46

"一根,一根,又一根……"

明天就要去省城上大学的英俊青年海男穿着一身新衣服站在崔小婉的背后,弯着腰,细心地给坐在一张椅子上批改作业的崔小婉拔着头发里的白发。

"妈,已经是十三根了!"海男叫道。

崔小婉一边批改学生的作业,一边对儿子点了点头,说:"再寻细一点,别漏掉了。"海男便又睁大眼睛继续寻找着白发。他明显地发现母亲自外婆去世后一下子老了许多。

"妈,我又创作了一首新歌。"海男一边仔细地搜索着白发,一边对崔小婉说。

崔小婉抬起头,看了看长大了的儿子,脸上露出欣慰的微笑。"快唱给我听听。"崔小婉对海男道。

海男便停住了搜索,坐在对面的椅子上,抱起吉他,给崔小婉唱起了新歌。

那是海男自己作词作曲的一首乡村民谣。海男讲述自己的童年,讲述妈妈与外婆的爱,他把那些苦难岁月娓娓道来,崔小婉听得热泪盈眶,往事一幕幕闪现于脑海……

她带着儿子回到了故乡——美丽的小山村。

阿娘高兴得合不拢嘴,抱着海男一遍一遍地亲个不停:"我的乖孙子啊好喜人啊！"乡亲们看着这对城里回来的母子，偶尔也会议论纷纷。崔小婉听见也会有些难过，扭过头去擦眼泪。阿娘倒是豪爽地一笑，安慰崔小婉："没事，我们有地，我们有山，我们还有果园，而且，你阿娘还会做花饼，你担心什么？放心吧，饿不死的！"

"我回来想办一所学校。"崔小婉告诉阿娘。

阿娘说："行，你办啥都行，阿娘支持你！"

崔小婉摸了一下底：村里有十多个适龄上学的儿童，由于山里交通不便，年幼的孩子们每天要走十多里的山路才能到镇上小学读书。家长们正为此发着愁。

崔上婉把办学的想法跟村长说了。村长一拍胸脯，说："闺女，你办吧，需要什么，村里给什么。"

崔小婉笑了笑，她知道，事实上，要什么，村里没有什么，山村太穷了。

崔小婉跑了一趟县城。县城里的同学答应帮她的忙，支持她把山村小学办起来。有一位同学在面粉厂当了领导，立即表示要赞助孩子们的吃饭问题；另一位在县中教书的同学帮她与县教委联系上了，教委主任了解她的情况后激动地说："大学生回村办学校，我们请都请不来。这事你办成了，我们一定要向全县宣传！"主任还介绍了一个女大学生给崔小婉。她叫小卫，也是师范学院毕业。本来是去支边的，但家里不同意，小卫一气之下啥都不做了，在家待业，赌气啃老。崔小婉便找到小卫家，跟小卫一说，她立即答应："姐，我跟你一起干！"

没有校舍，崔小婉跟阿娘商量。阿娘问："我们家房子可以用不？"崔小婉说："当然可以用。"阿娘一拍掌，说："那就行了。"阿娘动手把房子收拾，把堂屋腾出来当成教室。两位村民也自愿过来帮忙，把门前禾坪清理出来当成操场。县城面粉厂的同学开着拖拉机翻山越岭送来了面粉，其他同学也赞助来了黑板与课桌。教委也派人送来了课本与书包,村长竟然把村里的高音喇叭和扩音设备也搬来了……

崔小婉把学校命名为"山佳学校",寓意在山里办出一所好学校。

然后,崔小婉一家家走访村民:"把即将上学的娃送来我这里吧,不交学费,还包午饭呢。"

家长们感激不已,说:"太好了,我们都把娃交给丫头。"

崔小婉对家长们保证:"我一定把娃们顺利送到小学毕业,考上镇上的中学。那时,他们就可以住学校了。"

那天清晨,山佳学校正式开课。高音喇叭里的国歌声响彻山谷,村里乡亲和孩子们一起站在操场上,看着国旗在一支竹竿上徐徐升起。乡亲们瞩目,海男与孩子们站在一起向国旗举手敬礼。崔小婉与小卫老师站在孩子们身边,高兴得落泪了。

阿娘虽然在食品厂上班,但是,中午准时回家为孩子们义务做饭。阿娘闲时会去山上寻木薯、找野菜,偶尔还会抓几只山鼠给孩子们解馋。孩子们说,吃得比家里好,比家里饱。

县教委来考察,觉得这学校办得不错,给予了表扬与嘉奖。山佳学校更是办得有声有色了,附近村庄也有孩子来这边读书了。

海男喜欢一个人跑到屋后小山树林里唱歌。他天生一副好嗓子,无论是早上还是放学后,后山上,常常传来他天籁般的好歌声。

有一天,阿梅不想来上学了。崔小婉问为什么?阿梅说家里太穷,父母让她休学回家干活。晚上,崔小婉带着海男一起去家访。夜黑,山路崎岖。娘俩手牵着手,下坡的时候崔小婉滑倒,结果闪了腰,卧床将近一个月。

这一个月里,海男孝顺也懂事,每天给妈妈端饭倒水,贴在妈妈的耳边说:"我长大了,要给妈妈建最好的学校。"崔小婉把儿子抱在怀里,很欣慰,笑道:"海男长大了,要走出山村。"

"那妈妈为什么回到山村?"海男问。

这句话把崔小婉问住了,她不知道如何回答。想了想,说:"妈妈因为舍不得外婆,要照顾外婆,所以才回来了。"

"那我也舍不得你,我一样也回来照顾你。"海男说。

崔小婉说:"有儿子这话,妈妈就开心满足了。你长大了去海岛,海岛有你的太姥爷在那边,你要去找到他。"海男听外婆说过,太姥爷是渡海英雄,在遥远的海岛。"我找到太姥爷后,要给他写首歌。"海男说。崔小婉再一次抱紧海男,幸福得泪流满面。

寒来暑往。

孩子们小学毕业,全部考入了镇上的中学。

海男也住进镇上中学了。每周五晚上回到家里,周六、周日陪外婆去山上采野菜,挖木薯,摘野果。在大山,放飞梦想,放声歌唱。少年的他更喜欢唱歌了。大山是他最好的课堂,大自然是他最好的老师。他学山鸟啼鸣,学山溪欢唱,学山风长啸……他把自己当成了大山的孩子,大山也以丰厚的礼物馈赠了他。乡亲们都说:"这孩子今后准能成个大才!"

进入中学后,海男依然执着地热爱着音乐。高三那年,参加超级男声,不负重望,获得了西南第一名,成了山区走出来的优秀年轻歌手,尤为可喜的是,高考顺利考上了省音乐学院……

海男弹出了最后一个音符,停止歌唱,"妈妈你哭了。"他望着母亲。

崔小婉点了点头说:"因为你长大了,妈妈高兴。"

海男浓眉大眼,鼻梁高挺,身材健硕。崔小婉看着他,感觉他跟谈天就是一个模子里出来的。有一阵子,崔小婉看着海男仿佛就看到了谈天,不由得心里一次次地对王一民生出愧疚。她再一次意识到当年从深圳逃出来是一个多么英明正确的决定,否则……她都不敢细想。她觉得这是不幸中之大幸。

"去把好消息告诉一下外婆吧。"崔小婉对海男说。

前年,阿娘患脑溢血走了。崔小婉总是沉浸在对阿娘的思念与负疚中。崔小婉带着海男到了阿娘的坟上,从竹篮子里取出香烛与纸钱,对海男说:"跪下,跟外婆说说你的好消息。"

海男跪在坟前,对外婆说:"外婆,我考上大学了,以后,只能放假才能回来看您了。我写了好多的歌,而且,我写的歌很多人都喜欢听呢!"

崔小婉接过海男的话,说:"阿娘,海男有出息了,是我们村最有出息的后生仔。他说要给外婆写歌,还说要去海岛给他太姥爷写歌呢!"

夕阳西下,晚霞给山峦染上一层金色余晖。一阵山风吹响树叶,似乎是阿娘爽朗开心的笑声。

第二天清晨,崔小婉送海男到县城火车站。当海男背着吉他与行李踏上火车的那一刹那,崔小婉的泪水夺眶而出。她突然感觉,这个世界上,最亲的人又离她远去了。她的世界,一下子显得空空荡荡。

47

谈天觉得王副市长的调离并不是正常的,也不是偶然的。

他常常拨打王副市长的电话,要么是关机,要么是忙碌中。有一次打通了,说了两句话,那边便挂了电话。这么多的日子,谈天基本上听不到王副市长的声音了。当然,他也理解王副市长的为难:刚到一个新的地方,有太多的事情要处理,所以,尽量不去理会过往的人事,确实会省去很多麻烦。人都是现实的。这事,他懂。

人走茶凉。谈天作为商人,也意识到了必须寻找新的后台与靠山了。但是,他也明白,建立一个新的关系不是一天两天就能见效的。他与王一民,培育了多少岁月,付出了多少心血,至今还不能视为牢靠的关系……想到这些,谈天心里常常充满悲观与沮丧。

那些不爽的日子,又添了个不爽的插曲。

一天傍晚,张小雪出差了,儿子嘉庆也在学校。谈天早早洗漱完便躺在沙发上看电视。这时,有人敲门。"这个时间,谁来找?"谈天心想。老话说,心中无鬼不怕敲门。他心里有鬼,所以害怕敲门。犹豫了一下,还是起身去开了门。

"你是谈天吗?"

"我是。"

"我们是岛城公安局刑警大队。"便衣警察亮了一下手里的本本。

谈天心里猛地一惊:"有什么事吗?"

"我们想调查一下,二十四年前,是不是有人送过一把刀给你?"

谈天一下子没反应过来，问："我不记得什么刀？"

便衣警察道："我们这样跟你说吧，那把刀很重要，当年，那人拿着这把刀杀了人，然后逃窜，至今才抓到。他交代那把刀送给你了……"

谈天想起来了，说："你们说的是大胡子吧？他确实送过我一把刀，不过，我早就把那刀扔掉了，那种玩意儿留在家里不吉利。"

"扔到哪里了？"警察问。

"南大桥下的那条臭水沟。"

"带我们过去看看。"警察说。

谈天把警察带到了南大桥下的臭水沟。警察说，"作为杀人案件的重要证据，那把刀是不可缺失的。"警察请来民工们将那条沟的前后段进行堵截，然后抽了一天一夜的水。干涸后，民工们从淤泥中挖出了那锈迹斑斑且已腐蚀断掉了刀把的刀。警察告诉谈天："只要是杀人案，我们会不惜一切代价找到证据的。"

大胡子很快被判了死刑。

那是海岛的深秋，天气渐凉。那天，海岛上的最后一场台风刚过，天空清澈，白云飘荡。枪决的现场就在岛城七公里半的茯苓水刑场。

谈天去看了现场。

他挤在人群中，看见法警押着大胡子从车上下来。大胡子也望见了他，对着他笑了一下。他突然觉得自己也拿着那把刀间接地杀了人。当年，他如果不带着那把刀到胡老板的办公室，胡老板就不会跳楼。不幸中的大幸是，那天他没有动刀，那天他把刀扔了……谈天吓出了一身冷汗，觉得遇着这种破事真他妈晦气。

"砰砰砰"三声枪响，大胡子倒在血泊之中。

谈天的身体随着那枪声一阵哆嗦。

王副市长的调离,对"白沙门项目"是一个沉重的打击。

谈天总有一种不祥的预感。他总是觉得有一场风暴即将来临。而更奇特的是,从早到晚,他似乎还听到一座大山轰然倒塌的声音由远及近。虽然这是幻听,但足够令谈天充满了惊惶与恐惧。他由此显得惶惶不可终日。

经过无数日夜的深思熟虑,他最后决定将白沙门项目打包转手,他想尽快脱身。在梦想、情怀与现实之间,他果断地选择现实。要知道,现实远比梦想与情怀更加安全和可靠。

转手白沙门项目的消息很快就传播出去了。

海岛航空杨云峰派出了他的三大地产巨头与谈天进行了洽谈。

起初,谈天确实有意将项目转给海岛航空集团。毕竟海岛航空在海岛的名气与影响巨大。如果海岛航空真能接手,也足可证明白沙门项目的价值和意义。

三大地产巨头与谈天就价格问题洽谈了将近四个月没有结果。

而这个时候,远在崖城的天鹅岛岛主马大云掺和进来——

"谈天啊,我是马大云马总!"马总在电话那端热情洋溢地说。

"马总好,好久不见!知道您发财了!"谈天叫道。

很多年前,谈天当记者的时候,采访过马大云。来自山东的农民马大云在海岛上创办了一家作坊式的环保塑料袋厂。马大云每天骑着自行车跑菜市场、商场,向大妈大叔推销他的环保塑料袋。后来,就没了音讯。再过几年,江湖上便传说马大云一举拿下了崖城天鹅岛,摇身一变,已成了震惊海岛的亿万富豪。

"听说你手里有一个填岛项目,准备转给海岛航空?"马总问。

谈天点了点头。说:"是的。正在洽谈。"

"我觉得吧,你这么好的项目要转让,得认准人。"马总说。

"您的意思是?"谈天有些不解地问。

"我就实话说了,海岛航空自从那年受非典影响后,一直没盘活。

即便现如今,也没有现金流,根本没实力接你的盘。"马大云说。

"您的意思是?"谈天确实厌倦了与海岛航空长达四个月没有结果的洽谈。

"你来我这边看看吧,看看咱兄弟有没有合作余地?"马大云说。

"什么时候?"谈天问。

"择日不如撞日,今天就过来吧。咱兄弟也有好久没见了。"马总豪爽地说。

谈天思索了一下,便叫上杨监理,开着车去了崖城。

一到天鹅岛,马大云便安排谈天与杨监理在岛上参观。马大云让他们坐上了他的道奇豪车,那是一辆美国房车,宛如豪华酒店的房间:席梦思大床、电视机、沙发、冰箱、洗手间马桶一应俱全。在岛城这么多年,谈天确实没见识过这么高档的房车,所以,坐在车上,他显得有些目瞪口呆,全然顾不上观看这人工岛上的风景了。是的,他自知没有出息,仅这辆价值不菲的房车,就让他相信马大云已经今非昔比,不再是那个在岛城骑着破烂自行车推销塑料袋的小老板了。

晚宴在崖城最奢华的南海渔家举行。

"谈天啊,如果我们能够合作,那将是北有白沙岛,南有天鹅岛。这样的合作可是强强联手啊!"马大云一边给谈天夹菜,一边憧憬道。"至于钱,你不要担心,我现在最不缺的就是钱。"他说着从公文包里掏出一个鼓鼓的crocodile硕大钱包放在谈天面前。他指着钱包对谈天说:"中国人民银行的钱都在我这里。"见谈天不解,他便把钱包里的钱全部抖落出来,一一排列在桌上:"你看吧,这是一分、两分、五分;这是一角、两角、五角;这是一元、五元、十元、五十元、一百元……"马大云抬起头,望着谈天,问,"中国人民银行的钱不都在我这个钱包里了吗?"说完自个儿哈哈大笑起来。谈天一下子明白过来,心里暗骂了句:"好一个暴发户式的炫耀!"他看着桌上崭新的硬币和钞票,也像马大云一般地哈哈大笑了起来。

马大云倒是个直爽的人。席间，他主动告诉谈天他是如何发家的，"那时我没有钱啊，但是，我眼光准，脑子活，胆子大。当我听说建了一半的天鹅岛要转手时，我便东拼西凑两千万，接了下来。冒险接盘后，又找了合作伙伴一起把它建完，然后包装一通，几年后，转手卖给了香港财团，轻松赚了两个亿。"

为了证实自己的实力，他邀请谈天跟他去成都参观他投资的另一个亿级项目。"来一场说走就走的旅行，好不？"谈天还没有表示同意，他便自作主张地订了晚上十点的机票。

一行人从渔家出来，便驱车前往机场。

在贵宾候机室里，隔着硕大的落地玻璃，马大云看着停机坪上的飞机，情不自禁地说："谈天啊，我们好好合作，争取明年一起买自己的飞机。"他指着停机坪上的一架私人商务机，说，"我准备明年买一架那样的。"谈天点了点头。

上飞机的时候，谈天手机突然响了。他一看，原来是海岛航空杨云峰总裁来电。难道真有心电感应？"谈天啊，把白沙门项目给我吧，让我们过一个好年。"杨总在电话里慢条斯理地说着。谈天笑了笑，道："杨总啊，感谢您亲自来电话。可那个价格，您好过年，我不好过年呀！"说完，他关了机。

看完马大云在成都的投资，谈天坚定了将项目转给马大云的意向。

合作意向书是在岛城滨海五星希尔顿大酒店里商定的，内容属于保密。"意向"约定双方于十日内签署正式的《白沙门项目转让合同书》。谈天明白，合同一经签署，就意味着他失去一个"岛"，但是，他将成为岛城一颗冉冉升起的商业新星。

从酒店出来，谈天开着车经过海秀大道，他一眼望见了海台大厦那金碧辉煌的楼顶。他似乎又看到了胡老板像一只巨大黑鸟从楼顶俯冲下来。他心里一阵惊恐，然后一阵疼痛。间接谋杀的负罪感多少年来一直伴随着、折磨着他的心灵。许多夜深人静的午夜,他被噩梦惊醒,陷入深深的自责。二十万元啊,杀死了岛城一位曾经多么优秀的企业家!谈天甚至想过,如果当时他能够幡然醒悟地返回楼上,退回胡老板的支票,然后,一把抱住胡老板,告诉他"留得青山在不怕没柴烧"……胡老板可能真的不会死。如果胡老板能够挺过那个难关,便是凤凰涅槃。尤其是岛城现在迎来这么好的"国际旅游岛建设"机遇,胡老板一定会成为岛城最具荣光的开发商与大富豪……可惜一切不能重来。"天注定,命注定,天命不可违!"谈天一声叹息。

张小雪对谈天突然转让白沙门项目感到不可思议。
"击鼓传花,你玩过这游戏吧?"谈天问张小雪。
张小雪点了点头:"当然玩过。伙伴们团团围着坐,鼓声响起,持花人便围绕着圈圈跑,趁人不注意,便把手里的花丢到别人的屁股后,鼓声一停,屁股下有花却没来得及跑的,便惨了,只得认罚。"
谈天说:"那是倒霉花,是背时花,是烫手的芋头花,得赶紧扔给下一家。"
张小雪似乎明白过来,问:"你的意思是这个项目是一个危险项目。"
谈天点了点头,说:"极——度——危——险!"他一字一顿地说道。
多年商海里的摸爬滚打,让谈天拥有了一项绝技——他的预感很强,他的预判很准。正当他认为转让之事毫无悬念的时候,他失手了,或者说,他没有算准。他还没来得及签署那份让他抵达人生巅峰的合同,灾难便提前发生了。

那个月黑风高夜,张小雪从公司加班回家,突然看见几个黑衣人挟着谈天从家里出来,上了一辆黑色商务车。张小雪紧追上去,车里有一个人甩给她一句话:"不准声张,我们请谈天喝个咖啡。"张小雪等了半夜没有等到谈天回来。打他手机,关机。张小雪猛然觉得谈天不可能是被请去喝咖啡那么简单。她打电话给杨监理,说谈天被人请去喝咖啡了,杨监理在电话那头大惊失色,道:"完了,那是纪委或者检察院的人!"

谈天被黑衣人带到了一幢三层别墅。

车在院子里停下后,他被带进了某间房子。那里坐着一位领导模样的人。坐下后,那人告诉他:"我们是纪委的,找你想了解些情况,希望你能如实回答。"

他点了点头。

"你与王一民副市长是什么样的关系?"办案员问。

谈天立即意识到,王一民出事了!他想自己的预感灵验了。

他故作沉静,笑了笑,说:"没什么关系,就一般的政商关系。"

平心而论,他自己从来没有暴露过什么事情,也没跟任何人炫耀过他和王一民有特殊的关系。给外界的印象,他们只是认识而已。

"不是那么简单吧?市政工程项目、海瑞大道,还有白沙门填海造岛……都是一般政商关系得来的?"办案员语调有些嘲讽。

"我都有正常手续,也有文件批示……我觉得没有什么问题。"谈天显得不以为意地说。他跟政府所做的项目确实是按照规定程序与流程,并且手续齐全地申报和办理的。至于别人说了些什么,他不知道,也不想去理会。

办案员把桌子一拍,喝道:"谈天,你要明白这种抵赖或者躲避是没用的,我们如果没有充足的证据,是绝对不会找你来的。做了什么事情,一五一十交代清楚,保证你没事;如果不交代清楚,会是什么后果,你自己掂量。"

谈天的脑子在急速运转。他真不知道要交代哪些问题,也真不知道他们想要知道些什么问题。

"你不要扛,你没有必要去扛,你老老实实交代不就完了吗?"领导模样的人说,"你想一想,如果就凭你把事情隐瞒下来,我们的案就破不了,那我们的存在还有什么意义?"

谈天点了点头。

"你知不知道王一民在深圳有情人?"领导问。

谈天暗暗地吃了一惊,摇了摇头说:"从来没听说过。"

办案员说:"看来你还要隐瞒。"

谈天感觉很委屈。天地良心,他确实不知道。虽然很多年前听杨监理说过一嘴,但他以为那是王一民老婆散布的糊涂混账话。"我只知道他那时经常往深圳跑,他说去学习,去开会。那是他的公事,我一个平头百姓能够对副市长问东问西吗?"谈天说。他心里想,即便我知道我也不会说,那是他的私事,跟我一毛钱关系都没有。

领导笑了笑,说:"那也确实。"突然,又问,"那'江东洋房'是什么情况?"

王一民虽然调离了岛城,但谈天是一个有信誉讲义气的人,送出去的东西不可能再拿回来。所以,"江东洋房"一直在王一民手里。"你们怎么知道这事?"谈天一脸惊愕,脱口而问。

"若要人不知,除非己莫为。"那领导严厉地说道。

"你手里有钥匙吗?"办案员问。

"没有。"谈天回答。

他手里确实没有那套房的钥匙。前年春节,他抽了个时间,给那套房子的前门后窗装了两个摄像头。他只是帮王一民看护那房子,等待王一民回到岛城,便完好无损地交付给他。谈天觉得这房子是他与王一民唯一有联系或者有交集的地方了。他没想到这套房竟然也被查到了,他心里由衷地佩服他们办案的厉害。

"你的贿赂确实是下了血本,连房子都用上了。"领导用嘲讽的口吻说道。

这倒是提醒了谈天，他突然想起，这套房一直没有过户给王一民。他说："这套房子，不是你们想象的那样。你们可以去查，房子是我老婆张小雪名下的，我们只是借给王一民居住而已。"

"有借房协议吗？"

"没有。"

"如果是借给王一民居住，王一民已经调走很久了，为什么房子还在他手里？他人也不在岛城，借房子干什么？"

谈天说："朋友一场，虽然他调走了，但是行李还在里面，我不至于把他的东西扔出去吧？所以，就一直让他用着。"

"你知道他在房间里做过装修吗？"领导又问。

谈天摇了摇头说："不知道，他也没跟我说。借给他用，他根据实际情况做一些调整也是可以的。"

那领导再也坐不住了，站了起来，瞪了谈天一眼，没有再问话。

48

山城阴冷冬日的晚上,王一民早早休息了。没想到半睡半醒之间,做了一个非常奇特的梦。那梦境清晰,细枝末节也生动具体,宛如真实发生一样——

他梦见自己乘坐的飞机徐徐降落在阳光明媚的岛城国际机场。透过飞机舷窗,他一眼望见一辆黑色大奔驶过来停在飞机旁。那显眼的88888车牌号让他眼睛一亮。他记得,那是谈天的车。舱门打开,他走下舷梯,谈天抱着一篮鲜花从大奔那边小跑过来,"表哥好!"谈天一脸笑容毕恭毕敬站在他的面前。

"那房子怎么样?"王一民急迫地问。他这次回岛城,主要是想去看那套房子,尤其是那间密室。

"放心吧,表哥,我在房前屋后都装了监控,万无一失呢!"

大奔载着王一民从机场出来后便驶入宽敞的海瑞大道。

"您题写的大道名呢!"谈天指着大道巨大拱门上的四个猩红色大字,说道。

王一民放下车窗,看了那四个字,一股久违的亲切漫过心头。

"岛城人民一直感激您修建了这条路呢!"谈天溜须道。王一民欣慰地笑了笑,道:"主政一方,修路建桥,造福百姓,应该的。"他盯着窗外,突然,似乎看到了什么,对谈天叫道,"你把车靠边一下。"

谈天便赶紧把方向盘打入人行道,然后,徐徐停下。

王一民走下了车。谈天也赶紧下车,跟在身后。王一民走到路基边,弯腰在铁质护栏上仔细观察了一会儿,突然,指着护栏问:"它是不是生锈了?"谈天凑近看,上面明显有被腐蚀的痕迹,便点了点头。王一民伸出手,握住护栏,摇了几摇,"咔嚓"一声,一截护栏应声折断,掉落在路基边的水沟下。

谈天愣在那里哑口无言。

王一民盯着谈天说:"这才几年?铁护栏就腐蚀成这样?"王一民冷峻的目光在谈天的脸上逡巡了一遍,"这,算啥质量?"他冷冷地问。谈天没有言语,想了想,解释道:"这跟路桥公司平时没有维护检修也有关。"王一民沉吟了一会儿,"不!"他摇了摇头,一脸严厉,"这是王八蛋豆腐渣工程!"

谈天的脸"唰"的一下变白了,低下了头。王一民望了望大道,陷入沉思。过了好一会儿,似是自言自语,又似跟谈天说话,"海刚峰,中国最大的清官。如果拿他的名字来命名的大道,也是豆腐渣工程的话,那将是莫大的讽刺!"突然,他握紧拳头,又急速地举起,似乎要朝谁的身上砸去……但是,好像又想起了什么,拳头在空中停住,轻声地说:"我对不起海瑞大人,更对不起家乡人民……"他的声音变得低沉而虚空,举起的拳头,徐缓而迟疑地落了下去。气氛沉郁且尴尬,两人回到了车内……

突然,一股强烈的尿意让王一民从梦中醒来。他从床上爬起踉跄走进洗手间。这两年,他的身体每况愈下。以前一觉可以睡到大天亮,现在一到凌晨三四点,下体的憋胀就催醒他,非常准时,非常直接。他痛感岁月的无情与人生的无奈。断断续续小解完,回到床上,钻进被窝,闭上眼睛,还没来得及回味刚才的梦境,便又有了些迷糊。奇特的是,那梦境竟然又连上了——

奔驰无声地驶入了红城湖大道,"海瑞故居,要不要进去看看?"

谈天指着前方道边的一个蓝地白字的标示，问王一民。

王一民觉得谈天的这个提议来得有点突然，来得有点意味深长。在海瑞的故乡当官二十余载，竟然没参观过海瑞故居，没拜谒过海瑞。虽然，这并不影响他理直气壮地做官，也不妨碍他在清风廉政会上振臂高呼"当官要当海刚峰"。王一民觉得谈天的这个提议，是一个及时且重要的提醒。"是得进去参观和学习一下。"王一民神情肃穆地对谈天说。

阳光灿烂，祥云萦绕，暖风拂面。大门耸立着一块石柱石板的牌坊，横匾上刻着"南海青天"四个刚劲有力的大字。

两人跨进大门时，一老头挑着一担木桶朝他们走过来。一阵风吹过，空气中飘荡着浓烈的粪臭。走在前面的谈天赶紧拧住鼻子。挑桶老头瞪了他一眼，没有说话。老头一身粗布衣裳，仙风道骨，精神矍铄。

"老人家，收成好吗？"王一民对老头打了个招呼。"谈不上收成。"老头回头看了看王一民，道，"养鸡种菜，自给自足，颐养天年。"

王一民正想说点什么，老头的脚往外一偏，身子一个趔趄，扁担"咔嚓"一声断裂，一桶粪水刚好泼在王一民面前。他本能地上前去搀扶老头，老头并不领情地抬眼看了眼他，不以为然。

王一民觉得这老头一身正气，品格清高，绝非等闲之人，忍不住好奇："冒昧一问，您贵姓啊？"

"老夫姓海，名瑞，号刚峰。"老头面容庄重，胸襟坦荡。

"啊！"王一民失声叫道，"海……瑞！海……刚峰！"

"正是老夫也！"老头声音中气十足。

王一民惊呆，谈天一脸惶惑。"久仰大名，**如雷贯耳**！"王一民实没料到今日会遇着活生生的海刚峰，赶紧拱手作揖。

老头斜睨了一眼王一民，语藏机锋，道："看你一脸官相，想必春风得意位高权重——老夫从当南平教谕时，就不跪拜巡视之官。现虽告老还乡为小民，但仍不跪拜。"

"老祖宗……莫要折煞我啊！晚辈前来拜谒……"王一民满脸堆笑，已是语无伦次。

"哦，既然你有心来见老夫，那老夫也得正告你——"老头目光炯炯，正气凛然，声如洪钟，"老夫家门，只容清官进，不许贪官入。若清官，定能发扬光大；若贪官，必是生死鬼门关！"

王一民年轻时便读过海瑞，心里明白海瑞为官清廉，疾恶如仇，言辞刻薄……想到此，他不敢多语。老头又轻蔑地瞥了谈天一眼，对王一民说："看你身边人俯首帖耳、唯唯诺诺，便知围猎你的人不少。"

这话让王一民尴尬不已，不知如何作答。

"以老夫名字命名大道，却拿人家好处……"老头脸泛悲伤，有点说不下去，顿了顿，老头目光如炬地盯着他，冷笑一声，语气变成了呵斥，"不要以为干过的事神不知鬼不觉，"老头举手指了指天，用脚跺了跺地，道，"天知，地知，人皆知！"王一民已是胆战心惊，浑身筛糠，全身瘫软，匍匐于地，口中喃喃有词："老祖宗……宽恕我……"老头道，"上犯苍天，下侮大地，无官德，辱民心，必得报应。"老头声嘶力竭，继续怒斥，"如是老夫时代，定求皇上剥皮塞草，让你永不复生！"

王一民已是面无血色，只是跪地一味地磕头作揖求饶。许久，抬起头来，发现老头不见了。再往边上看，谈天也没了人影。广场上，阳光正烈，清风浩荡，巍然屹立的海瑞塑像下，跪着孤零零瑟瑟发抖的自己……

王一民在极度恐惧中醒来。醒来时发现自己大汗淋漓，手脚冰凉。"这只是一个梦。"他提醒自己。睡不着了，他起身来到客厅，默默地坐在沙发上，点燃一支烟抽了起来。戒烟很多年了，而这些日子,他又恢复了抽烟。烟雾缭绕,他的灵魂便随着那些烟雾升腾与飘浮,然后在空中悬停——这是他唯一短促的放松与镇静。

这两年,"老虎"们一个个被抓,"苍蝇"们一只只被灭。他虽然侥幸地站在岸上,却一次次惶恐不安,一次次心有余悸,一次次精神恍惚。他经常做梦,梦见漂流,梦见跳崖,梦见自己变成一只野猪,被猎人们死死围追……有一次出席重大活动,轮到他讲话,头脑一片空白,竟然忘了词;最令他难堪的是上周在工地集装厢办公室开会,铁门轰的一声打开,进来几个换空调的民工,他竟然吓得两腿发软小便失禁……这种紧张和焦虑,就如一个活生生的人在等待末日一样,生不如死。

毫无睡意。他干脆把客厅里的灯全部打开,然后,起身在书架上找到一本《海瑞传》,他把书放在茶几上,起身去泡了杯浓茶,恰好一缕冷风从窗缝隙里吹进来,把书翻到这一页:

  万历十五年十月十四日,海瑞病故于南京任上。佥都御史王用汲去主持海瑞的丧事,看见海瑞住处用葛布制成的帏帐和破烂的竹器,有些是连贫寒的文人也不愿使用的,因而禁不住为之悲泣不已,凑钱为海瑞办理丧事。海瑞的死讯传出,南京百姓因此罢市。海瑞的灵柩用船运回家乡时,穿着白衣戴着白帽的人站满了两岸,祭奠哭拜的人百里不绝……

风越来越大,像无数只野猫在窗棂上巡游与号叫。这是山城百年不遇的春寒料峭之夜,王一民陷于冰窖般的寒冷之中。
……
噩梦后的第三天,王一民从会议上被带走。
后来才知道,毛国民多次希望能够来平阳做点项目,王一民均不予理睬。这激怒了毛国民,他便将深圳宝迪花园的事举报到纪委。随即,像多米诺骨牌一样,王一民贪腐的事实被一件件查出。

采访记者报道:王一民被带走时,裤裆尿湿了;采访记者说:王一民落马后,认罪、悔罪、坦白态度较好,且积极退赃;采访记者还说:专家型的领导王一民留给平阳的印象是任劳任怨、勤勤恳恳、生活俭朴、政绩突出。因此,很多人为他惋惜不已。

几天后的某个傍晚。

千里之外的贵州山区,山佳小学校长崔小婉坐在书房里批改学生的作业。客厅里,电视机在播放新闻联播,突然,一条新闻钻入她的耳里:"据中纪委网站报道,平阳市常务副市长王一民落网。报道说,王一民曾担任岛城市交通局局长、岛城市副市长……严重违纪违法,巨额财产来历不明……"

她冲到客厅,看到电视机的屏幕上显示了王一民的照片,还有整箱首饰、满屋现钞。崔小婉盯着那照片,那一瞬间如被雷击,目光呆滞,全身僵硬。她看得非常清楚,没错,他虽然有些苍老,但仍然能够一眼认得出就是王一民!更令她悲哀的是,那曝光的首饰里,竟然看到了她曾经佩戴过的那串项链……她的心跳加速,血压明显升高,眼睛紧闭,嘴角向下凹陷,好像在咬嘴唇。但是,这只是一会儿,她的理智还是清醒的。她抑制住这几近崩溃的情绪,起身,走出房子。

崔小婉走向了屋后的山坡,来到了阿娘的坟前。

月光迷蒙,夜鸟啼鸣,晚风摇响着树林。

她坐了下来,跟阿娘说起了话。她说:"阿娘,我对不起你。我的青春犯了错。"阿娘似乎就站在她的面前,微笑地看着她,说:"闺女呀,知女莫如娘,阿娘早就知道你憋屈,阿娘不问你,但阿娘心里明白。没事,想哭就哭吧,阿娘听着呢。"

坡上的石头反射着微弱的月光,坡那边的树林留下一片朦胧的影子;偶尔传过来的虫鸣声,让山坡显得更加幽静。

崔小婉在阿娘的坟前哭了。她哭得很伤心。她从来没有这样哭过，即便在最艰难的时刻，最憋屈的时刻，最迷惘的时刻。

崔小婉哭完后觉得轻松多了。她擦干眼泪，缓缓地站起身，拖着有些沉重的步子下了山。

49

谈天从牢里出来，杨监理来接他。

杨监理问先去公司还是先回家？谈天说："先去海边转转吧。"杨监理一边开车一边想，大白天的，跑去海边，缺晒啊？

小车行驶在阳光灿烂的海岸大道。大道两边是熙熙攘攘的观光人流。谈天突然觉得无颜面对这座城市。命运把他抛到巅峰，又将他摔入谷底。他唏嘘命运的捉弄，感慨人生的无常。他升腾出一种逃离的念头，可是，又觉得自己还是刻骨铭心地爱着这座城市。

他首先去了那片荒滩上的小椰林。大部分椰树已被砍伐了，剩下的几棵仍然在茁壮成长，有几颗老椰子掉在地上，已经抽出了绿芽。谈天明白，再过几年，这些绿芽便能成为参天椰树。护林员老张的房子已被拆除了，他看到一只被遗弃的脱了漆的军用水壶埋在泥沙里，露出半截绿色壶口。他弯下腰，用力地拔出了军壶，擦拭了一下壶身，提在手上。杨监理笑道："您不会开始捡破烂了吧？"谈天瞪了他一眼。

然后，他去了白沙门。虽然海岛上已是冬季，但阳光充足，云淡风轻，大海静谧。谈天走在白沙门海堤上，海水轻轻拍打着沙滩。一缕暖风拂过，海的腥咸扑入鼻腔。谈天望着不远处海水中的那堆还未来得及推平运走的废墟，面露忧伤，悲从心来。杨监理看着谈天，安慰道："老板，我们仍然跟着你，我们相信你一定能够东山再起。"谈天摇了摇头，展露出一缕苍白的笑痕，说："谢谢你。"沉吟了一下，说,"秋后的蚂蚱,没什么可蹦跶了。"他似乎是对杨监理说,也似乎是告诉自己。

最后,他去了英雄纪念碑。

阳光下,高大巍峨的大理石正散发出金色的光芒。谈天看到碑顶上那群年轻英俊的渡海战士手里紧握钢枪眼里射出正义之光。他仰望着、注视着,他仿佛看到垂钓老人、老张、老李叔、郭连长、崔世光……

阴冷潮湿的冬日傍晚。

岛城落魄富商谈天坐在他的"海岛书吧"硕大的落地窗前,与二十四年前的恋人崔小婉惊喜交集地相逢在虚拟的微信世界里。

崔小婉告诉谈天,她是躺在病床上与他联系的。崔小婉说,她的身体出现了不好的状况,在一次晕厥后去医院检查,医生明确告诉她时日不多……崔小婉说,为了不让海男一个人生活在这个世界,她决定让他认父归宗。最后,崔小婉有些犹疑地说,如果可以,希望能够与他见上最后一面……然后,那边没了信息。

谈天肝肠寸断,瘫坐在大班椅里。

"海岛书吧"里正低低地回旋着一曲黎族韵味的音乐。谈天听出这是他的小兄弟扎西拍摄的最新院线电影《热带雨林》的主旋律。好久没见到他了。谈天眯着眼睛听着,眼前浮现出身形单薄而瘦弱的扎西。

那一年,扎西扛着一台比他人还高的摄影机,跟着他的师傅重阳从帝都来到了岛城。正在生意场上风生水起的谈天,请师徒二人在富豪大酒店喝了下午茶。重阳与谈天坐同一艘轮船过海来到岛城。重阳进了一家电视台扛摄像机,谈天进了一家报社做记者,他们在岛城度过了一段衣不裹体食不饱腹的闯海岁月,算得上是真正的生死兄弟。

谈天清楚地记得,一个黄昏,重阳扛着一台硕大的摄像机,从一幢破旧的半拉子建筑里走出来，恰时一阵风吹过，楼顶上一块空调铁皮呼然掉落在他的脚边——仅一秒的误差，给他留下了一条命。吓得半死的重阳认为这是一种不祥的预兆，表明岛城显然不是他的福地。第二天，便买了张船票，逃离岛城去了帝都。

重阳在帝都转悠了几年，还是怀念岛城，于是，带着学徒扎西打马南归。难兄难弟，经年不见，热语热茶。谈天的目光无意间落在了静坐于边角的学徒扎西的脸上，谈天眼睛倏地亮堂了一下，"不得了啊！"他对重阳惊呼了一声。重阳问："什么不得了？"谈天说："你这徒弟不得了。"他用嘴努了努边上的扎西。重阳一笑，道："你又重操旧业了？"重阳当然记得谈天流落岛城时，跟着飞哥在望海楼前为人算命的经历。谈天哈哈一笑，坦然回应道："其实算命也是种本事。"谈天继续斜睨着小学徒，若有所思，"这小子日后怕是不得了！"重阳不以为然，鄙夷道："狗改不了吃屎，你改不了算命。"谈天斜睨了一眼重阳，道："你等着瞧吧！"

斗转星移。多少年后，如谈天所料，那个坐在边角的小学徒一跃成了岛城可以像螃蟹一样横着走路的著名大导演。"大哥，你有一双毒眼！"这是成名后的扎西经常对谈天说的一句话。

后来，扎西怂恿暴富的谈天请一个作家将自己的传奇经历写成小说，然后，他来拍成一部电影，"像《美国往事》那样的，"扎西说，"拿去戛纳电影节获奖的那种。"谈天说："行。不过，你得答应我一件事。"扎西问："什么事？"谈天说："让我本色出演！再套用《北京人在纽约》的一句台词：岛城是天堂，岛城也是地狱。你爱他，你可以送他去岛城；你恨他，你可以送他去岛城。最后，一定要为电影配上那首扎心的海岛民乐：久久不见久久见，久久相见才有味……"

夜幕笼罩这座城市。

窗外，万家灯火，夜色阑珊。

窗棂上，一只蝴蝶正在一张蜘蛛网上跳舞。谈天仰卧在大班椅上，盯着那透明的五色翼，它旋转着，扇动着，纤细的丝网似乎布满了魔力，眼看就要被挣脱，却又快速黏结与交叉。他心里对蝴蝶生出了怜悯，期望它能够顺利地拯救自己，重回自由明媚的世界；又掠过一缕阴冷的念头，希望它挣脱不出，看它如何一步步死亡。谈天眼睛死死地盯着看。那可怜的蝴蝶似乎完全是顺着他的心思在行动——它越挣扎，越危险；越危险，越挣扎。那一刻，谈天不知是幸灾乐祸，还是悲观沮丧，苦笑了一下，他突然觉得自己就是那只可怜的蝴蝶。

张小雪提着外卖从门外走了进来。"怎么不开灯呢？"张小雪说着把外卖放在吧台，拧亮书吧里的所有书灯。谈天赶紧擦拭了一下眼睛，对张小雪点了点头。张小雪捡起一块抹布，一边抹着桌子一边开始了唠叨："到处都是灰尘……"

谈天凝视着张小雪——他记不清她在身边多少年了。但他记得，无论是他落魄创业的时期，还是他登上巅峰的日子，或是他人生至暗的时刻，这个女人始终不离不弃地陪伴着他。张小雪被谈天看得有点不好意思了，问："不认识我了吗？"谈天"嘿嘿"笑了笑，问张小雪："我是不是老了？"张小雪回答："你当然不年轻了。"谈天自言自语道："是的，我们老了。"

谈天想了想，还是告诉了张小雪，他在网络上遇到了崔小婉。张小雪一听非常生气，"谈天你不要过分！"她叫道。谈天沉吟了一下，对她说："不是你想象的那样。"然后，把崔小婉的现实情况告诉了张小雪，并问她："你告诉我，我应该怎么办？"张小雪眼眶有些湿润，诚恳地说："去看看她吧，我陪你一起去。"

第二天，谈天带着张小雪去了潘阿姨家。潘阿姨因为年龄与身体问题，不能跟随谈天前往探望。她含泪将父亲崔世光的一些照片与遗物交给了谈天，请他转交给崔小婉。

50

  谈天带着张小雪踏上了寻亲与重逢之路。
  当谈天走进病房的时候，海男起身迎了上去。虽然陌生，但是血脉相亲，父子俩一眼便认出了对方，然后，热泪盈眶，拥抱了良久。
  崔小婉躺在病床上，她看到了那个熟悉的身影。她的嘴唇在颤抖，但说不出话，任由泪水在眼眶里充盈。谈天看着面容苍老憔悴的崔小婉，竟然有一阵恍惚，一时也不知道说什么好。两双眼睛凝视着，眼神交汇着，仿佛还在确认着彼此。好一会儿，谈天醒过神来，俯下身子，看着崔小婉，轻轻地喊了一声"小婉"，然后，紧紧地握住了她的手——这是一双曾经圆润温暖、如今枯瘦冰冷的手。崔小婉黯然地望着谈天，眼中充满了无法言说的痛苦。两人都想说点什么，可是，都感觉喉咙里被什么堵着，说不出来，只是默默地注视彼此，似乎唯有目光才能表达那漫长的思念、悲伤、歉疚、怨恨……
  张小雪将一束鲜花轻轻地放在崔小婉的枕边。崔小婉看了看张小雪，嗫嚅着嘴唇，还是说不出话来。谈天赶紧从包里取出崔世光的照片举在崔小婉的面前——黎明微曦中的胶林，爷爷崔世光头戴一顶胶灯，手里握着一把胶刀，神情专注，目光坚毅，正在一棵粗壮的胶树上切割着胶泥……崔小婉无神的眼里闪烁出一片亮光，嘴唇再次嗫嚅。谈天终于听清她的声音："是……爷……爷……"然后，她微微地抬起手，向海男做了个手势，海男靠近床边，又向张小雪做了个手势，张小雪也走近床边。崔小婉默默地把海男的手放在了张小雪的手里。张小雪顿时明白，也握紧海男的手，对崔小婉点了点头，说："你……放心……"崔小婉的眼里再次涌出泪水，张小雪也泪水婆娑地起身走出了病房。谈天再次握住了崔小婉的手……房间寂静，时间停滞，他们仿佛在感受着二十四年前的那份宁静与温暖。

护工进来了，在谈天耳边低声提醒："时间有点久了，病人需要休息。"

谈天走出病房，来到医务室，祈求主治医生全力救治崔小婉。"无论多少钱都在所不惜！"他说。医生摇了摇头，道："已经晚期了，是多少钱也治不了的问题。"谈天一个人来到医院后山，无法自控地声嘶力竭地号啕大哭了一场。

三天后，崔小婉在昏迷中听见音乐硕士海男向她汇报参加"新的海岛建设者百万人才引进计划"，一缕美丽的微笑最后定格在她的脸上……

新年过后，谈天决定去监狱探视王一民。

谈天没有叫杨监理，也没有开车，他坐一辆大巴前往监狱。

王一民很感激谈天来看望他，"我没有看错你。"他说。谈天沉默了一下，告诉王一民："崔小婉找到了。"王一民一头雾水，瞪大眼睛看着他，半天，才讷讷地问："你怎么知道崔小婉？"

谈天很艰难地笑了笑，平静地对他说："很多年前，有一次，你说有一个叫海男的孩子长得像我。你说对了，海男身上确实流着我的血。他已经长大了，即将研究生毕业了。"

王一民惊愕地站在那里，好一会儿，他似乎明白了一切。他点了点头，然后大笑，涕泪横飞，哽咽道："早知如此，我要那么多钱干吗啊？埋我啊！"突然，"扑通"一声，跌倒在地。监狱当即将其送往医院抢救。王一民因脑溢血而中风，成了植物人，将在监狱医院的病床上了此残生。

春暖花开的季节，谈天与张小雪、嘉庆，一起到机场迎接"新的海岛建设者"海男。随即，一行人驱车百里，去了橡胶林地崔世光的墓前。潘阿姨、杨监理、老徐、老李叔、郭连长等正在细心地整理着墓地。谈天向海男介绍潘阿姨："她是你的姑婆。"海男叫了声姑婆，潘阿姨一把拥住海男，豆大的泪珠掉落了下来……

远方天边，滚过一串沉闷的雷声。大家明白，那是万物苏醒荡涤灵魂的春雷。

2023 年 8 月至 2024 年 2 月
颐和花园

后 记

这是我的闯海长篇小说三部曲的第三部。

是时候对这三部小说做个总结了：第一部《原罪·天堂岛》写闯海企业家的原罪——掠夺资源与破坏环境；第二部《岛城往事》写闯海人寻找灵魂栖息地——告别喧嚣与回归自然；第三部《白沙门》写闯海人跌宕的人生与命运——向阳而生与灵魂救赎。

如果说前两部的写作带有某种先锋性与探索性，那么后一部的写作便回归了扎扎实实讲故事的传统。写得既轻松又艰辛，既顺畅又纠结。

创作《白沙门》，完全出于一次偶然——一位朋友，以一张白沙门海滩的老照片，做了一个视频。我看着视频，思绪走神，一下子穿越时空，无可救药地回到了那个时代，回到了那个地方……白沙门，许多闯海人热爱并怀念的地方。严格说来，这是一部致敬白沙门的小说。

我的这几部小说里都出现了一个地名：岛城。是的，在美丽的南方海岛上，确实有一座城。她是一个魔女。我把人生最重要的时光献给了她，她回馈给了我诸多的喜悦、忧伤和喧嚣。我爱她，我眷恋她，可随着年岁的增长，我又想逃离她……我常常梦见自己走向原野，做一个农夫，扛着农具，赤脚走在田埂上；昼与鸡鸭为伍，夜读星星月亮，体味一种久违的情愫……寂静的午后，我将坐在塘边绿树下，回想岛城，回想我的朋友们——他们腰缠万贯，位高权重，山珍海味……我就不跟他们比了，我只比那成群的鸡鸭，比那怡心的随风，比那汗水浇灌的绿色满园……

  当我写完这部小说时，正是北方寒潮刚刚侵袭完海岛的时日，我邀请我一生敬爱的兄长喝杯咖啡。他是我人生的导师，也是我生活的兄长，更是我文学的引路人。我们坐在一间海边咖啡店里，太阳慵懒地悬在中天，不远处白沙门的海涛声隐约传来，兄长安静地点燃一支烟，一片和煦的阳光恰好落在他的肩头。那是一个分外美好的剪影。我在心里默默地感谢兄长这么多年来用文学的灯火引导了我，让我幽暗的闯海之路即便糟糕，也是向阳而生。也正是文学，让我在这坚硬而薄情的世界里时常心存善良、感动与敬畏……那一天，阳光很暖，兄长的笑容很暖，文学很暖。我很幸运。

  感谢生活，感谢所有我敬着与爱着的人们。

  感谢新星出版社，不厌其烦地倾听我的唠叨与诉说。

2024 年 2 月
唐彦于海口